ERINNERUNG GESUCHT

EINE BÜROROMANZE MIT SCHEINBEZIEHUNG

SYNERGY
BUCH 5

MICHELLE MCCRAW

Copyright © 2025 by Michelle McCraw

Alle Rechte vorbehalten. Dieses Werk einschließlich aller seiner Teile ist urheberrechtlich geschützt. Jede Verwertung außerhalb der engen Grenzen des Urheberrechtsgesetzes ist ohne Zustimmung des Verlages unzulässig und strafbar. Das gilt insbesondere für Vervielfältigungen, Übersetzungen, Mikroverfilmungen und die Einspeicherung und Verarbeitung in elektronischen Systemen.

HINWEISE ZUM INHALT

Erinnerung gesucht ist eine heiße Romance mit expliziten Intimszenen und derber Sprache. Diese Geschichte enthält auch Elterliche Vernachlässigung und Tod und Rauchen (aber ich verspreche, er hört auf!).

Wenn jetzt nicht der richtige Zeitpunkt für dich ist, eine Geschichte mit diesen Elementen zu lesen, solltest du dieses Buch vorerst überspringen. Bitte pass gut auf dich auf.

1

MIMI

ICH HATTE ALLES VERGESSEN. Außer seine schönen Augen.

Blau und rund, obwohl der Tequila die Details hatte verblassen lassen. Ich konnte mich nicht an den genauen Farbton erinnern oder ob sie Sprenkel hatten. Einfach nur blau. Und eine Brille. Eine Clark-Kent-Brille. Das Licht der Hängelampe über unseren Köpfen spiegelte sich in den Gläsern.

Die Form und Farbe des Gestells waren in meiner Erinnerung verschwommen, aber ich war mir zu zweiundneunzig Prozent sicher, dass sie nicht rund und aus Metall waren wie die von Byron. Selbst so betrunken, wie ich war, hätte ich das Weite gesucht.

Wie lange hatte ich ihm in die Augen gestarrt, während wir in dieser Bar in der Divisadero Street saßen? Es fühlte sich an wie Stunden, aber der Tequila. So viel Tequila.

Ein Erinnerungsblitz: blaue Augen, die sich besorgt zusammenzogen, und eine große Hand, die meinen Arm ergriff, um mich auf dem Hocker zu stabilisieren. Und noch ein Blitz, obwohl dieser mir entglitt, gerade außer Reichweite. Sein Blick, der sich in mich bohrte, ernst und intensiv. Etwas, das er mir in die Hand drückte.

Ich blickte auf meine Handfläche, als ob es immer noch da wäre. Aber da war nichts außer einem hässlichen Plastikring, der leuchtende falsche Diamant so groß wie eine Walnuss. Als ich darauf tippte, flackerte er schwach in Neonpink. Als Brees Trauzeugin hatte ich die Regel aufgestellt: kein vulgärer Kram auf ihrem Junggesellinnenabschied. Aber eine von Brees anderen Freundinnen hatte einen ganzen Sack voll Plastikmüll mitgebracht. Und nach ein paar Tequila-Shots waren mir die Regeln egal. Ich zog den Ring von meinem Finger und ließ ihn auf die Theke fallen.

Verdammter Kater. Ich rieb mir die Schläfe, aber das linderte die Enge um mein Gehirn nicht im Geringsten.

Obwohl ich mich nicht mehr gut an sein Aussehen erinnerte, wusste ich noch, wie ich mich durch den mysteriösen Mann von letzter Nacht gefühlt hatte. Interessant. Umsorgt. Sicher. Und ich hatte so sehr gelacht, dass meine Bauchmuskeln immer noch ein wenig schmerzten.

Wobei, das könnte auch vom Kotzen gekommen sein.

Das Summen meines Handys auf der Küchentheke löste einen neuen Schmerz irgendwo im Bereich meiner Backenzähne aus.

Ich zupfte die billige, fuchsiafarbene Schärpe davon – darauf stand in geschwungener Schrift »Hot Mess«, und hatte *das* sich nicht als wahr herausgestellt? – und warf sie beiseite. Ich kratzte das Handy von der Theke und kniff ein Auge zusammen, um auf das Display zu blicken. Bree. Ich stach auf den Annahme-Knopf.

»Warum bist du schon so früh wach?«

Sie stöhnte, und ihre Stimme klang heiser. »Ich musste den Thron umarmen. Du hast genauso viel getrunken wie ich. Wie geht es dir?«

»Genauso.« Wie war mein Atem? Ich konnte nicht zu meiner Präsentation mit einer Fahne nach wieder hochgewürgtem Tequila auftauchen. Ich hielt meine Hand vor den Mund, atmete aus und schnupperte. Minzig frisch. Ich presste eine Kapsel in die Kaffeemaschine und drückte den Startknopf.

»Mimi«, jammerte meine beste Freundin, »war das nicht einfacher, als wir in den Zwanzigern waren?«

»Das Trinken oder der Kater?«

»Beides. Ich erinnere mich, dass wir am Samstagabend ausgingen und dann am Sonntag beim Brunch Mimosen tranken. Jetzt will ich schon beim bloßen Gedanken an Champagner – oder Orangensaft – kotzen.«

»Ich schätze, viele Dinge sind anders, jetzt, wo wir über dreißig sind.« So wie der seltsame Ausschlag um meinen Mund, den ich mit einer zusätzlichen Schicht Foundation hatte abdecken müssen. Der, der verdächtig nach Bartbrand aussah, obwohl ich mich definitiv nicht daran erinnerte, jemanden geküsst zu haben. »Hey, erinnerst du dich an viel von letzter Nacht?«

»Ugh, nicht wirklich. Besonders nicht nach der dritten Runde Tequila-Shots.«

Dritte Runde? Ich strengte mein träges Gedächtnis an, aber es war alles nur ein verschwommener Brei aus Brees zurückgeworfenem Kopf beim Lachen, dem Gekicher der anderen Mädchen und dieser Brille, die ein Paar funkelnder blauer Augen einrahmte.

Das Licht der Kaffeemaschine blinkte und erlosch, und ich nahm meine Tasse. Ihr bitterer Duft ließ meinen Magen verkrampfen. Ich stellte sie wieder auf die Theke. »Hattest du eine gute Zeit?«

»Ja. Danke, dass du gekommen bist. Ich weiß, dass du mit der Verlobungsfeier deines Bruders gestern viel um die Ohren hattest.«

»Ich hätte deinen Junggesellinnenabschied um nichts in der Welt verpasst. Dafür sind wir schon zu lange befreundet.« Wir waren beste Freundinnen, seit wir uns im Kino bei *Die Unglaublichen* getroffen hatten. Keiner aus unseren beiden Familien wollte ihn mit uns sehen. Für mich war es das dritte Mal, für sie das fünfte. Wir hatten uns darüber verbunden gefühlt, wie sehr wir uns mit Violet identifizierten, obwohl wir damals noch nicht wussten, wie wir es ausdrücken sollten. Als unsere Freundschaft tiefer wurde, waren wir besessen von Spider-Man, Henry Cavills Superman und jedem einzelnen der Avengers gewesen.

Auch wenn ich normalerweise keine Zeit auf Partys verschwendete, hatte ich mein ganzes Wochenende umgestellt, um sowohl Bens Feier als auch ihre unterzubringen, und hatte am Freitagabend lange gearbeitet, um meine Präsentation fertigzustellen.

»Gott sei Dank haben wir einen Tag, um uns zu erholen, bevor wir wieder zur Arbeit müssen«, sagte sie.

Ich summte und zog meine Präsentation aus meiner Umhängetasche, nur um sie ein letztes Mal zu überprüfen. Die gestochen scharfen Tortendiagramme, die Liniendiagramme mit meinen Prognosen. Es gab nichts, woran die perfekte Larissa etwas auszusetzen hätte, und wir würden ihren Chef, Jackson Jones, beeindrucken. Der zufällig auch eine Führungskraft bei Synergy war, wo ich arbeitete.

»Oh, nein«, sagte Bree. »Das ist kein ›Ich-geh-wieder-ins-Bett‹-*Hmm*. Das ist ein ›Ich-gehe-jetzt-zehn-Meilen-laufen‹-*Hmm*.«

Ich kicherte. »Du weißt, dass ich Laufen hasse. Tatsächlich muss ich heute arbeiten.«

»An einem Sonntag?«

»Es ist für die Stiftung. Wir haben in einer halben Stunde ein Brunch-Meeting im Mission District, und ich präsentiere Jackson Jones das Budget für nächstes Jahr.«

»Warte, du wirst dafür nicht mal *bezahlt*?«

»Nein.« Obwohl, wenn ich eines Tages meinem kleinen Bruder nacheifern und meine Leidenschaft zu einem bezahlten Job machen würde, könnte ich mir ab und zu einen Tag frei nehmen. »Hustle-Kultur, du weißt schon.«

»Ugh, komm mir nicht mit dem Scheiß. Du bist ein Mensch. Du tust es für … für die Kinder.«

Ich wusste, dass sie beinahe *für mich* gesagt hätte. Es stimmte, dass ich wegen meiner besten Freundin angefangen hatte, mich ehrenamtlich für die Stiftung zu engagieren. Seit dem Tag, an dem ich gehört hatte, wie dieser Idiot, Anthony Anker, sie an unserem ersten Tag in der siebten Klasse Blinzel-Barbie genannt hatte. Ich hatte ihm am liebsten die Meinung gegeigt, den Schlag ausprobiert, den mein Bruder mir im Sommer zuvor beigebracht hatte, und *definitiv* sichergestellt, dass Anthony sich nie wieder über den Tick meiner Freundin lustig machen würde, aber Bree hatte mich zurückgehalten und mir gesagt, er sei es nicht wert, dafür nachsitzen zu müssen. Aber all die Jahre später hatte ich meine ehrenamtliche Arbeit fortgesetzt, weil ich die Arbeit der Stiftung für Kinder mit Tourette-Syndrom wirklich liebte. Kinder, wie Bree eines gewesen war.

Ich hatte gerade den Mund geöffnet, um die Spannung mit einem Witz zu lösen, als sie sagte: »Hast du darüber nachgedacht, worüber wir gestern Abend gesprochen haben?«

Während ich auf mein Poster von Doctor Strange starrte, suchte ich nach einer Erinnerung an etwas anderes als Tequila, schallendes Gelächter und Tanzen. Tanzen? »Du wirst meine Erinnerung auffrischen müssen.«

»Du erinnerst dich nicht?« Verdammt, sie klang verletzt. »Wir haben darüber gesprochen, dass du die letzte Single in unserer Freundesgruppe bist. Du hast versprochen, zu versuchen—«

»Zweifelhaft.« Ich drehte meine Tasse auf der Theke, bis ihr Henkel in einem exakten 45-Grad-Winkel stand. »Du weißt, wie sehr ich mich jetzt auf meine Karriere konzentriere. Und auf die Stiftung. Ich habe keine Zeit für Ablenkungen.«

»Eine Ablenkung wie Byron, meinst du? Dieser Kerl war eine Arschgeige. Es gibt Unmengen von guten Männern da draußen, Mimi. Männer, die dir helfen und dir nicht deine Beförderung stehlen.«

»Ich brauche keine Hilfe. Ich kann ganz allein erfolgreich sein.« Die Worte kamen schärfer heraus, als ich beabsichtigt hatte.

»Ich weiß, ich weiß. Alles, was du brauchst, ist Verstand, Ehrgeiz ...«

»Und Selbstvertrauen«, beendeten wir gemeinsam. Meine Mutter hatte diese Worte ungefähr eine Million Mal gesagt.

»Deine Mutter hat geheiratet«, sagte Bree.

»Sie ist die Top-Anwältin für Umweltrecht im ganzen Bundesstaat. Ich würde mich niemals mit ihr vergleichen. Und nur weil du eine Woche davon entfernt bist, ›Ja, ich will‹ zu sagen, heißt das nicht, dass es für jeden das Richtige ist. Ich will mich erst in meiner Karriere etablieren.«

»Und diesen Reiz mit One-Night-Stands befriedigen?«

Ich hob das Kinn, auch wenn sie mich nicht sehen konnte. »An meinen unverbindlichen Affären ist nichts auszusetzen. Ich bekomme alle Vorteile und keinen Streit darüber, zu welcher Arbeitsveranstaltung wir gehen müssen und wo wir die Feiertage verbringen.«

»Es ist irgendwie schön, jemanden zu haben, mit dem man die Feiertage verbringen kann, weißt du.«

Ich lehnte eine Hüfte gegen die Theke. Mir war nicht entgangen, wie die Augen meiner Mutter weich geworden waren, als mein Bruder mit seinem Verlobten auf ihrer Chanukka-Party aufgetaucht war. Sie hatten passende hässliche Chanukka-Pullover getragen. Selbst mein kaltes, schwarzes Herz war ein wenig geschmolzen, weil sie zusammen so bezaubernd waren.

Ich? Ich konnte schlecht eine meiner Affären bitten, zur Party meiner Eltern zu kommen, nachdem ich mich vor Sonnenaufgang aus seiner Wohnung geschlichen und aufgehört hatte, auf seine Nachrichten zu antworten.

»Was, du willst, dass ich zu deiner Hochzeit mit einer Begleitung auftauche?«

»Nein!« Ihr Lachen war hoch und angespannt. »Wir haben dem Caterer schon die endgültige Gästezahl durchgegeben. Aber du weichst aus. Selbst Ben—«

Die Gegensprechanlage summte und bewahrte mich vor der Rede meiner besten Freundin darüber, wie selbst mein kleiner Bruder endlich die große Liebe gefunden hatte. Sie hatte recht, was das ganze Sich-Verpaaren anging. Es verging keine Woche, ohne dass eine Einladung zu einer Hochzeit, einem Brautempfang oder einer Verlobungsfeier eintrudelte. Wenn mir jemand eine Geburtsanzeige schickte, würde ich kotzen. Schon wieder.

»Tut mir leid, Bree. Jemand ist an der Tür.« Es war wahrscheinlich Ben, der vorbeikam, um nach mir zu sehen. Obwohl er, als ich ihn gestern Nachmittag auf seiner Verlobungsfeier zuletzt gesehen hatte, selbst ziemlich angetrunken gewesen war.

»Viel Glück bei deiner großen Präsentation. Ich weiß, du rockst das. Rufst du mich danach an?« Sie machte ein Kussgeräusch, bevor ich auflegte.

Ich ging zur Gegensprechanlage. Es war ganz wie Ben, mir eine Tüte mit Frühstücksgebäck zu bringen, um den Alkohol aufzusaugen. Mein Magen knurrte.

»Hey«, sagte ich in den Lautsprecher, als ich ihn hochsummte.

Ich öffnete die Tür einen Spalt und ging zurück in die Küche, um meine Präsentation in meine Tasche zu stecken. Dann erstarrte ich. Ben hatte immer noch einen Schlüssel. Warum sollte er den Summer benutzen?

Als ich mich wieder umdrehte, füllte die Antwort meinen Türrahmen aus. Ein-Meter-neunzig gebräunte Haut, blondes Haar, ein glatt rasierter Kiefer, der Glas schneiden konnte, und Augen in der Farbe des Pazifiks an einem seltenen sonnigen Tag. Bens Freund und der Cousin seines Verlobten, Mateo. Ich starrte auf seine muskulöse Schulter, um die sich sein zu enges schwarzes T-Shirt spannte. In sein Gesicht zu sehen war wie ein Blick in die Sonne. Augenverblendend hell und wunderschön. Zu schön, um wahr zu sein. Und heute brauchte ich keine Ablenkung in Form eines flirtenden Thor-Doppelgängers.

»Guten Morgen, bella«, sagte er und trat in meine Wohnung ein.

Ich rümpfte die Nase über den leichten Geruch nach Zigarettenrauch, der mit ihm hereinschwebte. Ich kannte Mateo lange genug, um kein Kribbeln in meinem Bauch zu spüren. Jeder in seiner Welt – männlich, weiblich, alt, jung – bekam einen flirtenden Spitznamen. Er war ein Player, der bei niemandem einen Unterschied machte, und es bedeutete nichts.

Ein Beispiel: Auf Bens Party gestern hatte er mit Marlee, Bens bester Freundin von der Arbeit, geflirtet. Sie war die schönste Frau, die ich je getroffen hatte, mit glattem, honigfarbenem Haar und einem untrüglichen Sinn für Mode. Aber sie war vergeben, und Mateo wusste das. Trotzdem hatte ich ihn ein paar Mal dabei erwischt, wie er über ihren Kopf hinweg zu mir blickte. Als ob er wollte, dass ich bemerkte, dass Marlee die Art von Person war, mit der er Zeit verbrachte. Niemals jemand wie ich. Mit mir war er schweigsam und distanziert.

Tatsächlich, warum war er heute Morgen hierhergekommen? Er war noch nie bei mir gewesen, nicht einmal mit Ben.

»Was machst du hier?« Ich verschränkte die Arme. »Keine Badeanzugmodels mehr zum Verführen?«

Sein strahlendes Lächeln erlosch. Er sah … verletzt aus? »Ich kam, um nach dir zu sehen. Fühlst du dich heute Morgen gut?«

»Bestens«, sagte ich. »Obwohl ich eigentlich gerade in Eile bin – warte. Was weißt du über letzte Nacht?«

Seine dunkelblonden Augenbrauen zogen sich zusammen. »Erinnerst du dich nicht?«

Ich dachte an gestern zurück. Ich war schon angetrunken gewesen, als ich von Bens Verlobungsfeier zu Brees laufendem Junggesellinnenabschied geeilt war. Hatte Ben das bemerkt und Mateo geschickt, um auf mich aufzupassen? Das war die Art von Dingen, die mein kleiner Bruder tun würde.

Ich erinnerte mich nicht daran, Mateo in der ersten Bar gesehen zu haben. Oder in der zweiten. Ich erinnerte mich an die Sitzecke, den runden Tisch, der mit Schnapsgläsern übersät war, an Bree, die schnaubend lachte, an glitzernde Plastiktiaras, an Weihnachtsbeleuchtung, die im Fenster blinkte, und daran, wie sich der Raum um mich drehte, als die Drinks immer weiter flossen.

»Nein. Warum? Warst du da?«

Seine Mundwinkel zogen sich nach unten. »Du erinnerst dich nicht?«

»Sollte ich?« Ich hätte mich definitiv daran erinnert, wenn er in der Bar gewesen wäre. Brees Freundinnen hätten ihn zum König ihres Hofes gemacht. Sie hätten ihm geschmeichelt, ihn berührt, mit ihm auf eine Weise geflirtet, die mich kribbelig machte. Sie kannten Mateo nicht so wie ich. Er war vielleicht so umwerfend wie ein Fitnessmodel, aber sein Tiefgang glich dem einer Pfütze.

Er schien in sich zusammenzufallen. Dann setzte er einen Schatten seines üblichen spöttischen Lächelns auf und hielt eine weiße Bäckertüte hoch. »Ich habe dir Frühstück mitgebracht.«

Mein Magen rebellierte. »Nein, danke. Kater. Ich brauche Kaffee.«

»Nein.« Er drängte sich an mir vorbei. »Du brauchst Kohlenhydrate. Zucker. Hast du Ingwertee?«

Ich eilte, um mit ihm Schritt zu halten, aber seine breiten Schultern und der Gestank von Zigaretten füllten meine gesamte Pantryküche. Mein Hals brannte. Ich hatte keine Zeit für einen weiteren Besuch auf der Toilette. Ich wedelte mit der Hand vor meinem Gesicht. »Tut mir leid, aber du riechst nach Rauch und« – ich schluckte – »ich fürchte, mein Magen ist dafür nicht stabil genug. Danke fürs Vorbeikommen, aber …«

Sein Gesicht wurde blass, aber er legte die Tüte auf die Theke, bevor er das Küchenfenster aufriss. Huh. Ich hatte gedacht, es wäre zugemalt.

»Besser jetzt?« Er stand einen Moment lang daneben, als ob er sich selbst auslüften könnte.

Ich atmete tief die kalte, frische Luft ein. »Besser. Danke.«

»So, und nun zu deinem Magen.« Er öffnete einen Oberschrank. »Du brauchst etwas mit Ingwer. Oder Kaktusfeige?«

Kaktusfeige? »Nein. Ich lebe in der realen Welt, wo wir Kaffee trinken, wenn wir verkatert sind. Danke fürs Kommen, aber ich muss mich fertig machen.«

»Fertig machen?« Er schloss den Schrank und drehte sich zu mir um. »Du siehst perfekt aus.«

»Danke.« Die Worte kamen flach, automatisch. Solchen Scheiß sagte er zu jedem. In meinem übergroßen schwarzen Pullover und meinen Jeans war ich alles andere als perfekt, nicht im Vergleich zu einem Halbgott wie Mateo. Offensichtlich hielt er seinen Körper mit täglichen Workouts in Form. Er war die Art von Typ, der mit seiner ebenso heißen Unterwäschemodel-Partnerin Grünkohl-Smoothies trinken würde. Der über Nahrungsergänzungsmittel, Wiederholungen und das Umdrehen von Kaktusfeigen sprach.

Nicht, dass daran etwas auszusetzen wäre. Es war einfach anders. Ich zog es vor, mein Gehirn mit Tabellenkalkulationen zu trainieren, angetrieben von einer Tüte Salz-und-Essig-Chips. Auf Grünkohl konnte ich gut verzichten.

»Ich muss los. Zu einem Meeting. Ich esse dort.« Ich quetschte mich an ihm vorbei in die Küche, um ihn hinauszuscheuchen.

»Ja, dein Treffen mit Larissa und Jackson. Solltest du nicht zuerst essen?«

»Mein – mein was? Woher weißt du davon?«

Er blickte auf die Tüte hinunter und murmelte etwas.

Richtig. Ben musste es gestern auf der Party erwähnt haben. Gib ihm ein paar Drinks und nichts war mehr ein Geheimnis. Nicht, dass mein Stiftungstreffen ein Geheimnis war, aber es ging Mateo definitiv nichts an.

»Okay, also, nettes Gespräch, aber ich bin sicher, du hast ein paar Muskeln, die modelliert werden müssen.« Hatte er nicht. Sie waren absolut perfekt, aber sein Ego brauchte keine Streicheleinheiten von mir. »Und ich muss los.«

»Du wirst mit Larissas Scheiß besser umgehen können, wenn du nicht hangry auftauchst. Probier die hier. Die sind köstlich.« Er griff nach der Bäckertüte, aber als sein Arm meinen berührte, zuckte er zusammen. Die Tüte stieß gegen meine Kaffeetasse und kippte sie um. Dunkelbraune Flüssigkeit ergoss sich über die Theke, direkt auf meine Papiere.

»Nein!« Ich sprang auf, um sie aufzuheben, aber Mateos massiver Körper versperrte mir den Weg. Kaffee sickerte in die

Papiere, löste meine perfekten Tortendiagramme auf und verschmierte meine schönen Liniengraphen. »Scheiße, Mateo. Das ist meine Präsentation für« – ich überprüfte die Uhr an der Wand – »für mein Meeting, das in fünfzehn Minuten beginnt!«

»Kannst du neue ausdrucken?« Er griff nach dem Küchentuch und tupfte die Papiere ab, aber das bewirkte nur, dass der Fleck auf mein makelloses ecrufarbenes Handtuch überging. Panik schnürte mir die Kehle zu.

»Nicht! Hör auf!« Als ich seinen Arm packte, zuckte er zusammen. Das nasse Papier riss.

Selbst wenn ich das Papier auf magische Weise in fünfzehn Minuten trocknen könnte, würde ein mit Tesafilm zusammengehaltenes Tortendiagramm niemanden beeindrucken. Meine Präsentation und meine Chance, Jackson Jones zu beeindrucken, waren ruiniert.

»Es – es tut mir leid, Miriam.«

Mein Körper erhitzte sich und meine Wut kochte über. »Verdammt, Mateo. Ich komme zu spät, und jetzt habe ich keine Präsentation. Geh mir aus dem Weg.« Ich warf die Papiere in den Müll. Ich hatte keine Zeit, ins Büro zu gehen und sie neu auszudrucken. Ich müsste sie auf dem Bildschirm zeigen. Außer –

Mit aufkommendem Entsetzen blickte ich auf den Kaffee. Er war in meine Umhängetasche eingedrungen. In der mein Laptop war. Als ich ihn herauszog, tropfte Kaffee aus der Ecke.

»Scheiße!« Ich schnappte Mateo das ruinierte Handtuch weg und tupfte an der Kante. *Bitte, bitte,* bitte, *geh an.* Ich stellte meinen Laptop auf einen trockenen Teil der Theke, klappte ihn auf und drückte den Einschaltknopf. Ein paar Pixel leuchteten auf, dann wurde der Bildschirm schwarz.

Ich hämmerte auf den Einschaltknopf, aber diesmal passierte gar nichts. »Gottverdammt!«

Sein Gesicht war blasser als mein Küchentuch. »Kann ich irgendetwas tun?«

Ich knirschte mit den Backenzähnen. »Raus. Hier.«

»Ich – ich kann Lito fragen – ich meine Cooper –, ob er dir einen neuen Laptop besorgt—«

»Nein!« Er mochte Mateos Lieblingscousin Miguelito sein, aber für mich war er Cooper Fallon, der Chef vom Chef meines Chefs. Auf keinen Fall durfte er erfahren, dass ich meinen Synergy-Laptop ruiniert hatte. Sein Temperament war legendär, und selbst seine zukünftige Schwägerin wäre vor einer seiner berüchtigten Standpauken nicht sicher. »Geh einfach.«

»Aber ich—«

»Geh!«, schrie ich und zeigte auf die Tür.

Er fiel in sich zusammen und schlurfte davon. Die Tür zu meiner Wohnung klickte ins Schloss, während ich meinen verstorbenen Laptop in meine durchnässte Tasche stopfte.

Verzweifelt blickte ich wieder auf die Uhr. Ich würde definitiv zu spät kommen. Weder Larissa noch Jackson Jones würden beeindruckt sein. Und morgen müsste ich meinen Chef um einen neuen Laptop bitten.

Danke, Mateo.

2

MIMI

WIR TRAFEN uns in einem dieser schicken Hipster-Läden, in denen der Kaffee fair gehandelt und biologisch war und die Leckereien – wenn man sie so nennen konnte – kohlenhydratarm und ketofreundlich waren. Ein Ort, der Larissa gefiel, die praktisch nichts aß und niemals einen Spinning-Kurs ausfallen ließ. Sie gehörte zur selben Klasse wie unsere Spender, immer perfekt gestylt, kein einziges blondes Haar saß je falsch.

Ich wünschte, ich wäre wie sie.

Aber heute war ich genau das Gegenteil. Verschwitzt, außer Atem und zehn Minuten zu spät, ohne eine Präsentation, die ich ihnen hätte zeigen können. Nur mein kaputter Laptop in seiner durchweichten Tasche und ein pochender Kopf voller Zahlen.

Ich war mir zu dreiundsechzig Prozent sicher, dass sie mich feuern würde. Obwohl, konnte man jemanden von einem Ehrenamt feuern? So oder so würde sie mir nicht das Lob geben, nach dem ich mich sehnte. Nicht, dass ich es verdient hätte.

Bei dem Duft von Zimt und Muskatnuss aus dem weihnachtlich gewürzten Kaffee drehte sich mir der Magen um. Ich schluckte. Mich vor Jackson, Larissa und der anderen Frau an ihrem Tisch zu übergeben, wäre die Krönung meines heutigen Desasters.

Ich eilte zu ihnen. »Entschuldigung, dass ich zu spät bin.«

Larissa brauchte kein Wort zu sagen. Das Hochziehen ihrer Augenbrauen und die Art, wie sie ihr glattes, platinblondes Haar zurückwarf, sagten alles. Ich erinnerte mich an das letzte Mal, als ich sie enttäuscht hatte, als ich um mehr Zeit für die Bearbeitung eines Spesenbelegs gebeten hatte, weil ich wegen des Monatsabschlusses für Synergy bis über beide Ohren in Arbeit steckte. Sie hatte ihre sonst so honigsüße Fassade fallen gelassen und mit stählernem Tonfall gesagt: *Wir haben darüber gesprochen, Miriam. Ich muss mich auf Sie verlassen können.*

Und ich hatte sie schon wieder enttäuscht. Diesmal vor ihrem Boss. Der schmale Strich ihrer rosa Lippen traf mich mitten in mein weiches, harmoniesüchtiges Herz. Meine Wangen glühten.

»Setzen Sie sich, Miriam. Fangen wir an«, sagte sie kühl.

»Entschuldigung«, murmelte ich und ließ meine Laptoptasche von der Schulter gleiten. Heute hatte ich nicht einmal eine gute Ausrede. Nichts als einen Kater und den Fehler, den ich begangen hatte, als ich Wirbelsturm Mateo in meine Wohnung gelassen hatte.

»Machen Sie sich keine Sorgen.« Jackson lehnte sich in seinem Stuhl zurück und streckte seine langen Beine unter dem Tisch aus. Er ließ die Schultern unter seinem verblichenen schwarzen Santana-T-Shirt kreisen. »Normalerweise bin ich derjenige, der zu spät kommt. Es fühlt sich gut an, zur Abwechslung mal nicht der Faulpelz zu sein. Darf ich Ihnen meine Schwester Natalie vorstellen?«

Als Faulpelz bezeichnet zu werden, versetzte meiner Brust einen Stich. Ich setzte ein wackliges Lächeln auf und streckte meine Hand aus. »Miriam Levy-Walters. Aber alle nennen mich Mimi.«

Sie stand auf, mit ihren Absätzen einen halben Kopf größer als ich. Sie trug an einem Sonntag Absätze? Ihr langärmeliges, magentafarbenes Etuikleid betonte ihre schlanke Figur. Sie war blond, im Gegensatz zu ihrem dunkelhaarigen Bruder, und ihr goldenes Haar war am Nacken zu einem eleganten Knoten gebunden. Ihre Augen waren jedoch gleich. Warme, schokoladenbraune Iriden, umrahmt von einer Fülle dunkler Wimpern.

Ich wischte meine verschwitzten Hände an meiner Jeans ab, bevor ich ihre Hand schüttelte. Ich wünschte, ich hätte stattdessen eine Stoffhose getragen. Hätte ich gewusst, dass Jacksons Schwester, eine Dame der Gesellschaft, dabei sein würde, hätte ich mir mehr Gedanken über mein sonntägliches Kaffee-Outfit gemacht. Und Stiefel statt Ballerinas getragen. Ich kam mir neben ihr vor wie Ant-Man.

Natalies Händedruck war beruhigend fest. »Ich habe Großartiges über Sie gehört. Ich bin froh, dass die Finanzen in guten Händen sind.« Ihre Stirn legte sich in Falten, aber dann lächelte sie. Der Übergang war so schnell, dass ich nicht sicher war, ob ich ihr Stirnrunzeln überhaupt gesehen hatte. »Ich freue mich darauf, zu sehen, was Sie bei den Prognosen geleistet haben.«

Mein Nacken kribbelte. Heute würde sie keine großartigen Dinge über mich hören.

»Nat stößt zum Team, um bei der Gala zu helfen. Kaffee?« Jackson verlagerte seine Füße, als wollte er aufspringen und ihn holen. Ein Bazillionär wie Jackson Jones, der *mir* Kaffee holte.

»Nein, danke. Witzige Geschichte …«

»In dem Fall«, Larissa rückte ihre Papiere zurecht, »lassen Sie uns die Zahlen hinter uns bringen.«

Larissa war eine Ikone in der gemeinnützigen Welt und hatte für ihre frühere Non-Profit-Organisation eine Auszeichnung gewonnen. Aber anscheinend waren Zahlen ihre Schwäche. Ich hatte mich jede Woche ehrenamtlich in Jacksons brandneuer Stiftung für neurodivergente Kinder engagiert, seit er sie gegründet hatte, und eines Tages hatte er mich der neuen Direktorin, Larissa, vorgestellt. Er hatte gesagt, sie brauche Hilfe bei der Erstellung einer Bilanz und, da er wusste, dass ich Buchhalterin in seiner gewinnorientierten Firma war, bat er mich, ihr zu helfen.

Larissa brauchte weit mehr als eine Bilanz. Ihre Buchführung war eine Katastrophe, aber ich hatte sie geordnet und war stolz auf das, was ich geleistet hatte.

Nun ja, abgesehen von der heutigen Kaffeekatastrophe.

Ich schluckte. »Ich habe leider schlechte Nachrichten bezüglich der Budgetpräsentation. Mein Laptop ist hinüber und die Ausdrucke sind ruiniert.«

Ich konnte meinen Ärger auf Mateo nicht mehr aufbringen. Ich war die Närrin gewesen, die ihn in meine Wohnung gelassen hatte, um dort herumzustolpern. Außerdem, wenn ich die Papiere nicht in einem Anfall von Hybris aus meiner Tasche genommen hätte, um sie zu bewundern, wären sie vielleicht verschont geblieben.

»Sind sie nicht auf dem Server?«, fragte Jackson. »Ich kann sie holen. Ich bin im VPN eingeloggt.«

Ich kniff die Augen zu, als mir die Hitze vom Gesicht in den Hals stieg. »Nein. Ich habe sie Freitagnacht von zu Hause aus fertiggestellt. Ich habe nicht daran gedacht, sie hochzuladen.«

»Sie hätten sie mir mailen sollen.« Larissas Stimme war scharf wie ein Wespenstich. Es war nicht das erste Mal, dass sie mich daran erinnerte, nichts dem Zufall zu überlassen. Sie tat das nie. Nun ja, abgesehen von diesen Belegen.

Ich blickte auf meinen Schuh hinunter. Ich war ein gebranntes Kind und hatte Angst gehabt, Larissa könnte die Lorbeeren für meine Arbeit einheimsen. Aber das war lächerlich. Sie mochte autokratisch und eine schlampige Buchführerin sein, aber sie war keine Diebin. Nicht wie Byron. Hätte ich ihr die Präsentation geschickt, hätten wir wenigstens etwas gehabt, was wir den Joneses zeigen könnten.

»Ich dachte, ihr Buchhalter-Typen setzt immer alle i-Punkte und die t-Striche. Und dass nur kreative Typen wie ich Mist bauen.« Jackson kicherte.

Der kalte Kloß in meinem Magen hinderte mich daran, das Komische an der Situation zu sehen. »Es tut mir leid.«

»Was ist mit Ihrem Laptop?«, fragte er.

»Kaffee?«, sagte ich gequält.

»Geben Sie ihn her.« Er ließ seine Fingerknöchel knacken. »Ich werde etwas Magie wirken.«

»Nein, ich werde einfach …« Aber ich konnte seinen winkenden Fingern nicht widerstehen. Ich zog den Laptop aus meiner Tasche und reichte ihn ihm. Er zischte missbilligend, als er das Gerät aus seiner durchweichten Hülle zog und es mit dem Saum seines T-Shirts trocken tupfte.

Larissa räusperte sich. »Können Sie uns wenigstens die Finanzprognosen zusammenfassen?«

»Sicher.« Ich zog den vierten Stuhl heran und setzte mich. Jackson hatte bereits den Akku meines Laptops herausgenommen und trocknete ihn mit einer Papierserviette, aber er blickte auf, als ich zu sprechen begann.

Ich versuchte, die wunderschönen Diagramme und Grafiken, an denen ich so hart gearbeitet hatte, in Worte zu fassen. Aber nach ein paar Minuten erwischte ich Jackson dabei, wie er hinter meinem Laptop gähnte, den er umgedreht auf dem Tisch aufgestellt hatte. Larissas Blick ruhte auf ihrem Handy. Nur Natalie lächelte mich ermutigend an.

Schließlich schloss ich schwach: »Ich schicke Ihnen die Präsentation morgen. Es gibt eine ältere Version auf dem Server, und wenn ich wieder im Büro bin, werde ich die endgültigen Prognosen rekonstruieren können.«

Larissa sah von ihrem Handy auf. »Wir brauchen diese Zahlen so schnell wie möglich.«

»Natürlich. Entschuldigung«, murmelte ich.

»So«, Jackson rieb sich die Hände, »jetzt kommen wir zum spaßigen Teil. Ich habe Nat mitgebracht, damit sie die Party retten kann.«

Die Gala der Stiftung war kaum eine Party wie Bens Verlobungsfeier im Garten gestern. In meinen ruinierten Prognosen hatten wir geplant, dass sie die Hälfte der Jahreseinnahmen der Stiftung einbringen sollte. Es stand viel auf dem Spiel.

»Retten?«, wiederholte ich.

»Eine kleine Panne«, sagte Larissa und wedelte mit der Hand.

»Der Veranstaltungsort hat uns abgesagt. Aber ich habe einen Ersatz.«

»Abgesagt? Wir bekommen die Anzahlung aber zurück, oder?«, fragte ich. Larissa hatte sie in bar verlangt, obwohl ich davon abgeraten hatte.

»Anzahlung? Ich glaube nicht, dass wir eine Anzahlung geleistet haben.« Sie hob die Nase.

»Ich – natürlich haben wir. Oder nicht?« Vielleicht hatte ich eine Barabhebung für etwas anderes genehmigt.

»Ich glaube, daran würde ich mich erinnern«, sagte sie.

»Ich werde die Konten noch einmal prüfen.« Ich warf einen wehmütigen Blick auf meinen kaputten Laptop und die Tabellen, die er als Geisel hielt.

Jackson sagte: »Unabhängig davon, da die Gala in zwei Monaten stattfindet, heißt es jetzt: alle Mann an Deck. Deshalb habe ich Nat ins Boot geholt.«

»Ich habe meiner Mutter bei Dutzenden dieser Dinge geholfen«, sagte Natalie. »Wir kriegen das schon hin.«

»Aber meine Gala wird etwas Besonderes, stimmt's?«, fragte Jackson. »Keine ihrer 08/15-Spendengalas in Abendgarderobe.«

»Sicher.« Sie legte eine Hand auf den Arm ihres Bruders. »Wir werden etwas daraus machen, worauf du stolz sein kannst.«

»Ich helfe auch«, sagte ich und griff nach allem, was meine Fehler wiedergutmachen könnte. »Ich war die Vorsitzende des Abschlussball-Komitees meiner Schule.«

Larissa schnaubte. »Ein Highschool-Abschlussball ist kaum eine Spendenveranstaltung im Wert von einer Million Dollar.«

Ich zuckte zusammen. Sie hatte recht. Unser Budget war ein Hundertstel Prozent davon gewesen.

»Trotzdem können wir dich gebrauchen. Danke, Mimi«, sagte Jackson.

»Wir können jede Hilfe gebrauchen, die wir kriegen können«, sagte Natalie. »Mit einem brandneuen Veranstaltungsort und ohne Essen haben wir nicht viel Zeit, um umzuschwenken.«

Oh, wow. Ich hatte vergessen, dass der ursprüngliche Veranstaltungsort, ein Hotel, das Catering vom hauseigenen Restaurant beinhaltet hatte. Die Spender erwarteten für zweitausend Dollar pro Teller ausgefallenes Essen.

»Es wird ein Riesenspaß. Du wirst schon sehen, Mimi.« Jackson steckte eine Ecke einer Serviette in eine Ritze meines Laptops. »Das Planungskomitee muss nach außen hin präsent sein, um die Stiftung zu repräsentieren. Ich bin gut, aber ich kann nicht alles alleine machen.« Er schenkte uns ein strahlendes Lächeln, und hätte ich Geld in meiner Brieftasche gehabt, hätte ich es herausgeholt und es ihm gegeben. Für die Kinder.

»Partys sind nicht wirklich mein Ding.« Ich wünschte fast, ich hätte die Party letzte Nacht ausgelassen. Dann würde mein Kopf nicht so hämmern, als hätte Larissa ihn mit meinem kaputten Laptop bearbeitet.

Jackson beugte sich vor. »Aber meine Partys sind jedermanns Sache. Richtig, Nat?«

Sie verdrehte die Augen. »Wohl kaum. Ich sorge dafür, dass du dich bei dieser Gala wohlfühlst, Mimi. Versprochen.« Und ihr Lächeln war so freundlich, dass ich nickte.

Ich hatte schon immer die Planung und die Arbeit hinter den Kulissen dem eigentlichen Besuch von Veranstaltungen vorgezogen. Auf Partys stand ich unbeholfen am Rand herum. Nicht wie Mateo, der immer im Mittelpunkt des Geschehens stand.

Und was sollte ich anziehen? Ugh, Kleidung war noch schlimmer als Partys. Darüber würde ich mir später Sorgen machen. Zuerst musste ich mich darauf konzentrieren, warum ich bei dem Treffen war. »Ich werde ein überarbeitetes Budget mit dem neuen Veranstaltungsort erstellen. Sie geben mir die Rechnungen, Larissa?«

Larissa winkte mit ihrer eleganten, blassen Hand. »Jackson bezahlt das aus eigener Tasche. Sie brauchen keine Rechnungen.«

»Aber«, ich legte den Kopf schief zu Jackson, »Sie werden die Ausgaben von der Steuer absetzen. Sicher wollen Sie sie nachverfolgen?«

»Nun, ich …« Er zuckte mit den Schultern und warf Larissa

einen schnellen Blick zu. »Larissa hat gesagt, sie kümmert sich darum.«

Ich riss die Augen auf, um sie nicht zu verdrehen. Larissa verlor die Hälfte der Belege, bevor sie sie mir gab. Wenn sie versuchte, sich um irgendetwas zu kümmern, das mit Geld zu tun hatte, würde sie es garantiert vermasseln und mich dann bitten, es zu reparieren. »Ich helfe ihr.«

Aber Larissa sah nicht so aus, als würde sie die Hilfe zu schätzen wissen. Sie spitzte wieder die Lippen. »Wirklich, ich –«

»Hey!«, fuhr Jackson dazwischen. »Wo wir gerade von Hilfe sprechen, wie wäre es, Mimi auf die offene Stelle der stellvertretenden Direktorin zu befördern? Ihre finanziellen Fähigkeiten sind eine gute Ergänzung zu Ihrer Erfahrung im gemeinnützigen Sektor.«

Meine Haut kribbelte und mein Atem stockte in meiner Brust. Es gab eine freie, bezahlte Stelle bei der Stiftung? Eine, für die Jackson Jones mich für qualifiziert hielt? Stellvertretende Direktorin klang nach einer Menge. Und ich würde es kaum eine Beförderung nennen, da ich derzeit eine unbezahlte Freiwillige war, aber ich würde dem Mann an der Spitze nicht widersprechen.

Larissa lächelte, aber es erreichte ihre kühlen blauen Augen nicht. »Ich dachte, Sie hätten gesagt, ich könne den Kandidaten auswählen.«

»Oh.« Jackson rutschte auf seinem Stuhl hin und her. »Ja, natürlich.«

Das Kribbeln auf meiner Haut verwandelte sich in ein schmerzhaftes Prickeln. Manchmal fühlte es sich an, als ob das, was Larissa an mir am meisten mochte, die Tatsache war, dass meine Arbeitskraft umsonst war. Das Präsentationsfiasko von heute Morgen hatte meinen Wert in ihren Augen nicht gesteigert.

»Ich suche jemanden mit Erfahrung im gemeinnützigen Bereich. Obwohl ich Miriam vielleicht in Betracht ziehen könnte.«

Moms Stimme hallte in meinem Kopf wider. *Setz dich für dich selbst ein. Bitte um das, was du willst.* »Das würde ich liebend gern tun. Ich habe bereits eine Menge recherchiert –«

»Wir reden später darüber.« Sie sah mich nicht an, aber ihr Lächeln für Jackson war süß wie Limonade. »Danke für die Idee.«

»Haben wir alles besprochen?«, fragte Jackson. »Nat und ich müssen Alicia und die Kinder für den Familienbrunch abholen.«

Larissa überflog ihr Papier. »Das ist alles, was auf meiner Liste stand. Wir treffen uns in ein paar Wochen wieder, nach den Feiertagen. Natalie, wenn Sie mir Ihre Ideen für die Gala mit den voraussichtlichen Kosten schicken, leite ich sie zur Nachverfolgung an Miriam weiter.«

»Das werde ich tun.« Natalie stand auf und strich die Falten aus ihrem Kleid. »Mimi, ich freue mich darauf, mit Ihnen an der Gala zu arbeiten. Schöne Feiertage.«

»Schöne Feiertage«, sagte ich, obwohl Chanukka schon seit Wochen vorbei war. »Ich freue mich auch darauf.« Es klang nach einer Menge zusätzlicher Freiwilligenarbeit, aber wenn ich es gut machte, würden Jackson und seine Schwester es bemerken. Larissa hätte keine andere Wahl, als mich für die Stelle der stellvertretenden Direktorin in Betracht zu ziehen. Ich könnte endlich für meine Arbeit bei der Stiftung bezahlt werden, meinen Job bei Synergy kündigen und etwas Freizeit haben. Vielleicht würde ich sogar Bree einen Gefallen tun und Zeit finden, mich zu verabreden.

Jackson gab mir meinen Laptop und den Akku zurück. »Lassen Sie es noch ein paar Stunden aus der Hülle, setzen Sie den Akku wieder ein und versuchen Sie es dann.«

»Danke.« Ich versuchte, das Wort mit meiner ganzen Dankbarkeit zu füllen, nicht nur für die Hilfe mit dem Laptop, sondern auch dafür, dass er sich für mich bezüglich der Stelle des stellvertretenden Direktors eingesetzt hatte.

Er zwinkerte und drehte sich um, um Natalie aus dem Café zu begleiten.

Larissa bedachte mich mit einem eisigen Blick, den sie wohl die letzte Stunde zurückgehalten hatte.

»Hören Sie, es tut mir wirklich leid«, begann ich.

Sie vergewisserte sich, dass die Joneses das Gebäude verlassen hatten. Mit frostiger Stimme sagte sie: »Wenn Sie für die Stelle der stellvertretenden Direktorin in Betracht gezogen werden wollen, müssen Sie einen Zahn zulegen, Miriam. Demütigen Sie mich noch einmal, und ich muss Sie gehen lassen.«

»Aber ich –«

Sie beugte sich näher heran, und ihre Stimme sank zu einem Flüstern. »Ich werde jede gemeinnützige Organisation in der Bay Area vor Ihnen warnen. Nicht einmal das Tierheim wird Sie Katzenscheiße schaufeln lassen. Verstanden?«

Ich blinzelte angesichts ihrer untypischen Derbheit. »Ich – natürlich. Es war wirklich ein Versehen.«

Sie schenkte mir ein kühles Lächeln. »Frauen wie wir können uns solche Schnitzer wie heute nicht leisten. Nehmen Sie meinen Rat an: Was auch immer der Grund dafür war, streichen Sie es aus Ihrem Leben.«

»Absolut.« Ich nickte. Das konnte ich ihr versprechen.

Sie rauschte in einer Wolke aus teurem Parfüm und dem Klacken rotbesohlter Absätze aus dem Café.

Ich starrte auf die kaffeefleckigen Servietten, die Jackson um meinen Laptop herum aufgetürmt hatte.

Eine Kellnerin eilte zu mir. »Das macht neun neunzig.«

»Neun neunzig?« Ich hatte nicht einmal einen schwarzen Kaffee oder ein glutenfreies Biscotti gehabt. Trotzdem griff ich nach meiner Brieftasche.

»Diese blonde Tussi hat ihren Skinny Latte nicht bezahlt.«

Ich reichte ihr einen Zehner, dann noch ein paar Ein-Dollar-Scheine.

»Danke.« Die Kellnerin fegte die leeren Tassen und Servietten auf ihr Tablett und wirbelte davon.

Es war ja klar, dass Larissa zu sehr mit der Leitung einer Multimillionen-Dollar-Stiftung beschäftigt war, um sich mit den Kleinigkeiten von Zehn-Dollar-Lattes zu befassen. Wenn ich sie das nächste Mal sah, würde ich kein Wort darüber verlieren. Ich würde es als eine Investition in die Stelle der stellvertretenden Direktorin betrachten.

Die ich wollte. Dringend.

Nichts würde mich davon abhalten, diese Gala zu rocken und ihr und Jackson Jones zu beweisen, dass ich das Zeug zur stellvertretenden Direktorin hatte.

Ich hob meinen nach Kaffee duftenden Laptop auf.

Nicht einmal Mateo Rivera würde mich aufhalten.

3

MATEO

ICH ZEIGTE Bernard am Eingang zur bewachten Wohnanlage meiner Tía meinen Ausweis.

»Hast du einen Ausweis für deinen Freund?«, scherzte der Wachmann.

»Der hier?«, Ich zeigte mit dem Daumen auf den zweieinhalb Meter großen Plastikschneemann, der aus dem Heckfenster meines Jeeps ragte. »Er braucht keinen Ausweis. Er ist Frosty der Schneemann. Ein verdammter Star!«

Während Bernard kicherte, fuhr ich langsam mit meinem Jeep durch das Tor und den Hügel hinauf zum Haus meiner Tía.

Mein Sicherheitsmann saß nicht wie erwartet draußen in seinem SUV. Das taten sie nie.

Also hievte ich Frosty selbst aus dem Wagen und schlängelte mich mit einem orangefarbenen Verlängerungskabel über der Schulter zwischen den anderen Dekorationen auf ihrem Rasen, der so groß wie ein Fußballfeld war, hindurch. Ich ging an den riesigen aufblasbaren Figuren vorbei, einem Weihnachtsmann, der »Ho, ho, ho« rufen konnte, und einer Schneekugel mit einer festlichen Palme darin. Ich tätschelte die Nase eines der Plastikrentiere, die den Schlitten eines zweiten Weihnachtsmannes zogen. Schließlich stapfte ich an dem Teil vorbei, über das sich ihre Nachbarn bestimmt am meisten freuten: einer lebensgroßen, von Scheinwerfern angestrahlten Krippe, komplett mit einem Paar Kunstharz-Ziegen, einer Kuh, einem Esel, zwei liegenden und einem stehenden Schaf. Die Heiligen Drei Könige warteten noch auf der anderen Seite des Rasens auf den Heiligedreikönigstag im Januar.

Als ich die kahle Stelle fand, über die sie sich letzte Woche beschwert hatte, stellte ich Frosty ab und befestigte ihn mit ein paar Heringen. Dann steckte ich sein Kabel ein und fand eine freie Steckdose an dem überlasteten Stromverteiler im Freien. Ich umklammerte das goldene Kreuz um meinen Hals und schickte ein stilles Gebet zum Himmel, bevor ich den Stecker in die Dose steckte. Ich dankte im Stillen, als der leuchtende Frosty nicht in der ganzen Nachbarschaft für einen Stromausfall sorgte. Nein, ihr Garten voller Weihnachtskitsch leuchtete heller als je zuvor.

Gern geschehen, reiche Nachbarn.

Ich klopfte mir den Staub von den Händen, hüpfte die Verandastufen hoch und klingelte.

Carlo öffnete die Tür, Krümel säumten sein schwarzes Fleeceoberteil. Er machte sich nicht einmal die Mühe, entschuldigend auszusehen, was er bei meiner Cousine definitiv getan hätte, wenn sie ihn im Haus erwischt hätte anstatt draußen, wo er nach ihrem *cabrón* von Ex Ausschau halten sollte.

»Hey, Boss.«

»Gewürzplätzchen?«, fragte ich und deutete auf die Krümel.

Seine Wangenknochen färbten sich dunkel, als er sie sich vorsichtig in die Handfläche strich. »Das sind meine Lieblingsplätzchen.«

»Meine auch. Ist sie in der Küche?«

»Ja. Eine rauchen?« Er kramte in der Tasche seines Fleeceoberteils nach seiner Schachtel.

»Nee. Danke.«

Als er sich die Zigarette an die Lippen setzte und die Augenbrauen hob, schüttelte ich erneut den Kopf, obwohl es mir in den Fingern juckte, sie ihm zu entreißen und einen Zug zu nehmen. Ich hatte gesehen, wie Mimi gestern die Nase gerümpft hatte, als ich in ihre Wohnung gekommen war. Wie sie fast gekotzt hätte.

Meine Nerven waren mit mir durchgegangen, und ich hatte vor ihrer Wohnung drei schnelle Züge genommen. Das Aufhören war verdammt schwer, wenn jeder Zug ein Dutzend rosiger Erinnerungen an die Zeit mit meinem Papá in seiner *tabacaria* zurückbrachte.

Ich schob eine Hand in meine Hosentasche und legte die andere auf die Haustür.

»Ich mache nur einen Kontrollgang.« Carlo huschte nach draußen, und ich schloss die Tür hinter ihm ab, obwohl ich gleich wieder hinausgehen würde. Der Befehl meiner Cousine.

Ich folgte dem Duft von Vanille, Nelken und Zimt in die Küche. Er erinnerte mich an das Haus von Tía Camelia auf der Insel zur Weihnachtszeit. Sie hatte Papá und mir immer Leckereien mit nach Hause gegeben. Mein Körper zuckte bei der Erinnerung zusammen, dass ich Weihnachten nicht mit meiner Großfamilie auf der Insel verbringen würde.

Aber Tía Rosa war auch Familie, und ich setzte ihr zuliebe ein Lächeln auf. Sie schob Plätzchen von einem Backblech auf ein Stück Backpapier auf ihrer Arbeitsplatte.

»Hola, Tía.« Mit einem gezwungenen, lässigen Schwung in den Hüften schlenderte ich zu ihr und küsste sie auf die Wange.

»Mateo.« Butterweiche Wärme füllte ihre Stimme. »Ich bin froh, dass du vorbeigekommen bist. Lass mich nicht vergessen, dir ein paar von denen mit nach Hause zu geben.«

Ich schnappte mir eins von der Arbeitsplatte und biss hinein. »Davon würde ich nicht träumen. Willst du sehen, was ich dir mitgebracht habe?«

»Du hast mir etwas mitgebracht?« Mit funkelnden braunen Augen wischte sie sich die Hände an einem Handtuch ab.

»Ein verfrühtes Weihnachtsgeschenk.«

Ich holte ihren Mantel aus dem Schrank und half ihr in die Ärmel. Draußen schoss ihr Blick zu dem Schneemann.

»Er ist perfekt!« Sie klatschte in die Hände, als wäre sie sechs und nicht sechzig.

»Du musst ihn von der Straße aus sehen.« Ich bot ihr meinen Arm an, sie hakte sich bei mir unter, und wir stiegen die Stufen hinab und schlenderten bis zum Ende des Gehwegs.

Während sie den Neuzugang zu ihrer Weihnachtsmenagerie bewunderte, warf ich einen Blick auf die Häuser auf beiden Seiten. Schnurgerade Linien aus klaren Lämpchen zeichneten die Dachgiebel, Fenster und Veranden nach. Beide Türen waren mit üppigen immergrünen Kränzen geschmückt, die mehr gekostet haben mussten als meine monatliche Lebensmittelrechnung. Keine aufblasbare Figur oder Plastik-Rasenverzierung weit und breit.

Aber sie würden es nicht wagen, die Eigentümergemeinschaft wegen Cooper Fallons Mutter anzurufen.

»Gracias, hijo.« Sie zog an meinem Ärmel, und ich beugte mich für ihren Kuss hinunter.

»Das ist doch nichts«, murmelte ich.

»Das ist nicht nichts.« Sie legte ihre Hände auf meine Wangen, sodass ich ihr in die Augen sehen musste. »Du bist ein guter Junge, Mateo.«

Aber ich konnte ihrem Blick nicht standhalten. Nicht nach dem, was ich Mimi heute mit ihrer Präsentation angetan hatte. Meine Finger wollten den Ring an meiner rechten Hand drehen, aber er war nicht da.

Sie umklammerte meine Hand. »Ich wünschte, du könntest dich so sehen, wie ich dich sehe. Wie Miguelito dich sieht.«

»Miguelito?«, schnaubte ich. »Der hält mich für einen V—äh, *un tonto*.«

»Wenn er dich für *un tonto* halten würde, hätte er dich nicht hierhergebracht und zu meinem Sicherheitschef gemacht.«

»Wir wissen beide, dass du keine Security brauchst.«

»Ah.« Sie zwinkerte. »Wir wissen das. Mein Sohn nicht. Also

bezahlt er dich, du hängst mit deiner Lieblingstía ab. Das ist, was er eine Win-win-Situation nennen würde.«

Ich versuchte, ihr ein Lächeln zu schenken, aber Tía durchschaute meinen Mist immer.

Sie schnalzte mit der Zunge. »Lass uns reingehen. Ich mache uns einen Kaffee zu den Plätzchen, und du erzählst mir, was dich bedrückt.«

In ihrer Küche rührte meine Tía Zucker in eine Tasse starken, schwarzen Kaffee. »Was ist letzte Nacht mit Miriam passiert? Sie sah aus, als hätte sie auf der Party ein paar zu viel getrunken. Lito und Ben haben sich Sorgen um sie gemacht.«

»Sie haben mich gebeten, ihr zu folgen.« Ich legte den Keks beiseite, den ich gerade verschlingen wollte. »Wusstest du, dass sie auf einen Junggesellinnenabschied ging?« Hätte ich es gewusst, hätte ich mehr als nur meine bloßen Fäuste mitgebracht, um sie vor all den lüsternen Typen zu verteidigen.

Sie schüttelte stirnrunzelnd den Kopf.

»Eine *despedida de soltera*. Ihre Freundin Breina heiratet nächstes Wochenende. Ben und Miguelito gehen hin.« Es war mir erst wieder eingefallen, als ich gesehen hatte, wie Breina Mimi das glitzernde Plastikdiadem in die dunklen Locken schob und ihr die Schärpe über die wunderschönen Brüste legte. Ich lächelte bei der Erinnerung daran, wie Miriam ihre Freundin umarmt hatte, ihre übliche Förmlichkeit abgelegt und ihr einen feuchten Kuss auf die Wange gedrückt hatte. Was würde ich nicht dafür geben, dass das mir gelten würde. Und für eine kurze Zeit letzte Nacht war es so gewesen.

»Sie haben sich ziemlich betrunken, aber sie waren zusammen, und es ging ihnen gut. Bis ihre Männer auftauchten.« Ein Knurren machte meine Stimme rau. »Sie haben ihre Freundinnen nach Hause gebracht und Mimi allein gelassen. Und die Arschlöcher, die die ganze Nacht gekreist waren, stürzten sich auf sie.«

»Aber du warst da.« Strahlend klatschte Tía in die Hände. »Du hast sie gerettet wie *un caballero*.«

»Da wäre ich mir nicht so sicher.« Ich zog den Kopf ein und

erinnerte mich, wie ich mich hinter einer Zeitung versteckt hatte, bis Mimis Freundinnen gegangen waren. »Ich trug meine Brille, keine Rüstung.«

»Oh.« Ihr Gesichtsausdruck wurde traurig. »Aber selbst mit diesen *lentes feos* kann dir niemand widerstehen.«

»Niemand außer Mimi.« Obwohl für eine kleine Weile letzte Nacht ihre funkelnden Augen und dieses unerwartet strahlende Lächeln ganz allein mir gehört hatten. Sie schien hinter meine glatte Fassade auf das Wesen dessen, was ich war, geblickt zu haben. Und ihr hatte gefallen, was sie sah. Wir hatten über alles geredet: wie sehr sie die Freiwilligenarbeit bei der Stiftung liebte, wie sie die Direktorin bewunderte. Obwohl Larissa nach dem, was Mimi sagte, wie eine intrigante, manipulierende Schlampe klang. Sie hatte sogar über ihr Unbehagen gesprochen, die Letzte in ihrer Freundesgruppe zu sein, die noch Single war.

Ich hatte gehofft, bei Letzterem etwas tun zu können. Aber als ich heute Morgen mit meiner hoffnungsvollen Tüte *buñuelos* aufgetaucht war, hatte ich schnell gemerkt, dass sie eine Mateo-große Lücke in ihren betrunkenen Erinnerungen hatte. Und nachdem ich ihre Präsentation ruiniert hatte, hasste sie mich noch mehr als zuvor.

»Sie hat sich nicht erinnert. Das bin ich. Vergessenswert«, murmelte ich.

»Vergessenswert? Niemals, *cariño*.« Tía legte eine sanfte Hand auf meinen Arm. »Ich bin nur froh, dass sie, als der Alkohol den Stock aus ihrem Arsch gelockert hat, endlich gesehen hat, wie wundervoll du bist.«

»Tía!«, schrie ich auf.

»Es ist wahr. Das Mädchen muss lockerer werden. Ich weiß, ich weiß.« Sie wischte meine Proteste beiseite. »Du magst sie. Aber du musst zugeben, dass sie ein bisschen … verklemmt ist.«

»Zielstrebig.«

Sie schüttelte den Kopf. »Ehrgeizig.«

»Sie engagiert sich ehrenamtlich in der Stiftung von Jackson Jones. Sie ist Ben ähnlicher, als es scheint.«

Meine Tante sah nicht überzeugt aus. »Manchmal denke ich, Ben hat das ganze Herz in dieser Familie abbekommen.«

Meine Finger kribbelten, ich sprang auf und schnappte mir die Backbleche. Ich ließ Seifenwasser in ihr Spülbecken laufen und schrubbte die fettigen Rückstände und angekrusteten Plätzchenkrümel ab. Nein, Mimi hatte letzte Nacht jede Menge Herz gezeigt, besonders als sie …

»Glaubst du, ich sollte es ihr sagen? Von dem … dem Kuss?« Ich konnte fast nicht glauben, dass es passiert war. Aber ich hatte heute Morgen den Beweis in der Reizung durch meine Bartstoppeln gesehen, die sie mit Make-up zu verdecken versucht hatte. Wie hatte sie das vergessen können? Ich würde nie vergessen, wie sie meinen Namen gefleht hatte, kurz bevor ihre weichen Lippen auf meinen landeten. Ihr Geschmack – Tequila, Süße und Zimt –, als ich mich ihr öffnete. Die Form ihres Körpers in meinen Armen, all die weichen Kurven, die ich mit meinen Händen und meiner Zunge nachzeichnen wollte.

»Solltest du das nicht?« Tía trat neben mich an die Spüle und legte eine Hand auf meinen Rücken.

»Nein. Besonders nicht nach heute. Nachdem ich ihre Präsentation ruiniert habe.« Der Zorn, der in ihren Augen aufblitzte, hatte mich eingeschüchtert. Die wütende Miriam Levy-Walters war furchteinflößend schön.

»Du solltest es bei ihr wiedergutmachen. Dann kannst du ihr von letzter Nacht erzählen.« Sie rieb einen Kreis auf meinem Rücken. »Du hattest so viel Traurigkeit in deinem Leben, *hijo*. Du verdienst es, Glück zu finden. Und wenn du Mimi willst, dann hol sie dir. Niemand kann deinem Charme widerstehen.«

»Mimi kann«, grummelte ich auf eine klebrige Stelle auf dem letzten Backblech.

»Dann leg einen Zahn zu.«

»Ich kann nicht. Immer wenn ich es versuche, vermassle ich es.« So wie, als ich ihr Papier zerrissen hatte.

»Denk daran, sie ist auch nur ein Mensch. Keine Heilige über einem Altar.«

»Ist sie das?« Und das war nicht ganz ein Witz. »Sie arbeitet Vollzeit und engagiert sich ehrenamtlich in der Stiftung. Und sie ist die klügste Frau, die ich je getroffen habe.«

»Du bist auch klug. Du brauchst keinen schicken College-Abschluss, um das zu beweisen. Du kümmerst dich um Miguelito und mich.«

Ich schnaubte. »Lito kann auf sich selbst aufpassen. Und Ben auch. Und natürlich kümmere ich mich um dich. Du bist meine Lieblingstía.« Und das, was mir an Eltern am nächsten kam, sagte ich nicht. Sie wusste es.

»Du bist ein guter Junge. Ihrer würdig. Zeig es ihr. Hilf ihr so, wie du allen anderen hilfst. Also ist es heute nicht gut gelaufen.« Sie zuckte die Achseln. »Versuch es noch einmal.«

Ich schätzte, das schuldete ich Mimi, nachdem ich ihre Präsentation vermasselt hatte. »Okay. Mache ich. Kann ich bitte noch ein paar extra Plätzchen haben?«

Sie griff in die Schublade nach einer Plastikdose. »Das ist mein Junge. Umgarne sie mit Essen.«

4

MIMI

ALS DER FOTOGRAF mit uns Brautjungfern fertig war, schmerzten meine Wangen von dem steifen Lächeln, das ich aufgesetzt hatte.

Bree und Josh, die für noch mehr Fotos dableiben mussten, sahen noch genauso frisch aus wie heute Nachmittag, als sie sich zum ersten Mal sahen, er unter ihren Schleier lugte und sie nicht aufhören konnten zu lachen. Nun blickten sie sich in die Augen und teilten Geheimnisse, während der Auslöser der Kamera klickte. Ihr Glück war wirklich fast schon unanständig.

Nicht, dass ich neidisch gewesen wäre.

Ich hatte einen großartigen Job und eine noch bessere Chance bei der Stiftung, wenn ich Larissa mit meiner Arbeit für die Gala beeindrucken konnte. Ich wünschte, sie könnte Brees Hochzeitsempfang im Conservatory of Flowers sehen. Bree und Josh hatten sich etwas in einem Garten im Freien gewünscht, aber für ihre Hochzeit Ende Dezember wäre es zu kalt gewesen. Also hatte ich das Gewächshaus vorgeschlagen. Die Gewächshäuser waren warm und voller Farben und Düfte.

Das war meine beste Event-Idee, seit ich die Mutter unserer Abschlussballkönigin, eine Möchtegern-Social-Media-Influencerin, gebeten hatte, die Schulturnhalle als Vorzeigeobjekt zu dekorieren und versprochen hatte, dass jeder Besucher sie taggen und reposten würde. Wir hatten den glamourösesten Abschlussball aller Zeiten.

Das freigewordene Budget für die Dekoration hatten wir genutzt, um einen Schokoladenbrunnen zu mieten. Nicht meine Idee – ich bin allergisch gegen Schokolade –, aber ich hatte sie genehmigt. Und am Ende bereute ich es. Ein Haufen betrunkener Highschool-Schüler und geschmolzene Schokolade sind keine gute Kombination. Als Vorsitzende des Abschlussballkomitees erhielt ich persönlich Dutzende von Reinigungsrechnungen von wütenden Eltern.

Mein Magen knurrte. Ich hatte seit einer Tasse Kaffee und einem Bissen Gebäck heute Morgen, während wir unsere Haare machen ließen, nichts mehr gegessen. Ich lehnte das Angebot eines Kellners ab, der mir ein Glas Champagner anbot, und ging auf das Vorspeisenbuffet zu.

Bevor ich auch nur ein Käsetörtchen ergattern konnte, überwältigte der allzu vertraute Geruch von Paco Rabanne den erdigen, blättrigen Duft des Gewächshauses und drehte mir den Magen um. Ich erstarrte, knapp zwei Meter vom Buffet entfernt, und wünschte, die Topfpalme zu meiner Rechten wäre dicht genug, um mich dahinter zu verstecken. Aber sie war ein spindeldürres kleines Ding, und ihre weichen Wedel boten weder Deckung noch Verteidigung. Ich drehte mich um, denn ich wusste, wer dort sein würde.

Früher fand ich sein Lächeln süß, aber jetzt sah es schmierig aus, ein Aufblitzen gebleichter Zähne. Er sah wie immer tadellos aus, sein Anzug gebügelt und seine Krawatte im üblichen halben Windsorknoten gebunden.

Er rückte seine runde Brille gerade und legte einer Frau den Arm um die Taille. Sie war zierlich, wog wahrscheinlich klatschnass kaum fünfundvierzig Kilo, hatte eine Stupsnase und seidigglattes Haar. Es war, als hätte Byron absichtlich mein genaues Gegenteil gewählt.

»Mimi. Komisch, dich hier zu sehen«, sagte er und richtete sich auf, um mir in die Augen zu sehen. In meinen Absätzen war ich genauso groß wie er.

Ich schluckte, um etwas Feuchtigkeit in meinen Mund zu bekommen. Ich wünschte, ich hätte den Champagner nicht abgelehnt.

»Ich bin eine der Brautjungfern.« Ich deutete auf mein marineblaues Satinkleid, als ob er das nicht schon wüsste. »Was machst du hier?«

Er zog die Frau an seine Seite. »Das ist Tanya. Sie ist Joshs Cousine. Die Welt ist klein.«

»Klein, die Welt«, wiederholte ich.

Tanya lächelte unsicher.

Nichts von alledem war ihre Schuld, und jetzt war sie Brees Familie. Ich streckte die Hand aus. »Schön, dich kennenzulernen, Tanya. Ich bin Mimi. Bree und ich sind beste Freundinnen, seit wir elf sind.«

Ihre Hand lag schlaff in meiner, und plötzlich fühlte ich mich zu viel. Zu forsch, zu groß, zu laut. Die Unsicherheit, die mich nach Byrons Jobdiebstahl erdrückt hatte, schlich sich kalt und stachelig zurück in mein Herz. Er hatte sich nie für mich interessiert. Ich war eine Närrin gewesen zu glauben, er könnte es.

»Wir vermissen dich bei SquawkClip«, sagte er. »Niemand kann den Monatsabschluss so schnell machen wie du.«

Die Stacheln legten sich. »Dan–«

»Du hättest im Team bleiben sollen. Ich hätte dich zu meiner Assistentin gemacht.«

»Warte. Was?« Ich blinzelte so heftig, dass sich meine falschen Wimpern verhedderten. »Deine Assistentin?«

»Du könntest meine rechte Hand sein. Ich habe jetzt sieben Leute, die mir unterstellt sind.«

Meine Brust hob und senkte sich mit all den Worten, die ich sagen wollte. Schreien. Ich hatte diesen Job verdient. Sogar Byron hatte mir gesagt, dass ich ihn verdient hätte. Aber er hatte hinter meinem Rücken seine Kontakte spielen lassen und ihn sich selbst geschnappt.

Ich hielt alles zurück. Ich konnte auf Brees Hochzeit keine Szene machen. Nicht vor Tanya, die jetzt zu ihrer Familie gehörte.

»Ich bin glücklich, wo ich bin. Ich bin leitende Buchhalterin in einem fantastischen Team. Und ich glaube an die Mission von Synergy.«

»SquawkClip ist die angesagteste, exklusivste Social-Media-Videoseite überhaupt. Jeder will eine Einladung.«

»Ich weiß.« Ich hatte zugesehen, wie die Seite seit meinem Weggang an Popularität und medialer Aufmerksamkeit gewonnen hatte. Aber ich hatte mich immer wie eine Heuchlerin gefühlt, als ich bei einer Firma arbeitete, die kuratierte Video-Feeds nur für geladene schöne Menschen bewarb. Mein jugendliches Ich hätte diese Videos wie Kartoffelchips in sich hineingestopft und sich danach genauso schlecht gefühlt.

Byron zuckte mit den Schultern. »Schade, dass deine ehrenamtliche Arbeit dich immer von deinem bezahlten Job abgelenkt hat. Du wirst höher aufsteigen, wenn du am Ball bleibst. Es ist ironisch, dass du als Buchhalterin so sorglos mit deiner eigenen Zeit und deinem Geld umgehst.«

Ich presste die Lippen zusammen, um die wütenden Worte zurückzuhalten. *Sei nett für Bree.* Ich warf einen Blick auf Tanya.

Er schob seine Brille die Nase hoch. »Wenn du deine Meinung änderst und zurückkommen willst, ruf mich an.«

Der Gedanke, für Byron oder für die Firma zu arbeiten, die ihn mir vorgezogen hatte, entfachte ein Feuer in meinem Bauch. Trotzdem lächelte ich. »Sicher.«

»Hey«, Ben glitt in seinen Abendschuhen zu mir herüber, etwas atemlos. Er musste losgerannt sein, als er mich mit meinem Ex reden sah. Er verzog verächtlich den Mund. »Byron.«

»Ben.« Byron neigte das Kinn. Obwohl sie ungefähr gleich groß waren, schaffte er es, von oben auf ihn herabzusehen. Als wir zusammen waren, war er nie mutig genug gewesen, etwas zu sagen, aber es war offensichtlich, dass er über Bens fehlenden College-Abschluss und seinen Mangel an einem professionellen Job die Nase rümpfte.

Er wusste nicht, dass Ben jetzt beides hatte, einen Abschluss und eine großartige Karriere. Weder mein Bruder noch ich würden uns die Mühe machen, ihn aufzuklären. Byron war die Mühe nicht wert.

Er blickte zwischen uns hin und her. »Du bist mit deinem Bruder hier?«

Ich biss mir auf die Lippe, um nicht das Gesicht zu verziehen. »Nein, ich–«

Cooper schritt auf uns zu, mit zwei Gläsern Champagner in den Händen. Er reichte Ben eines und bot mir das andere an. Ich nahm es, dankbar für etwas, an dem ich mich festhalten konnte, das nicht Byrons Hals war.

Bens Gesicht leuchtete auf. »Schatz, das ist Byron, Mimis Ex. Und …?«

»Tanya«, sagte ich.

Cooper schüttelte ihre Hände. »Nett, euch kennenzulernen. Ich bin Cooper.«

Byron klappte die Kinnlade herunter. »Cooper *Fallon?*«

Cooper schenkte ihm ein Lächeln mit zusammengepressten Lippen und verschränkte seine Finger mit denen meines Bruders. Ja, ich war auch überrascht gewesen, als Ben mit seinem milliardenschweren Chef zusammenkam, über den alle zwei Wochen in den Finanznachrichten berichtet wurde.

Byron blinzelte. »Mit wem bist du also hier, Mimi?«

Die kalten Stacheln kehrten zurück, selbst in dem warmen Gewächshaus. Warum hatte ich nicht daran gedacht, jemanden mitzubringen, irgendjemanden? Meinen letzten One-Night-Stand, diesen Typen, den ich eines Abends nach der Arbeit im November im Tiefkühlregal getroffen hatte. Wie hieß er noch? Van? Vin? Ich hatte seine Nummer in den Müll geworfen.

Wenn ich nur letztes Wochenende nicht so betrunken gewesen wäre, dass ich meine Chance mit meinem geheimnisvollen Mann verpasst hätte. Ich stellte das Champagnerglas hinter eine Bromelie mit roten Spitzen.

»Ich bin allein hier«, sagte ich.

Gleichzeitig sagte Ben: »Sie ist mit uns hier«, und schob sein Kinn vor. »Du lässt sie besser in Ruhe, wenn du weißt, was gut für dich ist.«

Das war mein Bruder, der immer mit dem Herzen voranging. »Ben–«

»Belästigt er dich, Mimi?«, fragte Cooper.

»N-nein«, sagte Byron. »Ich wollte nur Hallo sagen.«

»Das hast du getan«, sagte Ben und schob sich vor mich. »Und jetzt zieh Leine.«

Byron rückte seine Brille zurecht und starrte mich an, als ob der Beschützerinstinkt meines Bruders meine Schuld wäre. Dann drehte er sich auf seinem Loafer um und ging weg, Tanya hinter sich herziehend.

»Das war nicht–«, begann ich.

»Ist alles in Ordnung bei dir, Süße?«, fragte Ben. »Du bist so blass geworden, ich habe mir Sorgen gemacht.«

»Mir geht es gut. Er hat mich nur überrascht. Das ist alles.«

»Gut. Er ist es nicht wert.«

Ich blickte zwischen Ben und seinem Verlobten hin und her. »Amüsiert ihr zwei euch gut?«

Cooper blitzte ein schnelles Lächeln auf. »Natürlich.«

»Er lügt.« Ben hakte sich bei Cooper unter. »Pass auf Mom auf. Sie hat mit Brees Mom geredet, und jetzt hat sie das Hochzeitsfieber. Sie hat versucht, uns zu drängen, einen Termin festzulegen.« Bens Lächeln war gezwungen. »Wir sind noch nicht so weit.«

Ich würde ihn später fragen müssen, warum er aussah, als hätte ihn jemand gezwungen, einen der Brautjungfernsträuße zu essen. »Mich wird sie nicht stören. Sie hat immer gesagt, ich solle zuerst meine Karriere aufbauen. Außerdem seid ihr praktisch verheiratet.«

»Ich glaube, meine Verlobung hat bei ihr eine Schraube gelockert. Sie hat gefragt, wo Bree ihr Kleid herhat.«

Ich schluckte. Das warme Gewächshaus und der Duft von Lilien überwältigten meine Sinne. »Ich brauche etwas Luft.«

»Sollen wir mitkommen?« Mein Bruder machte einen Schritt auf mich zu.

Ich hob die Hände. »Nein. Ich brauche nur eine Minute für mich.«

Ich drehte mich auf meinen kneifenden Pumps um und schlängelte mich durch die strahlenden Gäste, die händchenhaltenden Paare, die ihre Zweisamkeit feierten, zum Ausgang. Ich war noch nicht bereit zu heiraten. Obwohl Bree vielleicht recht hatte. Vielleicht war ich nicht mehr glücklich single. Es wäre sicher schön gewesen, jemanden zu haben, um den ich einen Arm hätte legen können, als Byron mich konfrontierte. Jemanden, der mich angesichts seiner Verachtung stützen würde.

Jemanden, der so nett und fürsorglich ist wie mein geheimnisvoller Mann.

Irgendwie hatte ich das vermasselt. Es gab keine neue Nummer in meinem Handy. Ich hatte meine Wohnung auf den Kopf gestellt und nichts weiter gefunden als einen neongrünen, penisförmigen Strohhalm und ein Kondom, das noch in seiner »Schlechte Entscheidungen ergeben gute Geschichten«-Verpackung steckte.

Ich stieß die Tür auf und trat nach draußen, um meine Lungen mit kühler, frischer Luft zu füllen.

Aber die Luft war nicht frisch. Ein Mann stand etwa sechs Meter entfernt im ausgewiesenen Bereich, eine Zigarette zwischen den Lippen.

Seine breiten Schultern und sein schwarzes T-Shirt waren auf eine Art vertraut, die mein Herz schwer werden ließ. Ich konnte unmöglich so tun, als würde ich ihn nicht kennen.

So viel zu meiner kleinen Auszeit, um mich zu sammeln.

5

MATEO

FRÜHER, als ich noch im Laden meines Papás arbeitete, spürte ich immer, wenn jemand versuchte, eine Stange Zigaretten oder eine Zigarre aus der Kiste an der Kasse zu klauen. Selbst wenn ich ihnen den Rücken zukehrte, kribbelte es mir am Haaransatz.

Das spürte ich auch jetzt.

Langsam wandte ich mich von den Kamelien ab, die ich gerade bewundert hatte. Ich nahm die Zigarette von den Lippen und blies einen langen Zug blauen Rauchs aus.

Mimi stand zitternd an der Tür zum Wintergarten. Ihr ärmelloses Abendkleid hatte die Farbe einer mondlosen Mitternacht zu Hause auf der Insel.

Ich stürzte zum Aschenbecher und stieß ihn in meiner Eile beinahe um. »H-Hallo.«

Sie rümpfte die Nase. »Verfolgst du mich?«

»Ähm.« Ich richtete die Urne wieder auf und schnippte die Kippe in den Schlitz. »Ah, nein. Ich fahre Ben und Miguelito.«

Sie verschränkte die Arme vor der Brust, was wirklich schade war. Der herzförmige Ausschnitt ließ ihre Brüste fantastisch aussehen. Obwohl ich eine bessere Chance hatte, etwas Intelligentes zu sagen, wenn ich nicht auf ihre traumhaften Titten starrte.

»Ich dachte, du wärst vom Sicherheitsdienst, kein Chauffeur.«

Ich zuckte mit den Schultern. »Ich tue, worum mein Cousin mich bittet.«

Sie schaute weg und ich bemerkte, dass ihre Finger zitterten. Das hatten sie auch neulich am Morgen getan, als sie sich geweigert hatte, die Buñuelos zu essen, die ich mitgebracht hatte.

»Ist alles in Ordnung mit dir?«, fragte ich. »Hast du etwas gegessen? Oder … oder ist dir kalt?« Scheiße, warum hatte ich meine Jacke im Auto gelassen? Ich ging ein paar Schritte auf sie zu. Ich sehnte mich danach, sie so in meine Arme zu schließen, wie sie es an jenem Abend in der Bar zugelassen hatte.

»Mir geht's gut.« Sie hielt die Hände vor sich, als wollte sie einen bösen Geist abwehren.

Ich musste stinken wie ein Aschenbecher. Ich trat einen Schritt zurück.

Ihre Schultern senkten sich. »Danke für die Gewürzkekse, die du Ben mitgegeben hast. Sie waren köstlich.«

»Aber sicher. Meine Tía ist die beste Köchin, die ich kenne.«

Als sie wieder zitterte, sagte ich: »Du solltest reingehen, wo es warm ist. Es sei denn, du möchtest meine Jacke leihen? Sie ist im Auto.«

Sie schüttelte den Kopf.

»Bist du hungrig? Ich hole dir einen Teller.« Ich deutete mit dem Kinn zu den Türen hinter ihr.

Sie schnaubte. »Da würdest du niemals lebend wieder rauskommen. Nicht, wenn du so aussiehst.« Sie machte eine kreisende Handbewegung in Richtung des schwarzen T-Shirts, das ich immer trug, wenn ich für meinen Cousin arbeitete.

Ich strich mit der Hand darüber, als könnte ich es auf magische Weise in einen Anzug mit Krawatte verwandeln. Vielleicht würde sie mich dann respektieren. Würde sie mich so ansehen wie letzten Samstagabend.

Nein, das hatte ich verbockt. Ich war gewesen, was ich immer war. Ein netter Zeitvertreib. Vergessenswert. Nicht wert, behalten zu werden.

»Tut mir leid, dass ich nicht passend gekleidet bin. Ich habe nicht erwartet …«

»Nein, ich meinte …« Sie presste die Lippen aufeinander. »Ich meinte, wie deine Muskeln in diesem Shirt aussehen.«

Ich konnte nicht anders. Ich spannte die Muskeln an. Es war so automatisch wie atmen.

Aber Mimi reagierte nicht so, wie die Leute es normalerweise taten. Das hatte sie noch nie.

»Ich brauche ein paar Minuten für mich allein«, sagte sie und wirkte dabei auf eine Art verletzlich, wie ich sie noch nie gesehen hatte. »Weißt du?«

»Nicht wirklich. Ich hasse es, allein zu sein.« Ich verzog meine Lippen zu einem gequälten Lächeln. Aber ich würde ihr das Einzige geben, worum sie bat. »Ich verstehe. Ich setze mich ins Auto.«

Ihre dunklen Augenbrauen zogen sich zusammen, aber ich tat, was ich gesagt hatte. Ich drehte mich um und ging zurück zum SUV. Ich schloss mich darin ein und versuchte, sie nicht zu beobachten, wie sie zitternd dastand und es mehr genoss, allein zu sein, als sie meine Gesellschaft genoss.

6

MIMI

MAN SAH BEN SEINE FRUSTRATION AN, wie seine Hände flatterten, bevor er meine Schultern packte und mir einen Kuss auf die Wange drückte. »Danke, dass du gekommen bist.«

Ich umarmte ihn. »Alles für dich, Benny.«

Eine Woche nach Brees Hochzeit hatte ich mein sonntägliches Wohnungsputzritual sausen lassen, um auf seine SOS-Nachricht zu antworten, und er erwartete mich unter dem tropfenden Vordach vor dem Gemeindezentrum, in dem er oft ehrenamtlich aushalf.

»Das ist eine ganze Menge, Mimi. Atme tief durch.«

Ich wusste nicht, ob seine letzten Worte ihm selbst oder mir galten, aber ich sog die kalte Luft ein, als er mit einer dramatischen Geste die doppelflügelige Metalltür zur Turnhalle aufriss.

In der Turnhalle klang es, als wäre ein Spiel der Warriors im Gange. Schreie und das Quietschen von Turnschuhen hallten von den Holzböden und den Betonsteinwänden wider. Einige Teenager – die ruhigeren – schrien sich in Gruppen gegenseitig an. Eine Gruppe machte Huckepack-Kämpfe, bei denen schmächtigere Kids auf den Schultern ihrer Freunde ritten und sich gegenseitig mit Schwimmnudeln verprügelten. Zwischen ihnen allen fand gleichzeitig sowohl ein spontanes Basketballspiel als auch ein Fußballspiel statt.

In der hintersten Ecke zwängte Mateo seine breiten Schultern in einen bedrohlich aussehenden Kreis, der sich um irgendeine Auseinandersetzung bildete.

»Ich hätte eigentlich fünf Freiwillige haben sollen«, schrie Ben mir ins Ohr.

»Sind die alle im Bett geblieben?«, schrie ich zurück. Langsam wünschte ich, ich wäre es auch.

»Magen-Darm-Grippe. Sie waren alle am Heiligabend auf derselben Party. Gott sei Dank seid ihr und Mateo hier.«

Ich griff in die Tasche meines Regenmantels nach meinem Schlüsselbund mit der Trillerpfeife daran, doch ich zog etwas anderes Rundes, Metallisches hervor. Ich schob es mir zur sicheren Aufbewahrung auf den Daumen und griff in meine andere Tasche.

Als ich die Pfeife an meine Lippen setzte, wusste Ben, dass er Abstand halten musste. Die Kids, die uns am nächsten waren, nicht. Ich stieß einen durchdringenden Pfiff aus, und sie schlugen die Hände über die Ohren.

»Hey!«, Ich musste es ein paar Mal rufen und mit ein paar weiteren Schreien aus meiner Pfeife untermalen, aber die Ballspiele hörten auf. Mateo schlichtete endlich den Streit in der Ecke, und die Gesichter von fünfzig Teenagern wandten sich mir zu.

Als ich ihre Aufmerksamkeit hatte, brüllte ich: »Hört auf Ben. Er hat das Sagen.«

Ben holte sich klugerweise Mateo und die Ballspieler zu Hilfe, um die Kids in Teams für alberne Staffelläufe einzuteilen. Ich ging ans andere Ende der Turnhalle, wo sich die Introvertierten abgesondert hatten, und ermutigte sie sanft, sich ebenfalls zusammenzutun. Wäre es nicht für meinen Bruder gewesen, wäre ich versucht gewesen, mich zu ihnen auf die Tribüne zu setzen und meine Lieblings-Steve-und-Bucky-Fanfiction auf meinem Handy aufzurufen, aber das war Bens Tag. Er würde dafür sorgen, dass alle Spaß hatten.

Stunden später, als die Kids ihre anfängliche Energie verbrannt und sich in Gruppen gebildet hatten, um zu basteln und zu reden, lehnte ich mich endlich an eine Turnmatte, die an der Wand eingehakt war. Das Nachmittagssonnenlicht fiel durch die hohen Fenster und blitzte auf meinem Daumen auf, was mich an die Anwesenheit des Rings erinnerte. Denn das war es, ein Ring. Ein zerkratztes Goldband, das aussah, als hätte es schon einige Jahre hinter sich.

Was zum Teufel machte er in meiner Tasche?

Ich kniff die Augen zusammen, und die Art, wie er das Licht einfing, riss mit der Gewalt eines Brecheisens an einem zugekleisterten Fenster etwas in meinem Gehirn auf. Mein mysteriöser Mann, seine blauen Augen todernst hinter seiner Brille, wie er den warmen Kreis in meine Handfläche drückte.

»Pass gut darauf auf«, hatte er gesagt. »Für mich.«

Ich strich mit der Fingerspitze darüber. Ich hatte verdammt schlechte Arbeit dabei geleistet, darauf aufzupassen, indem ich ihn in meiner Manteltasche vergessen hatte. Wenigstens hatte ich ihn noch. Aber wie sollte ich ihn meinem mysteriösen Mann zurückgeben? Ich hatte die Kontakte auf meinem Handy hundertmal überprüft. Es gab keinen Eintrag für *Mann, mysteriöser* oder *Unbekannter, blauäugiger,* oder auch nur *Kent, Clark.*

»Hallo.«

Ich schreckte hoch und bedeckte reflexartig meinen Daumen und den Ring mit den Fingern. Wenn Mateo wüsste, was auf Brees Junggesellinnenabschied passiert war, würde er mir als Sicherheitsexperte einen Vortrag darüber halten, wie man angetrunken Männer in Bars kennenlernt.

Ich blinzelte zu ihm hoch und versuchte, meine Verärgerung zu verbergen. Über meinen mysteriösen Mann zu fantasieren war noch besser als die schlüpfrigste Stucky-Fanfic, und er hatte mich dabei unterbrochen.

»Warum redest du mit mir?«, Ich verzog die Lippen. »Mindestens fünf dieser Mädchen sind über achtzehn und alt genug, um mit ihnen zu flirten. Lass dich von mir nicht aufhalten.«

Seine blauen Augen verzogen sich, als hätte ich ihm einen Schlag versetzt, und ein Stich von Schuld machte sich in meinem Bauch breit. Warum war ich in seiner Nähe immer so ein Idiot? Das hatte er nicht verdient. Jedenfalls nicht immer.

Er schenkte mir ein Lächeln mit zusammengepressten Lippen. »Ich bin hergekommen, um dir dafür zu danken, dass du Ben heute geholfen hast. Ich habe mir Sorgen um ihn gemacht, bei all diesen Punks.«

»Punks?«, Ich sträubte mich. »Das sind doch nur Kids. Sie haben seit anderthalb Wochen Ferien und ihnen fällt die Decke auf den Kopf. Genau wie dir und mir in dem Alter.«

»Hey.« Er machte einen Schritt zurück und hob die Hände vor seine Brust. »Das war nicht despektierlich gemeint. Ich war auch mal so ein Punk. Ich weiß genau, wie schnell die Situation hätte aus dem Ruder laufen können.«

»Oh. Sicher.« Es war nicht schwer, sich eine Teenager-Version von Mateo vorzustellen. Sein jungenhaftes Aussehen, sein lockeres Flirten und seine lässigen Bewegungen ließen ihn jünger wirken, als er war.

Als hätte ich es laut ausgesprochen, errötete er. »Ich – äh. Danke, dass du deine Pfeife mitgebracht hast und die Stimme der Autorität warst, die sie gebraucht haben.«

»Kein Problem. Ben weiß, dass er sich jederzeit an mich wenden kann, wenn er mich braucht.«

Mateo nickte, und plötzlich verlor sein Gesicht seine Jungen-haftigkeit. Diese blauen Augen bohrten sich auf eine Weise in mich, die mich an … etwas erinnerte. Wahrscheinlich an den Laserblick seines Cousins. Eine Gänsehaut breitete sich von meiner Kopfhaut bis zu meinen Zehen aus. Ich schob meine Hand mit dem Ring in meine Jeanstasche.

»Mateo!«, schrie Ben vom anderen Ende der Turnhalle. »Brauche mal Hilfe!«

Ich riss meine Augen von Mateo los. Ben stand neben einem

Regal mit Basketbällen, aber ein paar Kids spielten mit dem letzten Ball ›Gib ihn nicht her‹. Es schien, als hätten sie es aus Spaß getan, aber ich war froh, dass Mateo da war, um Ben zahlenmäßig zu unterstützen.

»Entschuldige mich«, sagte Mateo, »aber ich muss ein paar Hohlköpfen den Kopf geraderücken.«

Er joggte los, und seine Turnschuhe quietschten eine Warnung. Die Kids gaben Ben den Ball, sobald sie den bulligen Mateo auf sich zukommen sahen.

Nachdem die Kids gegangen waren und Mateo das Auto holen gegangen war, ließ sich Ben neben mir auf dem Hallenboden nieder.

»Müde? Ich weiß, heute war eine Menge los.«

»Nein, mir geht's gut.« Ich ließ meine Schultern kreisen. »Wobei kann ich dir helfen?«

»Nichts.« Er deutete auf die leere Turnhalle, die Bälle, Hula-Hoop-Reifen und uralten Roller waren ordentlich in ihren Regalen verstaut. »Kommst du zu uns zum Abendessen?«

Ein Abendessen mit Cooper und wahrscheinlich auch Mateo klang schmerzhaft. »Wie wäre es mit einem Restaurant? Nur wir beide?«

»Ein Lokal mit einer beheizten Terrasse, damit ich Coco mitbringen kann?«

Der Gedanke an Bens Hund – und sein Fell – ließ meine Augen jucken.

»Ich habe dir den ganzen Tag geholfen. Keine Terrasse. Kein Hund.«

Ben schnappte dramatisch nach Luft. »Coco ist ein süßer, süßer Junge. Der einzige Grund, warum er nicht dein bester Freund ist, ist, dass du allergisch bist.«

»Lass mich dir sagen, ich habe den Nebel der Allergiemedikamente nicht vermisst, seit du ausgezogen bist.« Ich erstarrte. Allergiemedikamente.

»Ich glaube, ich habe mir selbst K.-o.-Tropfen verabreicht«, sagte ich.

»Was? Heute?«, Ben starrte mir in die Augen.

»In der Nacht deiner Party. Ich habe meine Allergiemedikamente genommen, bevor ich zu deiner Party gegangen bin, dann bin ich zu Brees Junggesellinnenabschied gegangen. Ich glaube, die Medikamente haben die Wirkung des Alkohols verstärkt. Ich bin ziemlich betrunken gewesen und ich – ich erinnere mich nicht an viel.«

Er erbleichte. »Meinst du, es ist etwas passiert?«

»Ich bin allein in meiner Wohnung aufgewacht, noch in meinen Klamotten. Nichts schien … aus dem Ruder gelaufen zu sein.«

Er atmete erleichtert aus, dann grinste er. »Nichts aus dem Ruder gelaufen? Ich *schätze*, das ist eine gute Sache. Obwohl du mehr *aus dem Ruder* in deinem Leben gebrauchen könntest.«

»Das sagst du.« Ich verschränkte die Arme. »Ich mag mein geordnetes Leben.«

Ben murmelte etwas, das sich verdächtig nach *langweiliges Leben* anhörte.

»Hey, du bist praktisch mit der geordnetsten Person verheiratet, die ich je getroffen habe. An Ordnung ist nichts auszusetzen.«

Seine Augen funkelten spitzbübisch. »Nicht, wenn es mit einem umwerfenden Körper und einer Zunge einhergeht, die –«

»Boss vom Boss vom Boss«, erinnerte ich ihn zuckend. »Wohin willst du gehen?«

»Fettige Burgerbude«, sagte er ohne zu zögern. »Das kann ich nie essen, wenn Cooper hier ist. Du weißt schon, sein Körper ist ein Tempel und so. Ich meine, das *ist* er auch.« Ein verträumter Blick überkam sein Gesicht. »Und ich bete dort wie ein Baptist am Sonntag.«

Ich schüttelte den Kopf. »Moment, wo ist Cooper?«

»Er musste nach Singapur.« Ben seufzte.

»In der Woche nach Weihnachten?«

Er zuckte mit den Schultern. »Er ist ein Industriekapitän, weißt du. Der Kapitalismus macht keine Feiertage.«

»Wie war euer erstes gemeinsames Weihnachten?«

»Gut.« Er grinste. »Wir waren bei Rosa, und sie hat das unglaublichste Essen gemacht. Ich könnte dir nicht einmal sagen, was die Hälfte davon war, aber es war köstlich.« Er rieb sich den Bauch. »Mateo hat diesen himmlischen Brotpudding gemacht. Ich mag nicht einmal Brotpudding. Pudín de pan, haben sie es genannt.«

»Mateo«, grummelte ich. Er war überall. Auf Brees Hochzeit, als ich eine Minute für mich brauchte. In meiner Wohnung, als ich meine Präsentation vorbereiten musste. Hitze stieg von meiner Brust in meinen Hals. Ich hatte den Boden, den ich bei Larissa durch meine verpfuschte Präsentation verloren hatte, immer noch nicht wieder gutgemacht. Als ich ihr die aktualisierten Finanzdaten geschickt hatte, war ihre Antwort kurz angebunden gewesen. Und erwähnte die Stelle der stellvertretenden Direktorin mit keinem Wort.

»Ich verstehe nicht, warum du ihn nicht magst. Er ist heiß, witzig und so ziemlich der netteste Kerl, den du je treffen wirst.«

»Witzig?«, schnaubte ich. Ich überprüfte die Türen der Turnhalle, aber wir waren immer noch allein. »Der Typ ist ein Muskelprotz, der kaum zwei Sätze zusammenbekommt.«

»Ich weiß nicht, wovon du redest. Er hat bei Rosa Witze erzählt und wir haben uns alle auf dem Boden gekugelt.«

Ich schüttelte den Kopf. »Ich schätze, da muss ich dir wohl beim Wort nehmen. Außerdem hasst mich der Kerl.«

»Hasst dich? Er konnte nicht aufhören, über dich zu reden. Darüber, wie schön du warst, als du bei Brees Hochzeit so aufgetakelt warst. Darüber, wie klug du bist.«

Ich schnaubte. »Du musst zu viel Weihnachtspunsch getrunken haben. Niemals hat er so über mich geredet. Er hält mich für einen riesigen Nerd.«

Als ich Mateo das erste Mal traf, kurz nachdem er nach San Francisco gezogen war, um Coopers Sicherheitsdienst zu leiten, war ich so überwältigt gewesen – ich hatte keine Ahnung, dass so hinreißende Menschen außerhalb von Superheldenfilmen und Fitnessmagazinen existierten –, dass ich einen meiner dämlichen

Mathe-Witze losgelassen hatte, den über die unendlich vielen Mathematiker.

Er hatte mich eine Sekunde lang mit offenem Mund angestarrt und dann etwas über das Wetter gesagt. Es hatte mich – schmerzlich – an Byron erinnert. Daran, wie er bei meinen Mathe-Wortspielen immer die Stirn gerunzelt hatte. Er hatte gesagt, sie ließen mich lächerlich klingen, als würde ich mich zu sehr anstrengen.

Und Mateo dachte dasselbe. Dass ich eine Streberin war. Eine unattraktive. Ich erwischte ihn immer dabei, wie er auf die Teile von mir starrte, die Byron hasste – meinen Hintern, meine dicken Oberschenkel. Byron hatte mir einmal ein Set Trainingsbänder zum Geburtstag geschenkt. *Booty Busters*, stand auf dem Etikett.

Der muskelbepackte Mateo musste meinen Hintern wohl auch als verbesserungswürdig eingestuft haben.

Aber ich war fertig damit, über Mateo zu reden. Etwas nagte an meinem Hinterkopf, wann immer ich an ihn dachte. »Erinnere mich mal, wann du deinen neuen Job anfängst.«

»Es ist eigentlich nur eine Fortsetzung des Praktikums, das ich gemacht habe. Aber mein offizieller Vollzeit-Starttermin ist der vierte.«

»Sieh dich an, Mister Erwachsen«, neckte ich ihn. »Ein Abschluss und ein Job für Erwachsene.«

»Hey, Assistent der Geschäftsführung ist ein Job für Erwachsene!«

Nicht laut Mom. Aber ich sagte es nicht. Sie setzte Ben nie so unter Druck wie mich. Sie wusste, dass es Frauen schwerer hatten als Männer. Wie sie mir hundertmal gesagt hatte, musste ich, weil ich nicht im Stehen pinkelte, härter arbeiten, um mich zu beweisen, um mir das zu verdienen, was denen ohne nachzudenken gegeben wurde. Sogar mein Bruder Ben hatte aus einer lückenhaften Arbeitsgeschichte, dem längsten Bachelor-Studium der Welt und ein wenig Hilfe von seinem milliardenschweren Freund einen großartigen Job bei einer Stiftung gemacht, bei dem er genau das tat, was er wollte. Während ich ein Jahr lang umsonst gearbeitet hatte, meine Abende und Wochenenden geopfert hatte und darum kämpfte, Larissa davon zu überzeugen, dass ich es wert war, fest angestellt zu werden.

»Was ist mit dir?«, fragte er. »Gibt es irgendwelche Entwicklungen an der Jobfront?«

»Tatsächlich …«, Ich kaute auf meiner Lippe. »Bei Jacksons Stiftung wird eine Vollzeitstelle frei.«

»Mit all deiner Freiwilligenarbeit und deiner Finanzerfahrung solltest du so gut wie sicher dabei sein.«

»Ich weiß nicht. Ich habe bei Larissa keinen besonders guten Eindruck hinterlassen. Oder bei Jackson. Und es ist eine Stelle als stellvertretende Geschäftsführerin. Ich bin nur eine leitende Buchhalterin bei Synergy.«

»Soll ich mal mit ein paar Leuten reden? Ich könnte Cooper bitten, mit Jackson zu sprechen. Oder ich könnte es selbst tun. Wir sehen ihn und seine Familie ständig.«

Ich musterte Ben von seinem Button-down-Hemd bis zu seinen Jeans. War das eine *Bügelfalte?* Sogar seine Sneaker waren makellos. Ben hatte jemanden, der seine Wäsche machte. Und einen richtigen Job bei einer Stiftung, die gefährdeten Kindern half. Sie war größer und etablierter als die von Jackson, also gab es dort nicht so eine Stelle als stellvertretende Geschäftsführerin wie die, auf die ich aus war. Noch nicht. Trotzdem hatte mein kleiner Bruder mich in vielerlei Hinsicht überholt.

Ich konnte seine Beziehungen nicht ausnutzen, um voranzukommen. Nein, ich wollte mich nicht selbst belügen. Ich war zu stolz, um die Hilfe anzunehmen, die er anbot. Zu stolz, um zuzugeben, dass ich die Hilfe meines jüngeren Bruders brauchte.

»Nein, danke. Das schaffe ich schon allein.«

»Bist du sicher? Das wäre wirklich kein Problem. Die Leute in diesen Kreisen machen das andauernd.«

»Ben.« Ich kicherte. »Du gehörst jetzt zu diesen Kreisen. Aber ich hab das im Griff, danke. Ich werde schon herausfinden, wie ich Larissa beeindrucken und mir diesen Job ganz allein verdienen kann.«

»Ich weiß, dass du das schaffst. Und ich bin so stolz auf dich, dass du diese Veränderung durchziehst. Es wäre einfach gewesen, bei Synergy weiter die Karriereleiter hochzuklettern. Es erfordert Mut, ehrlich zu sich selbst zu sein, was man von seiner Karriere will.«

»An manchen Tagen fühlt es sich wie eine Schnapsidee an. Weißt du, wir Buchhalter sind ein ziemlich konservativer Haufen.« Ich versuchte zu lachen, aber das Geräusch blieb mir im Magen stecken.

»Du schaffst das«, sagte er. »Und wenn jemand es verdient hat, glücklich zu sein, dann du.«

Das sag mal Larissa. Und dem geheimnisvollen Unbekannten, der so schnell aus meinem Leben verschwunden war, wie er darin aufgetaucht war.

Ich strich über den Ring an meinem Daumen. Ein Hinweis. Obwohl ich zu sehr Realistin war, um zu glauben, dass selbst mein geheimnisvoller Unbekannter mich für immer glücklich machen könnte.

Aber der Job bei der Stiftung? Wenn ich den bekam, würde ich Mom meinen Wert beweisen. Allen.

Und dann wäre ich zufrieden.

———

ICH HATTE den goldenen Ring meines geheimnisvollen Unbekannten an einer Kette um meinen Hals gehängt. Nur zur sicheren Aufbewahrung, wie ich es versprochen hatte, und nicht, weil ich das warme Gewicht mochte, das er an mein Herz geschmiegt ausstrahlte.

Um halb sechs am ersten Arbeitstag des neuen Jahres strich ich über ihn, wo er unter meiner übergroßen schwarzen Bluse lag, während Larissa den Konferenzraum im ersten Stock von Synergy musterte und seufzte.

»Ich wünschte, wir würden ein dauerhaftes Büro für die Stiftung finden. Aber jedes Gebäude, das ich mir angesehen habe, ist so unscheinbar und trist.«

»Ich bin sicher, Sie werden etwas finden, das Ihnen gefällt. Irgendwann.« Obwohl sie schon seit einem Jahr suchte und ich langsam dachte, ihre Ansprüche wären zu hoch. »Bis dahin kann ich bei Synergy jederzeit einen Raum bekommen. Und der Kaffee ist umsonst.«

Ihre Nasenflügel blähten sich, als ob sie den angebrannten Kaffee vom Ende des Tages roch, aber sie sagte: »Sie tun Ihr Bestes.«

Es klang fast wie ein Lob, aber es war nicht genug für mein gieriges, nach Bestätigung lechzendes Ich. Ich öffnete den Mund, um ihr eine Limo oder was auch immer ich in der Teeküche auftreiben konnte anzubieten, aber sie unterbrach mich.

»Miriam, ich glaube, ich habe neulich das Café versehentlich verlassen, ohne zu bezahlen. Haben Sie meine Rechnung übernommen?«

Der Zehn-Dollar-Latte. »Ja, aber das war keine große Sache«, log ich.

»Ich bezahle meine Schulden. Schicken Sie mir Ihren PayMo-Benutzernamen per SMS, und ich überweise es Ihnen zurück.«

»Okay, sicher. Aber wo wir gerade von Erstattungen sprechen, ich brauche noch den Beleg von …«

»Hey, tut mir leid, dass ich zu spät bin.« Natalie eilte herein und sah wie immer makellos aus in einem weißen – weißen! – Wollblazer und einer passenden Hose. Sie hatte eine Model-Figur, war größer und schlanker als ich und sah aus, als wäre sie gerade vom Laufsteg gekommen. Eine leuchtend rote Prada-Tasche baumelte an ihrer Schulter.

»Gar kein Problem.« Larissas Lächeln für Natalie war warm und klebrig wie eine Zimtschnecke. »Wir freuen uns sehr, dass Sie bei uns sein können.«

Natalie schüttelte Larissas Hand, dann meine. Ihr Grinsen war ansteckend. »Schön, dich wiederzusehen, Mimi. Jackson hat mir deine Budgetprognosen geschickt. Die Details waren beeindruckend.«

Ein warmes Gefühl begann direkt unter dem Ring an meinem

Brustbein und breitete sich in meiner Brust aus. Es war nicht wie damals, als eines der beliebten Mädchen herausgefunden hatte, dass ich gut in Mathe war, und sich wie meine Freundin verhielt, damit ich ihr bei der Trigonometrie half. Es war ganz anders als Larissas Dankbarkeit, die man mit einem Wimpernschlag verpassen konnte. Natalies aufrichtiges Lob zog meine Wangen zu einem Lächeln nach oben.

Sie schmiss ihre Tasche auf den Konferenztisch und zog einige Papiere heraus. »Ich habe mir schon ein paar Gedanken zur Gala gemacht. Und einen Budgetvorschlag.« Sie warf mir ein weiteres schnelles, verschwörerisches Lächeln zu.

Larissa setzte sich an das Kopfende des Tisches. »Miriam, können Sie mir eine Flasche Wasser bringen? Möchten Sie auch etwas, Natalie?«

»Oh.« Natalie runzelte die Stirn. »Nein, danke. Ich warte, bis du zurück bist, Mimi.«

Larissa wedelte mit der Hand. »Machen Sie sich keine Sorgen. Wir bringen sie später auf den neuesten Stand. Miriam ist eine schnelle Lernerin.«

Ich ballte meine Fäuste. Ich erinnerte mich daran, dass ich gerade dabei gewesen war, ihr etwas anzubieten, und schüttelte meine Finger aus. Außerdem hatte sie mir gerade ein Kompliment gemacht.

»Bin gleich wieder da«, sagte ich. Ich joggte zur Teeküche und schnappte mir drei Wasserflaschen aus dem Vorrat im Kühlschrank. Ich nahm an, in einer schlanken Organisation wie der Stiftung konnte eine stellvertretende Geschäftsführerin auch als Allzweck-Assistentin fungieren. Aber als ich meinen Buchhaltungsabschluss gemacht und mich für die Wirtschaftsprüferprüfung angemeldet hatte, hatte ich mir nicht vorgestellt, einen Job zu wollen, bei dem ich Wasser holte. Und jetzt tat ich es umsonst. Ein Schauer lief mir über die Haut.

Als ich wieder hereinkam, steckten Natalie und Larissa die Köpfe zusammen und schauten auf etwas auf Larissas Laptop-Bildschirm.

»Sehen Sie? Ich habe Ihnen doch gesagt, der Country Club würde funktionieren«, sagte Larissa. »Er hat all den Platz, den wir brauchen.«

»Sicher. Er ist ein wenig gewöhnlich, aber wir können ihn mit Blumen aufhübschen. Tolle Arbeit, dass Sie so kurzfristig etwas bekommen haben«, sagte Natalie.

Larissas Lippen verzogen sich, aber sie nickte. »Wir können unseren Vertrag mit dem Floristen aktualisieren. Miriam wird sich darum kümmern. Sie ist hervorragend in administrativen Aufgaben.«

Das sollte mich nicht stören. Schließlich war ich nur die ehrenamtliche Finanzverantwortliche für die Stiftung und damit auch für die Gala. Und ich würde alles tun, um die Gala auf die Beine zu stellen. Trotzdem zog sich meine Brust zusammen.

Natalie schaute mich an. »Ich wette, du hättest auch Spaß an den kreativen Teilen, Mimi. Willst du mir helfen, das Essen auszusuchen? Es wird schwierig sein, so kurzfristig einen Caterer zu finden, aber die Verkostung wird sicher Spaß machen.«

Wärme loderte wieder in mir auf. Endlich eine Chance, etwas Sinnvolles beizutragen. »Klar. Hast du schon irgendwelche Ideen?«

Sie schob mir ein Papier zu. »Ich habe Angebote von fünf Caterern. Liegen die im richtigen Rahmen?«

Ich warf einen Blick auf die Zahlen. Alle bis auf einen lagen innerhalb meines prognostizierten Budgets. »Der erste ist etwas hoch, aber der Rest sieht gut aus.«

Ein Mundwinkel zuckte zu einem schiefen Lächeln nach oben und ließ sie wie ihren Bruder aussehen. »Ich denke, ich kann sie auf die richtige Summe runterhandeln, wenn sie uns am besten gefallen. Ich will sie noch nicht ausschließen.«

»Das ist fair. Ich weiß, wir müssen eine hochwertige Party schmeißen, aber wir müssen auch die Ausgaben niedrig halten, damit das Geld den Kindern zugutekommt.«

Natalie grinste. »Gut genährte Spender sind glücklich. Und großzügig.«

»Steht ihre Großzügigkeit in positivem Zusammenhang mit der Menge an Essen?« Mein Mathewitz landete mit einem Platschen. Beide Frauen sahen mich verständnislos an. »Ich meine, wenn wir die Essensbestellung verdoppeln, wären sie vielleicht doppelt so großzügig.«

Natalie schenkte mir ein schwaches Lächeln. »Eigentlich verbringen die Leute bei solchen Veranstaltungen mehr Zeit mit Netzwerken als mit Essen. Aber sie mögen es, wenn das Essen hübsch aussieht.«

»Okay. Ich weiß nicht, wie gut ich darin bin, hübsches Essen für reiche Leute auszusuchen, das sie dann ignorieren, aber ich werde es versuchen.«

Larissas aschblonde Augenbrauen zogen sich zusammen. »Ich erwarte, dass Sie das ernst nehmen, Miriam. Diese Gala ist wichtig für die Stiftung.«

»Natürlich!« Ich versuchte, Worte zu finden. »Ich werde ihr meine volle Aufmerksamkeit widmen.« Was nicht ganz stimmte. Ich brauchte mindestens ein Prozent meiner Aufmerksamkeit, um aufzustehen und mich zu bewegen. Weitere fünf Prozent, um zu essen und die Hygiene aufrechtzuerhalten. Und mindestens vierzig Prozent für meinen eigentlichen Job oben. Aber Larissa schien nicht viel von Zahlen zu verstehen.

Deshalb brauchte sie mich. Auch wenn sie sich wünschte, es wäre nicht so.

Vielleicht hätte ich mich nicht so schnell als eine der Hilfskräfte melden sollen, nach denen Jackson gerufen hatte. Ich hatte eine bessere Chance voranzukommen, wenn ich den Kopf einzog und einfach nur Zahlen produzierte.

An der Gala mitzuarbeiten, war ein Risiko. Wenn sie ein Erfolg wurde, wüsste Jackson, dass ich geholfen hatte. Und mit seiner Unterstützung würde es Larissa schwerfallen, meine Bewerbung für die Stelle der stellvertretenden Geschäftsführerin abzulehnen. Aber wenn wir die Gala vermasselten, würde Larissa mich zu ihrem Sündenbock machen, und es wäre ein Leichtes für sie, ihre Drohung wahrzumachen und dafür zu

sorgen, dass ich bei jeder anderen wohltätigen Stiftung abge-
wiesen würde.

Risiko war nicht mein Ding. Deshalb war ich überhaupt erst
Buchhalterin geworden. Jedes Unternehmen brauchte Buchhalter.
Das Geld war gut und der Arbeitsplatz sicher.

Aber Sicherheit war nicht mehr genug. Ich wollte etwas mehr.
Erfüllung. Das Gefühl, etwas Gutes in der Welt zu tun. Kindern
zu helfen.

Ich warf wieder einen Blick auf Larissa. Ihre Stirn war immer
noch gerunzelt. Dann erhaschte ich Natalies hoffnungsvolles
Lächeln, das dem ihres Bruders so ähnelte.

»Ich werde Sie nicht enttäuschen«, versprach ich.

Natalie umarmte mich. »Das wird großartig. Mit deinem
Gespür für Geld, meinem Auge für Design und Larissas« – sie
schluckte – »Führung können wir gar nicht scheitern.«

»Die Mitglieder des Komitees werden am Abend der Gala
Verantwortlichkeiten haben. Miriam, Sie müssen sich … angemessen kleiden.« Larissas kalter blauer Blick wanderte von
meinem am Ende des Arbeitstages krausen Haar zu meiner
wallenden schwarzen Tunika und der formlosen schwarzen
Hose.

»Ich bin sicher, sie hat etwas zum Anziehen«, sagte Natalie
hastig. »Oder … oder ich kann mit dir einkaufen gehen! Das wird
so viel Spaß machen!«

Designerklamotten und Handtaschen waren nicht mein Ding –
Buchhalterin, erinnerst du dich? –, aber ich wusste genau, dass die
Tasche, die Natalie so sorglos auf den Tisch geworfen hatte, im
vierstelligen Bereich lag. Ein Einkaufsbummel mit Natalie Jones
klang teuer und demütigend.

»Ich habe etwas zum Anziehen«, log ich. Ben würde mir
helfen. Er bot ständig an, mich neu einzukleiden. Das würde ich
ihm nicht erlauben, aber er konnte mir helfen, ein Abendkleid zu
finden, das nicht mehr als meine Miete kostete.

»Großartig!« Natalie klatschte in die Hände. Ihr Handy
summte auf dem Tisch und sie überflog es. »Gibt es noch etwas,

was wir heute besprechen müssen? Mein Bruder ist hier, um mich abzuholen.«

»Jackson?« Das war eine seltsame Art, es auszudrücken, da er den ganzen Tag im Gebäude gearbeitet hatte.

»Nein, mein anderer Bruder, Andrew. Ich gehe mit ihm essen.«

»Wo wir gerade von Essen sprechen, vergessen Sie nicht, mir den Namen Ihrer Begleitperson für die Gala zu geben, meine Damen«, sagte Larissa.

»Eine Begleitperson?« Das klang nach der Art von Mathe, die ich nicht mochte. Der Ring schien auf meiner Haut zu brennen.

»Jemand, der beim Abendessen bei Ihnen sitzt. Die Mitglieder des Komitees werden an verschiedenen Tischen verteilt sein, damit die Spender Zugang zu uns haben. Sicherlich wollen Sie ein freundliches Gesicht neben sich haben.«

Ich hatte keine Zeit, jemanden zu daten, geschweige denn jemanden zu finden, den ich zu einer Veranstaltung mitbringen konnte. Würde Ben mit mir gehen? Aber wie erbärmlich wäre es, meinen Bruder mitzubringen?

Nicht ganz so erbärmlich wie allein aufzutauchen, wie ich es bei Brees Hochzeit getan hatte.

»Ich – ich treffe mich mit niemandem.«

»Man muss sich nicht mit jemandem treffen, um eine Begleitung mitzubringen.« Sie schürzte die Lippen. »Locken Sie sie mit kostenlosem Essen.«

Meine Wangen wurden kalt. Sicher, ich mochte ein kostenloses Essen genauso wie jeder andere, aber war *das* das, was sie von mir dachte? Weil ich nicht in ihre reiche Mädchenwelt gehörte, sah sie auf mich herab. War das der Grund, warum sie nicht mit mir arbeiten wollte?

»Ich kann dir ein Date besorgen«, sagte Natalie. »Ich kenne viele Jungs. Oder … Mädchen?«

Die Wärme strömte zurück in mein Gesicht. »Danke.« So freundlich ihr Angebot auch war, die Männer, die Natalie kannte, würden wahrscheinlich noch mehr auf mich herabsehen als Larissa. »Gib mir ein paar Tage, um mein Netzwerk zu aktivieren« – und mit »Netzwerk« meinte ich die paar Nummern, die ich von meinen One-Night-Stands behalten hatte – »und ich sage dir Bescheid, wenn ich Hilfe brauche.«

»Klar, keine Eile«, grinste Natalie.

»Die Gala ist in sechs Wochen. Am Valentinstag. Warten Sie nicht zu lange, sonst sind die besten schon vergeben.« Larissa kicherte.

Großartig. Ich wusste im Hinterkopf, dass wir die Veranstaltung für den 14. Februar planten, aber bis sie es erwähnte, hatte ich nicht daran gedacht, jemanden für ein Date am Valentinstag zu fragen. Jeder Mann bei klarem Verstand würde in die entgegengesetzte Richtung rennen. Und normalerweise würde ich einem Kerl raten, sich vor der verzweifelten Single-Frau an einem Kitsch-Feiertag in Acht zu nehmen.

Aber dieses Mal war ich die verzweifelte Single-Frau.

7

MATEO

Erobere sie mit Essen.

An die Reihe von Briefkästen in der winzigen Lobby von Mimis Gebäude gelehnt, drückte ich die Stofftasche, die meine Tía mir gegeben hatte, an meine Brust, in der Hoffnung, sie warm zu halten. Nach einer Runde in der Mikrowelle wäre es bei Weitem nicht mehr so gut geeignet, um sie zu umwerben, und wir näherten uns definitiv dem Zeitfenster, in dem Tías berühmtes Pollo Guisado kalt sein würde.

Ein süßes Hipster-Pärchen hatte mich ins Gebäude gelassen. Ich hätte den Schlüssel benutzen können, den Ben mir geliehen hatte, um mich selbst hereinzulassen und das Essen im Ofen aufzuwärmen. Zuhause auf der Insel machten wir so etwas ständig. Aber Mimi hatte hohe Mauern um sich herum errichtet, und ich musste ihre Grenzen so gut wie möglich respektieren.

Jesus, ich hätte so gern eine geraucht. Sehnsüchtig starrte ich durch die Glastür nach draußen. Es wäre so einfach, kurz rauszugehen und mir eine anzustecken, um meine zitternden Finger zu beruhigen. Aber dann würde ich nach Zigaretten riechen, und Mimi würde das hassen. Außerdem hatte ich mir versprochen, aufzuhören. Ich war auch stark genug, um es zu schaffen, selbst nach all diesen Jahren.

Wo war sie? Mein Cousin war ein ehrgeiziger Manager bei Synergy und normalerweise um sieben zu Hause. Ich würde mit ihm darüber reden, wie hart seine Firma Mimi rannahm.

Obwohl ich bezweifelte, dass sie das gutheißen würde.

Die Haustür ging auf und sie kam hereingeweht, wobei ihre dunklen Locken ihr ins Gesicht fielen und ihr Mantel aufklappte. Ihre Nasenspitze war rot, aber ihre Haut strahlte. Sie war ein Sonnenstrahl, der durch die allgegenwärtigen Wolken brach.

Ich löste mich von der Wand und umklammerte die Tasche fester. »Guten Abend. Wie war die Arbeit?«

»Mateo?« Ihre wunderschönen braunen Augen weiteten sich. »Was machst du hier? Ist mit Ben alles in Ordnung?« Ihre Augen waren von der Müdigkeit rot umrandet. Ich würde definitiv mit meinem Cousin reden.

»Es geht ihm gut. Ich bin wegen dir gekommen. Ich habe dir Abendessen mitgebracht. Meine Tía hat es gemacht.«

Ihr Magen knurrte, und sie legte eine Hand darauf. »Wow, das klingt großartig.« Sie schnupperte. »Riecht auch gut. Was ist es denn?«

»Ah-ah«, neckte ich sie. »Das ist eine Überraschung. Darf ich es dir hochbringen?«

Die kleine Sorgenfalte, die sie immer zwischen die Augenbrauen bekam, wenn sie mich ansah, erschien. »Ich schätze schon. Aber warum hast du nicht zuerst geschrieben?«

Ich verzog das Gesicht. Miguelito sagte dasselbe, obwohl ich nur auf der anderen Seite der Einfahrt von ihm und Ben wohnte. »Entschuldigung. Zuhause musste ich nie jemandem schreiben. In der kleinen Stadt, in der ich gelebt habe, sind die Leute einfach bei den anderen vor der Tür aufgetaucht.«

»Tja, in San Francisco machen wir das nicht so. Nächstes Mal benutz dein Handy.«

Diese winzigen Handytastaturen waren nichts für meine großen Finger. Meine Nachrichten waren immer voller Tippfehler, die die Autokorrektur verhunzte, und ohne meine Brille übersah ich das manchmal. Aber für Mimi würde ich es versuchen. »Alles für dich, Bella.«

Als sie finster dreinblickte, fiel ich in mich zusammen. Normalerweise brachten meine Neckereien die Leute zum Lächeln. Aber Mimi durchschaute mein Geflirte. Nichts funktionierte bei ihr. Zumindest nichts, was ich versuchte.

Ich trottete hinter ihr zur Treppe, und wir stiegen in den ersten Stock. Ich wartete, während sie den Schlüssel ins Schloss steckte und das Licht anknipste.

Ihre Wohnung sah genauso aus wie beim letzten Mal, als ich hier gewesen war, an dem Morgen, als ich nach ihrer durchzechten Nacht nach ihr gesehen hatte. Aber da ich gerade aus dem Haus meiner Tía kam, mit ihrer Fülle an Kerzen, Krippen und Weihnachtsmännern, wirkte sie kahl. Sogar ich hatte eine Lichterkette mit bunten Lichtern aus dem Billigladen über dem Kamin in meinem winzigen Haus aufgehängt. Aber Ben hatte mir erzählt, dass ihre Familie jüdisch war, und ich hatte ihm vor Wochen dabei zugesehen, wie er die Menora bei sich und Miguelito zu Hause angezündet hatte.

Ihre Wohnung war ordentlich und fade, kein Buch oder Nippes war fehl am Platz. Die Einrichtung war viel sparsamer als die im Gästehaus von Miguelito. Die einzige Farbe in der Wohnung kam von den Superheldenpostern, die an ihren Wänden klebten – Wonder Woman, Doctor Strange, Thor und andere.

Ich stellte das Essen auf die Küchentheke. »Macht es dir etwas aus, wenn ich es aufwärme?«

»Nein. Hier, ich zeige dir, wo alles ist.«

»Mach dir keine Umstände. Ich finde mich in einer Küche zurecht. Es sei denn, du lebst koscher? Ich würde dein Fleisch- und Milchgeschirr nicht durcheinanderbringen wollen.«

Ihre müden Augen blitzten für eine Sekunde auf und verengten sich dann. »Nein. Ich esse kein Schweinefleisch, aber ich habe keine zwei Geschirrsets. Nimm, was du magst. Ich ziehe mich eben um.«

Sie ging, und ich atmete aus. Vor den Feiertagen hatte sie mich angeschrien. Vielleicht war mein Weihnachtswunsch ja in Erfüllung gegangen.

Ich würde dieses Weihnachtswunder nicht vermasseln. Ich holte einen Topf für den Eintopf heraus und stellte ihn auf den Herd, dann fand ich eine Auflaufform und stellte den Reis zum Aufwärmen in den Ofen. Der Pudín de Pan kam ebenfalls in den Ofen. Wir würden mit dem grünen Salat anfangen, den ich gemacht hatte.

Ich fand Teller und Besteck und deckte den Tisch, wobei ich die Servietten zu scharfen Rechtecken faltete, so wie ich mir vorstellte, dass Mimi sie mochte. Ich legte die Gabeln und Messer exakt parallel zueinander. Gerade als ich den Blumenstrauß, den ich mitgebracht hatte, in einer Vase arrangierte, kam Mimi in die Küche.

»Wow«, sagte sie. Sie trug Pantoffeln, von der Sorte, die beim Gehen ein schlurfendes Geräusch machten, dazu graue Leggings und ein übergroßes UCSF-Sweatshirt. Ihr Haar war zu einer lockeren Lockenfontäne oben auf dem Kopf zusammengebunden.

Jesus, sie sah aus, als wäre sie bereit, sich ins Bett zu kuscheln. Ich wünschte, ich hätte das Recht dazu.

»Wow«, wiederholte ich.

»Oh, äh, tut mir leid.« Ihre frisch gewaschenen Wangen röteten sich. »Gewohnheit. Es war ein langer Tag.« Sie verschränkte die Arme vor der Brust. Hatte sie ihren BH ausgezogen?

Ich hielt einen Topflappen vor mich, um die Erektion zu verbergen, die sich an meinem Oberschenkel versteifte. *Erobere sie mit Essen, Tonto.*

»Alles ist fertig. Setz dich, und ich richte die Teller an.«

»Danke.« Sie neigte den Kopf, als versuche sie, mich zu durchschauen, aber sie schlurfte zum Tisch und setzte sich.

Ich schöpfte Reis und Eintopf auf zwei Teller und brachte sie zum Tisch. »Es ist Hühnchen, kein Schwein«, sagte ich.

»Danke.« Sie lehnte sich in den steifen Holzstuhl zurück. »Es riecht fantastisch.«

»Meine Tía ist eine großartige Köchin. Fast so gut wie mein Vater war.« Ich setzte mich auf den Stuhl ihr gegenüber.

»War?« Sie griff nicht zu ihrer Gabel, sondern atmete über dem dampfenden Teller ein.

Mist, warum hatte ich ihn erwähnt? Essen rief ihn mir immer ins Gedächtnis. »Er ist tot.«

»Das tut mir leid.« Sie tat das, was Leute immer tun, ihre Augen wurden weich vor Mitleid.

Ich wollte ihr Mitleid nicht. Obwohl ich alles andere von ihr wollte. »Das ist schon lange her. Zehn Jahre. Und ich war schon erwachsen, als es passierte. Wie war die Arbeit?«

Sie blinzelte, dann verzogen sich ihre Lippen nach unten. »Gut.« Sie nahm ihre Gabel und schaufelte einen Bissen Reis und Eintopf auf.

»Wirklich? Du siehst nicht so aus, als wäre es gut gewesen. Und du bist so lange geblieben.«

»Die Arbeit war gut. Das Meeting der Stiftung danach war nicht so toll.« Sie schloss die Lippen um den Bissen Essen, und ihre Augen rollten nach oben. Sie kaute und schluckte. »Gott, das ist köstlich.«

»Was ist bei dem Stiftungsmeeting passiert? Ging es nicht wieder um deine Präsentation, oder?«

»Nein, nein.« Sie kaute noch einen Bissen Eintopf und summte. »Wir haben bald diese große Gala. Weißt du, eine Party in Schale. Ich habe mich freiwillig für das Planungskomitee gemeldet. Es ist, ähm, eine ziemlich große Sache für die Stiftung. Außerdem muss ich tatsächlich zur Gala gehen. Also, schick ange-zogen.« Sie rieb am ausgefransten Bündchen ihres Sweatshirts.

»Du willst nicht hingehen?«

»Nein. Ich meine, ja, doch. Es wird großartig zum Netzwerken sein. Jackson Jones wird da sein, und ich will ihn beeindrucken.

Es gibt da diesen Job, den ich bekommen könnte. Eine Vollzeitstelle bei seiner Stiftung, und ich glaube, er ist dafür, sie mir zu geben.«

»Ein Job mit mehr Geld?« San Francisco war teuer. Jeder brauchte mehr Geld. Außer meinem Cousin und seinen Milliardärsfreunden.

Sie nippte an ihrem Wasser und lächelte, ihre Lippen glänzten feucht. Ich riss meinen Blick nach oben zu ihren Augen, aber sie waren genauso ablenkend mit ihren herabhängenden, schläfrigen Lidern, die mich an die Nacht in der Bar erinnerten, als sie mich verdammt gut geküsst hatte.

»Es ist wahrscheinlich dasselbe Geld, das ich bei Synergy verdiene. Aber es ist ein Job, der etwas bedeutet. Die Stiftung hilft Kindern. Neurodivergenten Kindern. Ich hatte in meiner Kindheit einen Freund… Wie auch immer, ich möchte ein Teil davon sein. Ich will erfolgreich sein, aber ich will mit meiner Arbeit auch Menschen helfen.«

Wärme blubberte in meiner Brust. Ich hatte mich in Mimis Schönheit und ihren scharfen Verstand verliebt, aber jetzt erfuhr ich, dass sie auch ein weiches Herz hatte. Sie war ein Engel.

»Aber …« Sie nahm ihre Gabel und trennte ein Stück Kartoffel vom Eintopf, spießte es aber nicht auf. »Es ist nicht nur formelle Kleidung – und ich trage keine Abendkleider –, sondern ich soll auch eine Begleitung mitbringen.«

»Kleidung ist einfach, besonders in einer Stadt wie San Francisco.«

»Nicht, wenn man so gebaut ist wie ich.« Sie wedelte mit der Hand vor ihrem schlabbrigen Sweatshirt.

»Du sahst bei der Hochzeit deiner Freundin umwerfend aus. Du hast eine wunderschöne Figur. Wie eine Frau, nicht wie ein Zahnstocher.«

Ihre Wangen wurden so rot wie die Rosen in der Vase. »Ähm … danke. Aber Einkaufen kann eine Herausforderung sein.«

Ich plusterte meine Brust auf. »Ich nehme dich mit zum

Einkaufen. Ich werde dir ein Geschäft mit Kleidern finden, die du lieben wirst.«

Sie zog eine Augenbraue hoch. Offensichtlich hatte ich die Schutzmauer, die sie um sich herum errichtet hatte, übersprungen.

»Ich … ich meine, wenn du magst. Oder ich kann meine Tante fragen.«

Sie verzog die Lippen zur Seite. Ein Vielleicht. Damit konnte ich arbeiten. Was würde ich nicht dafür geben, sie in enganliegender Seide zu sehen.

»Und!« Der Gedanke schoss mir zu schnell durch den Kopf, um ihn zurückzuhalten. »Ich komme mit dir. Zur Gala.«

Ihre Augen weiteten sich. Ich war zu weit gegangen. Ich hatte diese Mauer wie mit einem Vorschlaghammer durchbrochen. »Ich meine, als dein Date. Ein Freund.«

Sie biss sich auf die Lippe, und ich konnte nicht. Aufhören. Zu starren. Ich erinnerte mich, wie sie in dieser Nacht an meiner Lippe geknabbert hatte. Wie sie geschmeckt hatte. Aber sie erinnerte sich an nichts davon. Ich musste mich irgendwie dorthin zurückkämpfen, und mein Bauchgefühl sagte mir, dass die Gala der Schlüssel war.

»Ich weiß nicht …«

»Ich habe einen Smoking.« Hatte ich nicht, aber mein Cousin hatte einen ganzen Ständer voll davon in seinem Schrank, und wir hatten dieselbe Größe. »Und ich bin großartig im Umgang mit Menschen.«

Ihre beiden dunklen Augenbrauen schossen in die Höhe. Es war die absolute Wahrheit, obwohl ich in Mimis Nähe alles andere als souverän war.

»Und!« Wenn ich sie das Wort *Nein* sagen ließe, wäre alles vorbei. Ich musste weiterreden, damit sie keine Chance hatte, es zu sagen. »Ich bin ein fantastischer Tänzer.«

Sie ließ ihre Lippe los, und sie sprang rot und glänzend zurück. Sie kniff die Augen zusammen. »Ist das eine Umschreibung?«

Ich kämpfte darum, ein sexy Grinsen auf meine Lippen zu bringen, aber es sah wahrscheinlich eher gequält aus. »Möchtest du, dass es eine ist?«

»Nein. Nein.« Ihre Wangen wurden rot, nicht fleckig wie bei Bens Rötung, sondern ein gleichmäßiger Hauch von Magenta über ihren Wangen und ihrer Stirn. »Aber tanzen? Glaubst du, wir müssen bei diesem Ding tanzen?«

»Müssen? Nein. Sollten wir? Absolut.« Es gab nichts, was ich mehr wollte, als sie in meinen Armen zu halten, ihr Gesicht so nah, dass es unscharf wurde. Ich würde am liebsten meine Brille hervorholen, um ihre Züge zu studieren, wie ich es in der Bar getan hatte.

»Ich tanze nicht.«

Ein Mundwinkel von mir zuckte nach oben, und die Worte flossen wie Wasser aus mir heraus. »Hermosa, ich lasse dich gut aussehen.«

Ihr Blick wanderte zu meinem Mund. Sie leckte sich über die Lippen. Dann, zu meiner Überraschung, grinste sie. »Und das soll ich dir einfach glauben?«

Gracias a Dios. Meine Flirtkünste waren wieder online. Ich hob die Augenbrauen. »Darf ich es dir zeigen?«

»Hier? Jetzt?« Ihre Augen schossen in der winzigen Küche umher.

»Wann immer du willst. Ben kann für mich bürgen. Wir haben auf der Insel getanzt.«

Ihr Mund formte sich zu einem *O*. »Du bist schwul?«

»Bisexuell. Aber ich verspreche dir, ich habe deinen Bruder nie geküsst.« Ich hatte darüber nachgedacht, als ich ihn zum ersten Mal traf, aber ich stellte schnell fest, dass, obwohl er und Miguelito noch nicht zusammen waren, mein Cousin ihn bereits als seinen betrachtete. Und als ich Mimi traf, entdeckte ich, dass Ben nur ein blasser Schatten seiner lebhaften Schwester war. In einem Augenblick verliebte ich mich in ihre üppigen Kurven, ihre vollen, korallenroten Lippen, das intelligente Funkeln ihrer tiefbraunen Augen.

Sie kniff die Augen zusammen. Was könnte ich ihr sonst noch anbieten?

»Ich bringe dir Essen. Wann immer du willst.« Ich deutete auf ihren fast leeren Teller. »Und … und ich höre mit dem Rauchen auf.«

»Nur damit ich dich zu dieser Gala mitnehme?« Sie neigte den Kopf. »Was hast du davon?«

Ich musste in dem Minenfeld, das sie innerhalb ihrer Mauern errichtet hatte, vorsichtig sein. »Eine Chance, mich schick zu machen, mit Leuten zu reden und Zeit mit dir zu verbringen. Außerdem ist Essen mit einer Freundin besser als allein zu essen.«

Sie schwieg für ein paar Sekunden. Dann noch ein paar. Schließlich sagte sie: »Okay. Es ist am Valentinstag. Aber das bedeutet nichts. Verstanden? Wir sind nur zwei Leute, die sich für ein kostenloses Essen schick machen. Ein arbeitsbezogenes kostenloses Essen.«

»Freunde«, sagte ich und streckte meine Hand über den Tisch.

Sie schmiegte ihre kleine, weiche Hand in meine. Ich bekämpfte den Drang, ihre Finger an meine Lippen zu führen, und schüttelte stattdessen einmal ihre Hand.

»Abgemacht«, sagte sie.

Widerstrebend ließ ich ihre Hand los und verzog keine Miene, um die Freude zu verbergen, die mein Gesicht zu einem albernen Grinsen verziehen wollte. »Abgemacht.«

8

MIMI

ICH LEGTE GERADE die Kopien des Gala-Budgets aus, als Natalie zehn Minuten zu früh hereinstiefelte und ihre kniehohen Stiefel auf dem Holzboden des Konferenzraums von Synergy im ersten Stock klackerten. Ich hätte darin ausgesehen wie ein kleines Mädchen, das Verkleiden spielt – falls es sie überhaupt in meiner Wadenweite gäbe –, aber Natalie sah unmöglich groß und elegant aus.

»Komm mal her«, sagte sie und wackelte mit den Fingern. »Ich brauche eine Umarmung.«

Ich wünschte, ich könnte sie hassen, aber ich konnte es nicht.

»Hallo, Natalie.« Ich rückte die Kopie des Budgets an Larissas Platz zurecht und streckte mich, um sie zu umarmen. Sie war nicht so knochig, wie sie aussah, und die Umarmung tat gut. Mir war nicht klar gewesen, wie sehr ich Ben und seine großzügigen Umarmungen vermisst hatte, seit er ausgezogen war.

Natalie drückte mich fest und ließ dann locker. Nach ein paar Sekunden entließ sie mich aus der Umarmung, und wir traten auseinander. Mit, wie es schien, großer Anstrengung lächelte sie. »Guten Tag.«

»Ist etwas nicht in Ordnung?«

»Nur mein starrköpfiger Bruder. Er … vergiss es.«

»Wer, Jackson?«

»Natürlich. Andrew ist der süßeste, vernünftigste Kerl, dem du je begegnen wirst. Na ja, abgesehen von seinem katastrophalen Liebesleben. Mein Bruder Jackson hingegen bringt mich manchmal zum Schreien.«

»Geht es um die Gala? Müssen wir etwas ändern?« Ich schnappte mir die Kopie des Budgets. Den Gründer mit einer falschen Entscheidung zu verärgern, wäre nicht gut. Ich saß doppelt in der Klemme. Er konnte es an mir bei meinem richtigen Job auslassen und bei dem, den ich zu bekommen hoffte. Nicht, dass ich Jackson für nachtragend hielt. Bisher hatte er mich immer nur unterstützt.

Byron war allerdings auch so gewesen, bis er mich wie eine Schlange gebissen hatte.

Natalie schüttelte die Hände. »Nein, wir müssen nichts tun. Es war etwas, das ich von ihm wollte, dass er es tut. Aber es ist schon gut. Wir werden das schon klären.«

»Okay. Wenn du dir sicher bist.« Ich legte die Papiere zurück an Larissas Platz.

»Da seid ihr ja.« Eine tiefe Stimme kam aus dem Flur. Mateo füllte den Türrahmen mit seinen breiten Schultern und seiner unmöglichen Größe aus. Er hielt in jeder Hand eine braune Papiertüte, und die Sehnen auf seinen bloßen Unterarmen spannten sich.

Warum zur Hölle starrte ich auf seine Unterarme? Die Gefahr ging von seinem Mund aus. Was würde er sagen, um mich vor Natalie zu blamieren?

Seinen Mund anzusehen war auch ein Fehler, wie ich letzte Woche in meiner Küche gelernt hatte, in der Nacht, in der ich zuge- stimmt hatte, ihn als meine Begleitung zur Gala mitzunehmen. Seine Lippen waren voll und üppig, und als er mir dieses sexy, schiefe Grinsen aufgesetzt hatte, hatte mein vernünftiger Verstand ausgesetzt. Anstatt mich an all die Gründe zu erinnern, warum dies eine schlechte Idee war, hatte ich mich auf seine Lippen konzentriert und darauf, ob sie sich so weich anfühlen würden, wie sie aussahen, wenn ich eine Fingerspitze ausstrecken würde, um sie zu berühren.

Als sie sich zu einem Lächeln verzogen, blinzelte ich und wandte den Blick ab. Nicht auf seinen Mund schauen! Als ich auf das zerknüllte Papier in meiner Hand blickte, erinnerte ich mich daran, warum wir hier waren: für eine Sitzung des Gala-Komitees. Und Mateo gehörte nicht dazu.

»Was machst du hier?«

Er hob die Tüten, seine Arme spannten sich an. Ein köstlicher Geruch wehte in den Konferenzraum. »Ben hat gesagt, dass du heute Abend ein Meeting hast. Ich habe Essen mitgebracht.«

Ein Abendessen unter vier Augen mit Mateo war eine Sache, aber Larissa, die mich ohnehin schon nicht mochte, Mateos Tapsigkeit auszusetzen, war eine schreckliche Idee. Egal, wie nett er neulich Abend gewesen war.

Ich legte eine Hand auf den Ärmel seines wie aufgemalten schwarzen Kompressions-T-Shirts und schob ihn zur Tür hinaus. Gott, sein Arm war wie ein Fels. Einer, an dem man gern lecken würde.

»Wir haben darüber gesprochen«, zischte ich. »Du solltest mir eine SMS schreiben.«

»Habe ich«, brummte er.

Ich zückte mein Handy aus der Tasche. »Du hast mir geschrieben, *Sonett sein*. Was zum Teufel sollte das heißen?«

Er verzog das Gesicht. »Die Autokorrektur und ich kommen nicht gut miteinander aus. Ich wollte sagen: ›Ich bringe Abendessen mit‹, aber –«

»Nein. Es ist alles in Ordnung. Danke. Ich bin sicher, du kannst das Cooper und Ben bringen. Ich bin nicht hungrig.« Als ich auf ihn zuging, um ihn aus dem Gebäude zu eskortieren, protestierte mein Magen mit einem Knurren, das so laut war, dass es jeder auf der Etage gehört haben musste.

»Ah. Aber du weißt nicht, was ich mitgebracht habe. Und du

willst doch nicht hungrig und gereizt bei deinem Meeting sein.«
Er schüttelte die Tüten leicht, und der Geruch von Zwiebeln und
Paprika lockte mich.

Mein Magen knurrte erneut, aber ich unterdrückte es mit einer
Faust, die ich mir in die Magengegend presste. Ich wünschte, er
wäre nicht so groß und ich müsste meinen Hals nicht so weit
zurückbiegen, um ihm in die Augen zu sehen. »Ich bin nicht
hangry.«

»Bist du nicht?«, sagte er leise. »Oder ist etwas anderes los?«

Dieser sanfte Ton in seiner Stimme, so einladend, so beschei-
den, ließ mich ihm all meine Probleme erzählen wollen. Darüber,
wie erschöpft ich war, weil ich einen Vollzeitjob mit ehrenamtli-
cher Arbeit unter einen Hut brachte. Wie sehr ich versuchte, es
Larissa recht zu machen, während ich so wenig dafür zurückbe-
kam. Warum musste er so ... so *nett* sein?

»Was ist hier los?« Ich hatte nicht bemerkt, wie Larissa hinter
Mateo aufgetaucht war.

Mist. Jetzt musste Larissa Mateo kennenlernen und sehen, wie
ungeschickt er war. Sie würde ihn wahrscheinlich von allen
zukünftigen Veranstaltungen der Stiftung verbannen, insbesondere von der Gala. Ich musste ihn hier wegbekommen. Ich legte
eine Hand auf seine Brust und drückte zu. Aber ich war wie eine
Mücke, die versuchte, ein Mammut zu bewegen.

»Ein Liebeszank.« Natalie verschränkte die Arme vor der
Brust, während sie sich gegen den Türrahmen des Konferenzraums lehnte.

»Was?« Ich fuhr mit dem Kopf herum, um sie anzusehen. Was
hatte sie gehört?

»Hi, Mimis heißer Freund.« Sie grinste.

»Er ist nicht –«

»Ich bin Natalie Jones.« Sie ignorierte meinen Protest und
streckte ihre Hand aus.

Mateo stellte eine der Tüten ab und ergriff ihre Hand. »Mateo
Rivera.« Er wandte sich an Larissa und schüttelte ihre Hand.

»Und Sie müssen die Larissa sein, von der ich so viel gehört habe.«

Larissas Wangen röteten sich, und sie schien sich klein zu machen. Und dann stieß sie einen Laut aus, den ich noch nie aus ihrem perfekt geschminkten Mund hatte kommen hören. Sie kicherte und ließ ihre Hand in seiner verweilen. »Larissa Lane.«

Was. Zum. Teufel. Ich musste diese Situation wieder unter Kontrolle bringen. Und das bedeutete, Mateo loszuwerden. »Mateo war gerade auf dem Weg nach draußen. Wir sehen uns später, Mateo.«

»Wovon redest du?« Natalie legte eine Hand auf Mateos Unterarm, und aus irgendeinem Grund ließ mich das mit den Backenzähnen knirschen. »Er hat uns Abendessen mitgebracht. Ich lasse nichts, was so köstlich riecht, wieder gehen.«

Mateo zog seine Hand aus Larissas Griff und wandte sich wieder Natalie zu, wobei sich ein Mundwinkel hob und ein waschechtes Grübchen in seine Wange grub.

»Diese Köstlichkeit geht nirgendwohin«, sagte er.

Wow. Selbst die indirekte Ausstrahlung war überwältigend.

Larissa quetschte sich an ihm vorbei in den Konferenzraum, und als sie die autoritäre Haltung am hinteren Ende des Raumes einnahm, war ihre kühle Maske wieder zurück. Sie stemmte die Hände in einer Machtpose in die Hüften. Sie zog eine Augenbraue hoch. »Sie sind mit Miriam zusammen?«

Ich hörte den Unglauben in ihrem Ton, und für eine Sekunde wollte ich ihn für mich beanspruchen, ihr zeigen, dass, nur weil ich es vorzog, mich im Hintergrund zu halten, gute Arbeit zu leisten und dafür anerkannt zu werden, es nicht bedeutete, dass ich keinen Mann anziehen konnte. Aber wen wollte ich hier täuschen? Mateo war in jeder Hinsicht falsch für mich. Ich glaubte nicht, dass wir zusammen funktionieren würden. Larissa, die sowohl scharfsinnig als auch erfolgreich war, würde es mir nie abkaufen.

Gerade als ich den Mund öffnete, um *nein* zu sagen, sagte Mateo: »Das bin ich. Wir gehen zusammen zur Gala.«

Larissa legte den Kopf schief, als ob sie es nicht ganz glauben würde. Aber sie sagte: »Gut. Ich bin froh, dass Sie jemanden gefunden haben, Miriam.«

Bevor ich *wir sind nur Freunde* aus meinem Mund bringen konnte, sprach Natalie.

»Und er hat Essen mitgebracht. Was hast du uns mitgebracht, Mateo?«

»Empanadas aus einem großartigen kolumbianischen Restaurant hier in der Nähe. Ich habe Rindfleisch, Hühnchen, Kartoffel und Käse mitgebracht. Kein Schweinefleisch.« Er warf mir einen schnellen Blick zu.

Mein Magen gab ein hoffnungsvolles Gurgeln von sich. Ich hätte auch treife gegessen, wenn es so gut gerochen hätte.

»Worauf warten wir noch?«, fragte Natalie. »Lasst uns essen, während wir uns besprechen.«

Diese Situation war mir entglitten. Und das ließ mich mit den Zähnen knirschen. Ich biss sie zusammen. Wir sollten uns über das Gala-Budget besprechen. Ich hatte drei makellose Kopien davon. Ein Abendessen-Meeting mit Larissa und Mateo würde zu fünfundachtzig Prozent in einer Katastrophe enden. Aber es war nichts zu machen, als Mateo die Tüten auf die Anrichte stellte und anfing, Kartons mit Essen herauszuholen.

Natalie stieß bei jeder Auswahl »Ohs« und »Ahs« aus. Sogar Larissa spähte in die Aluminiumschalen. Mateo machte ihnen jeweils einen Teller mit Essen nach ihren Wünschen. Das köstliche Aroma erfüllte den Konferenzraum, und ich schluckte.

Natalie und Larissa setzten sich mit ihrem Essen hin, und bevor ich herausfand, wie ich das Meeting wieder unter Kontrolle bringen konnte, reichte mir Mateo einen Teller. »Setz dich«, sagte er. »Iss. Und dann rede.«

Ich setzte mich auf meinen üblichen Platz links von Larissa. Mateo stellte Wasserflaschen vor jeden von uns und sorgte dann dafür, dass wir ein Besteckset und eine Serviette hatten.

»Ich lasse euch Damen dann mal allein«, sagte er.

»Nein, bleib«, sagte Natalie. »Nimm dir einen Stuhl. Und

einen Teller. Du kannst nicht einfach Essen abliefern und gehen. Verbringe ein paar Minuten mit uns. Nicht wahr, Mimi?«

»Ähm, sicher.« Ich war mir zu einundsiebzig Prozent sicher, dass dies in einer Katastrophe enden würde, aber ich war kein solches Monster, das Essen, das er mitgebracht hatte, zu essen und ihn ohne etwas wegzuschicken.

Er zog eine Augenbraue hoch, und als ich nicht widersprach, machte er sich einen Teller mit Essen und setzte sich auf den Stuhl links von mir.

Ich starrte auf meinen Teller. Er sah absolut hinreißend aus, ein Paar Empanadas auf sechs Uhr, Reis und Bohnen auf zehn und zwei. Eine Tasse grüne Salsa schmiegte sich in die Mitte.

»O.M.G. Das ist köstlich.« Natalie nahm einen weiteren Bissen und verdrehte die Augen. »Wer hat das gemacht, und machen die auch Catering für große Veranstaltungen?«

Mateo lachte. »Tres Hermanas im Tenderloin. Und ja, sie machen Catering. Meine Tía hat gesagt, dass sie ständig Hochzeiten in ihrer Kirche ausrichten. Sie kennt die Besitzer.«

»Die müssen wir bekommen. Findest du nicht auch, Mimi?«, sagte Natalie.

»Aber – aber – wir haben doch schon einen Caterer ausgewählt.« Sie und ich hatten uns am Wochenende bei unzähligen Terminen vollgestopft, und sie hatte den teuren sogar heruntergehandelt, damit er in unser Budget passte. »Ich habe einen Scheck für die Anzahlung ausgestellt.«

Larissa sagte: »Ich habe ihn ihnen noch nicht gegeben.«

»Haben Sie nicht?«, fragte ich. »Ich habe Ihnen den Scheck am Montag gegeben.«

Sie wedelte mit einer Hand, als ob ein fünfstelliger Scheck nichts bedeutete. »Ich denke, wir sollten mit diesen Leuten reden. Lateinamerikanisches Essen wäre einzigartig und ein unvergessliches Erlebnis. Wir können die Dekorationen darauf abstimmen. Ich denke an Papierblumen, Piñatas, Maracas …«

»Oder –«

Mateos Stimme von meiner anderen Seite erschreckte mich,

und ich stieß meine Wasserflasche um. Glücklicherweise richtete ich sie auf, bevor mehr als ein paar Tropfen auf meine Kopie des Budgets verschüttet wurden. Welches jetzt veraltet war. Ich tupfte es mit meiner Serviette trocken.

»Man könnte mit Orchideen dekorieren. Oder, wenn die zu teuer sind, Nelken und Rosen in leuchtenden Farben. Das würde ein frisches, tropisches Gefühl vermitteln, ohne zu übertrieben zu sein.«

Ich sog die Luft ein. »Wir haben auch schon die Dekoration und die Blumen budgetiert.«

Larissa wischte meinen Protest beiseite. »Das können wir mit dem Dekorateur klären. Stimmt's, Natalie?«

»Kein Problem. Gina hat schon auf genug Launen meiner Mutter reagiert, sie kommt damit klar.« Sie wandte sich wieder an mich. »Ich bin sicher, wir können es im selben Budget unterbringen. Es wird nicht zu viel zusätzliche Arbeit für dich sein, versprochen.«

»Ich brauche Leute, die kreativ und flexibel sind«, sagte Larissa mit schneidender Stimme. »Ich denke, Mateo ist vielleicht besser für das Gala-Komitee geeignet als Sie, Miriam.«

»Moment«, sagte er. »Ich versuche hier nichts zu übernehmen.«

Mein Magen zog sich zusammen. Die Situation war nur allzu vertraut. Ein Mann, der hereinschneit und sich einen Job schnappt, für den ich hart gearbeitet hatte. Vielleicht hatte Mateo es nicht beabsichtigt, aber hier waren wir. Wieder. Ich starrte auf meinen Teller. Das Essen hatte anfangs wunderbar geschmeckt, aber jetzt erfüllte Bitterkeit meinen Mund.

Ich schob meinen Teller weg. »Ich meinte nicht – ich werde mich darum kümmern.« Die Neuverhandlung der Verträge und die Aktualisierung des Budgets würden Zeit in Anspruch nehmen, die ich nicht eingeplant hatte, aber da Larissas Zustimmung am seidenen Faden hing, würde ich vierundzwanzig Stunden am Tag arbeiten, wenn es sein müsste.

Während Larissa und Natalie ihre Teller leerten, machten die drei langsam die Planung, die wir in der vergangenen Woche gemacht hatten, und das Budget, das ich mühsam zusammengestellt hatte, zunichte.

Der letzte Tropfen, der das Fass zum Überlaufen brachte, war, als Mateo sagte: »Ich kenne eine fantastische Bachata-Band. Ein Typ, mit dem ich arbeite, Carlo, spielt in seiner Freizeit Trompete bei ihnen.«

»Wir haben definitiv die Anzahlung für die Jazzband bezahlt«, sagte ich.

»Wir können da wieder rauskommen«, sagte Larissa. »Der Verlust der Anzahlung wäre es wert, um ein authentisches Erlebnis zu schaffen.«

»Aber das sind fünfhundert Dollar, die die Kinder nicht bekommen.«

»Miriam.« Larissa warf mir einen ausdruckslosen Blick zu. »Das ist ein winziger Bruchteil des gesamten Gala-Budgets. Ich sage Ihnen immer, dass Sie das große Ganze sehen müssen. Das ist es, was ich in einer stellvertretenden Direktorin brauche.«

Ich zuckte zusammen. Mist, es war nicht Mateo, der mich versenkt hatte. Ich hatte es selbst getan.

»Liebe zum Detail ist wichtig«, sagte Mateo. »Ich bin sicher, das brauchen Sie auch.«

Ich fuhr mit dem Kopf herum, um ihn anzusehen, und das breite Lächeln, das er Larissa zugeworfen hatte, erstarb.

»Nicht wahr?«, sagte er, sein Blick verließ meinen nicht.

»Ich nehme es an«, sagte Larissa. Aber keine von uns beiden machte sich die Mühe, sich ihr zuzuwenden. Seine blauen Augen funkelten mit etwas Warmem, wie ein klarer, blauer Himmel an einem Septembertag. Meine Erinnerung blitzte zu einem anderen Paar blauer Augen zurück, die mir zuhörten, mich wahrnahmen. Mein geheimnisvoller Mann. Ich wünschte zum Dutzendsten Mal, ich hätte ihn nicht verloren. Dass er hier neben mir wäre, anstelle von Mateo.

Mateo war nur ein weiterer Mann wie Byron, der nur an sich selbst dachte, ohne Rücksicht auf das, was ich wollte. Ich verstand

Mateos Absichten noch nicht, aber sie standen meinen im Weg. Mein geheimnisvoller Mann wäre niemals hier hereingeplatzt und hätte all meine Pläne zunichtegemacht.

Er räusperte sich. »Carlos Band sucht nach ihrem großen Durchbruch. Sie würden Ihnen wahrscheinlich ein gutes Angebot machen. Für die Publicity. Soll ich mit ihnen reden?«

»Ja, bitte.« Der Befehlston war wieder in Larissas Stimme. »Erinnern Sie mich daran, Ihnen meine Karte zu geben, Mateo.«

»Natürlich.« Mit, wie es schien, immenser Anstrengung riss er seinen Blick von mir los und schaute zu Larissa.

»Und Sie werden an meinem Tisch bei der Gala sitzen«, sagte sie.

»Solange es derselbe Tisch wie der von Miriam ist«, sagte er. »Denken Sie daran, ich bin ihre Begleitung.«

Die Stille zog sich so lange hin, dass ich wieder zu Larissa schaute. Ihre Lippen waren auf eine Weise zusammengepresst, die für mich normalerweise Ärger bedeutete.

Dann schenkte sie Mateo – nicht mir – ein Lächeln, das schmerzhaft aussah. »Das können wir arrangieren.«

Scheiße. Mateo und Larissa am selben Tisch bei der Gala? Warnlichter blinkten in meinem Gehirn. »Aber Sie haben gesagt –«

Ihre Augen verengten sich bedrohlich. »Wir können es arrangieren, Miriam.«

Mateos Muskeln spannten sich an meiner Seite. »Ich sollte euch reizende Damen bei eurer Planung lassen.«

Trotz Natalies und Larissas Protesten sammelte er die leeren Teller und meinen halb vollen ein. Er packte die Reste ein und versprach, sie im Kühlschrank der Teeküche für Larissa zum Mitnehmen zu lassen.

Ihr kokettes Lächeln, als sie ihre Karte in seine Hand steckte, entging mir nicht.

Mit einem letzten undurchsichtigen Blick auf mich stolzierte Mateo hinaus und nahm den Geruch des köstlichen Essens, das ich nicht hatte essen können, mit sich.

Als er ging, summten die Leuchtstoffröhren auf eine Weise, die mich aushöhlte. Es musste die Erschöpfung sein, die mich dumpf und flach fühlen ließ.

»Also.« Schelmerei tanzte in Natalies blauen Augen. »Du und Mateo.«

»Ich dachte, Sie treffen niemanden«, sagte Larissa.

»Tue ich auch nicht. Ich meine, Mateo ist meine Begleitung für die Gala, aber …« Aber was waren wir? Wir hatten gesagt, wir wären Freunde, aber wir waren nicht einmal das.

»Es ist frisch!« Natalie klatschte in die Hände. »Ich liebe dieses Gefühl einer neuen Beziehung. Das Kribbeln im Bauch, der wilde Sex –«

»Sex? Es gibt keinen Sex! Wir sind nur –«

Natalie schnaubte. »Ihr beide habt draußen an der Wand praktisch Sex gehabt. Wenn ihr noch nicht miteinander geschlafen habt, könnt ihr nicht mehr als ein Date davon entfernt sein.«

Nein. Nein, nein, nein. Diesen Weg war ich schon einmal gegangen. Mit Byron. Bevor ich gelernt hatte, dass eine Beziehung mit jemandem, mit dem ich zusammenarbeitete, in Herzschmerz und Verrat endete. Und jetzt arbeiteten Mateo und ich im Komitee zusammen. Was ich hoffte, zu einem festen Job bei der Stiftung ausbauen zu können. »Ein Date? Wir –«

Larissa unterbrach mich. »Wir könnten seine Hilfe gebrauchen, jetzt, da wir uns für ein lateinamerikanisches Thema entschieden haben.«

»Aber Mateo ist nicht lateinamerikanisch. Er ist –«

»Spielt das eine Rolle?«, sagte Larissa. »Das ist alles dasselbe. Wir brauchen ihn, Miriam. Vermasseln Sie das nicht.«

Na, super. Unser Gala-Freunde-Date war irgendwie zu etwas explodiert, das über den Job, den ich so dringend wollte, entscheiden konnte. Ich konnte es mir nicht leisten, es zu vermasseln.

9

MATEO

ICH WINKTE Carlo auf der Veranda meiner Tía zu, als ich aus meinem Jeep stieg. Er hob eine dampfende Tasse in meine Richtung, eine von den fröhlich roten aus ihrer Küche.

Gut. Dann konnte ich ihm die Neuigkeiten von gestern Abend persönlich erzählen.

»Hola, Carlo«, sagte ich, als ich die Verandastufen hochstieg.

Während wir über dies und das plauderten, zündete er sich eine Zigarette an und bot mir eine aus seiner Packung an. Es fiel mir leicht, abzulehnen. Ich wollte nicht nach Rauch riechen, wenn ich Mimi heute Abend im Büro besuchte, um ihr zu sagen, dass Carlos Band zugesagt hatte.

Als ich gestern Abend in ihr Meeting geplatzt war, hatte ich sie dabei erwischt, wie sie auf meine Lippen schaute. Dieses Gala-Date würde uns näher zusammenbringen. Meine Befangenheit ihr gegenüber begann sich langsam aufzulösen. Endlich konnte ich sie um den Verstand bringen, so wie ich es seit unserer ersten Begegnung gewollt hatte.

Ich könnte diese Lippen wieder küssen.

Aber so weit waren wir noch nicht. Alles zwischen uns war so zerbrechlich wie die schicken Porzellanfiguren im Vitrinenschrank meiner Tía.

Besonders weil ich das ungute Gefühl hatte, dass ich sie gestern Abend bei ihrem Meeting sauer gemacht hatte. Da sie nie genug aß, hatte ich ihr etwas zu essen bringen wollen. Aber ich hatte mich übernommen, und die Situation war aus dem Ruder gelaufen. Ich hatte nicht vorgehabt, vorzuschlagen, das Essen, die Dekoration und die Unterhaltung zu ändern. Und ich hatte definitiv nicht vor, am Ende zum Komitee zu gehören. Aber das harte Funkeln in Larissas Augen verriet mir, dass die Dinge für Mimi nur noch schlimmer werden würden, wenn ich jetzt einen Rückzieher machte.

Das war meine Chance, sie zu beeindrucken, zu beweisen, dass ich nicht der Versager war, für den sie mich hielt. Um das Desaster wiedergutzumachen, das ich aus ihrer Präsentation gemacht hatte. Um die Verbindung, die sie vergessen hatte, wiederaufzubauen.

Als Carlo seine Zigarette ausdrückte, fragte ich: »Was machst du eigentlich am Valentinstag?«

Er schenkte mir ein schelmisches Grinsen und klimperte mit den Wimpern. »Fragst du mich nach einem Date?«

Ich schnaubte und deutete auf sein graumeliertes Haar und seinen Bierbauch. »Du bist absolut nicht mein Typ.«

Er legte eine Hand auf sein Herz. »Du verletzt mich.«

»Verpiss dich. Also. Deine Band –«

»Wir haben an dem Abend einen Auftritt. Wir sind die Vorband für Banda Reina del Lirio im The Fillmore.«

»Nein, nein, nein. Sagt ihn ab. Ich habe einen Auftritt für euch.«

»Absagen?« Seine schweren Lider weiteten sich. »Wir haben diesen Auftritt letztes Jahr gebucht.«

»Schau, ich bezahle jede Vertragsstrafe. Aber ich brauche dich dafür. Spielt bei der Veranstaltung der Jones Foundation. Es ist eine Benefizveranstaltung für neurodivergente Kinder. Hast du nicht einen Neffen mit Legasthenie?«

Er verdrehte die Augen. »Scheiße, Mateo. Du weißt genau, wie du mich an meiner schwachen Stelle packst. Ich muss mit den Jungs reden.«

»Wirklich? Nachdem ich dir diesen bequemen Job besorgt habe? Wo Tía dir ihre spezielle heiße Schokolade bringt?« Selbst über den Qualm seiner Zigarette hinweg roch ich den Zimt.

»Na schön.« Er seufzte tief. »Ich werde die Jungs schon überreden. Die Bezahlung ist gut, oder?«

»Was das angeht.« Ich zuckte zusammen. »Du musst es so aussehen lassen, als wäre es ein gutes Angebot. Ich lege die Differenz drauf. Versprochen.« Es war ein Glück, dass Cooper mich mietfrei in seinem Gästehaus wohnen ließ. Dieser Gefallen für Mimi würde mich einiges kosten.

»¡Dios mío! Du machst mich fertig, Mann. Aber« – er hielt seine Handflächen hoch – »ich mache es. Und jetzt sind wir quitt. Verstanden?«

»Claro. Und jetzt verschwinde. Du hast Feierabend. War letzte Nacht alles ruhig?«

»Totenstill, Mann. Nicht, dass ich den Job nicht zu schätzen weiß, aber meinst du nicht, der Wachdienst der Nachbarschaft und die Alarmanlage halten ihn fern?« Carlo deutete mit dem Kinn auf die Kamera, die auf die Haustür gerichtet war.

»So wie ich gehört habe, ist Rosas Ex ein hartnäckiger Cabrón. Er ist letzten Sommer in Coopers Büro aufgetaucht.«

»Ah. Besser, er zeigt sein hässliches Gesicht nicht, wenn ich Dienst habe.« Er ließ unheilvoll seine Fingerknöchel knacken. »Niemand legt sich mit unserer Rosa an.«

Ich nickte. »Geh nach Hause. Und nimm deinen Kippenstummel mit. Ich möchte nicht, dass Cooper ihn sieht.« Bei meinem Glück würde Miguelito denken, er wäre von mir, und er würde mich damit ewig aufziehen.

Er zog eine Serviette aus seiner Tasche und sammelte den Stummel seiner Zigarette auf. Dann gab er mir die Tasse und trabte zu seinem Truck.

Ich klopfte an die Haustür und schloss dann mit meinem Schlüssel auf, während ich rief: »¡Hola, Tía!«

»Mateo?« Ihre Stimme aus der Küche war hoch und angespannt.

Scheiße, war sie gestürzt? Ich blinzelte eine schreckliche Erinnerung an meinen Vater weg, der auf dem Boden seines Schlafzimmers lag, als der Tumor das erste Mal sein Gehirn lahmgelegt hatte.

Ich sprintete in die Küche und suchte alle vier Ecken ab, aber meine Tía lag nicht ausgestreckt auf den Fliesen. Sie stand auf Zehenspitzen auf ihrem Tritthocker und griff nach einem Oberschrank.

Der rasende Rhythmus meines Herzens verlangsamte sich, selbst als ich an ihre Seite eilte. »Komm da runter, Tía. Du fällst noch.«

Erst als sie wieder mit beiden Füßen sicher auf dem Boden stand, atmete ich wieder auf. »Warum tust du das? Du hättest nach Carlo oder mir rufen sollen.«

»Ich habe es da hochgestellt. Ich sollte es auch wieder herunterbekommen.«

»Was brauchst du?« Ich spähte in den Schrank.

»Die Molcajete. Ich mache Hähnchen mit Mole Poblano.«

Ich fand die Steinschale und stellte sie auf die Arbeitsplatte, wobei mir schon das Wasser im Mund zusammenlief. »Du machst das heute?«

Sie streckte die Hand aus, um meine Wange zu tätscheln. »Das ist dein Lieblingsessen, nicht wahr?«

»Allerdings.« Ich grinste. Es war kein Gericht, das ich in meiner Kindheit gegessen hatte, aber Tía hatte das Rezept von einer ihrer lateinamerikanischen Freundinnen hier in Kalifornien gelernt, und ich war schnell süchtig danach geworden. »Wir haben etwas zu feiern. Ich habe ein Date mit Mimi.«

»Wirklich? ¡Que fantástico! Natürlich hast du das. Sie wäre eine Närrin, dir einen Korb zu geben. Ich will alles darüber hören. Lag es an dem Essen, das ich geschickt habe?«

»Nun, das und ihre Chefin. Obwohl, ist sie wirklich ihre Chefin, wenn es eine ehrenamtliche Tätigkeit ist? Jedenfalls arbeitet sie an dieser großen Party, und ich bin versehentlich in eines ihrer Treffen geplatzt. Eins führte zum anderen, und jetzt vermittle ich ihnen nicht nur einen Caterer und Carlos Band –«

»Ah!« Sie klatschte in die Hände. »Du hast sie verzaubert, nicht wahr?«

»Na ja, ich schätze schon.«

»Das ist mein Junge, un caballero encantador.« Sie tätschelte meine Wange. »Wo ist also das Problem?«

Ich hatte vor der Tür des Konferenzraums gewartet. Obwohl Mimi zu Larissa aufschaute, traute ich ihr nicht, und ich wollte sichergehen, dass sie sich benahm. »Sie … sie denken, wir sind ein Paar. Also nicht nur, dass wir als Freunde zusammen auf diese eine Party gehen, wie wir es gesagt hatten, sondern dass wir ein richtiges Paar sind.«

Tías Augenbrauen schnellten in die Höhe. »Miriam hat da mitgemacht?«

Das hatte mich auch schockiert. »Ja. Und das ist das Seltsamste daran. Sie wurde so … so *kleinlaut* vor Larissa. Sie ist nie kleinlaut.«

»Hmm.« Sie zupfte einen Fussel von meinem Pullover. »Manchmal verhalten sich Menschen bei verschiedenen Leuten anders. Bei Leuten, von denen sie glauben, dass sie Autorität über sie haben.«

Ich ergriff ihr Handgelenk. Auf keinen Fall würde ich zulassen, dass sie sich dafür schämte, Mick Fallons Missbrauch all die Jahre ertragen zu haben. »Tía.«

»Was zum *Teufel* geht hier vor?«, donnerte Miguelitos Stimme hinter mir und ließ mich aufjaulen.

»Verdammt, Lito«, keuchte ich. Mein Herz war mir in den Hals gerutscht.

»Fluche nicht in Gegenwart meiner Mutter.« Er beugte sich vor und küsste ihre Wange. »Alles in Ordnung, Mamá?«

»Natürlich ist alles in Ordnung.« Sie schlug ihm auf die Brust. »Du hast uns beiden fast einen Herzinfarkt beschert. Was ist los?«

»Dieser Cabrón hat vergessen, die Haustür abzuschließen.«

»Ich habe ihn gerufen, sobald er die Tür geöffnet hat. Er dachte, ich wäre in Schwierigkeiten.«

»Warst du in Schwierigkeiten?«

»Natürlich nicht.«

Er sah mich finster an. »Wie oft habe ich dir gesagt –«

»Schließ immer die Tür ab. Ich weiß, ich weiß.« Ich rieb die Stelle über meinem rasenden Herzen. Warum hatte ich sie nicht abgeschlossen? Ich wusste es besser, als die Sicherheit meiner Tía aufs Spiel zu setzen.

»Er war genau hier bei mir«, argumentierte sie. »Er hätte mich verteidigt.«

»Was, wenn er seine Bande mitgebracht hätte, hm? Dann hätte Mateo dich nicht allein beschützen können.«

»Ich hätte es versucht«, murmelte ich.

»Er würde mich verteidigen. Und ich würde den Notruf wählen.«

Mein Cousin verengte die Augen, und die Dunkelheit seines Blicks löschte das hübsche Blau aus. »Keine Fehler mehr.«

Ich stieß den Atem aus. »Verstanden.«

Sie zupfte an seinem Jackenärmel. »Warum bist du an einem Arbeitstag hier, Lito?«

»Ich wollte dich fragen –« Er warf mir einen wütenden Blick zu. »Mateo, überprüf das Haus, um sicherzugehen, dass niemand eingedrungen ist.«

»Aber, Lito, er ist Familie. Was hast du vor ihm zu verbergen?«

Als hätte sie nichts gesagt, sagte er: »Dann patrouilliere das Gelände.«

Ich straffte die Schultern. »Verstanden, Boss.« Obwohl ich, während ich wegging, leise darüber spekulierte, was ihm wohl quer im Arsch saß.

Aber als ich mit meiner Waffe der Wahl, einem Aluminium-Baseballschläger, in den Rosenbüschen stocherte, musste ich zugeben, dass er Recht gehabt hatte, mich zu kritisieren. Wenn ich meinen Vater hätte zurückbringen können, hätte ich ihn mit meinem letzten Atemzug beschützt. Und wenn ich einen gefährlichen Mann gehabt hätte, vor dem ich ihn hätte schützen müssen, so wie mein Cousin, wäre ich wahrscheinlich genauso besessen von Sicherheit gewesen.

Ich hatte es vermasselt. Mein Cousin hatte Recht, mir nicht zu trauen. Schon als kleiner Junge hatte ich gewusst, dass mit mir etwas nicht stimmte. Zum einen war ich nicht so klug wie die anderen Kinder. Zum anderen …

Ich verscheuchte den Gedanken. Was machte das schon aus? Rational wusste ich, dass es nicht meine Schuld war, aber ein dunkles Flüstern in meinem Unterbewusstsein erinnerte mich daran, dass meine Mutter uns nicht verlassen hätte, wenn ich es wert gewesen wäre, zu bleiben.

Ich wog den Schläger in der Hand und klopfte damit auf meine linke Handfläche. Ich war nicht mehr dieser gebrochene kleine Junge. Ich war zu einem Charmeur herangewachsen, genau wie meine Tía gesagt hatte. Die Leute mochten mich jetzt. Und vielleicht, nur vielleicht, könnte Mimi mich auch mögen lernen.

10

MIMI

WIR WAREN GERADE beim letzten Punkt auf der Tagesordnung der Galakomitee-Sitzung angekommen – der Unterhaltung –, als Larissa mich stirnrunzelnd ansah. »Wo ist Mateo?«

»M-Mateo?« Ich hatte ihn seit unserer letzten Sitzung nicht mehr gesehen. Das war mir auch lieber so. Ihn nicht in meiner Nähe zu haben, bedeutete, dass ich nicht in Gefahr lief, seinem falschen Charme zu erliegen. Außerdem hatte ich noch keine Gelegenheit gehabt, ihm zu sagen, dass Larissa und Natalie dachten, wir wären ein Paar. Ich war mir zu dreiundvierzig Prozent sicher, dass sich das alles in Luft auflösen und ich es ihm nie würde erzählen müssen. Dreiundvierzig, aufgerundet fünfzig, wenn man nur eine signifikante Stelle berücksichtigte. Und eine fünfzigprozentige Sicherheit war für die Wettervorhersager ja auch gut genug.

»Er sollte uns über den Stand der Dinge bezüglich der Mariachi-Band informieren«, sagte Larissa.

Natalie meldete sich zu Wort. »Ich dachte nicht, dass es eine Mariachi-Band ist.«

»Ist es nicht? Mateo sagte, es sei eine authentische lateinamerikanische Gruppe. Wir brauchen eine Band, Miriam. Wie ist der Stand der Dinge? Sie sind doch mit ihm zusammen, oder?«

Trotz des erdrückenden Gefühls, sie zu enttäuschen, und der Möglichkeit, meine Chance auf die Stelle der stellvertretenden Direktorin zu verlieren, konnte ich das Missverständnis nun wenigstens aus der Welt schaffen. »Eigentlich–«

»Abend, die Damen.« Mateo schlenderte in den Konferenzraum. »Tut mir leid, dass ich zu spät bin. Ich komme gerade von der Arbeit und musste von der Westseite hierher rasen. Was habe ich verpasst?«

Er zwinkerte Larissa zu, deren Wangen sich röteten. Verdammt, ein Rest seines Funkelns musste wohl auch mich getroffen haben, denn mir wurde ein wenig warm. Oder vielleicht lag es an dem schwarzen Wollpullover, den ich trug. Ich zupfte ihn von meiner Brust weg.

»Wir waren–« Larissa räusperte sich, um die hauchige Note aus ihrer Stimme zu vertreiben. »Wir sind bereit für Ihren Bericht über die Band.«

Er lehnte sich mit einer Hüfte an den Konferenztisch. »Sie haben zugesagt.«

»Großartig. Und es ist eine Mariachi-Band?«

»Nein. Sie spielen Bachata. Sie werden es lieben. Es ist, als würden sie mit Ihren Ohren Liebe machen. Der Tanz ist sinnlich, wie Salsa.« Er richtete sich auf und demonstrierte eine wiegende Seitwärtsbewegung, bei der er seine Hüften kreisen ließ.

Sofort spürte ich die Phantomberührung seines Beckens an meinem. Seine kräftige Hand in der Rundung meines Rückens. Die raue Reibung seines Oberschenkels zwischen meinen Beinen. Den Hauch seines Atems an meinem überhitzten Nacken. Ich ließ meinen Pullover wieder gegen meine klebrige Haut flattern.

Larissa lehnte sich blinzelnd in ihrem Stuhl zurück. »Okay, dann.«

»Juhu! Mimi und Mateo können den Tanz anführen.« Natalie klatschte in die Hände.

»Was?« Ich wirbelte mit dem Kopf zu ihr herum. Mateo hatte

zwar gesagt, wir sollten tanzen, aber ich hatte gehofft, dass er sich irrte.

»Damit es losgeht. Das wird lustig, wenn alle mitmachen.«

Lustig? »Aber ich tanze nicht.«

»Natürlich werden Sie das.« Larissas Stimme duldete keinen Widerspruch. »Jackson wird beeindruckt sein, nicht wahr, Natalie?«

Sie grinste. »Er liebt es zu tanzen.«

»Obwohl, wenn Sie sich dem nicht gewachsen fühlen, könnten Sie auch hinter den Kulissen arbeiten. Mateo kann Ihren Platz im Komitee einnehmen.« Larissa zog ihre blonden Augenbrauen hoch.

Ich wusste, was *hinter den Kulissen* bedeutete. Auch wenn das vielleicht eher meine Art war, bedeutete es auch, dass ich keine Aufmerksamkeit von Jackson Jones bekommen würde. Meine letzte Chance auf die Stelle der stellvertretenden Direktorin würde sich in Luft auflösen wie eine Wolke von Mateos Zigarettenrauch.

»Sie brauchen sie im Komitee«, knurrte Mateo. »Mimi und ich sind ein Paar. Wenn sie raus ist, bin ich auch raus. Und ich nehme den Caterer und die Band mit.«

Was? Warum hatte er das gesagt? Meine dreiundvierzigprozentige Sicherheit fiel auf null. Mein Magen zog sich zusammen.

Larissas Augen weiteten sich. »Das ist nicht nötig. Miriam wird tanzen, nicht wahr, Miriam?«

»Na–natürlich.« Für die Position der stellvertretenden Direktorin, für die Chance, tagein, tagaus für Kinder zu arbeiten, würde ich mich in einen glitzernden Gymnastikanzug zwängen und einen Cancan hinlegen wie die Rockettes.

Mateos Stimme blieb tief. »Ich mag es nicht, wenn Mimi bedroht wird. Denken Sie daran, wir sind ein Doppelpack.«

Eine schwere Stille legte sich über den Konferenzraum, bis Natalie sagte: »Hast du das gehört? Das waren meine Eierstöcke, die gerade explodiert sind. Mimi, falls du und Mateo euch jemals trennt, verbrenne ich mein Exemplar des Girl-Codes. Er gehört mir.«

»Ah, aber das wird niemals passieren«, sagte Mateo, und ein Grinsen durchbrach seinen ernsten Gesichtsausdruck. Seine große Hand landete auf meiner Schulter und drückte genau auf die Stelle, an der sich ein Knoten aus Anspannung gebildet hatte. »Ich wusste vom ersten Moment an, als ich sie sah, dass Mimi meine ewige Liebe sein würde.«

Ich blinzelte zu ihm auf. Warum tat er das für mich? Was hatte er davon, die zusätzliche Verantwortung für die Gala-Planung zu übernehmen? Davon, diese Lüge über seine *ewige Liebe* zu erzählen, um mich im Rennen um den Job bei der Stiftung zu halten?

»Wow«, sagte Natalie. »Ich glaube, das ist das Romantischste, was ich je außerhalb eines Films gehört habe.«

Ihr Handy summte auf dem Tisch und sie nahm es auf. Sie sah es stirnrunzelnd an. »Eine Notfallnachricht von meinem Bruder Andrew. Ich muss los. Aber ich glaube, wir waren fertig?« Sie hob ihre Augenbrauen zu Larissa, und als diese keinen Einspruch erhob, richtete sie ihre Papiere aus und schob sie in ihre Tasche.

Larissa runzelte die Stirn. »Aber wir wollten heute Abend auf die Driving Range gehen.«

»Entschuldigung. Mein pflegeleichter Bruder hat gerade ein paar extrem pflegeintensive Probleme. Ich muss ihn davon abhalten, etwas zu tun, das er bereuen wird.« Natalie schritt zur Tür. »Bis zum nächsten Mal.«

Ich wünschte, ich hätte das Selbstvertrauen, Larissa Nein zu sagen. Ihr den Rücken zu kehren, so wie Natalie es tat. Aber ich brauchte Larissa mehr als sie mich. Ich konnte ihr nichts abschlagen, wenn ich für die Stelle der stellvertretenden Direktorin in Betracht gezogen werden wollte.

Larissa setzte ein Lächeln auf, das so falsch war wie ihre Wimpern. »Was ist mit Ihnen beiden? Ich habe die Abschlagsbox bereits reserviert. Warum kommen Sie nicht mit? Ich lade Sie ein, um zu zeigen, dass ich nichts nachtrage.«

Ihren zerknirschten Gesichtsausdruck kaufte ich ihr keine Sekunde ab. Außerdem würde sie die Scheinheiligkeit unserer Beziehung bestimmt durchschauen, wenn sie Mateo und mich im persönlichen Umgang beobachten würde. Sie würde wissen, dass sie, sobald die Verträge mit der Band und dem Caterer unterzeichnet waren, sowohl Mateo als auch mich ohne weitere Konsequenzen aus dem Komitee werfen konnte.

»Ich spiele nicht«, sagte ich.

Mateo breitete die Hände aus. »Ich auch nicht.«

Meine Schultern entspannten sich erleichtert. Ich hatte halb befürchtet, Mateo würde mit Larissa gehen wollen. Jetzt würden er und ich getrennte Wege gehen. Nachdem wir über den *ewige Liebe*-Nonsens gesprochen hatten.

Larissa erhob sich von ihrem Stuhl. »Man muss nicht wissen, wie man Golf spielt, um auf einer Driving Range Bälle zu schlagen. Kommen Sie schon, das wird lustig. Und, Miriam, Golf ist eine Fähigkeit, die Sie lernen sollten, wenn Sie im Geschäftsleben jemals erfolgreich sein wollen.«

»Wa–warum?« Kommunikationsfähigkeiten verstand ich. Buchhaltung, Marketing, Betriebswissen, das verstand ich. Aber warum war das Wissen, wie man einen kleinen weißen Ball schlägt, eine Voraussetzung für den beruflichen Aufstieg?

Sie zog eine Augenbraue hoch. »Wir beide haben nicht das Privileg von Jackson und Natalie, dass uns Türen wegen unserer Namen offenstehen. Wir müssen subtilere Wege finden, Menschen zu beeinflussen. Auf Golfplätzen werden mehr Geschäfte gemacht als in Sitzungssälen.«

»Das scheint nicht richtig zu sein.« *Oder fair.*

Sie zuckte mit den Schultern. »Es ist, wie es ist. Ihre Mutter ist doch Anwältin, oder?«

»Woher wissen Sie das?«

»Ich mache es mir zur Aufgabe, etwas über die Menschen zu erfahren, mit denen ich zusammenarbeite. Ich wette, sie spielt Golf.«

Ich rümpfte die Nase. »Tatsächlich, das tut sie.« Glaubte Mom, was Larissa sagte? Genoss sie Golf nicht wegen des Sports, sondern wegen des Einflusses, den es ihr verschaffte? Das musste ich sie am Freitag beim Abendessen fragen.

»Nun kommen Sie schon. Ich werde Ihnen alles zeigen, was Sie wissen müssen.«

Ihr Blick verweilte auf Mateo, und obwohl wir nicht wirklich zusammen waren, ballten sich meine Hände zu Fäusten. Dann strich ich sie an meiner schwarzen Hose glatt und stand auf. Er konnte mit jedem flirten, mit dem er wollte. Was auch immer zwischen uns lief, es war nicht echt.

Außerdem hatte ich ein größeres Problem: Golf. Ich würde niemanden positiv beeinflussen, indem ich mich auf der Driving Range zum Idioten machte. Aber wenn mein bester Versuch, einen Golfball zu schlagen, mir den Weg zu dem Job bei der Stiftung ebnen würde, den ich wollte, würde ich sogar eine dieser albernen Baskenmützen mit Bommel tragen.

Mateo würde das wahrscheinlich auch tun. Und er würde es sexy aussehen lassen.

————

IN DER TIEFGARAGE öffnete Mateo mir die Tür seines Jeeps und half mir hochzuklettern.

Er blieb am Heck des Fahrzeugs stehen und hob sein Handy ans Ohr. Er sprach kurz hinein, lauschte einen Moment und fuhr sich mit der Hand durch die Haare. Seine Lippen bewegten sich erneut, dann beendete er das Gespräch. Sagte er seine Pläne ab? Hatte er heute Abend ein Date?

Er öffnete die Fahrertür und stieg mühelos in das hohe Fahrzeug.

»Hör mal, i-ich entschuldige mich dafür.« Ich verdrehte meine Finger in meinem Schoß. »Es wird wahrscheinlich furchtbar werden.«

»Eh.« Er zuckte mit den Schultern, während er aus der Parklücke fuhr. »Wie Larissa schon sagte, es ist, wie es ist.«

»Also, ähm, danke, dass du das machst. Bist du sicher, dass du heute Abend nichts anderes vorhattest? Ein Date?«

Er drehte sich zu mir um und verengte die Augen. »Nein.«

Ich sackte zurück in den Sitz. »Und es tut mir leid, dass sie einen falschen Eindruck von uns bekommen haben. Natalie ist irgendwie auf die Idee gekommen, dass wir uns daten, und ich habe sie nicht korrigiert. Und dann hast du – du hast mitgespielt. Warum?«

Er konzentrierte sich darauf, eine scharfe Kurve in Richtung Ausfahrt zu nehmen. Als er den Jeep wieder gerade ausgerichtet hatte, schwenkten seine Augen nach links und rechts, um nach unerwartet herausfahrenden Autos Ausschau zu halten. Schließlich sagte er: »Ich will dir helfen, Mimi. Dich im Planungskomitee unterstützen, mehr aus unserer Freundschaft und unserem Date machen, was auch immer du brauchst.«

»Geht es um den Tag, an dem du Kaffee auf meine Präsentation verschüttet hast?«

An der Garagenausfahrt hielt er an und warf mir einen Blick zu. »Vielleicht.«

Ah, schlechtes Gewissen. Ich war dankbar, dass meine Mutter mir das nicht anerzogen hatte. »Mach dir keine Sorgen deswegen. Wirklich. Und du musst dich nicht für mich verstellen.«

Er behielt seinen Blick auf der Straße, aber seine Lippen verzogen sich auf einer Seite nach oben. »Es ist keine große Mühe.«

»Wirklich? Weil es sich nach einer Menge anhört.« Ich hätte es nicht für ihn getan. Oder für irgendjemand anderen als Bree oder Ben.

Er zuckte mit den Schultern. »Wenn alles, was ich tun muss, so zu tun ist, als würden wir miteinander schlafen, ist es nicht so schlimm.«

»Miteinander schlafen?«, quiekte ich. Plötzlich gab es nicht mehr genug Sauerstoff im Auto. Ich richtete die Lüftungsdüsen auf meine glühenden Wangen. »Müssen wir miteinander schlafen? Vielleicht sollten wir unsere Geschichte abstimmen.«

Da war wieder dieses schiefe Lächeln. »Bella, wenn du mit mir ausgehst, schlafen wir miteinander.«

Das tiefe Grollen seiner Stimme löste ein Pochen zwischen meinen Beinen aus. Ich presste meine Oberschenkel zusammen. »Nein. Es ist noch so frisch, dass ich noch nicht so weit bin. Wir daten uns nur.«

Er warf mir einen Blick zu. »Aber ich habe dich doch geküsst, oder?«

»I-ich schätze schon.« Küssen war ziemlich harmlos.

»Was ist mit rummachen? Haben wir das gemacht?«

»Willst du damit fragen, wie weit wir sind? Sind wir in der Highschool?«

Seine breiten Schultern spannten sich an. »Nein, ich wollte nur wissen, wie sehr ich dich anfassen sollte.«

Mich anfassen? Ich griff nach dem Knopf der Klimaanlage und drehte ihn ganz in den blauen Bereich. »Anfassen ist nicht nötig.«

»Warum? Bist du empfindlich, was Berührungen angeht?«

Das Zischen seiner Frage schwebte wie ein warmer Hauch über meine Haut und löste ein Kribbeln in mir aus. Ich drückte den Fensterheber, um es herunterzulassen, bis mir eisige Luft über die Wangen blies. »Empfindlich?«

»Ich meine, stört es dich?«

»Nicht–nicht besonders.«

»Dann wäre Händchenhalten kein Problem für dich? Ich denke, sie würden erwarten, dass wir Händchen halten.«

»Ich schätze, das ist in Ordnung.«

»Vielleicht eine Berührung deiner Schulter oder deiner Wange?«

Ich war versucht, meinen Kopf wie ein Hund aus dem Fenster zu hängen. Verschwitzt auf der Driving Range aufzutauchen, war kein guter Look. Aber zerzauste Haare auch nicht. Ich räusperte mich. »Auch in Ordnung, denke ich.«

»Gut.« Er grinste. »Damit kann ich arbeiten.«

Kühle Erleichterung durchströmte mich, als er auf den Parkplatz eines Ortes einbog, den ich gut kannte: der Pine Hills Golf

Club, wo wir wegen Larissas Verbindungen die Gala veranstalteten.

Ich mochte zwar keine Ahnung von Golf haben, aber es musste einfacher sein, als mit Mateo in einem Auto zu fahren und über Berührungen zu reden.

Wir parkten neben Larissas BMW, und Mateo machte eine große Show daraus, mir wie ein richtiger Freund aus seinem Jeep zu helfen. Ich für meinen Teil gab mir Mühe. Ich umklammerte die Hand, die er mir bot, und lächelte zu ihm auf. »Danke.«

»Natürlich. Schatz.«

Ich zuckte bei dem Kosenamen zusammen. Er klang so falsch, wenn er von ihm kam und an mich gerichtet war.

Larissa öffnete ihren Kofferraum. »Mateo, helfen Sie mir mit meinen Schlägern?«

Mit einer kraftvollen Bewegung hob Mateo die rosafarbene Tasche aus ihrem Auto und schwang sie über seine Schulter, als wöge sie nichts.

Sie führte den Weg in das weiße Stuckhaus im spanischen Kolonialstil, das als Clubhaus diente. »Da wir über die Gala sprechen werden, übernimmt die Stiftung die Kosten für Ihre Schlägermiete.«

»Oh, nein«, sagte ich. »Ich könnte die Stiftung nicht bitten, dafür zu bezahlen.«

»Wir schreiben es ab. Keine große Sache.«

»Aber gemeinnützige Organisationen zahlen keine Steuern. Da gibt es nichts abzusetzen.«

»Es dient einem legitimen Geschäftszweck, Miriam. Das ist wie bei unseren Frühstücksbesprechungen.«

»Aber …«, ich biss mir auf die Lippe. Wenn ich die Treffen der Stiftung ausrichtete, dann tat ich das im Synergy, da es kostenlos war und es dort Kaffee und Snacks umsonst gab.

Larissa war sowohl für die Stiftung als auch für die Stelle, die ich wollte, verantwortlich, also schwieg ich.

Trotzdem weigerte ich mich, die Stiftung für die Miete der Anlage bezahlen zu lassen, also reichte ich der Frau am Tresen meine Kreditkarte. Es kostete mehr, als ich gedacht hatte – oder sollte –, aber ich würde eben weniger Essen zum Mitnehmen bestellen, um mein Budget auszugleichen.

Während wir unsere Schläger aussuchten, ging Larissa in die Umkleidekabine. Sie kam in einem kurzen Golfrock und Spikeschuhen wieder zum Vorschein. Ihr langes, blondes Haar war zu einem kecken Pferdeschwanz über einem weißen Visier zurückgebunden. Mit unseren Schlägern und einem Eimer Bälle folgten Mateo und ich ihr zu dem langen, grünen Rasenstück. Bäume säumten die Seiten und markierten das hintere Ende. Eine Reihe von Golfern, hauptsächlich Männer, standen in durch Netzabtrennungen markierten Bereichen aufgereiht.

Auf dem Stück aufgerissenen Rasens, wo sie stehen blieb, begrüßte sie ein gut aussehender, blonder Mann mit messerscharfen Wangenknochen mit einem Kuss auf beide Wangen.

»Schau mal, wer da ist!«, Larissa hakte sich bei ihm unter, als sie sich zu uns umdrehte. »Flavio, das ist Miriam von der Stiftung und ihr Freund, Mateo. Leute, das ist Flavio, mein Verlobter.«

Mateo schüttelte Flavios Hand. Wie Mateo war er groß, durchtrainiert und blond, aber die Züge seines Gesichts waren härter, schärfer. Seine blauen Augen waren nicht sanft oder gütig, sondern glitzerten und waren hart wie Saphire. Als er jedoch sprach, hatte er einen italienischen Akzent, von dem ich zugeben musste, dass er sexy war.

Als ich seine Hand schüttelte, traf mich der Duft seines Eau de Cologne wie ein Müllwagen. Ich nieste. Larissa warf mir einen stählernen Blick zu, und ich schniefte und entfernte mich weiter von ihrem Verlobten.

Während Flavio sich am Abschlag positionierte und Larissa neben ihm posierte, zog Mateo mich hinter einer anderen Gruppe von Golfern zur Seite. »Du hättest meine Schläger nicht bezahlen müssen. Ich hätte meinen Teil selbst bezahlen können. Oder ich hätte für uns beide bezahlt.«

»Nein. Es ist meine Schuld, dass du überhaupt hier sein musst, wo du doch etwas« – jemanden? – »anderes tun könntest. Ich sollte dafür bezahlen.«

»Sie haben das Gesicht verzogen« – Mateo verzog die Lippen und legte die Stirn in Falten, eine Nachahmung dessen, was mein Gesicht wohl getan hatte – »als Larissa sagte, die Stiftung würde dafür bezahlen. Warum?«

Ich scharrte mit meiner Ballerina über den Rasen. »Jeder Dollar, den die Stiftung einnimmt, sollte an die Kinder gehen. Für Anti-Mobbing-Programme. Oder Sommercamps. Nicht für Golf. Ich will kein Geld von ihren Programmen wegnehmen.«

»Und trotzdem wollen Sie eine bezahlte Stelle bei der Stiftung?«

»Das ist etwas anderes. Die Stiftung braucht Angestellte, um zu funktionieren. Sie kann nicht nur mit Freiwilligen betrieben werden.«

»Die meisten Freiwilligen sind nicht so gewissenhaft wie Sie.«

Mir stieg die Hitze ins Gesicht. »Ich glaube an die Mission der Stiftung. Und ich mache meine Arbeit gern gut.«

Er nickte. »In allem, was Sie tun.«

Ich blinzelte zu ihm hoch. Er sprach, als ob er mich kennen würde. Als ob er mich wirklich sehen würde.

»Na los, ihr beiden«, sagte Larissa. »Mateo, ich zeige es Ihnen zuerst.«

Mateo ließ zu, wie sie seine Füße am Abschlag positionierte. Dann korrigierte sie seinen Griff am Schläger und stand dabei weit innerhalb seiner persönlichen Komfortzone. Ich prüfte Flavios Reaktion. Er lehnte lässig auf seinem Schläger und winkte gelegentlich den anderen Golfern zu. Also nicht der eifersüchtige Typ.

Schließlich stellte Larissa sich vor Mateo und demonstrierte einen Schwung. War es wirklich nötig, dabei so mit dem Hintern zu wackeln?

Aber Mateo sah sie nicht an. Er behielt den Ball im Auge, holte mit einer geschmeidigen Bewegung seiner kräftigen Schultern aus und schwang durch. Der Ball segelte durch die Luft, blieb länger in der Luft, als ich es für möglich gehalten hatte, und landete genau in der Mitte des Grüns.

Larissa schirmte sich die Augen ab und verfolgte die Flugbahn des Balles. »Beeindruckend.«

Mateo grinste. »Ihre Demonstration war erfolgreich.«

Sie sonnte sich für einen Moment in dem Lob. »Kommen Sie her, Miriam. Sie sind die Nächste.«

Viel geschäftsmäßiger wies sie mich in meine Haltung und meinen Griff ein. Trotzdem fühlte sich alles ungelenk an, und als ich den Schläger zurückzog, kreischte sie: »Nein, nein, halten Sie den linken Arm gerade!«

Ich erstarrte und sah auf meinen linken Arm, der sich beim Aufschwung gebeugt hatte. Ich senkte den Schläger und versuchte es erneut. Diesmal konzentrierte ich mich darauf, meine Ellbogen gerade zu halten, während ich durchschwang. Aber ich verfehlte den Ball komplett. Er blieb auf dem Tee.

Meine Wangen glühten, als Larissa in Gelächter ausbrach. »Ich lache nicht über Sie«, sagte sie und tupfte sich die Tränen unter den Augen ab. »Das ist jedem schon passiert.«

»Hört sich aber so an, als würden Sie über mich lachen«, murmelte ich vor mich hin. Großartig. Ich war ein Risiko eingegangen, indem ich mit der Person, die hoffentlich meine Chefin werden würde, Golf spielen gegangen war, und machte mich lächerlich. Würde sie es mir übel nehmen, wenn ich beim Golf eine Enttäuschung war? Würde dieses Versagen alles andere, was ich tat, überschatten? Frustrierte Tränen stiegen mir in die Augen. Ich blinzelte sie weg. Ich sollte bei der Buchhaltung bleiben und den Sport allen anderen überlassen.

»Wenn ich darf?«, Mateo trat hinter mich und fasste meine Schultern mit seinen großen Händen. »Vielleicht kann ein anderer Amateur helfen.«

Er schob meine Füße ein wenig weiter auseinander und ließ mich meine linke Fußspitze nach außen drehen. Dann bat er mich, meine Hüften nach rechts zu drehen, während ich den Schläger zurückzog. Mein Körper fühlte sich absolut ungelenk an.

Immer noch hinter mir stehend, legte er seine Hände über meine auf den Schläger. Gemeinsam zogen wir ihn wieder zurück, dann schien die Schwerkraft zu übernehmen und zog den Schläger nach unten zum Ball und hindurch. Der Ball segelte auf das Grün, nicht so weit wie Mateos, aber er flog an anderen Bällen vorbei, die auf dem Rasen lagen.

»Ich hab's geschafft! Wir haben's geschafft!«, Er hatte immer noch seine Hände auf meinen Armen, also drehte ich mich um und umarmte ihn, und es schien das Natürlichste der Welt zu sein, als sich auch seine Arme um meinen Rücken schlangen.

»Danke«, murmelte ich ihm ins Ohr. »Entschuldigung, ich hätte fragen sollen, bevor ich dich umarmt habe. Ist eine Umarmung in Ordnung?«

»Natürlich«, sein leises Flüstern in meinem Ohr stand im Kontrast zum Kitzeln seiner Bartstoppeln an meinem Kiefer, und ich erschauderte.

»Du hast gesagt, du spielst nicht«, flüsterte ich zurück.

»Ich spiele nicht mehr Golf, aber ich habe ein- oder zweimal auf der Insel gespielt. An den Wochenenden habe ich als Caddie im Club gearbeitet.«

»Ein Profi!«, Irgendwie hatten sich meine Finger in den Wellen an seinem Hinterkopf verfangen. Sie waren weich und dick und polsterten meine Finger. »Du bist überhaupt kein Anfänger, oder?«

Er kicherte. »Ich habe Larissa in ihrem Glauben gelassen.«

Ich runzelte die Stirn und trat einen Schritt zurück, um sein Gesicht zu sehen. Seine blauen Augen hatten an den Ecken weiche Fältchen. Hatte ich das bei Mateo auch getan? Angenommen, er sei ein großer, muskelbepackter Hohlkopf, und mein Verhalten davon leiten lassen?

Er hatte mich gelassen. Uns beide gelassen. Er hatte seine Fähigkeiten, sein wahres Ich, hinter einer flirtenden Maske verborgen. Was versteckte er noch? Und warum hatte er das Gefühl, es tun zu müssen? Defensive Wut, wie damals, als dieser Idiot Anthony sich in der siebten Klasse über Bree lustig gemacht hatte, blubberte heiß in meiner Brust. Ich packte Mateos Haare, als wollte ich ihn schütteln, weil er versuchte, weniger zu sein, als er war.

»Keine öffentlichen Zärtlichkeiten, bitte«, Larissas Stimme schreckte mich auf. Ich hatte für einen Moment vergessen, dass wir nicht allein waren. »Nicht auf dem Platz.«

Verdammt. Ich hatte vergessen, wo wir waren, und hielt ihn mit meinen Händen in seinen Haaren, als ob wir uns gleich küssen würden. Küssen war in unserer falschen Beziehung definitiv nicht erlaubt. Oder auf dem Golfplatz. »Entschuldigung«, murmelte ich.

Mateo tat das Gegenteil. Er drehte mich mühelos in seinen Armen, sodass mein Rücken sich an seine Brust schmiegte. Seine Arme legten sich um meinen Bauch. »Können Sie es mir verdenken? Flavio, Sie müssen auf meiner Seite sein.«

Flavio blickte lange genug von seinem Handy auf, um uns anzulächeln.

Es war lächerlich, es zu genießen, in Mateos Armen gekuschelt zu werden. Alles, was wir taten – von der gemeinsamen Fahrt in Mateos Auto bis zu seiner vorgetäuschten Unwissenheit – war eine Show für Larissa. Nicht echt. Außerdem könnte unsere öffentliche Zurschaustellung von Zuneigung vor den Leuten in ihrem Club sie in Verlegenheit bringen.

Ich wand mich aus seinem Griff. »Larissa hat recht. Wir sollen doch, ähm, schlagen.«

»Na gut«, Mateo ging ein paar Schritte weg und verschränkte die Arme. »Schlag zu. Ich genieße die Aussicht.«

Ich positionierte mich wieder am Abschlag und blickte über das Grün. Es war keine besondere Aussicht. Eine lange, flache Grasfläche, die von einigen struppigen Nadelbäumen gesäumt war. Wovon redete er? Ich drehte den Kopf, um über meine Schulter zu ihm zu blicken.

Sein Blick war auf meinen Hintern in meiner dehnbaren, schwarzen Arbeitshose geheftet.

Ich räusperte mich.

Sein Blick wanderte träge die Kurve meiner Wirbelsäule hinauf zu meinem Gesicht. Sein Grinsen war unanständig und nur für Larissa und Flavio bestimmt. »Keine Sorge, Babe. Sie verstehen das schon.«

Mit glühenden Wangen richtete ich meine Aufmerksamkeit wieder auf den Ball. Es war alles nur gespielt, hatte sein *Babe* mich erinnert. Er mochte nicht wirklich, wie ich aussah, oder wollte mich in seinen Armen halten. Ich wollte das auch nicht.

Während ich auf meinen Vorrat an Golfbällen eindrosch, sagte Larissa: »Also, erzählen Sie mal, Mateo. Wie sind Sie und Miriam zusammengekommen?«

Ich verfehlte den Ball schon wieder. Verdammt, wir hatten uns keine Geschichte für unsere Beziehung ausgedacht. Ich öffnete den Mund, um mir etwas auszudenken, aber er kam mir zuvor.

»Ich glaube, Sie wissen, dass mein Cousin und ihr Bruder zusammen sind?«, Er wartete auf ihr Nicken, bevor er fortfuhr. »Es war Bens Geburtstag, und es gab ein Familientreffen. Meine Tante, Mimis Eltern, einige von Bens und Mimis Cousins. Ein paar Freunde. Jackson Jones war mit seiner Frau und ihren Kindern da.«

Ich erinnerte mich daran. Bens Geburtstag war im Juli. Mateo war gerade von der Insel gekommen, um Coopers Sicherheitsteam zu leiten. Milliardäre – und ihre Freunde – brauchten wohl Sicherheitspersonal.

»Also stellte Ben, den ich von seinem Besuch auf der Insel, von der ich komme, kannte, mich seiner Schwester vor. Sie war an dem Tag so strahlend, die Sonne schien auf ihr dunkles Haar wie Feuer.«

Ich verdrehte die Augen, bevor ich den Schläger zum Schwung ausholte. Das war typisch Mateo, alles zu romantisieren. Mein Haar war an dem Tag vom Wind zerzaust gewesen, und ich hatte vergessen, ein Gummiband am Handgelenk zu haben, um es zurückzubinden.

»Also habe ich mein übliches Ding gemacht. Smalltalk. Ein bisschen Flirten. Sie hat mir sogar einen Witz erzählt.«

»Einen Witz? Mimi?«, Larissa lachte.

»Ich erinnere mich noch daran. Ich musste ihn nachschlagen, weil ich ihn damals nicht verstanden habe. Wollen Sie ihn hören?«

»Auf jeden Fall.«

»Mimi, willst du ihn erzählen?«, fragte er.

Ich stützte mich auf den Schläger. Er erinnerte sich? »Nein, erzähl du ihn.«

»Okay. Also, eine unendliche Anzahl von Mathematikern geht in eine Bar. Der erste Mathematiker sagt zum Barkeeper: ›Ich nehme ein Bier.‹ Der zweite sagt: ›Ein halbes Bier, bitte.‹ Der dritte verlangt ein Viertel Bier. Das ist der Teil, den ich nicht verstanden habe. Warum sollte man nur einen Teil eines Bieres bestellen?«, Er kicherte. »Aber der Barkeeper versteht es. Er stellt zwei Biere vor sie alle. Und alle Mathematiker – denken Sie daran, es ist eine unendliche Anzahl – sagen: ›Das ist alles, was Sie uns geben?‹ Der Barmann sagt: ›Na, kommt schon, Leute. Kennt euer Limit.‹«

Larissa stand, genau wie ich es erwartet hatte, mit offenem Mund da. Flavio war komplett davongeschlendert.

»Später fragte ich meinen klugen Cousin, was das bedeutet. Er sagte, es sei eine Funktion aus der Infinitesimalrechnung. Und ich habe später danach gesucht und etwas über Grenzwerte von Funktionen gelernt. In der Schule bin ich nie zur Infinitesimalrechnung gekommen. Trotzdem wusste ich, dass es ein Witz war. Also habe ich mit einem eigenen gekontert – einem Wortspiel.«

»Ein Wortspiel?«, fragte Larissa mit einem halben Lachen.

»Ich sagte, es wäre schwer, mein erstes Mal in San Francisco zu ver-nebeln.«

Sie stöhnte. »Das ist furchtbar!«

Ich verzog das Gesicht, nicht wegen des Wortspiels, sondern wegen der Erinnerung. Ich hatte gedacht, er macht sich über meinen nerdigen Witz lustig. Als Snob, der ich war, hatte ich nicht realisiert, dass er nicht die gleichen akademischen Möglichkeiten wie sein Cousin gehabt hatte.

Mateo zwinkerte mir zu. »Ich habe vielleicht angedeutet, dass ich jemanden brauche, der mich warm hält. Mein üblicher Blödsinn.«

Ich hatte angenommen, er würde mich mit seinem falschen Flirten verspotten. Ich war seit der Pubertät kurvig, und mein Schreibtischjob hatte meinem Hintern ein wenig zusätzliche Polsterung verpasst. Typen, die wie Mateo aussahen, flirteten nicht mit Frauen, die wie ich aussahen. Oder mit Frauen, die Witze über Infinitesimalrechnung erzählten. Er war ein Adonis, und ich war … nur eine ganz normale Buchhalterin in einem Unternehmen.

»Das war's also?«, fragte Larissa. »Sie sind seitdem zusammen?«

»Nein«, ich spürte, wie seine Prahlerei hinter mir ein wenig in sich zusammenfiel. »Sie hat mir einen Korb gegeben. Sie sagte mir, ich solle mir eine bessere Jacke kaufen.«

»Das meinte ich ernst. Du hattest ein langärmeliges Hemd als Jacke an«, ich schlug den Ball und er hüpfte über das Grün.

»Es war Juli! Aber das ist meine Mimi. Vernünftig wie immer. Danach fiel mir nichts mehr ein, was ich zu ihr sagen konnte. Alles, was herauskam, war schmerzhaft unbeholfen. Sie hat mich gebrochen.«

Ich drehte mich um. »Ich habe dich nicht gebrochen.«

Er breitete die Hände aus. »Doch, hast du. Erinnerst du dich nicht, wie lächerlich ich danach in deiner Nähe war?«

»Nicht wirklich«, ich hatte angenommen, er fände mich seines Flirtens oder seiner Beachtung unwürdig.

Er legte die Hände auf sein Herz, als hätte ich ihn erschossen. »Du dachtest, ich wäre immer so?«

Ich zuckte mit den Schultern.

»Mimi, Mimi«, kopfschüttelnd schlenderte er zu mir, legte einen Arm um meine Schultern und drückte mir nach kurzem Zögern einen Kuss auf die Schläfe. »Du bist mein Kryptonit. Nur du.«

Larissa schenkte uns ein spitzbübisches Lächeln. »Ich schätze, das ist ein klassischer Fall von Gegensätze ziehen sich an.«

Ich blickte in Mateos Gesicht. Wir waren in der Tat Gegensätze. Er war groß und umwerfend. Ich war klein und normal aussehend. Ich hatte angenommen, er hielte mich für einen Geek, unter seiner Würde, aber vielleicht hatte ich mich da geirrt.

Und jetzt hatte er mir den Kopf gerettet, indem er so tat, als sei er mein Freund, und sogar noch eine übertriebene Geschichte hinzugefügt, die Larissa zum Schwärmen brachte. Wenn das alles vorbei war, würde ich ihm massiv etwas schuldig sein.

11

MATEO

EIN PAAR TAGE, nachdem ich es geschafft hatte, Mimi nicht vor Larissa auf dem Golfplatz zu blamieren, war ich, wie mein Cousin Lito sagen würde, vorsichtig optimistisch.

Scheiß drauf.

Ich hüpfte wie ein Kind auf dem Weg zu einer Geburtstagsparty, als ich in dem gläsernen Aufzug zu Mimis Etage im Synergy-Gebäude hochfuhr und mein kostbares Bündel bei mir trug. Als Sicherheitschef für den CEO, Cooper Fallon – oder, wie ich ihn nannte, mein Cousin Lito –, hatte ich einen Synergy-Ausweis und brauchte keine Begleitung, um mein Mädchen mit Essen zu überraschen.

Mit dem Pollo Guisado und den Empanadas hatte ich Punkte gesammelt, also ging ich in Sachen Essen wieder auf Nummer sicher und hatte einen garantierten Volltreffer in meiner Tragetasche: die Hühnchen-Mole meiner Tía.

Sie würde hungrig sein. Sie vergaß immer zu essen. Sie würde mir eines dieser vorsichtigen Lächeln schenken, so wie auf dem Golfplatz, als ich ihr gezeigt hatte, wie man den Ball schlägt. Vielleicht würde sie mich sogar wieder küssen lassen.

Ich hatte es als nette Geste für Larissa getan und, ehrlich gesagt, auch ein bisschen für mich selbst, da Mimi an diesem Abend nicht so kratzbürstig gewesen war. Als meine Lippen dann die glatte Haut an ihrer Schläfe berührt hatten, hatte es sich so richtig angefühlt, dass ich sie am liebsten direkt ihren Hals entlang geküsst hätte.

Offensichtlich hatte ich es nicht getan. Das wäre für Mimi zu weit gegangen. Und definitiv zu viel vor ihrer Chefin.

Aber heute könnte ich vielleicht mit einem Küsschen auf die Wange davonkommen, einer weiteren Dosis dieses Vanilledufts auf ihrer Haut. Mein Verlangen nach Zigaretten zu unterdrücken, war einfach gewesen; jedes Mal, wenn meine Finger nach einer Zigarette zitterten, erinnerte ich mich an ihre warme Würze, und das Verlangen war wie weggewaschen. Alles, was ich wollte, war eine weitere Chance, ihr nahe zu sein. Eine Berührung meiner Hand auf ihrer Hüfte. Jesus, ich konnte es kaum erwarten, mit ihr auf der Gala zu tanzen.

Die Aufzugtüren öffneten sich und ich trat auf Mimis Etage hinaus. Köpfe drehten sich, als ich an den niedrigen Bürowürfeln vorbeiging, und jeder Mitarbeiter, an dem ich vorbeikam, schnupperte hoffnungsvoll. Als ich Mimis Schreibtisch erreichte, beäugte mich jedes Augenpaar auf der Etage hinter Farnen und an den Seiten von Computermonitoren.

»Hey«, sagte ich leise, um sie nicht zu erschrecken.

Sie schreckte trotzdem hoch und stieß sich das Knie an der Unterseite ihres Schreibtisches. Sie rieb es über ihre schwarzen Hosen und drehte sich zu mir um. Ihre Augen weiteten sich.

»Was machst du hier?«, flüsterte sie.

»Ich habe dir Mittagessen mitgebracht.« Ich hob die Tragetasche auf ihre Augenhöhe.

Ihr Blick wanderte zur Uhrzeit in der Ecke ihres Bildschirms. »Es ist zwei Uhr.«

»Hast du schon gegessen?«

Ihr Magen knurrte und sie legte ihre Hand auf ihren weiten grauen Pullover. »Nein.«

Ich schnalzte mit der Zunge. »Deshalb bist du so—« Ich presste die Kiefer zusammen.

Sie saß eine Sekunde lang mit zusammengekniffenen Augen schweigend da. Dann stürmte sie aus ihrem Büroabteil und winkte mich in Richtung der Mitarbeiterküche. In der kleinen weißen Küche wirbelte sie zu mir herum. »Deshalb bin ich so *was* genau?«

Ich hatte nicht vor, das Wort *zickig* in ihrer Nähe noch einmal zu benutzen. Nicht, wenn sie mich anknurrte wie eine ausgehungerte Löwin.

»Klug?«, sagte ich. »Darauf zu warten, dass ich dir Mittagessen bringe?«

Sie rieb sich mit der Hand über das Gesicht. »Das wolltest du nicht sagen.« Sie atmete tief ein und schluckte. »Was hast du mitgebracht?«

»Ah.« Ich hatte sie wieder mit Essen für mich gewonnen. Drei von drei. »Tías spezielle Hühnchen-Mole.«

»Mole?« Sie wich einen Schritt zurück, als hätte ich gesagt, ich hätte ihr eine lebende Vogelspinne mitgebracht. »Was ist da drin?«

Ich kicherte und holte die Plastikdose heraus. »Ich dachte, du wärst eine abenteuerlustige Esserin. Du hast mich auch nicht gefragt, was im Pollo Guisado war.«

»Das liegt daran, dass ich nicht dachte, dass da Schokolade drin ist. Und ich bin allergisch gegen Schokolade. Macht deine Tante Schokolade in ihre Mole?«

»Ich … ich weiß es nicht. Ich habe sie noch nie dabei gesehen. Ich habe nie darüber nachgedacht.«

»Leute mit Lebensmittelallergien müssen immer darüber nachdenken, was in ihrem Essen ist«, fauchte sie.

Verdammt, Ben hatte mich gewarnt, dass sie allergisch auf Schokolade war, aber es war mir nicht in den Sinn gekommen, dass sie auf die Mole reagieren könnte. Das Gericht war absolut magisch. Aber ich stopfte es zurück in die Tüte. Mimi zu vergiften, würde mich alle Punkte kosten, die ich gesammelt hatte.

»Es tut mir leid. Ich hole dir etwas anderes. Was möchtest du?«

»Nichts. Mir geht es gut.«

»Dir geht es nicht gut. Du bist—« Ich biss mir auf die Zunge, bevor mir das Wort *zickig* herausrutschte.

Ihre Augenbrauen verschwanden unter ihrem lockigen Pony. Sie stemmte die Hände in die Hüften. »Ich gehe heute Abend mit meiner Freundin Bree etwas trinken. Dann werde ich etwas essen.«

»Oh. Ah.« Die Worte stolperten mir auf der Zunge. Was konnte ich sagen, ohne sie gleich wieder auf die Palme zu bringen? »Bist du sicher, dass das eine gute Idee ist?«

»Was, mit meiner Freundin auszugehen?«

Ich hatte selbst gesehen, was für eine gute *Freundin* Bree gewesen war. Als ihr Verlobter sie abholte, war sie hinausgestolpert, ohne einen Gedanken an Mimi zu verschwenden, die praktisch bewusstlos an der Bar gehangen hatte. Ich konnte es nicht ertragen, daran zu denken, was ihr hätte passieren können, allein in einer Bar voller Kerle, die eine so schöne – und so betrunkene – Frau wie Mimi nur zu gern ausgenutzt hätten.

Aber ich war da gewesen, und ich hatte sie vor diesen Kerlen beschützt. Wir hatten uns unterhalten, wie wir es nie zuvor getan hatten. Oder seitdem. Ich hatte sie kennengelernt. Ich hatte mich in dieser Nacht ein kleines bisschen verliebt. Und sie schien mich ausnahmsweise auch zu mögen.

Jesus Christus, wie sehr ich mir wünschte, sie würde sich an die Verbindung erinnern, die wir hatten. Aber ich wäre ein Idiot, ihr davon zu erzählen. Sie würde mir niemals glauben. Sie musste sich von selbst daran erinnern.

»Sei vorsichtig, okay? Iss auf jeden Fall vorher etwas. Und trink viel Wasser.«

»Was zum Teufel, Mateo? Ich bin ein großes Mädchen. Ich kann auf mich selbst aufpassen.«

»Nicht, wenn du trinkst.« Meine Sicht wurde trüb, als ich mich daran erinnerte, wie dieser eine Kerl an der Bar seine Hand nach ihrer Schulter ausgestreckt hatte. Ich hätte sie ihm am liebsten abgerissen. »Du verträgst keinen Alkohol«, knurrte ich.

Ihre Augen weiteten sich, und sie starrte über meine Schulter, während sie quiekte: »Hey, Monique. Fast Zeit für unser Meeting?«

»Ja.« Eine große, schwarze Frau mit einem kantigen Kiefer kniff die Augen zusammen und sah uns an. »Ich wollte nur meinen Kaffee nachfüllen.«

»Ich bin sofort da.« *Das ist meine Chefin,* formte sie mit den Lippen.

Scheiße! Ich hatte ihr Leben schon wieder vermasselt. Aber mir fiel absolut nichts ein, um es wieder gutzumachen.

»Ich glaube, ich gehe dann mal.« Ich klemmte mir die Tasche mit dem giftigen Essen unter den Arm.

»Ich glaube, das solltest du«, sagte sie düster.

Als ich den Schwanz einzog und aus dem Gebäude huschte, brannte mein Gesicht selbst in der kühlen Nachmittagsluft von San Francisco. Sie würde mir nie verzeihen, dass ich sie vor ihrer Chefin als jemand dargestellt hatte, der zu viel trinkt.

Ich verdiente es nicht, dass man mir verzieh. Ich verdiente sie nicht.

Alles, was ich tun konnte, war das Einzige, worin ich gut war: sie zu beschützen.

12

MIMI

»AN WAS GENAU ERINNERST DU dich also noch von deinem Junggesellinnenabschied?« Ich schwenkte den Wein in meinem Glas. Es war das erste Mal, dass ich Bree seit ihren Flitterwochen sah, und wir saßen an unserem Lieblingstisch am Fenster in unserer üblichen Mittwochs-Bar, der, in der es bis sieben Uhr Häppchen zum halben Preis gab. Das Spiel der Sharks dröhnte von den Fernsehern über der Bar, und der Laden war voll mit türkisfarbenen Trikots.

Brees Augen weiteten sich, dann blinzelte sie. »Oh, an alles. Wir hatten so viel Spaß! Wir waren alle hier, außer dir. Du warst spät dran. Und du kamst schon angetrunken hier an. Erinnerst du dich?«

»Oh, daran erinnere ich mich.« Obwohl mir nicht klar gewesen war, wie betrunken ich genau war. »Ich kam von der Verlobungsfeier meines Bruders.«

»Stimmt!« Bree zeigte auf mich und nahm dann einen Schluck von ihrem Martini. »Dann haben wir ein paar Drinks getrunken, und dann hat jemand gesagt, wir sollten in die andere Bar gehen.«

Das war eine von Brees Arbeitskolleginnen gewesen. Also

hatten wir uns alle auf ein paar Fahrdienste aufgeteilt und waren zur Divisadero Street gefahren. Daran erinnerte ich mich. Dort hatte ich den geheimnisvollen Unbekannten getroffen.

»Die Bar war der Hammer«, sagte sie, »aber dann wurde es spät und die Leute sind langsam gegangen.« Sie zog einen Schmollmund.

»Du bist gegangen«, wies ich sie hin. Ich nahm einen traurigen, kalten Mozzarella-Stick in die Hand, aber ich hatte mich bereits mit Chicken-Wings und frittierten Pilzen vollgestopft. In meinen Magen passte nichts mehr. Ich ließ ihn zurück auf den Teller fallen.

»Ja, Josh kam und hat meinen betrunkenen Arsch nach Hause geschleppt.« Sie kicherte. »Bist du nicht nach Hause gegangen?«

»Nicht da. Da kam dieser Typ rüber und hat mich angesprochen. Er hatte eine Brille. Ich *glaube*, er war superheiß. Erinnerst du dich nicht an ihn?«

»Ich mag verheiratet sein, aber ich bin ja nicht blind. Es gab an dem Abend einen süßen Typen hier. Allerdings ohne Brille.« Sie tippte auf den Tisch, dann wurden ihre Augen groß. »Ich erinnere mich! Er ist ein paar Minuten nach uns in der zweiten Bar aufgetaucht. Aber er ist nicht rübergekommen. Er saß nur mit einer Zeitung in einer Ecke. Gott, ich hätte mir gewünscht, dass er rüberkommt.«

»Du bist verheiratet, erinnerst du dich?« Konnte ihr süßer Typ mein geheimnisvoller Unbekannter gewesen sein? Ich erinnerte mich nicht mehr gut an sein Gesicht – außer an die Brille –, aber ich erinnerte mich daran, wie ich mich bei ihm gefühlt hatte. Er hörte zu, als ich ihm erzählte, wie sehr ich so sein wollte wie Larissa. Er erzählte mir, dass er auch einen Chef hatte, von dem er die Welt hielt. Zwischen uns hatte es gefunkt.

»Also, bist du mit diesem geheimnisvollen Unbekannten nach Hause gegangen?«

»Ich glaube nicht. Ich bin allein bei mir aufgewacht. In meinen Klamotten. Aber ich hatte das hier.« Ich zog an der Kette um meinen Hals und holte den Ring hervor, den ich in meiner Tasche gefunden hatte. Das schlichte Goldband war zerkratzt, als wäre es lange getragen worden. Aber ich erinnerte mich, dass der geheimnisvolle Unbekannte jung war, ungefähr in meinem Alter.

»Ein Ehering?« Brees Augen weiteten sich. »Was zum Teufel, Mimi! Hast du etwa in Vegas geheiratet?«

Ich lachte. »Ich glaube nicht, dass wir Zeit hatten, nach Vegas zu fahren. Und egal, was in Liebeskomödien passiert, ich bin mir ziemlich sicher, dass sie einen nicht heiraten lassen, wenn man sturzbetrunken ist. Nicht einmal in Vegas. Ich glaube, er hat ihn mir zur sicheren Aufbewahrung gegeben. Um ... um ...« Seine Worte lagen knapp außerhalb meiner Reichweite.

Ich schob den Ring auf meinen Daumen und drehte ihn. Er war eindeutig ein Männerring und viel zu groß, um an einen meiner Finger zu passen.

»Wow. Und jetzt musst du ihn finden und ihn ihm zurückgeben. Das ist ja wie bei Aschenputtels Schuh!« Sie kippte ihr Glas und trank die letzten Tropfen Alkohol aus. »Dann musst du ihn heiraten.«

Ich schnaubte.

»Ich meine es ernst. Das ist so was wie Schicksal oder so.«

»Ich glaube, du hast zu viele Weihnachtsfilme im Romance Channel geguckt.«

»Ja«, sagte sie verträumt. »Aber es ist immer der Typ, der der zugeknöpfte Buchhalter ist und keine Weihnachtsstimmung hat.«

»Ich brauche keine Weihnachtsstimmung zu haben. Ich bin Jüdin.«

»In diesen Filmen gibt es nicht allzu viele Juden.«

»Nö.«

»Aber ...« Sie zog das Wort in die Länge, auf die Art, von der ich wusste, dass sie gerade eine schreckliche Idee hatte. So wie damals in der Highschool, als sie mich gebeten hatte, Schmiere zu stehen, während sie den Werbeaufkleber vom Fenster bei Taco Bell riss und damit abhaute. *Warum* hatte sie den so dringend gewollt? Sie hatte es schließlich aufgegeben, es mir zu erklären, und war ohne den Fensteraufkleber gegangen. Fünfzehn Jahre später verstand ich immer noch nicht den Sinn dahinter.

»Aber?«, hakte ich nach.

»Es ist egal, dass wir Jüdinnen sind. Wir können diese romantischen Filme trotzdem mögen. Wo die Frau will, dass das Weihnachtsfest reibungslos über die Bühne geht, und der Mann das Ganze plattwalzen will, um ein Skigebiet zu bauen, und sie sich trotzdem ineinander verlieben und in der letzten Szene ihre Kinder mit zum Weihnachtsfest nehmen.«

Ich rümpfte die Nase. »Das klingt schrecklich. Wäre ein Skigebiet nicht besser für die Wirtschaft der Stadt? Sie könnten mit ihren Kindern Skifahren gehen.«

Sie schnappte nach Luft. »Ich dachte, du würdest die dunkle Seite verlassen und deine Freiwilligenarbeit zum Beruf machen! Eine von uns werden!«

Ich schenkte ihr ein halbes Lächeln. »Nicht jeder kann eine Kinderkrankenschwester sein und jeden Tag Leben retten. Die Welt braucht auch Buchhalter.«

»Du kannst Buchhalterin sein und trotzdem die Romantik in der Welt sehen.«

»Kann man das?« Ich strich mit der Hand über die traurig aussehende Lametta-Girlande, die unter dem Fenster hing, und ein paar angelaufene Silberfäden fielen auf den Tisch. Fünf der Glühbirnen an der bunten Lichterkette, die das Fenster säumte, waren ausgefallen. Warum hatten sie den ganzen Scheiß nicht schon vor drei Wochen abgenommen?

Bree hob die heruntergefallenen Fäden auf und legte sie zu einem sechszackigen Stern auf den Tisch. »Ich glaube, es gibt noch Hoffnung für dich. Sobald wir deinen geheimnisvollen Unbekannten finden, wird er deine romantische Ader wecken.«

»Ist das eine Umschreibung?«

Sie grinste. »Ja, allerdings. Ich bin sicher, dein geheimnisvoller Unbekannter ist ein sehr talentierter –«

»Bree!« Ich warf einen Blick zum Nachbartisch mit den Damen um die sechzig. Eine von ihnen trug eine rot gerahmte Brille, eine

Plastiktiara und eine pinkfarbene Federboa. Wie Bree und ich schenkten auch sie dem Spiel im Fernsehen keine Beachtung.

»– Gesprächspartner, wollte ich sagen.«

»Das wolltest du nicht sagen.«

Sie zuckte mit den Schultern. »Kommt aufs Gleiche raus. Fängt beides mit G an. Willst du noch einen Drink?«

Ich blickte auf mein fast volles Glas. Warum musste Mateo nur recht haben? Bei dem Gedanken, mehr Wein zu trinken, drehte sich mir der Magen um.

»Warte! Das ist er! Das ist der süße Typ!« Bree zeigte hinter mich.

Ich wirbelte auf meinem Stuhl herum, um zu schauen, aber die Sharks mussten etwas Aufregendes getan haben, denn die halbe Bar stand auf und jubelte. Ich suchte die schreienden Gesichter nach Typen mit Brillen ab, aber keiner von ihnen war mein geheimnisvoller Unbekannter. Als sich der Raum beruhigt hatte, fragte ich: »Siehst du ihn noch?«

»Nein, ich habe ihn aus den Augen verloren, als die Sharks gepunktet haben. Ich sehe ihn jetzt nicht mehr. Tut mir leid.«

»Wie sah er aus?«

»Groß, durchtrainiert, blondlich. Ein markantes Kinn.« Sie seufzte.

In Kalifornien hätte das jeder sein können. Von irgendeinem zufälligen Schauspieler über Cooper Fallon bis hin zu Larissas Verlobtem. »Hat er eine Brille getragen?«

»Nein. Ich habe dir doch gesagt, mein süßer Typ hatte keine Brille.« Sie sah auf ihr Handy. »Apropos, Josh ist auf dem Weg. Willst du mit nach Hause fahren?«

»Ja, bitte.« Nếu cô ấy nhìn thấy người đàn ông bí ẩn của tôi, tôi sẽ ở lại. Aber er war nicht hier.

»Wie soll ich ihn finden und das hier zurückgeben?« Ich zog den Ring von meinem Daumen und steckte ihn sicher zurück zwischen meine Brüste. Wenn ich ihn fände, könnte er meine Begleitung zur Gala sein. Meine Erinnerungen waren verschwommen, aber ich hatte den Verdacht, dass er ein Charmeur war. Er hätte mich niemals vor meiner Chefin als Alkoholikerin bezeichnet.

»Du solltest eine Anzeige für eine verpasste Bekanntschaft auf Craigslist aufgeben.«

Ich hob die Augenbrauen. »So was gibt's doch nicht mehr.«

»Und wie es das gibt! Obwohl einige der Anzeigen ziemlich verstörend sind.« Sie verzog das Gesicht.

»Bree, was zum Teufel? Warum liest du die Anzeigen für verpasste Bekanntschaften?«

»So habe ich Josh kennengelernt. Habe ich dir das nicht erzählt?«

»Du hast gesagt, du hast ihn im Supermarkt gesehen und bist ihm dann in einem Café über den Weg gelaufen. Es war Schicksal, hast du gesagt.«

Ihre Wangen röteten sich. »Ich habe vielleicht nach dem Supermarkt eine Anzeige aufgegeben. Und das Café war vielleicht unser erstes Date.«

»Oh. Mein. Gott. Ich muss sagen, das ist ein bisschen unheimlich und bei Weitem nicht so romantisch wie schicksalhafte Liebe.«

»Hey, ich habe nur den Rat befolgt, den deine Mutter uns immer gegeben hat. Hol dir, was du willst. Wie auch immer, denk darüber nach. Über die Anzeige für die verpasste Bekanntschaft.«

Ich schnaubte.

Bree gab ein Zeichen für die Rechnung. »Dieser Typ ist einen Versuch wert, oder?«

Ich seufzte und erinnerte mich an diese magische Nacht. Na ja, nicht wirklich erinnern. Aber ich erinnerte mich an das warme Gefühl, das er mir gegeben hatte. Gesehen und verstanden zu werden. Für ein paar Stunden waren wir der Mittelpunkt der Welt des anderen gewesen.

Scheiße. Brees Romantik färbte nach all den Jahren doch noch auf mich ab.

Ich ließ meinen Blick ein letztes Mal durch die Bar schweifen. Die einzige Brille war auf der Nase der Oma neben uns.

Aber der Ring an seiner Kette war Hoffnung. Ein Versprechen. Mein geheimnisvoller Unbekannter und ich würden uns finden. Vielleicht rechtzeitig zur Gala.

Mateo war ein Flirt, kein Romantiker. Er flatterte von Person zu Person und schmeichelte jeder einzelnen mit seiner charmanten Art. Egal, was er auf dem Golfplatz vor Larissa gesagt hatte, egal wie viele Mahlzeiten er mir brachte, sein Herz war nicht bei der Sache, und er stand ganz sicher nicht zu unserer vorgetäuschten Beziehung. Er würde es verstehen, wenn ich unser Date platzen ließe.

Er würde noch vor Ende des Tages jemand anderen finden, mit dem er flirten und dem er Essen bringen konnte.

Und das wäre in Ordnung. Denn ich würde meinen geheimnisvollen Unbekannten haben.

13

MATEO

ICH ZOG die Tür zur Weinbar auf und musterte den Raum nach dem Gala-Planungskomitee. Mimi saß mit dem Rücken zu mir, aber ihre dunklen Locken hätte ich überall wiedererkannt. Ihr Anblick ließ mein Herz gegen meine Rippen hämmern. Warum tat ich mir das an? Warum hatte ich Larissa erlaubt, mich in eine Situation zu bugsieren, in der ich Mimi dreimal die Woche sehen musste, obwohl jeder missbilligende Blick wie ein Stich in mein Herz war?

Larissa winkte mir zu und ich schleppte mich zu ihrem Tisch.

Ich tat es, weil Mimi diesen Job bei der Stiftung mehr als alles andere wollte. Weil sie ihre ganze Zeit, nicht nur die Stunden nach der Arbeit, damit verbringen wollte, Kindern zu helfen.

Und weil ich alles für sie tun würde.

Wenn meine Freunde auf der Insel mich jetzt sehen könnten, wie ich einer Frau wie ein Hündchen hinterherlief, würden sie mich auslachen. *»Der Segelfisch ist endlich am Haken«*, würden sie johlen. Verdammt, ich hätte vor einem Jahr noch gelacht, wenn man mir gesagt hätte, ich würde in einer schicken Weinbar stehen und eine Party planen, die mir scheißegal war und deren

Besuch ich mir niemals leisten könnte, und das alles für eine Frau.

Aber meinem Herzen war das egal.

»Mateo!« Larissa stand auf und gab mir einen Kuss auf die Wange. Na ja, es hätte ein Küsschen sein sollen, aber ihre Lippen verweilten eine Sekunde zu lang, lang genug, dass ihre Hand von meiner Schulter zu meiner Brust wanderte. Sie drückte meinen Brustmuskel.

Ich ergriff ihre Hand, nahm sie sanft von meinem Körper und legte sie wieder an ihre Seite. »Hallo, Larissa. Natalie. Mimi.«

»Du bist zu spät«, sagte Larissa mit einem leichten Schmollmund auf ihren rosa Lippen. »Wir haben die Blumen ohne dich ausgesucht.«

»Ihr brillanten Damen braucht mich nicht, um Blumen auszusuchen.« Sie brauchten mich für gar nichts, aber ich spielte mit, wenn Larissa, die über Mimis Job entschied, das anders sah. Ich blickte zu Mimi hinüber, aber ihre Augen waren auf die Tabelle gerichtet, die ihren Laptop-Bildschirm erhellte. »Und keine Blumen sind so lieblich wie ihr drei.«

Larissa klimperte mit den Wimpern. »Schade, dass ich jetzt gehen muss. Ich habe einen Termin im Schönheitssalon.« Sie schüttelte ihre Mähne aus glattem, blondem Haar, eine offensichtliche Bitte um ein weiteres Kompliment.

Ich tat ihr den Gefallen. »Sie sind perfekt. Kein Salon könnte Sie schöner machen.«

Sie lächelte zufrieden und legte ihre Hand auf meinen Arm. »Sie sind so süß. Danke.«

Ich schälte ihre Hand von meinem Bizeps und verwandelte die Geste in einen Händedruck. »Gute Nacht, Larissa.«

»Tschüss, Mädels. Wir sehen uns am Montag.« Mit einem Schwung ihres Haares war sie verschwunden.

»Hat sie nicht gesagt, sie wäre verlobt?« Natalie starrte auf meinen Arm, wo Larissa ihn gedrückt hatte.

Mimi starrte wütend auf ihre Tabelle. »Mhm. Wir haben ihren Verlobten kennengelernt.«

War sie eifersüchtig? Sie mochte mich nicht einmal. Oder doch?

Eifersucht wegen eines vorgetäuschten Dates könnte mein Fuß in der Tür sein. Ich legte meine Hand auf ihre Schulter. »Sei nicht eifersüchtig, Baby. Du weißt doch, dass mein Herz nur für dich schlägt.«

Sie starrte auf meine Hand, als wollte sie sie abschütteln. Würde sie unser Schauspiel beenden, jetzt, da Larissa weg war? Ich hoffte nicht. Ich war nicht bereit, aufzuhören, sie zu berühren.

»Die Nacht ist noch jung, meine Damen. Sollen wir noch etwas trinken?« Ich zog Larissas Stuhl näher an Mimi heran und ließ mich darauf nieder. Ich ließ meine Hand von ihrer Schulter über ihren Rücken gleiten, bis sie auf der sexy Rundung ihrer Taille ruhte.

Als sie sie dort liegen ließ, machte mein Herz einen Hüpfer in meiner Brust.

»Ich habe eine bessere Idee.« Natalie beugte sich auf ihre Ellbogen. »Tanzen.«

Mimi versteifte sich unter meiner Hand. »Tanzen? Ich tanze nicht.«

»Aber wir müssen es lernen. Für die Gala. Bachata.« Natalie wackelte mit den Schultern. »Ich habe mir online ein Video angesehen, aber es ist nicht dasselbe wie mit einem Lehrer.«

So sehr ich es auch wollte, ich wagte es nicht, ihre Taille zu umfassen. Aber beim Tanzen dürfte ich, ja, es würde sogar erwartet werden, dass ich meine Hände auf sie legte. »Was sagst du, Mimi? Sollen wir heute Abend etwas üben?«

Sie runzelte die Stirn. »Du kannst nicht mit uns beiden tanzen. Warum gehst du nicht mit Natalie …«

»Mein Bruder Andrew holt mich ab«, verkündete Natalie und hüpfte auf ihrem Stuhl. »Ich frage ihn, ob er mitkommt. Mit uns zu tanzen ist besser, als in seiner Wohnung Trübsal zu blasen.«

»Perfekt«, sagte ich. »Ich kenne einen Club in Mission.«

»Großartig. Und da ist Andrew!« Natalie sprang auf und warf ihre Arme um einen blonden Kerl, der ungefähr meine Größe hatte, aber schlanker war. Die Hose seines teuren Wollanzugs hatte Falten an den Hüften, als hätte er den ganzen Tag am Schreibtisch gesessen. Seine blasse Haut sah aus, als hätte er seit einem Monat kein Tageslicht mehr gesehen. Finanzbranche, schätzte ich.

»Mateo, Mimi, das ist Andrew.«

Ich stand auf, um ihrem Bruder die Hand zu schütteln. Sein Händedruck war fest und trocken, und er hielt meinen Blick mit voller Aufmerksamkeit. Seine Lippen waren voll und sinnlich wie die seines Bruders, aber seine langbewimperten blauen Augen hatten die Form von Natalies. Ein hübscher Junge, total mein Typ. Aber niemand war mein Typ, wenn Mimi in der Nähe war.

»Mateo«, sagte er. »Nat hat von Ihnen erzählt.«

»Wirklich?« Ich grinste. »Ich hoffe, Gutes?«

»Sie sagt, Sie waren bei diesem Gala-Projekt eine große Hilfe. Und dass Sie und Mimi Hashtag-Traumpaar sind.« Er machte Gänsefüßchen in der Luft und streckte dann Mimi seine Hand entgegen.

Ich beobachtete die beiden zusammen. Andrew war wahrscheinlich Mimis idealer Mann. Klug, reich, arbeitete in ihrer Branche. Aber ihr Händedruck war kurz, und er wandte sich seiner Schwester zu.

»Bereit zu gehen?«, fragte er.

»Mehr als bereit. Aber du bringst mich nicht nach Hause. Wir gehen tanzen!«

»Tanzen?« Seine sandblonden Augenbrauen schossen in die Höhe.

»Das wird lustig. Es wird dich ablenken von …«

Er zog sie in eine halbe Umarmung und rieb ihr mit den Fingerknöcheln durchs Haar. »Hör auf damit, Nusspli.«

»Oh mein Gott, Andrew. Ich bin fünfundzwanzig, nicht zwölf.« Sie zog sich von ihm los und fuhr sich mit den Fingern durch ihr zerzaustes Haar. Ihre Wangen waren rosa und ihre Augenbrauen in gespieltem Ärger zusammengezogen, aber ihr Lächeln war so strahlend wie Sonnenschein.

Ich hatte nie ein Geschwisterkind, aber meine Cousine Sara und ich zogen uns auch immer so auf. Eine Welle von Heimweh überkam mich. Tanzen war genau das, was ich brauchte.

Ich rieb mir die Hände. »Gehen wir. Ich fahre Mimi und Sie nehmen Natalie, Andrew?«

Ich nannte Natalie den Namen des Clubs, und ihre Daumen flogen über ihr Handy. »Wir treffen uns dort!«

Draußen auf dem Bürgersteig trottete Mimi an meiner Seite. »Du musst das wirklich nicht tun. Ich kann Natalie sagen, dass ich mich nicht danach fühle.«

»Fühlst du dich nicht gut?« Ich warf ihr einen Seitenblick zu, als wir die Straße zu meinem Jeep überquerten. Wie Andrew sah auch sie aus, als könnte sie einen Tag im Freien gebrauchen.

»Nein, mir geht's gut. Es ist nur …«

»Was ist es?« Ich öffnete ihre Tür und bot ihr meine Hand an, um ihr auf den hohen Sitz zu helfen.

Sie ergriff sie und hievte sich auf das Trittbrett. Wie konnte sie das Kribbeln der Energie, die zwischen uns floss, nicht spüren? Aber sie ließ sich nur auf den Sitz sinken und fing meinen Blick ein. »Ich wollte nie, dass das so aus dem Ruder läuft. Alles, was ich wollte, war eine Chance, mich bei Larissa zu beweisen. Nicht, dich in eine Scheinbeziehung mit einer Prise Partyplanung hineinzuziehen. Und Tanzen. Ich bin sicher, du bist müde von der Arbeit.«

»Du auch.« Ich wollte ihre zarte Kinnpartie nachzeichnen, spüren, wie sich ihre Wange zu einem Lächeln krümmte. Aber wir waren allein, und es war niemand da, für den wir so tun mussten. »Ich möchte das machen. Tanzen wird Spaß machen. Du wirst sehen. Außerdem müssen wir für die Gala üben.«

Ihre Augen verengten sich, als hätte sie Schmerzen. »Müssen wir vor all diesen Leuten tanzen?«

»Keine Sorge. Du wirst gut aussehen. Versprochen.« Ich schloss ihre Tür. In körperlichen Dingen war ich schon immer gut gewesen: Baseball, Surfen, Tanzen. Ich hatte meine Schwächen in anderen Bereichen, wie der Schule, nie bedauert. Bis Mimi kam.

Sie war während der Fahrt zum Club still, also spielte ich etwas Musik, um den Rhythmus durch uns fließen zu lassen. Als ich hinübersah, klopfte sie mit den Fingern im Takt auf die Armlehne. Gut. Ich wiegte meine Schultern.

In dem Club spielte Carlo manchmal, aber heute Abend gab es keine Live-Band, nur eine DJane. Knallpinke und gelbe Lichter blitzten über die Bühne, auf der sie hinter ihrem Mischpult zur Musik schimmerte. Ein Paar wirbelte neben ihr herum, weitaus geschickter als ich. Unterhalb der Bühne übten Reihen von Leuten ihre Schritte in einem freien Bereich in der Mitte der Tanzfläche. Abenteuerlustigere Paare drehten sich an den Rändern.

Wir fanden Andrew und Natalie an der Bar. Natalie reichte uns zwei Shots von etwas Dunkelrotem und beunruhigend Vertrautem.

»Was ist das?« Mimi beäugte es mit einem gesunden Maß an Misstrauen.

»Das Donnerstagabend-Special. Der Barkeeper nannte es Mama Juana.«

Ich lachte. Zu Hause nannten wir es flüssiges Viagra. Meine Tante Camelia machte eine Version aus Rotwein, lokalem Honig und Kräutern, die sie in ihrem Garten anbaute, und sie schwor, dass ich gezeugt worden war, nachdem sie es bei einem Spanferkelessen der Familie serviert hatte. Ich zog meine Augenbrauen in Richtung Andrew hoch. »Seien Sie vorsichtig. Es ist, äh, potent.«

»Was?«, schrie er über die Musik.

»Sei kein Baby. Trink aus.« Natalie stieß ihm den Ellbogen in die Seite und kippte ihren Drink hinunter. Er tat es ihr gleich.

Ich stieß mit meinem Glas an Mimis an. »Salud.«

Ihr Lächeln war nervös. »L'chaim.«

Wir kippten die bittersüßen Shots hinunter.

»Das ist widerlich. Wie Hustensaft.«

Es war nicht so gut wie das von Tía Camelia. Die Flasche hinter der Bar hatte einen lächerlichen Strohhut als Kappe. Aber sein hoher Alkoholgehalt könnte Mimi auflockern.

»Noch einen?« Natalie verzog das Gesicht.

»Ich zeige euch erst die Schritte.« Eine lockere Mimi wäre gut, aber ich wollte sie nicht schon wieder aus einer Bar tragen müssen.

Ich nahm Mimis Hand und schlängelte mich durch die tanzenden Paare zu den Reihentänzern in der Mitte des Raumes. Wir stellten uns hinter den hintersten und schauten einen Moment lang zu.

»Okay, siehst du, es ist eins-zwei-drei-Tipp, dann nach rechts, fünf-sechs-sieben-Tipp. Kleine Schritte und die Füße flach halten.«

Ich stellte mich zwischen Mimi und Natalie. Mit kleinen, übertriebenen Schritten demonstrierte ich die Beinarbeit, und als ich den ersten Satz beendet hatte, wiegte sich Natalie an meiner Seite. Mimi und Andrew hingen an den Enden und schauten zu.

»Los geht's«, schrie ich. Ich nahm Mimis Hand und schlurfte auf sie zu, drängte sie, ihre Füße zu bewegen. Zögernd nahm sie die Bewegung auf. »Gut, gut«, lobte ich sie.

Ich folgte der Reihe vor uns, zeigte ihnen, wie man vorwärts tanzt, und dann brachte ich ihnen die Drehungen bei. Natalie begriff das Muster wie ein Naturtalent.

Mimi nicht. Sie vergaß das Tippen, verpasste den Richtungswechsel und stieß gegen meine Schulter. Sie stampfte frustriert mit den Füßen auf. »Ich habe dir doch gesagt, dass ich nicht tanze!«

»Schon gut.« Ich drehte mich um, wandte den anderen Reihen den Rücken zu und stellte mich ihr gegenüber. Ich streckte meine Handflächen aus und nickte ihr zu, ihre Hände auf meine zu legen.

»Nach links«, sagte ich und bewegte mich nach rechts, um sie zu spiegeln.

Sie beobachtete ihre Füße und meine für ein paar Durchgänge.

Schließlich, als sich ihr Körper im Rhythmus bewegte, drückte ich ihre Hände. »Blick hoch.«

Ihre wunderschönen braunen Augen spiegelten die rosa Lichter über der Bühne wider. Ihre Lippen bewegten sich und zählten leise die Schritte mit. Daran würden wir später arbeiten.

»Du machst das großartig. Wenn ich deine Hände drücke, komm nach vorne.« Als ich spürte, wie sich die Reihe hinter mir verschob, verstärkte ich meinen Griff um sie und während ich zurückwich, zog ich sie zu mir.

»Und jetzt zurück.« Wir machten die Bewegung rückwärts. Bald bewegten wir uns im Gleichschritt mit dem Block von Tänzern. Seite an Seite, vor und zurück, drehen, drehen.

Sie war keine Carmen Miranda oder gar JLo, aber ihre Beinarbeit wackelte nicht, und ihre Hüften schwangen auf eine Weise, die meine Hose enger werden ließ. Oder vielleicht war das das Mama Juana.

Als die Musik wechselte, zog ich sie aus der Reihe zu den tanzenden Paaren.

»Warte, was machst du?«

»Du bist aufgestiegen«, sagte ich. »Du bist bereit für die erste Liga.«

»Nein, bin ich nicht! Ich bin noch ein kleiner Fisch.«

»Jetzt vermischst du Schwimmen und Baseball. Das hier ist Tanzen, und du bist bereit.«

Wir begannen mit einem einfachen Vor und Zurück, und ich war wieder auf der Veranda meiner Abuela und tanzte mit meinen Cousinen. Der Mief des Clubs war nichts im Vergleich zur Meeresbrise zu Hause. Trotzdem sang ich leise zur Musik mit und beobachtete Mimi mit halbgeschlossenen Lidern.

Ihr Blick verweilte unter meinem Kinn. Ich nahm an, da gehörte er auch hin, da ich unsere Drehungen mit den Schultern und die Pirouetten mit einer Bewegung meiner Handfläche gegen ihre signalisierte. Aber ich wollte ihren Blick auf meinem Gesicht, in meinen Augen, damit ich erkennen konnte, was sie dachte, wie es ihr gefiel, mit mir zu tanzen.

Sie sagte etwas, aber die Musik war zu laut. Ich beugte mich näher. »Was hast du gesagt?«

Ihre Wangen röteten sich. »Ich habe gesagt, du bist ein wirklich guter Tänzer.«

»Ah, danke. Aber ich bin nicht so gut wie die da.« Ich deutete mit dem Kinn auf das Paar auf der Bühne. Er wirbelte seine Partnerin unter seinem Arm hindurch, dann drehte er sich unter ihren verbundenen Händen. Sie bewegten sich zusammen, als teilten sie einen Geist, wie zwei Teile desselben Körpers.

»Vielleicht nicht«, sagte sie in mein Ohr, »aber du gibst mir das Gefühl, sicher zu sein. Selbstbewusst.«

Eine wohlige Wärme durchströmte mich. »So sollte es auch sein. Ich bin die Ranke, die dich stützt. Du bist die Blume, wunderschön und duftend.«

Sie rümpfte die Nase. »Wunderschön? Wohl kaum.«

»Du bist eine Orchidee. Exotisch und zart.« Ich atmete den Vanilleduft ihres Haares ein.

»Du bist der Schöne«, sagte sie. »Alle schauen dich an.«

Ich machte mir nicht die Mühe, hinzusehen. »Nein, Mimi, sie schauen dich an. Du bist hypnotisierend.«

Ihr Blick traf meinen, goldene Funken erleuchteten die dunklen Tiefen wie Mondlicht über dem Ozean.

»Warum bist du so nett zu mir?« Ihr Blick glitt von meinem ab. »Nett zu … zu allen.«

Ich zog sie aus dem Weg eines herannahenden, wirbelnden Paares. »Was denn nun, Mimi? Bin ich nett zu allen oder zu dir?«

»Beides. Aber besonders zu mir?«

Ich kicherte und legte dann meine Lippen an ihr Ohr, damit sie mich auch sicher hören konnte. »Ich bin froh, dass du es endlich bemerkt hast.«

»Aber ich verstehe es nicht. Was springt für dich dabei raus? Was bezweckst du damit?«

»Bezwecken?« Ich wich zurück. »Ich will nur …« War sie bereit, die Antwort zu hören? Dass ich *sie* wollte und nichts anderes?

Ihre Schritte stockten. Verloren in ihren Augen, trat ich auf etwas Weiches. Als ich nach unten blickte, sah ich, dass ich die Spitze ihres Ballerinas zerquetscht hatte. Ich sprang zur Seite, aber Mimi kniff schmerzerfüllt die Augen zusammen.

Ich hörte auf, mich zu bewegen, und fuhr mit den Händen ihre

Schultern hinauf. »Entschuldigung! Tut mir leid, dass ich so tollpatschig bin. Geht es dir gut?«

»Mir geht es gut.« Aber sie verlagerte ihr Gewicht nicht auf den Fuß, den ich wie ein Tölpel zertrampelt hatte.

»Machen wir eine Pause«, sagte ich. »Kannst du laufen?«

Sie reckte das Kinn. »Natürlich kann ich das.«

Trotzdem behielt ich meinen Arm um sie, während ich sie von der Tanzfläche führte. Ich half ihr, sich auf einen Hocker neben einem Stehtisch zu setzen.

»Kann ich dir etwas zu trinken holen?«

»Nur Wasser, bitte.«

Als ich mit zwei eiskalten Wasserflaschen zum Tisch zurückkehrte, hatte sie ihr Handy herausgeholt. »Meine Mitfahrgelegenheit ist gleich da.«

»Deine Mitfahrgelegenheit? Ich bin deine Mitfahrgelegenheit.«

»Nein, ich habe einen Fahrdienst gerufen. Ich habe schon zu viel von deinem Abend in Anspruch genommen. Ich muss morgen arbeiten.«

»Nein, Mimi. Ich bringe dich nach Hause.«

»Nein. Bleib, wenn du möchtest. Ich bin sicher, du findest eine bessere Tanzpartnerin als mich. Danke, dass du uns hergebracht hast. Es war …« Sie stand auf, ohne den Satz zu beenden.

»Mimi, es tut mir so leid. Kann ich dir ein Kühlpack holen? Eine Aspirin?«

»Nein, danke.« Sie legte ihre Hand für einen Moment auf meine, leicht und kühl wie der Nieselregen von San Francisco. Dann war sie verschwunden und ließ mich im dunklen Club zurück, während der Schweiß auf meiner Haut abkühlte.

Wir hatten eine Verbindung auf der Tanzfläche. Ich wusste, dass wir eine hatten. Sie hatte mir in die Augen gesehen, als ob sie mich sehen würde, als ob sie mich wertschätzen würde.

Und dann hatte ich es vermasselt. Ich hatte einen Rückzieher gemacht, als ich ihr hätte sagen sollen, was ich fühlte. Was ich wollte.

Sie. Nur sie.

14

MIMI

ICH LIEBTE ES, Ben beim Sabbat-Abendessen dabeizuhaben. Es erinnerte mich nicht nur an so viele Freitagabende in meiner Jugend, sondern ich konnte mich auch auf ihn verlassen, wenn es um das eine oder andere Ablenkungsmanöver ging, falls Mama zu anstrengend wurde.

Sein Verlobter Cooper hingegen? Ich wünschte mir irgendwie, er hätte wieder nach Singapur gemusst. Dann würde er mir nicht gegenüber am Esstisch meiner Eltern sitzen und mich mit seinem blonden Haar, den blauen Augen und den breiten Schultern zu sehr an seinen Cousin erinnern.

An den, vor dem ich letzte Nacht davongelaufen war.

Ich hatte geglaubt, ich hätte Mateo durchschaut. Ich dachte, er wäre einer dieser Typen, deren Schönheit nur oberflächlich ist. Dass sich unter dem umwerfenden Äußeren nichts als fade Leere verbarg. Oder, wie bei Byron, herzlose Grausamkeit.

Aber er hatte mich bis ins Mark erschüttert.

Er hatte mich dazu verleitet, mehr zu sagen, als ich beabsichtigt hatte. Ich sagte ihm, dass ich mich bei ihm sicher fühlte.

Er konterte, indem er mich schön nannte. Byron hatte mich

auch so genannt, doch wie sich herausstellte, hatte er seine sanften Worte nur benutzt, um von mir zu nehmen, zu nehmen, zu nehmen, bis er mich völlig ausgenutzt hatte.

Was wollte Mateo? Sein Blick auf der Tanzfläche war hungrig gewesen. Und verwirrend.

»Mimi, darf ich Ihnen etwas Wein einschenken?« Coopers Stimme schreckte mich auf. Ich blinzelte. Mom würde mich umbringen, wenn sie wüsste, dass ich unseren Gast nicht unterhielt, während sie, Dad und Ben in der Küche die letzten Vorbereitungen für das Abendessen trafen.

Obwohl der Gedanke, den Chef meines Chefs meines Chefs zu unterhalten, ziemlich einschüchternd war.

»Ein halbes Glas, bitte.« Was würde Cooper von dem süßen koscheren Wein und den Freitagabendtraditionen unserer Familie halten? Obwohl er und Ben seit über sechs Monaten zusammen waren, war es heute das erste Mal, dass Ben Cooper einem Levy-Walters-Sabbat-Abendessen aussetzte. Normalerweise war Cooper an Freitagabenden gerade von einer Reise zurück und müde, sie gingen zu einem Date aus oder Ben kam allein.

Das war ein großer Abend für meinen Bruder und seinen Verlobten.

Cooper füllte mein Glas bis zur Hälfte. Erst da bemerkte ich, dass er Sprudelwasser trank. Jetzt, wo ich darüber nachdachte, hatte der Champagner, den er auf ihrer Verlobungsfeier getrunken hatte, klarer ausgesehen als das, was in Bens Glas war. Und auf Brees und Joshs Hochzeit hatte ich ihn überhaupt nichts trinken sehen.

War es möglich, eines der Abendessen meiner Familie ohne Alkohol zu überstehen?

»Jackson Jones hat mir neulich etwas erzählt«, sagte er.

»Wirklich?« Hatte sein bester Freund und Geschäftspartner ihm von der Stelle als stellvertretende Geschäftsführerin erzählt? Oder hatte er Cooper erzählt, dass ich Anfang des Monats meine Budgetpräsentation verpatzt hatte? Hatte Monique ihm erzählt, dass ich eine Trinkerin war? Ich stürzte den Wein hinunter und wünschte, es wäre etwas Stärkeres.

»Er sagte, Sie daten meinen Cousin Mateo.«

Oh. Scheiße. Warum hatte ich mir eingeredet, dass unsere Lüge das Gala-Komitee nicht verlassen würde? Und wenn Cooper es wusste, dann wusste es auch Ben. Und es wäre nur eine Frage der Zeit, bis—

Mom schnappte hinter mir nach Luft. »Mimi, du gehst mit jemandem aus? Warum hast du das nicht erwähnt, als wir diese Woche telefoniert haben?«

Oh, nur, weil es total erfunden war und ich gehofft hatte, sie würde es nie herausfinden. Aber wenn ich die Lüge zugab, würde Cooper das dann bei Jackson richtigstellen? Dann würde Jackson es Natalie erzählen, die es vielleicht vor Larissa ausplaudern würde. Wenn Larissa es herausfand, wäre ich sofort aus dem Gala-Komitee – und aus dem Rennen um die Vollzeitstelle.

Ich verzog das Gesicht. »Es ist … es ist neu.«

»Erzähl mir alles darüber.« Mom knallte die Challa-Platte auf den Tisch und sank auf einen Stuhl.

»Äh.« Ich warf Cooper einen Blick zu, der die Güte besaß, schuldbewusst auszusehen. Ich überlegte, ihr die Wahrheit zu sagen, dass alles nur eine List war. Wahrscheinlich hätte ich das tun sollen. Aber ihre runden, braunen Augen waren so hoffnungsvoll und ihr Lächeln hatte eine vorfreudige Glückseligkeit, die ich nicht übers Herz brachte, zu zerstören. Irgendwann würde ich es tun müssen. Aber heute Abend würde ich sie in der Aufregung leben lassen, die sie dazu brachte, sich auf ihre Ellbogen zu stützen.

»Coopers Cousin Mateo und ich treffen uns. Ganz locker. Keine große Sache.«

»Du meinst, so wie, lockeren Sex? Freundschaft plus? Fickfreun—«

»Nein! Gott, nein, Mom.« Ich kniff die Augen fest zu, um weder sie noch Cooper ansehen zu müssen. Den Chef meines Chefs meines Chefs.

»Dann …« Ich kannte diesen Ton. Dem Verhör war jetzt nicht mehr zu entkommen.

»Wir waren neulich mit Larissa und ihrem Freund Golf spielen. Tanzen neulich Abend. Und nächsten Monat gehen wir zusammen zur Gala. Keine große Sache.«

Obwohl es sich für einen Moment auf der Tanzfläche wie eine sehr große Sache angefühlt hatte. Bis ich mich daran erinnerte, dass wir kein Paar waren, und in Panik geriet. Ich war froh, dass er mir auf den Fuß getreten war. Der Schmerz erinnerte mich daran, dass wir wie Feuer und Wasser waren. Ein Paar Magnete mit der gleichen Polarität. Einsen und Nullen.

»Golfen, Tanzen und eine Gala? Das sind keine Dinge, die du normalerweise tust, Mimi. Bist du sicher, dass es keine große Sache ist?«

»Ganz sicher. Ich verspreche, dass es meiner Karriere nicht im Weg stehen wird. Nicht so wie—« Ich biss die Zähne zusammen. Ich wollte meine letzte gescheiterte Beziehung *nicht* durchkauen. Definitiv nicht vor Cooper.

»Ach, Mimi. Deinen Bruder so glücklich mit Cooper zu sehen, hat mir eine neue Perspektive gegeben.«

Hinter mir schnaubte Ben. Er umrundete den Tisch und stellte zwei Suppenschalen ab. »Eher hat dir Brees Hochzeit Ideen in den Kopf gesetzt. Visionen von Tüll und weißen Rosen und den Hora tanzen. Gib es zu.«

Mom spitzte die Lippen. »Ich will, dass meine beiden Kinder glücklich sind. Ich bin letzte Woche beim Gottesdienst Breinas Mutter über den Weg gelaufen. Sie sagte, sie versuchen, ein Baby zu bekommen.«

»Bree und ich waren diese Woche erst was trinken!«, sagte ich. »Auf keinen Fall versuchen sie, schwanger zu werden.«

»Sie ist über dreißig. Sie müssen bald anfangen.«

»Mom!«

»Was? Ich dachte, ihr beiden wolltet Kinder.«

»Irgendwann. Nicht jetzt, bevor ich mich in meiner Karriere etabliert habe.«

Sie musterte meine Körpermitte, als wäre ein Verfallsdatum darauf gestempelt. »Du weißt, ich will nur das Beste für dich. Und jetzt erzähl mir von Mateo.«

Ben lachte. »Wie Hund und Katz', die beiden.«

Cooper griff nach der Hand meines Bruders und hielt ihn mit einem Blick voller stillschweigender Bedeutung auf. »Nein, Schatz. Sie daten.«

»Was?« Er setzte sich auf Coopers Knie. »Du und Mateo?«

Cooper studierte mein Gesicht. Warum hatte er nicht mit Mateo darüber gesprochen? Er hätte seinen Cousin aufklären können. Und dann müsste ich nicht mit meiner Mutter über meine Fake-Beziehung sprechen, die das Thema niemals fallen lassen würde. Wenn Cooper nicht der Chef meines Chefs meines Chefs wäre, würde ich über den Tisch springen und ihn erwürgen. Ich log meinen Bruder nie an.

Aber jetzt musste ich weitermachen. »Ja.«

»Es ist *neu* und *locker*«, sagte Mom. »Was auch immer das heißen mag.«

»Oh.« Bens Lippen verzogen sich nach unten. Er brauchte kein Wort zu sagen. Ich wusste, er dachte an die Schale mit Kondomen neben meinem Bett und die lockeren Bekanntschaften, die alle paar Wochen durch meine Wohnung rotierten. Er mochte Mateo tatsächlich und dieses *Oh* bedeutete, er dachte, Mateo sei einer der Typen, die ich mit nach Hause bringe, wenn ich geil bin, und vor Sonnenaufgang wieder rauswerfe.

Aber das konnte ich mit Mateo nicht machen. Er war Teil des Lebens meines Bruders. Seiner Familie.

Scheiße, warum hatte ich daran nicht früher gedacht? Warum hatte ich das zugelassen?

Verdammte Larissa mit ihrer Partyplanung und ihrem Frauenständer für Mateo und sein lateinamerikanisches Gala-Thema.

Ben und Mom sahen es nicht, aber Cooper formte mit den Lippen ein »*Entschuldigung*« zu mir. Laut sagte er: »Wo wir gerade von der Gala sprechen, Jackson sagt, Sie machen eine fantastische Arbeit im Planungskomitee.«

Die Anspannung in meinem Bauch ließ ein wenig nach. »Das ist nett von ihm. Seine Schwester Natalie macht die meiste Arbeit und ich helfe ihr. Plus der übliche Finanzkram.«

»Ich habe gehört, es gibt eine freie Stelle als stellvertretende Geschäftsführerin bei der Stiftung und Ihr Name wurde diskutiert«, sagte er.

Cooper hatte das gehört? Bedeutete das, Larissa zog mich ernsthaft in Betracht? »Das habe ich auch gehört.«

»Was ist das denn?« Die dunklen Augenbrauen meiner Mutter verschwanden unter ihrem ausgeföhnten Pony. »Eine Geschäftsführerin?«

Ich hatte nicht gewollt, dass sie davon erfährt, bis ich die Stelle hatte, aber die Ablenkung von der Mateo-Fragerunde war es wert. »*Stellvertretende* Geschäftsführerin. Und es ist noch keine beschlossene Sache. Weit davon entfernt. Aber es gibt eine Stelle und ich habe Larissa gesagt, dass ich interessiert bin.«

»Zahlt sie mehr als das, was du bei Synergy verdienst?« Ihr Blick war scharf.

Dieses Gespräch wollte ich definitiv nicht vor Cooper führen. »Ähm, ich—« Ich zuckte zusammen und warf Cooper einen Blick zu.

»Wir würden Sie ungern verlieren«, sagte er mit unergründlicher Miene. »Aber wir verstehen, dass unsere Mitarbeiter ihren Leidenschaften nachgehen müssen, und manchmal liegt das außerhalb von Synergy. Obwohl ich gern glaube, dass Jacksons Stiftung immer noch zur Synergy-Familie gehört.«

Die Anspannung in meinem Nacken ließ nach. »Danke. Obwohl, wie gesagt, sie noch überlegen. Larissa hat letzte Woche eine externe Kandidatin für ein Vorstellungsgespräch eingeladen. Ich muss sie mit meiner Arbeit an der Gala beeindrucken.«

»Bist du sicher, dass eine gemeinnützige Organisation die richtige Richtung ist?«, fragte Mom. »Das könnte dich aus dem Privatsektor bringen. Dein Karrierewachstum hemmen.«

Ich rieb mir die neue Verspannung in meiner Brust. »Das ist es, was ich will. In ein paar Jahren, wenn ich mehr Erfahrung habe, könnte ich zur Geschäftsführerin aufsteigen.«

»Aber du bist jetzt leitende Bilanzbuchhalterin, bereit, ins Management aufzusteigen. Und Synergy ist ein ausgezeichnetes Unternehmen. Stabil.« Sie lächelte Cooper an.

»Ich weiß, und es war großartig zu mir. Aber ich glaube, meine Leidenschaft liegt bei gemeinnützigen Organisationen. Insbesondere dabei, Kindern zu helfen. Die Stiftung leistet großartige Arbeit mit Kindern, die Tourette und andere neurologische Besonderheiten haben.«

Mom nickte langsam. Sie erinnerte sich, wie ich von der Schule nach Hause gekommen war und vor Wut bebte, wann immer irgendein Kind sich über Bree lustig gemacht hatte.

»Das ist eine fantastische Gelegenheit.« Ben stand auf. »Du wirst das großartig machen.«

Ich lächelte ihn an. Unsere Leidenschaften waren ähnlich und seine Arbeit bei einer Stiftung, die ihm am Herzen lag, hatte mich dazu inspiriert, über meine eigenen Lebensziele nachzudenken. Sie neu zu bewerten. Eine bessere Version meiner selbst zu sein.

»Ich helfe Dad, den Rest des Essens reinzubringen«, sagte Ben und umrundete den Tisch in Richtung Küche.

Ich schob meinen Stuhl zurück, dankbar für eine Gelegenheit zur Flucht. »Ich helfe dir.«

»Nein. Bleib sitzen. Du könntest die Pause gebrauchen«, sagte er mit einem liebevollen Grinsen. »Du hast dich zwischen Arbeit und Freiwilligenarbeit völlig verausgabt.«

Ich lächelte zurück. Mein Bruder war der Süßeste. Auch wenn es eng gewesen war und ich keine Privatsphäre hatte, vermisste ich ihn, seit er von meiner Couch in Coopers schicke Villa gezogen war.

»Lassen Sie mich helfen.« Cooper schob seinen Stuhl zurück und stand auf.

»Nein, Sie sind unser Gast.« Mom fuchtelte mit der Hand vor ihrem zukünftigen Schwiegersohn. »Außerdem sind wir fast fertig.«

»Man kriegt hier einfach keine gute Hilfe«, murmelte Dad, als er den Braten hereintrug.

»Sorry, Dad«, sagte Ben und kehrte in die Küche zurück.

Mom sagte: »Wir haben uns verquatscht, als wir über Mimis neuen Job geredet haben. Und die Tatsache, dass sie sich mit Coopers Cousin Mateo trifft.«

»Du triffst dich mit jemandem?« Er stellte den Braten ab.

Meine Wangen wurden heiß. »Es ist—«

»Neu«, vollendete Mom den Satz und verdrehte die Augen. »Und *locker*.«

»Behandelt er dich gut?«, fragte Dad.

Außer dem Versuch, meine Schokoladenallergie auszulösen. Er war überraschend süß gewesen, was das Golfen und die Gala anging. »Das tut er.«

Er schenkte mir ein schnelles Lächeln. »Dann freue ich mich für dich.«

»Danke, Dad.«

»Und was ist das mit dem neuen Job?«

»Dad.« Meine Wangen wurden noch heißer. Warum mussten wir das vor Cooper besprechen? »Es ist nur eine Möglichkeit.«

Er zeigte mit einem Ofenhandschuh auf mich. »Ich will mehr über diese *Möglichkeit* hören, wenn wir alle sitzen. Jeannie, lass uns die restlichen Schüsseln reinbringen.« Er und meine Mutter verschwanden in der Küche. Ben folgte ihnen.

»Entschuldigen Sie, dass ich es angesprochen habe«, sagte Cooper. »Ich wusste nicht, dass Sie noch nicht mit ihnen darüber gesprochen hatten.«

»Schon gut. Sie machen sich Sorgen um mich, wissen Sie?« Wahrscheinlich wusste er das nicht. Worüber sollten sich Cooper Fallons Eltern Sorgen machen? Er leitete ein erfolgreiches Fortune-1000-Unternehmen und war mit einem Mann verlobt, den er liebte.

»Ich verstehe. Sie wollen Sie beschützen.«

Ich kicherte. »Eher antreiben. Mom hat mir früh beigebracht, dass Frauen die Mittel haben müssen, um sich selbst zu schützen.«

»Das ist richtig.« Mom kam mit einer Schüssel Salzkartoffeln hereingeeilt. »Klugheit, Ehrgeiz und Selbstvertrauen. Das ist es, was man braucht, um in einer Männerwelt erfolgreich zu sein.« Sie durchbohrte Cooper mit einem herausfordernden Blick.

»Absolut. Ich weiß, dass ich sehr privilegiert bin, und ich versuche, anderen zu helfen, die es nicht sind.«

»Das tut er.« Ben trug die Erbsen und Karotten herein. Er stellte die Schüssel ab und küsste Cooper dann auf die Wange. »Er unterstützt jedes Frauenhaus in der Bay Area.«

Dahinter musste eine Geschichte stecken. Ich beobachtete Coopers Gesicht, aber es verriet nichts als Liebe zu meinem Bruder.

Dad brachte den Salat herein. »Lasst uns essen.«

»Erst die Gebete«, erinnerte Mom ihn.

Nicht einmal die Sabbatlieder und -gebete konnten Mom von ihrer Fragerunde ablenken. Nachdem wir die Challa gesegnet und jeder ein Stück gegessen hatte, nahm sie mich von der anderen Seite des Tisches ins Visier. »Adam, Mimi überlegt, ihren Job in der Buchhaltung aufzugeben, um für eine gemeinnützige Organisation zu arbeiten.«

»Mom, ich gebe die Buchhaltung nicht wirklich auf. Ich bringe meine Fähigkeiten in die gemeinnützige Organisation ein.«

»Wirst du deinen CPA-Titel behalten?«, fragte Dad. »Du hast so hart dafür gearbeitet.«

»Natürlich werde ich das.« Ich schauderte bei dem Gedanken, die Prüfung noch einmal ablegen zu müssen. »Ich übernehme nur mehr Verantwortung.«

»Das ist ein guter Karriereschritt.« Cooper schob sein Weinglas zu Ben. Er hatte nach dem Kiddusch nur einen Schluck getrunken. »Mimi kann sich in andere Bereiche entwickeln – Betrieb, Management, Fundraising –, die ihr bei einem größeren Unternehmen wie Synergy normalerweise nicht zugänglich wären.«

»Aber bei Synergy hat sie Stabilität«, sagte Mom. »Einen definierten Karriereweg.«

»Mom«, warf Ben ein. »Die Dinge sind jetzt anders. Es ist nicht mehr so wie damals, als du deine Karriere begonnen hast. Als du die Karriereleiter hochgeklettert bist. Die Leute sind heute mobiler. Offener für verschiedene Karrierewege. Müssen sich durchschlagen.« Er lächelte mich über den Tisch hinweg an.

Mom hob eine Augenbraue. »Komm mir nicht mit ›Okay, Boomer‹. Ich bin Gen X. Wir haben uns für alles, was wir hatten, abgerackert. Ich musste mich an all den etablierten Boomern in meiner Kanzlei vorbeidrängen und -kämpfen. Diese weißen Männer mit Ehefrauen zu Hause, die sich um das Haus und die Kinder kümmerten. Mimi weiß, dass es für uns schwerer ist. Niemand kümmert sich um sie, bereit, sie auf die nächste Stufe zu ziehen. Sie wird jede Sprosse selbst ergreifen und nehmen müssen. Aber« – sie lächelte Cooper an – »Synergy kümmert sich um seine Mitarbeiter. Wird diese brandneue gemeinnützige Organisation das auch tun?«

»Ich bin sicher, Jackson hat dafür gesorgt.« Selbst als er das sagte, spannte sich Coopers Kiefer an und widerlegte seine zuversichtlichen Worte.

»Vielleicht ist Mimi nicht so sehr an den Sozialleistungen interessiert, sondern daran, Menschen zu helfen. In der Welt Gutes zu tun«, sagte Ben. »Ich bin stolz auf sie, dass sie Kindern helfen will.«

»Aw, danke, Benny.« Ich hob mein Weinglas zu ihm. Er zwinkerte und tat es mir gleich.

»Dennoch«, sagte Cooper, »würde ich gerne mit Jackson über den Karriereweg und die Vergütung sprechen—«

»Nein.« Mein Herz sprang mir in den Hals. Was würden Jackson – und Larissa – von mir denken, wenn Cooper sein Gewicht in die Waagschale werfen würde? »Danke. Ich werde es prüfen, bevor ich ein Angebot annehme. Ich verspreche es.« Ich nickte Mom zu.

»Es ist freundlich von Ihnen, das anzubieten, Cooper. Ich bin froh, dass Benny Sie gefunden hat.« Mom strahlte Cooper an.

Ich konnte meine Augen nicht von Ben abwenden. Sein sanfter Ausdruck des Glücks, der reinen, verdammten Glückseligkeit, war etwas, das ich noch nie auf seinem Gesicht gesehen hatte.

Er hatte jedes Recht, sich so zu fühlen. Er hatte den erfüllenden Job, von dem er immer geträumt hatte, plus einen Verlobten, den er vergötterte und der offensichtlich den Boden anbetete, auf dem er ging. Er hatte Liebe und finanzielle Stabilität. Mein kleiner Bruder befand sich auf dem verdammten Gipfel von Maslows Bedürfnispyramide.

Und wo war ich, die ältere Schwester, die immer so schien, als hätte sie ihr Leben im Griff? Immer noch ganz unten, immer noch an meiner finanziellen Sicherheit arbeitend. Keine Hoffnung auf Liebe.

Ich hatte mich immer über meinen Bruder lustig gemacht, weil er sich so leicht verliebte. Aber jetzt, wo ich ihn so überglücklich sah, wollte ein kleiner Teil von mir das, was er hatte.

Ich stocherte mit meinem Löffel in meinem Matzeknödel. Ich hätte nie gedacht, dass ich auf meinen kleinen Bruder eifersüchtig sein würde. Aber ich war es.

»Ich hoffe, du findest jemanden wie Cooper«, sagte meine Mutter und sprach damit meine eigenen Gedanken aus. »Na ja, vielleicht nicht ganz so gut wie Cooper.« Sie lachte nervös. »Irgendwann, wenn du dich in deiner Karriere etabliert hast.«

So wenig ich von Brees Junggesellinnenabschied erinnerte, ich erinnerte mich daran, wie ich mich bei meinem geheimnisvollen Mann gefühlt hatte. Es war dasselbe Gefühl, das mein Bruder ausstrahlte: gesehen und geschätzt zu werden.

»Vielleicht irgendwann«, sagte ich.

15

MATEO

ICH UMKLAMMERTE den Blumenstrauß in der kleinen Lobby von Mimis Wohnhaus. Die cremeweißen Frangipani mit ihrer schüchternen gelben Mitte sollten zeigen, dass es mir leidtut. Leid für das, was auch immer ich auf der Tanzfläche getan hatte, um sie zum Weglaufen zu bringen. Und ich war nicht bereit aufzugeben. Noch nicht.

Immer wenn Papá etwas tat, das Mom ärgerte, hatte er ihr diese Blumen gebracht. Es hatte immer funktioniert. Bis es eines Tages nicht mehr funktionierte.

Keiner von uns wusste, warum sie gegangen war. Was ich getan hatte, was wir getan hatten, das sie dazu gebracht hatte, ihre Tasche zu packen und die Insel mitten in der Nacht zu verlassen. Papá rief sie ein paar Mal an, aber nach ihrem niederschmetternden Verrat war er nie mit Blumen an ihrer Tür aufgetaucht.

Vielleicht war sein Fehler gewesen, mit mir auf der Insel zu bleiben. Als wir hörten, dass sie gestorben war, wirkte er so gebrochen, dass ich nie den Mut aufbrachte zu fragen, ob er es bereute, sich nicht mehr angestrengt zu haben, um sie zurückzugewinnen.

Für Mimi mit ihrer Schönheit, ihrer Intelligenz, ihrem Herzen lohnte es sich zu kämpfen. Wenn ich mir nur nicht selbst im Weg stehen und ihr beweisen könnte, dass ich es ebenfalls wert war.

Noch bevor ich den Mut gesammelt hatte, bei ihr zu klingeln, trat sie heraus und wickelte sich einen beigefarbenen Strickschal um den Hals. Sie sah überrascht zu mir auf.

»Was machst du hier?«

Verdammt, ich hatte schon wieder vergessen, anzurufen oder zu texten.

»Ich bin gekommen, um dich zu sehen. Um mich zu entschuldigen. Für den Mole. Für alles.« Als ich mit dem Strauß wedelte, schlug ich ihn ihr fast gegen die Nase. Ich zuckte zusammen. *Bleib locker, Mateo.* »Wie geht es deinem Fuß?«

»Dem geht es gut. Sind die für mich?« Sie wich zurück, als ich ihr die Frangipani entgegenstieß.

»Für dich. Sonnenschein an einem trüben Tag.« Ein feiner Sprühregen hing zwischen uns in der Luft, der nicht wirklich fiel, aber auch nicht viel dichter war als der Nebel von San Francisco. Er funkelte in ihrem Haar und bildete winzige Perlen auf ihrem Wollmantel.

Sie nahm den Strauß und roch vorsichtig daran. »Woher wusstest du, dass Frangipani meine Lieblingsblumen sind?«

»Sind sie das?«

»Ja, sie sind direkt. Unkompliziert. Einfach.«

»Wie ich«, scherzte ich.

Ihre Augen verengten sich für eine Sekunde. »Mateo, du bist alles andere als direkt. Du bist wie … wie eine dieser gekräuselten Orchideen. Auffällig. Schwer zu Hause zu halten.«

Ich tat so, als stieße ich mir einen Dolch ins Herz. »Autsch.«

»Du weißt, was ich meine.« Ihre Wangen röteten sich. »Du bist zu schön für den Alltagsgebrauch. Wie die handbemalte Challa-Platte meiner Mom.«

Ein Kompliment? Ein Punkt auf der Habenseite für Mateo. Ich spürte den Nieselregen nicht mehr. Alles war tropischer Sonnenschein und der Duft von Frangipani.

»Du gehst aus?«, fragte ich. *Wie dumm, Mateo.* Natürlich ging sie aus. Sie war gerade aus ihrem Haus getreten.

»Ich arbeite heute ehrenamtlich. Für die Stiftung. Es gibt eine Veranstaltung in der Bibliothek. Die Kinder lesen Tieren aus dem Tierheim vor.«

»Hast du deine Allergiemedikamente genommen?«

»Habe ich – warte. Woher wusstest du, dass ich allergisch auf Hunde bin?«

Das hatte sie mir an dem Abend in der Bar erzählt. Sie hatte mir viele Dinge erzählt und alles wieder vergessen. Das Geheimnis lastete auf meiner Brust. »Ben hat mir erzählt, dass du deshalb nicht so oft bei ihnen bist.«

»Oh. Ja, habe ich.« Sie zog an einer Haarsträhne, die sich in ihrem Schal verfangen hatte.

Da war noch eine Strähne, und ich wollte sie für sie lösen, aber ich wagte nicht, sie zu berühren. Ich schob meine Hände in meine Manteltaschen.

»Ich sollte los«, sagte sie.

»Natürlich.« Mist, sie würde mich dafür hassen, dass sie zu spät kam. Mimi hasste es, zu spät zu kommen. »Soll ich die in deine Wohnung bringen?« Ich zeigte auf die Blumen.

»Nein, ich – ich nehme sie mit. Ich bin sicher, dass ich in der Bibliothek eine Vase oder ein Glas Wasser finde, in das ich sie stellen kann.«

Mit den Blumen hatte ich definitiv gepunktet. Das gab mir den Mut zu fragen: »Kann ich dich zur Bibliothek begleiten?«

Sie legte den Kopf schief. »Eigentlich können wir immer mehr Freiwillige gebrauchen. Könntest du für eine Stunde oder so bleiben und ein Tierheimtier halten, während dir ein Kind vorliest?«

»Absolut!« Mimi lud mich ein, mitzukommen? Mein Grinsen musste lächerlich breit sein. »Und ich habe sogar eine Sicherheitsüberprüfung hinter mir.«

»Dein eigener Cousin hat dich überprüfen lassen, bevor er dich für sein Sicherheitsteam eingestellt hat?«

Hatte er, das Arschloch. Familie bedeutete ihm nichts. Obwohl er, da es sich um mich handelte, recht hatte. »Ja, und ich bin sauber.«

»Okay, dann. Lass uns gehen.« Sie drehte sich um und ging zügig den Bürgersteig entlang.

Mit meinen langen Schritten holte ich sie mühelos ein. »Was du tust, ist bewundernswert, Mimi.«

»Was? Meinst du, Buchhalterin zu sein?« Sie sah mich von der Seite an. »Oder samstags ein oder zwei Stunden damit zu verbringen, Kindern zu helfen, sich beim Lesen sicherer zu fühlen?«

»Beides. Ich war nie auf dem College.« Das hatte ich ihr an dem Abend in der Bar erzählt, aber sie erinnerte sich nicht daran. »Deine Karriere ist beeindruckend. Und dann noch, was du für die Stiftung und andere freiwillige Tätigkeiten tust, das zeigt dein Engagement.«

»Danke.« Sie roch an den Blumen, die sie im Arm hielt. »Ben hat so viel mehr getan. Er hat zuerst mit der gemeinnützigen Arbeit angefangen. Ich trete nur in die Fußstapfen meines kleinen Bruders.«

»Nein, tust du nicht. Du bahnst dir deinen eigenen Weg. Auf deine Weise.« Sie hatte mir an jenem Abend alles darüber erzählt.

Sie summte, weder stimmte sie mir zu noch widersprach sie mir.

Warum sah sie das nicht? »Du hast so einen Antrieb. Du kannst alles schaffen, was du dir vornimmst.«

Sie schnaubte. »Das kann jeder.«

»Nicht jeder.« Nicht ich. Wir blieben an einem Zebrastreifen stehen.

Als hätte sie mir den Gedanken aus dem Kopf gelesen, fragte sie: »Warum bist du nicht aufs College gegangen?«

»Ich wollte. Hatte es immer geplant. Ich hatte sogar ein Baseballstipendium. Aber mein Vater wurde in meinem letzten Highschool-Jahr krank. Es waren immer nur wir beide gewesen, weißt du? Nachdem meine Mom gegangen war.« Ich griff nach seinem Ring, aber natürlich war er nicht an meinem Finger. Ich schob meine Hände in meine Jackentaschen. »Ich konnte nicht aufs College gehen und ihn zurücklassen, nicht nach allem, was er für mich getan hatte. Er brauchte Hilfe in seinem Laden. Und zu Hause, als er zu krank wurde, um zu arbeiten. Also blieb ich.«

»Was ist passiert?«

Die Ampel schaltete um, und ich betrat den Zebrastreifen. Auch das hatte ich ihr alles erzählt, in den zwei Stunden, in denen wir uns unterhalten hatten. Aber es machte mir nichts aus, es zu wiederholen. Jedes Mal, wenn ich es sagte, wurde es ein wenig einfacher. »Er ist ein paar Jahre später gestorben. Und seine Behandlungen waren teuer. Ich hatte kein Geld für das College. Ich war damals schon zu alt, um Baseball zu spielen.«

Ihre Schulter streifte meine. »Das tut mir leid. Wegen deines Vaters. Ben hat auf dem zweiten Bildungsweg studiert, weißt du. Das könntest du auch.«

Ich zuckte mit den Schultern. »Ich bin glücklich mit dem, was ich tue. Ich helfe meinem Cousin. Beschütze meine Tía, die immer auf mich aufgepasst hat. Dafür brauche ich kein College.«

Sie sah mich wieder von der Seite an. Aber in ihrem Ton lag kein Urteil, als sie sagte: »Ich schätze, nicht.«

Sie blieb vor der Bibliothek stehen. »Bist du sicher, dass du das machen willst? Die Lektüre ist nicht gerade fesselnd. Es sind hauptsächlich Bilderbücher.«

»Natürlich.« *Alles für dich.*

Mimi half mir, mich als Freiwilliger einzutragen, dann setzte uns die Bibliothekarin auf Kissen auf den Boden. Weil Mimi etwas weniger allergisch auf Katzen war, baten wir um ein Katzenpärchen. Sie bekam eine dicke, braun getigerte Katze namens Mrs. Butternut, und mir gaben sie ein schwarzes Kätzchen namens Roger. Roger schien nicht daran interessiert zu sein, ruhig neben mir zu sitzen und zu schnurren, wie es Mrs. Butternut bei Mimi tat. Er tappte mit seinen winzigen, scharfen Krallen auf meine Hand, dann grub er sie in mein T-Shirt und kletterte zu meinem Hals hoch.

»Oh, nein«, sagte Mimi lachend. »Er wird dein Shirt zerfetzen.«

»Eher meine Haut zerfetzen.« Die Krallen des kleinen Mistkerls waren wie Rasiermesser.

»Hier, nimm dieses Spielzeug. Ich glaube nicht, dass Mrs. Butternut etwas dagegen hat.« Sie reichte mir einen Plastikstab, an dem mit einer Schnur ein paar Federn befestigt waren.

Sobald ich mit dem Spielzeug wackelte, stürzte Roger sich darauf. Ich riss es aus seinem Griff nach oben, und er sprang, um es zu fangen. Während wir darauf warteten, dass ein katzenliebendes Kind auftauchte, ließ ich die Feder für ihn tanzen, und er sprang immer wieder danach, während Mimi untypischerweise kicherte.

Bald erregten unsere Mätzchen die Aufmerksamkeit eines kleinen Jungen mit dicker Brille. Er klemmte sich ein Bilderbuch unter den Arm.

»Wie heißt deine Katze?«, fragte er.

»Sein Name ist Roger.«

»Wie ein Pirat? Jolly Roger?«

Ich hielt das Kätzchen hoch, um ihm in die Augen zu sehen, und drehte es dann zu dem Jungen. »Er sieht für mich wie ein Pirat aus.«

Der Junge lachte. Dann streckte er Roger seine Hand entgegen, der seinen Kopf in die Handfläche des Jungen stieß. Er streichelte den Kopf des Kätzchens. »Er ist kein sehr harter Pirat.«

»Ich schätze, wenn man so süß ist wie er, muss man nicht hart sein, um jemandes Beute zu stehlen.«

Mimi schnaubte, aber ich behielt ein ernstes Gesicht. »Willst du dich zu mir setzen und ihm vorlesen?«

»Ja, okay.«

Er setzte sich neben mich auf das Kissen und schlug die Beine übereinander. Sanft legte ich Roger auf seinen Schoß. Nach seiner Jagd auf die Feder schien das Kätzchen zufrieden zu sein, sich mit dem Kopf auf dem Oberschenkel des Jungen zusammenzurollen.

Der Junge schlug das Buch auf und hielt inne. »Ah, ich habe Legasthenie. Das bedeutet, dass ich nicht sehr schnell lese.«

»Das ist in Ordnung«, sagte ich. »Ich bin selbst nicht so schnell. Und ich brauche die hier.« Ich zog meine Brille aus der Tasche. Seit ich dreißig war, brauchte ich sie zum Lesen. Ich setzte sie auf und grinste den Jungen an. Meine war nicht so dick wie seine, aber wir hatten diese eine Sache gemeinsam. Er strahlte mich an.

Mimi sog neben mir scharf die Luft ein. Ugh, ich hatte vergessen, dass ich meine Lesebrille herausholen musste. Meine Tía nannte sie hässlich. Ich blickte zu Mimi hinüber, um sicherzugehen, dass sie mich nicht gesehen hatte, wie ich sie aufsetzte, aber das hatte sie. Tatsächlich starrte sie mich an, ihr Mund stand offen, als hätte sie einen Geist gesehen.

16

MIMI

ICH UMKLAMMERTE MRS. BUTTERNUT, bis sie maunzte und zappelte. Ich lockerte meinen Griff, aber ich musste mich an irgendetwas festhalten, denn

meine

Welt

war

auf den

Kopf gestellt.

Sobald Mateo sich diese Schildpattbrille aufsetzte, strömten die Erinnerungen zurück.

Wie ich mich zu ihm lehnte, unsere Ellbogen sich an der Theke berührten. Wie unsere Schultern sich beim Lachen aneinanderstießen, bis ich mich schließlich gegen ihn sinken ließ und er mich festhielt.

In dieser Nacht erzählte ich ihm Dinge. Alles über Bree und warum ich eine Vollzeitstelle bei der Stiftung wollte. Darüber, wie sehr ich Larissa bewunderte, sie aber anscheinend nie beeindrucken konnte. Über meine Mutter und den Wunsch, sie stolz zu machen.

Er erzählte mir auch Dinge. Über seine Mutter, die sie verlassen hatte, als er jung war – so jung! Darüber, wie Mateo und sein Vater sich danach gegenseitig gestützt hatten. Wie er sich um seinen Vater kümmerte. Wie sehr er ihn liebte. Und er hatte den Ring von seinem Finger gezogen …

Der Ring. Tatsächlich war sein rechter Ringfinger am Ansatz blass, dort, wo ein Ring hingehört hätte. Ich strich über den Umriss an der Kette um meinen Hals unter meinem Pullover. Er hatte ihn mir zur sicheren Aufbewahrung gegeben. Damit ich mich an diese Nacht erinnern würde.

Damit ich mich an ihn erinnern würde.

Ich schwor, ich würde mich erinnern, trotz des Tequilas.

Und doch hatte ich dieses Versprechen gebrochen.

Ich hatte ihn vergessen. Ich hatte alles vergessen. Bis auf die verschwommene Erinnerung an einen Mann mit Brille, der mich zum Lachen gebracht hatte. Einer, der, zumindest nach Meinung meines tequilavernebelten Gehirns, eine Störung in meinem zielstrebigen Leben wert sein könnte.

Mateo beugte sich über das Buch, um zuzuhören, wie der Junge ihm stockend vorlas. Er streichelte Rogers Fell langsam, geistesabwesend, hypnotisch.

Er bemerkte nicht einmal, dass meine Scheuklappen gefallen waren. Dass ich ihn jetzt sah. Dass er, wenn ich ihn nicht gerade anfeindete, süß und beständig und freundlich war.

Mateo war mein geheimnisvoller Unbekannter.

Und ich war die Frau, die ihn abblitzen ließ. Die nach etwas anderem, jemand Besserem gesucht hatte, während ein guter Mann direkt vor mir stand und Freundschaft anbot. Und möglicherweise mehr.

Mrs. Butternut rollte sich zusammen und kniff mir in den Knöchel. Nicht fest, aber fest genug, um meine Aufmerksamkeit auf das kleine Mädchen zu lenken, das geduldig auf mich wartete. Sie trug leuchtend lila Leggings und ein *Wo die wilden Kerle wohnen*-Sweatshirt.

»Darf ich deiner Katze ein Buch vorlesen?«, fragte sie.

Ich blinzelte. Ich war hier, um Kindern vorzulesen, nicht, um Mateo anzuschmachten. Mein privates Erdbeben hatte den Boden nur für mich erschüttert. »Natürlich. Das ist Mrs. Butternut und ich bin Mimi. Wie heißt du?«

»Tara. Ich mag Bücher über Tiere.« Sie hielt ihr Buch hoch, das einen Hund auf dem Umschlag hatte.

»Ich auch.« Ich hatte mir immer einen Golden Retriever gewünscht, aber wegen meiner Allergien hatten wir nie einen.

Als Tara sich neben mich kuschelte, streckte sich Mrs. Butternut an ihrem Oberschenkel. Ich warf Mateo einen verstohlenen Blick zu.

Er beobachtete mich hinter dieser Brille. Hätte man mich letzten Monat gefragt, ob Brillen von Natur aus sexy seien, hätte ich Nein gesagt. Aber bei Mateo zogen sie meinen Blick auf seine vergrößerten, ozeanblauen Iriden und die langen Wimpern, die sie umkränzten. Unter dem schlichten Kunststoffgestell war sein Kiefer markant, stark genug, um die Schläge einzustecken, die das Leben ihm versetzt hatte. Weich von Bartstoppeln, deren Gefühl ich aus der Nacht kannte, als ich mit der Hand über seine Wangen gefahren war, meine Fingerspitzen durch die Borsten gekratzt hatte.

Von der Reibung auf meinen Wangen, als er mich küsste.

Ich hob die Hand an meine Oberlippe, als ob die Bartstoppeln dort immer noch eine Spur hinterlassen hätten.

Ich löste unseren Blick und riss mich ins Hier und Jetzt zurück. Ich nickte und rief an all den richtigen Stellen der Hundegeschichte aus. Ich lobte Tara, als sie fertig war.

Gerade als ich dachte, sie würde ihr Buch zum nächsten Haustier bringen, fragte sie: »Wohnt Mrs. Butternut bei dir?«

»Nein. Ich bin allergisch. Hunde und Katzen bringen mich zum Niesen.«

»Bei wem wohnt sie?«

»Sie wohnt im Tierheim.«

Taras Gesicht verzog sich.

Ich beeilte mich hinzuzufügen: »Ich bin sicher, es ist ein sehr schönes Heim. Sie ist nicht die ganze Zeit in einem Käfig.« Das hoffte ich jedenfalls.

Aber das war das Falsche. »Sie lebt in einem *Käfig?* Ist sie ganz allein? Hat sie Eltern? Oder Spielzeug?«

»Ich – ich weiß nicht …« Ich war noch nie im Tierheim gewesen, nicht ein einziges Mal. Meine Augen würden zuschwellen.

Mateo beugte sich vor. »Mrs. Butternut darf ins Spielzimmer, wo es Spielzeug gibt. Und sie ist alt genug, dass sie ihre Eltern nicht mehr braucht. Sie ist erwachsen. Sie kann auf die Kleinen aufpassen, so wie Roger hier.« Er hielt das schlafende schwarze Kätzchen in einer riesigen Hand hoch.

Wusste er das? War er im Tierheim gewesen? Ich hoffte es. Ich hoffte, die Geschichte, die er Tara auftischte, war wahr.

»Roger wohnt nicht bei seinen Eltern?«

Oh, oh. Taras Stimme war in ein quietschendes Register gestiegen, das wie die Klarinette klang, die Ben in der Mittelstufe gespielt hatte.

»Nein. Deshalb sucht er eine Familie, die ihn adoptiert.« Mateos Augen waren traurig geworden.

Mateo hatte seine Eltern ebenfalls verloren. Zuerst seine Mutter, als er jung war. Dann seinen Vater. Arbeitete er deshalb für seinen Cousin? Beschützte er deshalb seine Tante? Für die Verbindung zur Familie?

Tara streckte einen Finger aus, um Roger zwischen den Ohren zu streicheln. Er schnurrte im Schlaf.

»Ich weiß! Ich frage Mama und Papa, ob wir ihn adoptieren können!«

Fantastisch. Das Problem, das sich wie Splitter unter meinen Fingernägeln angefühlt hatte, würde verschwinden.

»Das wäre perfekt«, sagte ich. »Warum fragst du deine Eltern nicht sofort? Hier« – ich nahm das Kätzchen aus Mateos Hand und legte es in Taras hohle Hände – »halte ihn vorsichtig, während du rübergehst. Geh langsam!«, rief ich ihr nach, als sie davonhüpfte.

»Problem gelöst.« Ich drehte mich zu Mateo um. Aber er runzelte die Stirn. »Was ist?«

»Ich bin nicht sicher, ob du das so einfach lösen kannst. Roger ist ein Lebewesen, das ein Mitglied der Familie von jemandem wird. Und Familien finden nicht immer so leicht zusammen wie die Zahlen in deinem Budget. Du weißt, was man über schwarze Katzen sagt. Unglücksbringer. Unerwünscht.« Er starrte auf eine Stelle auf dem Teppich.

»Das ist nur Aberglaube.« Warum redeten wir über eine Katze, wenn meine Erinnerungen an jene Nacht zurückgeströmt waren? »Lass mich Mrs. Butternut ihrer Betreuerin zurückgeben. Bringst du mich dann nach Hause?«

Er riss sich zusammen und grinste, wobei er seine Filmstarzähne zeigte, gerade und weiß und nur ein ganz kleines bisschen unvollkommen. Obwohl immer noch etwas das übliche Leuchten in seinen blauen Augen trübte. »Es wäre mir ein Vergnügen.«

———

AUF DEM GANZEN Weg zurück zu meiner Wohnung dachte ich an ein Dutzend Möglichkeiten, ihn nach dieser Nacht an der Bar zu fragen. Und verwarf dann jede einzelne. Warum hatte er mich nicht an unser Gespräch erinnert, an unsere Verbindung? Warum hatte er zugelassen, dass ich ihn wie einen Fremden behandelte, und dazu noch einen nervigen? Warum hatte er alles, was ich ihm an den Kopf geworfen hatte, so gelassen hingenommen?

Ich hatte meinen Mut noch nicht gefunden, als wir mein Gebäude erreichten, und ich konnte ihn nicht einfach wegschicken, ohne etwas zu sagen. »Kommst du kurz mit hoch?«

Überraschung blitzte über sein Gesicht. »Sicher«, sagte er. Er hielt mir die Tür auf und schloss sie dann sicher hinter uns. Schweigend folgte er mir die Treppe hinauf.

Ich hatte ihn eigentlich hereinbitten, ihm ein Bier anbieten und dann einen Weg finden wollen, mit ihm über das zu sprechen, was ich wieder wusste, aber sobald ich meinen Schlüssel ins

Schloss meiner Tür steckte, wurde mein Kopf von Erinnerungen an den Morgen nach dem Junggesellinnenabschied überflutet – sein plötzliches Auftauchen mit der Bäckertüte, die Suche nach Feigenkakteen, der verschüttete Kaffee und meine ruinierte Präsentation.

Sicher, er war ungeschickt gewesen, aber er hatte nur versucht, nett zu sein. Und ich war ein Tyrann gewesen. Kein Kater, nicht einmal ein zerrissenes Kuchendiagramm, rechtfertigte das.

Die Worte platzten aus mir heraus. »Warum? Warum bist du mir damit durchgehen lassen?«

»Womit?« Unter den Leuchtstoffröhren im Flur war der Schatten in seinen Augen zurück, vorsichtig. Zögerlich.

Ich hasste es. Ich hasste es, dass ich das Leuchten gedämpft hatte, indem ich mich wie ein riesengroßes Arschloch aufgeführt hatte. Dass er erwartete, dass ich unhöflich zu ihm war. Dass er irgendwie das Gefühl hatte, es verdient zu haben.

»Dass ich dich niedergemacht habe. Dass ich so ein Idiot war.« Ich lehnte mich an die Tür. »Nachdem wir – nachdem du – nach allem.«

Seine Augen weiteten sich. »Du erinnerst dich?«

»Ja. Normalerweise werde ich nicht so. So betrunken, dass ich Dinge vergesse, meine ich.« Eine scharfe Erkenntnis durchzuckte mich und ich zuckte zusammen. Was musste er von mir gedacht haben? Ich musste in dieser Nacht sturzbetrunken gewesen sein. »Ich hatte an dem Tag ein Allergiemittel genommen und … du musst gedacht haben, ich wär eine Idiotin. Du hast dich um mich gekümmert. Hast du das für Ben getan? Weil Cooper dich darum gebeten hat?«

»Sie dachten beide, es wäre eine gute Idee, wenn ich ein Auge auf dich hätte. Aber, Mimi, ich habe es für dich getan. Weil du mir wichtig bist.«

»Aber das war ich dir damals nicht, oder?« Ich musste einen Sinn in das alles bringen. Den steifen, schweigsamen Mateo, den ich vorher gekannt hatte, der mit allen außer mir flirtete, mit dem netten Mann in Einklang bringen, der nach meiner durchzechten

Nacht nach mir gesehen hatte, der angeboten hatte, mit mir zur Gala zu gehen, weil ich eine Begleitung brauchte.

»Natürlich warst du das.« Seine blauen Augen wurden weich und rund. »Du bist die klügste Person, die ich kenne. Selbstbewusst. Wunderschön. Ich bin gern in deiner Nähe. Selbst wenn ich nicht mit dir mithalten kann. Selbst wenn du nicht so glücklich mit mir bist.« Er senkte den Kopf.

Nein. Der Mann, mit dem ich an der Bar gesprochen hatte, war charmant, witzig und freundlich. Und ich würde ihm nie wieder das Gefühl geben, minderwertig zu sein.

»Komm her.« Ich packte seine Hand und zerrte ihn durch die Tür in meine Wohnung. Ich blieb eine Armlänge von ihm entfernt stehen und stemmte die Hände in die Hüften, um ihn nicht zu berühren.

»Es tut mir leid.« Ich starrte auf eine Stelle in der Mitte seiner Brust. »Ich habe einen Fehler gemacht. Ich habe dich falsch eingeschätzt. Und ich war unfreundlich. Kannst du mir verzeihen?«

Seine Arme waren länger als meine. Er streckte die Hand aus und hob mit einem dicken Finger mein Kinn an. »Es gibt nichts zu verzeihen.«

Seine Augen waren golden gesprenkelt wie ein Paar karibischer Gezeitentümpel zur Mittagszeit. Wie ein seichtes Becken war Mateos Oberfläche undurchsichtig, spiegelnd, verbarg das Leben, die Intelligenz, die in ihm wimmelte. Ich hatte mich geweigert, etwas jenseits des glänzenden Äußeren zu sehen. Ich hatte mir nicht die Mühe gemacht, hineinzuschauen, zu erkunden, was er verbarg.

Da war so viel mehr an Mateo Rivera als der lockere Flirt. Da war der verletzte kleine Junge, der von seiner Mutter verlassen wurde. Der verängstigte junge Mann, der seine Träume vom College aufgegeben hatte, um sich um seinen kranken Vater zu kümmern. Der traurige, einsame Erwachsene, der alles stehen und liegen gelassen hatte und vier Zeitzonen weit weg gezogen war, weil sein Cousin ihn darum gebeten hatte.

Der freundliche Mann, der eine betrunkene Bekannte vor

potenziellen Raubtieren in einer Bar gerettet hatte. Der sie geküsst hatte, bis sie sich weniger einsam fühlte, sie nach Hause gebracht und sie ihren Rausch ausschlafen lassen hatte.

Der kein Wort sagte, als sie vergaß, sich bei ihm zu bedanken.

»Danke«, flüsterte ich. Mein Blick fiel auf seine Lippen. Sie waren voll und rosig. Ich erinnerte mich an ihre Weichheit, als ich ihn in jener Nacht küsste. Ich erinnerte mich an das Kratzen seiner Bartstoppeln auf meiner Wange. Ich erinnerte mich an seine große Hand in meinem Haar, die mich näher zog. Ich erinnerte mich an den harten Druck seiner Brust und das große Herz, das darin galoppierte.

Alles, was ich wollte, war, es noch einmal zu tun. Nüchtern, diesmal, damit ich mich an seinen Geschmack, seine Geräusche erinnern würde, damit ich sie alle katalogisieren konnte. Damit ich es nie vergessen würde.

Er rückte näher, bis seine Hand mein Kiefer umschloss. Ich streckte mich auf die Zehenspitzen, aber selbst in meinen Stiefeln mit Absatz war ich immer noch zu klein, um ihn zu erreichen.

»Küsst du mich? Wieder?«, fragte ich.

»Ja.« Er beugte sich hinunter, bis seine Lippen einen Bruchteil eines Zolls von meinen entfernt schwebten. »Ja«, murmelte er. Endlich legte sich sein Mund auf meinen, leicht wie ein Schmetterling. »Ja«, flüsterte er und streichelte meine Lippen.

Unser erster Kuss an der Bar war so gewesen. Süß und zögerlich. Eine Frage und eine Antwort. Zurückhaltend. Beherrscht.

Von meiner Seite aus erfüllte ich den Kuss mit den vielen Entschuldigungen, die ich ihm schuldete. Für meine unfreundlichen Gedanken und Taten. Dafür, dass ich vergaß, was wir geteilt hatten, und mir mehr wünschte als den Mann, der für mich einstand, der mir half, Larissa zu beeindrucken, der sich dazu überreden ließ, eine schicke Party zu planen. Der das alles für mich getan hatte.

Ich streckte meine Arme um seinen Hals und zog ihn näher, meine Finger spielten mit den Locken in seinem Nacken. Ich glitt mit meiner Zunge über die Naht seiner Lippen und drang hindurch, kostete ihn. Scharfe, pfeffrige Minze. Und etwas Würziges. Nelke vielleicht, oder das Gewürz, das mein Dad für seinen speziellen Apfelkuchen zu Rosch Haschana verwendete.

Er schnurrte wie Kater Roger und ließ mich eindringen, stieß sanft mit seiner Zunge gegen meine und bog mich leicht über seinen Arm zurück. Ich hielt mich fest, traf ihn wieder und wieder, berauscht von seinen Küssen, verloren in seinem Geschmack. Meine Knie zitterten und meine Waden bebten von der Dehnung auf den Zehenspitzen. Wenn ich nur größer wäre, könnte ich mich gegen ihn drücken, meine kribbelnden Brustwarzen an seiner Brust reiben, seinen Oberschenkel umklammern und ihn reiten, um das Pochen zwischen meinen Beinen zu stillen. Aber mit unserem Größenunterschied konnte ich ihn nur fester, näher an mich ziehen und ihm mit meiner Zunge zeigen, was ich tun wollte, wenn unsere Kleider fielen.

Schließlich zog ich mich atemlos zurück und holte Luft. »Wow.«

Er küsste meinen Mundwinkel. Meinen Kiefer. Mein Ohrläppchen. Er hauchte mir ins Ohr: »¡Caray!«

»Was – was jetzt?«

»Du fragst mich? Du weißt immer, was zu tun ist, Mimi. Was willst du jetzt?«

Mein Körper brauchte ihn, nackt und in meinem Bett.

Aber mein Verstand wusste es besser. Ich hatte mein Allergiemittel genommen, und das trübte mein Urteilsvermögen. Wie damals, als ich mich an dem Tag der beiden Partys versehentlich selbst außer Gefecht gesetzt hatte. Ich musste es langsam angehen lassen.

Mateo konnte keiner meiner One-Night-Stands sein.

Er war ein Teil von Bens Familie. Ein Teil seines Lebens. Ich konnte ihn nicht nur für eine Nacht mit in mein Bett – oder auf meine Couch – nehmen, egal wie sehr mein Puls für ihn pochte. Das würde nur schlecht enden, mit unbeholfenem Ausweichen bei Familienfeiern, mit Coopers besorgtem Gesichtsausdruck, mit

Ben, der versucht, alles zu glätten und zu sehr versucht, alle glücklich zu machen.

Ich musste sicher sein, dass es das war, was ich wollte. Und es langsam angehen.

Wollte ich eine Beziehung mit Mateo?

Wenn wir vorsichtig waren, musste er keine Ablenkung von meinen Zielen sein. Ich war jetzt weiser als bei Byron. Ich würde mich von niemandem wieder vom Kurs abbringen lassen.

Mateo hatte mir bereits bei meinen Zielen geholfen. Er war meine Begleitung für die Gala. Und er hatte bei der Planung geholfen und uns einen Caterer und eine Band besorgt. Dank Mateo würde ich mich auf der Gala vielleicht sogar amüsieren.

Er verdiente mehr als einen One-Night-Stand. Und auch ich verdiente mehr. Eine Chance auf Glück. Auf … Partnerschaft?

»Lass uns ausgehen. Heute Abend.« Ich würde Kleidung anziehen, die nicht voller Katzenhaare war, und mein Kopf würde klar werden. Dann könnte ich eine rationale Entscheidung darüber treffen, mit ihm zu schlafen. Über all die Komplikationen, die das mit sich bringen würde.

»Ah.« Er zuckte zusammen. »Ich arbeite heute Abend. Wie wäre es mit morgen Abend?«

»Sonntagabend? Am nächsten Tag muss ich arbeiten …«

»Wir fangen früh an. Ich bringe dich um zehn nach Hause. Versprochen.«

»Okay.« Vierundzwanzig Stunden zum Abkühlen waren klug. Ich streckte mich auf die Zehenspitzen und drückte ihm einen Kuss auf die Lippen. »Es ist ein Date.«

17

MATEO

»¡NO toques la escena del pesebre!«, rief mir meine Tía über den Rasen zu.

»Ich würde nicht im Traum daran denken, el pesebre anzufassen«, rief ich zurück, während ich vorsichtig um die Krippenszene herumging und den riesigen Schneemann zum Schuppen schleppte. »Nicht vor Mariä Lichtmess. Geh wieder ins Haus, Tía. Bitte.«

»Du bringst alles in den Schuppen?«

»Ja. Alphabetisch sortiert. Und jetzt geh ins Haus und schließ die Tür ab. Sonst bringt Miguelito mich noch um.«

»Du weißt ganz genau, dass ich nicht zulassen würde, dass er dir auch nur ein Haar krümmt. Sei vorsichtig mit Frosty. Ich habe so viele Komplimente für ihn bekommen.«

»Das glaube ich dir gern.« Ich warf einen Blick zum Haus ihrer Nachbarn, gerade als deren Gartenbeleuchtung anging und die Villa in ein antiseptisches, nicht zu gelbes, nicht zu blaues Licht tauchte. Deren Weihnachtsbeleuchtung und ihr riesiger künstlicher Kranz waren am 2. Januar abgenommen worden. Auf gar keinen Fall waren irgendwelche Komplimente von ihnen gekommen, schon gar nicht in der zweiten Januarhälfte. Ich wartete, bis sie die Haustür schloss, dann stapfte ich hinter dem Haus zum Schuppen, wo ich den Schneemann neben Santas Schlitten klemmte.

Als ich zur Vorderseite des Hauses zurückkehrte, um die Rentiere zu holen, öffnete die Tía wieder die Tür. Ich verdrehte die Augen zum wolkenverhangenen Himmel und flehte Santa María an, meinen Cousin vom Haus seiner Mutter fernzuhalten.

»Hijo, komm rein. Ich habe Chocolate con Churros gemacht.«

Die heiße Schokolade und die Churros meiner Tante waren jeden Ärger mit Miguelito wert.

Als ich ihr am Küchentisch gegenübersaß und einen fettigen, fast zu heißen Churro in eine warme Tasse mit dunklem Kakao tunkte, hob sie ihre Tasse an die Lippen, trank aber nicht. »Wie läuft es mit Miriam?«

Das war der Moment, auf den ich mich den ganzen Nachmittag gefreut – und den ich gefürchtet – hatte. Wärme durchflutete mein Gesicht, auch meine Lippen, auf denen ich immer noch den Abdruck ihrer Lippen spürte, wie ein Brandmal.

Als ich in den Churro biss, explodierten Zimt und Schokolade auf meinen Geschmacksknospen. Ich genoss den zuckrigen Bissen in meinem Mund. In meiner tropischen Heimat hatte ich sie mir nicht oft gegönnt, aber im eiskalten San Francisco war die süße Leckerei ein wahrer Trost. Ich schluckte ihn hinunter und spülte mit einem Schluck dickflüssiger Schokolade nach.

»Es läuft gut«, sagte ich. »Wir haben morgen Abend ein Date.«

Ihre Augenbrauen hoben sich. »Ein Date?«

»Sie hat sich erinnert. An den Abend in der Bar. Daran, dass wir … geredet haben.« Wir hatten direkt an der Bar herumgemacht, aber das würde ich meiner Tía bestimmt nicht erzählen. Soweit sie wusste, war ich ein guter katholischer Junge.

»Hast du schon mit ihr geschlafen?«

»Was?«

»Mateo. Geschichten über deine sexuellen Abenteuer haben mich sogar hier in den USA erreicht. Du bist nicht der Typ, der auf ein Date wartet. Und schon gar nicht auf den Segen eines Priesters.«

Meine Ohrspitzen glühten. »Tía.«

»Also, wie war es?«

»Wir haben nicht – ich würde nicht – nicht mit Miriam.«

»Oh?« Ihre Augenbrauen schossen wieder nach oben. »Was ist an ihr anders?«

»Sie ist …« Ich lehnte mich gegen das Kissen zurück. »Besonders.«

»Abgesehen davon, dass sie deinem Charme widersteht und unhöflich und abweisend ist, was macht sie so besonders?«

»Sie ist nicht unhöflich! Sie ist klug. Und witzig, wenn sie will. Und Kinder sind ihr wichtig. Gestern haben wir ehrenamtlich in der Bibliothek geholfen und kleinen Kindern beim Vorlesen zugehört. Katzen. Obwohl Mimi allergisch gegen sie ist.«

Sie nippte an ihrem Getränk. »Aber bist du ihr auch wichtig?«

»Ich … ich glaube schon?« In ihrer Wohnung hatte sie mich geküsst, als ob sie es ernst meinte. Und davor, in der Bibliothek, als das Kind neben ihr saß und die Katze auf ihrem Schoß lag, war ihr Blick ganz weich und warm geworden. Wie die Schokolade der Tía. Ich hatte gehofft, sie hätte sich eine Zukunft vorgestellt, in der unser eigenes Kind zwischen uns saß und unsere eigene Katze auf ihrem Schoß lag.

Zu viel? Zu schnell? Als ich diesen Funken des Wiedererkennens, der Erinnerung, in ihrem Gesicht gesehen hatte, hatte ich mir gierig alles ausgemalt. Einen Verlobungsring. Ein weißes Kleid. Ihr Bauch, rund von unserem Baby.

Ich hatte nie etwas davon gewollt. Ungezwungene Flirts und lockere Affären hatten mir immer gereicht.

Bis Mimi kam.

Sie runzelte die Stirn. »Du bist ein wundervoller Mann, Mateo. Jeder mag dich. Aber –«

»Aber?«, fragte ich und wappnete mich.

»Aber du kennst deinen eigenen Wert nicht. Du lässt dich von Leuten ausnutzen. Mein Sohn zum Beispiel.«

»Miguelito ist Familie. Er passt auf mich auf. Er würde mich niemals ausnutzen.« Schon als ich es sagte, wusste ich, dass es nicht stimmte. Lito sorgte sich um mich, sicher. Aber für ihn war ich die zweite Geige. Seine Mutter und Ben, sogar sein Freund Jackson, standen auf der obersten Stufe seiner Zuneigung. Sie konnten nichts falsch machen, und er würde Himmel und Hölle in Bewegung setzen, um sie zu beschützen. Mich? Nicht so sehr. Aber warf es nicht ein schlechtes Licht auf mich, dass ich ihn mit mir machen ließ, was er wollte? »Er bezahlt mich gut. Und er lässt mich in seinem Gästehaus wohnen.«

Mitleid milderte Rosas Blick. »Niño. Du bist so viel mehr wert als das. Lass dich von niemandem, nicht von Miriam und nicht von meinem Sohn, vom Gegenteil überzeugen. Du bist so sehr wie dein Vater. Mein Bruder hatte ein großes Herz. Er hat es zu leichtfertig verschenkt.«

»Du redest von meiner Mutter, weißt du.« Mein Ton war leicht, aber Hitze schoss mir in die Wangen.

Sie bekreuzigte sich. »Ich will nicht schlecht über die Toten reden – Gott hab sie selig –, aber sie hat keinen von euch beiden verdient.«

Vielleicht hatten wir sie nicht verdient. In meiner Erinnerung war sie ein Engel mit langem, blondem Haar, funkelnden blauen Augen und einem sprudelnden Lachen. Wie konnte jemand wie sie mich nicht verdienen?

»Denk darüber nach. Und denk darüber nach, ob Miriam es wert ist, dein großes, fürsorgliches Herz zu riskieren. Hörst du mich?«

»Sí, Señora.«

Sie nippte an ihrer heißen Schokolade und starrte dann in deren braune Tiefen. »Wie lange bleibst du?«

»Meine Schicht endet morgen früh um sechs.«

»Nein. Ich meine in den USA. Wann fährst du nach Hause?«

Ich zuckte mit den Schultern. »Habe noch nicht darüber nachgedacht. Ich arbeite gern für Lito.«

»Du weißt, dass ich keinen Schutz brauche.«

»Doch, den brauchst du. Miguelito hat gesagt, Mick –«

»Ich habe fast zwanzig Jahre mit diesem Mann gelebt. Glaubst du nicht, dass ich mich vor ihm schützen kann?«

»Na ja, ich …« Ich kratzte mich am Hinterkopf. Einmal waren sie und Miguelito zu Besuch auf die Insel gekommen, als ich ein Teenager war. Er hatte ein blaues Auge, und ich hätte schwören können, dass meine Tía einen blauen Fleck am Kiefer hatte. Sie hatte lange Ärmel getragen, selbst in der tropischen Hitze. Und jetzt hatte Miguelito Geld. Manchmal verursachte Geld genauso viele Probleme, wie es löste.

»Du hattest ein Leben auf der Insel«, sagte sie. »Freunde. Was hast du hier?«

Mimi. Ich hatte Mimi hier. Aber hatte ich sie wirklich?

»Ich habe dich, Tía. Und meinen Primo. Und vielleicht, nach unserem Date morgen, habe ich auch Mimi.«

Alles, was ich vom Leben wollte, war Familie. Liebe.

Und an diesem Tag fühlte es sich an, als wäre es zum Greifen nah.

18

MIMI

ZEHN MINUTEN nach Beginn meines ersten Dates mit Mateo stellte ich bereits meine Entscheidung infrage, überhaupt Männer zu daten.

Bisher hatte er sich mit einem Finger in meinem Kreolenohrring verheddert und ihn mir beinahe aus dem Ohrloch gerissen, als er mir aus dem Mantel half; meinen Stuhl am Tisch so heftig nach vorne geschoben, dass ich gegen die Tischkante prallte und das Geschirr klirrte, was die Blicke aller Gäste in dem schicken Restaurant auf uns zog; und mein erstes Glas Wein umgestoßen – Gott sei Dank hatte ich Weißwein bestellt –, als er versuchte, dem Kellner ein Zeichen zu geben, ob man die Temperatur anpassen könne, weil mir zu warm war.

Obwohl er es geschafft hatte, mit dem Kellner zu flirten, der Mateo zuzwinkerte, als er ihm zwei mit Speck umwickelte Feigen vorsetzte. *Aufs Haus*, sagte er, als wäre ich gar nicht da.

In dem Restaurant fühlte ich mich unwohl. Es war voller Tech-Bros und ihrer manikürten Dates in Spandexkleidern. Die Bros, unbeholfen und ohne Manieren, nutzten scharfe, von Geld untermauerte Befehle, um ihre Verlegenheit zu überspielen. Ihre Dates kicherten und gurrten geziert und versuchten, den Deal unter Dach und Fach zu bringen, damit sie nächstes Jahr von einem Privatkoch zubereitete Mahlzeiten zu Hause essen konnten.

Vielleicht war die ganze Sache ein Fehler.

Ich hatte unser Date ernst genommen. Ich trug einen der wenigen Röcke in meinem Schrank, einen ausgestellten schwarzen, der knapp über den Knien endete, dazu eine weiße Bluse. Sicher, ich hatte sie für die Beerdigung meiner Bubbe gekauft, also zeigte die Bluse kein Dekolleté, im Gegensatz zu den Dates der Tech-Bros. Aber ich trug Absatzschuhe, um Himmels willen. Absatzschuhe, die meine Zehen quetschten und mich launisch machten. Na gut, noch launischer. Als er seine Beine übereinanderschlug, trat Mateo versehentlich gegen einen meiner Schuhe unter dem Tisch.

Ich nippte an meinem zweiten Glas Wein und versuchte, die Speisekarte nach einer für ein erstes Date angemessenen Wahl zu deuten. Fisch oder Hühnchen? Alles hatte eine Reduktion oder einen Schaum oder eine Mousse und klang komplizierter als eine meiner Tabellenkalkulationsformeln.

Ich räusperte mich. »Kommst du, äh, oft hierher?«

Mateo schenkte mir ein gezwungenes Lächeln über seine Speisekarte hinweg. Er trug seine Brille und in meinem Inneren wurde es ein wenig wärmer. »Ich bin zum ersten Mal hier. Cooper hat es empfohlen, als ich ihm sagte, dass ich einen Ort für ein besonderes Date brauche.«

Ich fächelte mir mit der Speisekarte Luft zu. »Hat er gesagt, was hier gut ist?«

»Das Filet.«

Filet klang teuer. Und es wurde mit Pilzen serviert, bei denen es mich schauderte. Ich überflog die Speisekarte erneut und nippte an meinem Wein, dann blickte ich zu meinem Date auf. Er umklammerte die dicke Speisekarte aus Leder so fest, dass sie zitterte. Er hatte auf ein Getränk verzichtet, da er fuhr. Mateo starrte sehnsüchtig aus dem vorderen Fenster, wo zwei Männer standen und Zigaretten rauchten.

Meine Gereiztheit verflog. Wir saßen im selben Boot. Und wir waren beide unglücklich.

»Hey.« Ich streckte die Hand über den Tisch und legte sie auf den weichen Wollärmel seines Pullovers. »Wollen wir von hier verschwinden? Ich brauche keine so elegante Mahlzeit. Ich könnte, ähm … kochen?« Meine Kochkünste beschränkten sich darauf, Nudeln zu kochen und Sauce aus dem Glas darüber zu schütten, aber das musste besser sein, als zwei Stunden steif an diesem Tisch zu sitzen. »Oder wir könnten eine Pizza holen.«

»Gefällt es dir hier nicht?« Hinter seiner Brille wurden seine blauen Augen rund.

»Ich – ich meinte nicht –« *Mist.* »Nein. Restaurants, bei denen keine Preise auf der Speisekarte stehen, verursachen bei mir Ausschlag.«

Seine Schultern senkten sich entspannt. »Es ist schrecklich, nicht wahr? Ich koche das Abendessen, wenn dir einfaches Essen nichts ausmacht.«

»Einfaches Essen klingt großartig.«

Nach einem kurzen Gerangel um die Rechnung bezahlte er meinen Wein und wir stiegen wieder in seinen Jeep. Er fuhr vorsichtig, keine schnellen Beschleunigungen oder harten Brems-manöver, sein Kopf drehte sich nach rechts und links. Daher über-raschte es mich, als er sagte: »Es tut mir leid.«

»Leid? Wofür?«

»Für das Restaurant. Ich wollte dir eine Freude machen. Dich beeindrucken. Stattdessen habe ich dafür gesorgt, dass du dich unwohl fühlst. Ich scheine in deiner Nähe nichts richtig machen zu können.« Seine Finger verkrampften sich um das Lenkrad.

Und in diesem Moment stellte ich ihn mir nicht als den char-manten, flirtenden Kerl vor, der er bei allen anderen war, oder als den ungeschickten, tollpatschigen Trampel, der er in meiner Nähe war. Mit meinem mentalen Radiergummi hob ich all diese Schichten an, um zu dem verängstigten, einsamen Mann darunter zu gelangen. Der, dessen Mutter ihn verlassen und dessen Vater zu früh gestorben war. Der eine honigsüße Fassade benutzte, um sich mit Menschen zu umgeben, damit er nicht allein war.

Obwohl sich meine Familie zu oft in meine Angelegenheiten einmischte, war es ein Trost zu wissen, dass sie da waren, wann immer ich sie brauchte. Ich war froh, dass Ben Mateo als Teil seiner Familie adoptiert hatte.

Ich wartete, bis er an einer roten Ampel hielt, dann legte ich ihm eine Hand auf die Schulter. »Du musst dich nicht so sehr anstrengen. Ich bin bereits beeindruckt, sonst wäre ich nicht hier.«

Er drehte sich zu mir um. »Wirklich?«

Ich nickte.

Er beugte sich über die Mittelkonsole, griff nach meinem Nacken und zog mich für einen kurzen, heftigen Kuss zu sich. Als wir uns lösten, loderten seine Augen wie blaue Blitze. »Danke. Dass du das sagst. Ich werde dich nicht enttäuschen.«

Er verschränkte seine Finger mit meinen, und als das Auto hinter uns hupte, fuhr er an, immer noch meine Hand haltend.

Ein paar Minuten später bog er den Hügel hinauf in die Einfahrt von Coopers opulenter Villa am Rande von Pacific Heights, wo die Häuser etwas mehr Platz zum Atmen hatten. Tagsüber hätten wir das Meer sehen können.

»Freu dich nicht zu früh.« Seine Lippen verzogen sich. »Ich wohne im Gästehaus.«

»Du wohnst bei Cooper?«

»Ja. Wir haben beschlossen, dass das einen zusätzlichen Schutz für deinen Bruder bietet.«

»Ben?« Mir wurde eiskalt. »Warum glaubst du, jemand könnte Ben etwas antun wollen?«

Er zuckte mit den Schultern und lenkte den Jeep einen schmalen Weg am Haupthaus vorbei. »Tue ich nicht. Ich denke, was auf der Insel passiert ist, war ein Fehler. Eine einmalige Sache. Aber mein Cousin beschützt die, die er liebt.«

»Moment, was ist auf der Insel passiert?«

»Hat Ben es dir nicht erzählt?«

»Offensichtlich nicht.« Er war von seinem Kurzurlaub mit

Cooper mit gebrochenem Herzen zurückgekommen, weil sein Freund nicht für ihn eingestanden war, als er es hätte tun sollen. Aber körperlich war er in Ordnung.

»Ein Mann hat ihn angegriffen. Wir denken, er sollte eigentlich nur Mi– Cooper verfolgen. Irgendwas mit seiner Firma. Aber dann hat der Kerl angefangen, sein eigenes Ding zu machen. Dieser kleine Hund, Coco, hat deinen Bruder gerettet.«

»Das hat er gesagt. Dass Coco ihn gerettet hat. Aber ich dachte, er meinte etwas Emotionales.«

»Coco hat den Kerl so fest gebissen, dass er wochenlang gehumpelt hat. Der Angreifer ist ihnen in die USA gefolgt, laut meinem Cousin. Aber dann haben wir ihn hier in San Francisco verloren. Also hat Lito mich gern in seiner Nähe. Nur für den Fall.«

»Dann bin ich auch froh darüber.« Ich drückte seine Hand, froh, dass jemand auf meinen Bruder aufpasste. »Danke, dass du ihn beschützt.«

»Gern geschehen. Er liegt mir am Herzen. Dein Bruder ist ein guter Mann.«

Mateo parkte das Auto auf den Betonplatten, die das Haupthaus vom bescheidenen Gästehaus trennten. Das kleinere Gebäude passte mit seinem hellen Putz und den rechteckigen Blockleisten unter dem Dach zum Herrenhaus. Die Außenleuchten des Haupthauses schienen auf eine Reihe hoher Büsche, die das Gästehaus vor dessen großen Fenstern abschirmten.

Ich beugte mich über die Konsole, um ihm einen Kuss auf die Wange zu geben. »Danke, dass du auf uns beide aufpasst. Aber deshalb bin ich nicht hier. Verstanden? Ich bin hier, weil ich dich mag.«

Er drehte seinen Kopf, umfasste meinen Kiefer und hielt mich fest. Er strich mit seinen Lippen über meine. »Ich mag dich auch.«

Sonnenschein blühte in meiner Brust auf. Doch gerade als ich mich nach vorne lehnte, um den Kuss zu vertiefen, knurrte mein Magen.

Er kicherte. »Keine Küsse mehr, bis ich dich gefüttert habe.«

Er öffnete meine Tür und half mir aus dem Jeep. Dann benutzte er ein Tastenfeld, um die Haustür aufzuschließen, und ließ mich zuerst eintreten. Das Haus war kompakt, obwohl es größer war als meine Einzimmerwohnung. Rechts befand sich eine moderne Küche mit Essbereich. Geradeaus war ein gemütliches Wohnzimmer mit einem Schreibtisch in der Ecke. Und links war ein Flur, der, wie ich annahm, zu einem oder zwei Schlafzimmern führte.

Die Einrichtung war modern, in schlichten Grautönen gehalten, die besser zu jemandem wie dem kühlen und professionellen Cooper Fallon passten als zum sonnigen, farbenfrohen Mateo. Und es war makellos. Kein Paar Schuhe oder ein herumliegendes T-Shirt war zu sehen, und der Glastisch im Essbereich war glänzend und ohne Flecken.

Die Ausnahme war eine lange Bahn, die aussah wie Toilettenpapier und sich vom Flur über das Wohnzimmer, über das Sofa und in die Küche schlängelte.

»Wurdest du Opfer einer Klopapier-Attacke?«, fragte ich.

Er schnalzte mit der Zunge. »Roger.«

Etwas klimperte im Flur, und dann huschte ein schwarzer Blitz herein und schmiegte sich um Mateos Bein.

»Ist das –?«

Er hob das winzige Kätzchen auf. »Ich habe heute Morgen nachgesehen, nachdem ich von meiner Schicht kam, und die kleine Dame –«

»Tara.«

»Taras Familie hat eine andere Katze mit nach Hause genommen. Die große getigerte, die du gestern da hattest.«

»Mrs. Butternut?« Sie war süß und ruhig gewesen; ich konnte verstehen, warum sie sie einem übermütigen Kätzchen vorgezogen hatten.

»Das Tierheim sagte, schwarze Katzen werden nicht immer adoptiert. Also habe ich es getan.«

»Oh.« Natürlich hatte er das. Mateos Beschützerinstinkt erstreckte sich auch auf verwaiste Tiere.

»Deine Allergie!« Mateos Augen weiteten sich. »Ich habe gar nicht daran gedacht – ich laufe schnell zur Apotheke und hole deine Medizin. Oder ich kann ihn in die Garage bringen?«

»Nein.« Ich atmete versuchsweise ein und wieder aus. »Bis jetzt geht es mir gut. Ich habe ein paar Tabletten in meiner Handtasche. Wir schauen mal, wie es läuft, okay?«

»Okay. Aber wenn du dich krank fühlst –«

»Ich sage dir Bescheid. Versprochen.« Ich streichelte eines von Rogers großen Fledermausohren, und er schloss die Augen und schnurrte.

Mateo hob Roger hoch, bis er dem Kätzchen in die Augen sah. »Hör zu, ich weiß, du hast mich vermisst, aber das ist kein Grund, sich so zu benehmen.« Er drehte sich, sodass sie beide auf das Toilettenpapier-Desaster blickten. »Ich werde immer zu dir zurückkommen. Verstanden?«

Roger ließ seinen Kopf gegen Mateos Hand sinken. Mateo kraulte ihn unterm Kinn. »Okay.«

Währenddessen war ich kurz davor, hier auf dem grauen Teppich im Eingangsbereich zu einer Pfütze zu zerfließen. »Soll ich das aufräumen, während du ihn fütterst oder was auch immer?«

»Nein. Du setzt dich.« Er führte mich zu einem armlosen grauen Stuhl, der zur Mücheninsel zeigte. »Ich habe Wein – rot und weiß –, Rum und Whiskey. Was möchtest du?«

»Weißwein, bitte.« Das Letzte, was ich tun wollte, war, Rotwein auf Cooper Fallons Möbel zu verschütten.

Mateo setzte Roger auf den Teppich, dann knüllte er das Toilettenpapier zusammen. Er schenkte mir ein großzügiges Glas Weißwein aus einem kleinen Weinkühlschrank in der Insel ein, bevor er sich ein Glas Rum mit ein paar Eiswürfeln einschenkte. Er schaute in den Kühlschrank.

»Hühnchen mit Reis in Ordnung?«

»Sicher.«

Als er seinen Pullover auszog, rutschte sein weißes T-Shirt hoch und gab mir einen Blick auf die definierten Muskeln an seiner Taille frei, bevor er sein Shirt glatt strich. Der schlichte Rundhalsausschnitt schmiegte sich an seinen Körper und betonte Bizeps, Trizeps und die Muskeln an seinem Rücken, deren Namen ich nicht kannte, die ihn aber wie einen Trichter zu seiner schmalen Taille hin formten.

Ich nahm einen kühlenden Schluck Wein und fächelte mir Luft zu.

Er hievte einen Schnellkochtopf aus einem unteren Schrank auf die Arbeitsplatte. Er zwinkerte mir zu. »Meine Tía würde einen Herzanfall bekommen, wenn sie dieses Monstrum sehen würde, aber ich liebe es.«

»Was ist so besonders daran?« Bree schwärmte von der Heißluftfritteuse, die sie zur Verlobung bekommen hatte, aber da ich jedes Mal googeln musste, *wie man ein Ei kocht*, verdiente ich keine speziellen Geräte.

Er steckte den Kocher ein, gab einen Schuss Öl hinein und begann, Zwiebeln und Paprika auf der Arbeitsplatte zu schneiden. Seine Unterarme rückten in den Mittelpunkt, und ich begaffte sie, fasziniert von den straffen Muskeln und Sehnen.

Ohne aufzusehen, sagte er: »Warum der Schnellkochtopf besonders ist? Er ist effizient. Schnell.«

»So magst du es also? Schnell?« Ich klappte den Mund zu. Wo kamen diese Worte nur her?

Er hielt mit dem Messer inne und grinste mich über die Schulter an. »Manchmal. Obwohl ich meine Mahlzeiten auch gern auskoste.« Sein Blick wanderte über mich. »Am Tisch verweilen.«

»Verweilen.« Er sah zu, wie ich meine Beine andersherum übereinanderschlug und sie zusammendrückte, um das Kribbeln in meiner Mitte zu lindern.

»Ein Festmahl kann Stunden dauern.« Seine Stimme war ein leises Schnurren.

»Stunden«, seufzte ich.

»Möchtest du eine Kostprobe? Ein Amuse-Bouche?«

»Ein – ein was?« Ein Schweißtropfen bildete sich zwischen meinen Brüsten und rann meinen Bauch hinunter.

»Einen … Bissen. Ein Versprechen auf das, was kommen wird?«

Kommen klang ziemlich gut. War es möglich, durch verbales Vorspiel zum Orgasmus zu kommen? Wenn es jemand schaffen konnte, dann Mateo. »Ich genieße durchaus einen gut platzierten Biss.«

Er legte das Messer beiseite und nahm ein Geschirrtuch, um sich die Hände abzuwischen. Diese massiven Hände, die ich an mir spüren wollte.

Das Gerät piepte und schreckte mich auf.

»Oder«, sagte er mit einem verschmitzten Grinsen, »wir lassen die Spannung sich aufbauen.«

»Was? Warum?«

»Was ich mit dir tun will, erfordert Ausdauer. Und Ausdauer braucht Treibstoff.«

»Aber –« Ich rutschte auf dem Stuhl hin und her, eine Reaktion auf das Pochen zwischen meinen Beinen. »Müssen wir warten?«

Er schabte die gehackten Zwiebeln und Paprika in den Topf und drehte sich dann zu mir um. »Erinnerst du dich, was ich dir in jener Nacht gesagt habe?«

Die Erinnerung wurde scharf, als würde ich am Einstellrad des AM/FM-Radios im uralten Volvo meines Vaters drehen. Sie brachte einen Stich erinnerter Enttäuschung mit sich.

»In jener Nacht wollte ich, dass du in meiner Wohnung bleibst. Mit mir. Ich habe dir einen Antrag gemacht, und du hast Nein gesagt.« Demütigung hatte mich durchzuckt. Ich hatte gedacht, wir hätten eine Verbindung, und dann hatte er mir eine Abfuhr erteilt. Fand er mich nicht attraktiv? Wahrscheinlich nicht, mit Tequila-Atem und –

»Mimi. Erinnerst du dich, was ich gesagt habe?«

»Meinst du, als du dich geweigert hast, mich zu vögeln?«

Er griff nach einem Silikonspatel aus einem Behälter auf der Arbeitsplatte und rührte das brutzelnde Gemüse um. »Ich glaube, ich habe es höflicher ausgedrückt.«

Ich grub in meiner Erinnerung. Unter den verletzten Gefühlen, der erdrückenden Zurückweisung. Er hatte mit einem halben Lächeln eine Locke aus meinem Auge gestrichen. *Mimi, wenn wir miteinander schlafen, will ich, dass du dich an jeden Moment erinnerst. An jeden Orgasmus. Ich will, dass du nie vergisst, wie ich mich in dir anfühle.*

Ich zitterte. »Ähm, erinner mich mal?«

Er verzog wieder diese Lippen. Er durchschaute meine List. Aber wie immer tat er, worum ich ihn bat. »Ich sagte, ich würde mich für den Rest meines Lebens an mein erstes Mal mit dir erinnern, und ich wollte, dass du dich auch daran erinnerst.«

Der Puls zwischen meinen Beinen stimmte einen Gesang an: Ma-teo, Ma-teo, Ma-teo. Wir müssten nicht einmal bis ins Schlafzimmer gehen. Wir könnten es auf der Couch treiben.

»Trotzdem war ich nicht sonderlich glücklich mit dir. Um ganz ehrlich zu sein, ich war verletzt.«

»Das tut mir leid. Aber ich konnte nicht. Nicht, als du so …«

»Betrunken?« Meine Wangen erhitzten sich. Ich hatte alles vergessen. Seine Freundlichkeit. Unsere Verbindung. Und ich war am nächsten Tag eine Zicke zu ihm gewesen, als er auftauchte, um nach mir zu sehen.

»Deshalb hast du mir das gegeben.« Ich zog den Ring aus dem Ausschnitt meiner Bluse und hielt ihn flach auf meiner Handfläche ausgestreckt. »Zur Erinnerung. Ich hätte ihn verlieren können.«

Er lächelte. »Aber das hast du nicht. Du verlierst keine Dinge, Mimi. Außerdem brauchte ich einen Vorwand, um dich am nächsten Tag zu besuchen.« Sein Lächeln verblasste. »Obwohl du es vergessen hattest.«

»Ich habe mich erinnert. Ich habe mich an einen gut aussehenden Mann erinnert, dessen Freundlichkeit mich umgehauen hat. Ich habe mich nur nicht daran erinnert, dass du es warst.«

Ich drehte den Ring in meinen Fingern und streichelte die Kratzer, die seinen Glanz trübten. Dann griff ich hinter meinen Nacken und löste den Verschluss. Ich fädelte den Ring von der Kette und legte ihn auf die Insel zwischen uns.

Er rührte im Topf. »Willst du ihn nicht noch ein bisschen behalten?«

»Behalten? Ist er nicht von deinem Vater?«

»Er war es.«

Mir gefiel nicht, wie er finster in den Topf blickte, also fragte ich: »War dein Vater auch ein Casanova?«

Das brachte mir ein Lächeln ein, als er den Ring an seinen Finger steckte. »Schamlos. Aber es bedeutete nichts. Er trug den Ring noch lange, nachdem meine Mutter aufgehört hatte, ihn zu lieben. Wir Rivera-Männer sind so. Loyal.«

»Und flirten gern.«

»Mit allen außer dir. Bei dir hat es nicht funktioniert.«

»Du hattest in jener Nacht in der Bar keine Probleme damit, mit mir zu flirten.«

»Das« – er blickte endlich auf – »das war anders. Es war mehr als Flirten. Wir hatten eine Verbindung. Und du hast angefangen.«

»Ich? Das klingt nicht nach mir.«

»Da war ein Typ, der dich angemacht hat. Ich kam rüber, um zu sehen, ob das für dich in Ordnung war.«

»War es das?«

Sein Kiefer spannte sich an. »Du warst in keiner Verfassung, um von irgendjemandem angemacht zu werden.«

»Oh.« Ich blickte auf mein Weinglas hinunter.

»Aber du warst auf eine Art entspannt, wie ich dich noch nie gesehen hatte. Also haben wir angefangen zu reden und …«

»Und?«

Er zuckte mit den Schultern. »Der Rest ist Geschichte.«

Eine Geschichte, an die ich mich endlich erinnert hatte.

Er schabte das Hühnchen in den Kocher, drehte den Deckel zu und stellte ihn ein. Er ging zum Waschbecken, um sich die Hände zu waschen. »Wir haben zwanzig Minuten. Und ich schlage vor, wir nutzen diese Zeit zum Tanzen.«

»Tanzen? Du hast mir eine Kostprobe versprochen. Ein Amuse-irgendwas.«

Langsam trocknete er sich die Hände ab und verschlang mich mit seinem Blick. »Weißt du denn nicht? Tanzen ist Vorspiel.«

Langsam trocknete er sich die Hände ab und verschlang mich mit seinem Blick. »Weißt du denn nicht? Tanzen ist Vorspiel.«

19

MIMI

ER NAHM sein Handy und schon bald ertönte Musik mit einem verführerischen, synkopierten Rhythmus aus versteckten Lautsprechern. Er griff nach meiner Hand und zog mich in die freie Mitte des Raumes.

»Du weißt doch, wie schlecht ich darin bin, oder?« Die Scham über die Tanzstunden, die er mir im Club gegeben hatte, stieg mir in die Wangen. Natalie hatte keine Einzelstunden gebraucht.

Er hielt meine Hände so, wie er es neulich Abend getan hatte. »Denk an die Schritte. Seite zu Seite. Ganz einfach. Fang mit dem linken Fuß an.«

Nur mit Roger als Publikum war es ein wenig einfacher. Ich machte einen Schritt nach links und ahmte seine Schritte nach. Links, rechts, links, Tipp. Rechts, links, rechts, Tipp. Nach einer Minute ließ ich die Musik in meine Hüften fahren, in einer steifen Nachahmung der Art und Weise, wie sich die Frauen im Club bewegten.

»Du hast es raus. Und jetzt eine Drehung.«

»Eine Drehung?«

»Bewege deine Füße weiter. So. Wenn ich deine Hand hebe, drehst du dich nach links.«

»Drehen?«

»Du schaffst das, querida.« Er hob meine rechte Hand, löste seinen Griff von meinen Fingern und drückte dann seinen Handballen gegen meinen. »Dreh dich.«

Ich drehte mich zur Eingangstür.

»¡Ay, ay! Dreh dich wieder um.«

»Entschuldigung!« Mein Gesicht brannte, als ich mich zu ihm umdrehte.

»Entschuldige dich nicht. Du lernst es ja gerade. Du machst das großartig.«

»Ich werde auf der Gala wie eine Idiotin aussehen. Larissa wird—«

»Mach dir keine Sorgen um Larissa. Sieh mich an. Ich werde dir Zeichen geben. Ich verspreche dir, ich werde dich nicht in die Irre führen.«

Ich vertraute ihm. Er hatte sich um meinen Bruder gekümmert. Er hatte sich in der Bar um mich gekümmert. Und er hatte die ganze Farce mit der vorgetäuschten Beziehung mitgemacht, nur um mir zu helfen. Also hob ich meinen Blick von unseren Füßen, von unseren Händen und sah in sein Gesicht. Sein starker, kantiger Kiefer und diese wunderschönen Augen, die eher einem sonnengewärmten Pool als dem stürmischen grauen Ozean glichen.

»Jetzt«, sagte er. Er hob unsere Hände und legte sie flach aneinander. Ich drehte mich mit zwei Schritten weg und mit den nächsten beiden wieder zurück. Sein Arm legte sich um meinen Rücken, und plötzlich tanzten wir eng umschlungen. »Perfekt.«

Und das war es. Meine Hüften schwangen, und als ich zu ihm aufsah, streifte sein Atem meine Wange. Seine Füße kamen zum Stillstand, und er beugte sich näher zu mir.

»Was bedeutet dieses Signal? Was soll ich tun?«

Seine Hände sanken auf meine Taille. »Küss mich.«

Er beugte sich hinunter und seine Lippen landeten auf

meinen. Es war kein stürmischer Kuss wie im Auto. Er war so sehnsüchtig und sinnlich wie die Musik, die spielte. Ich fuhr mit meinen Händen seine Brust hinauf zu seinen Schultern, um ihn näher an mich heranzuziehen. Obwohl sich unsere Füße nicht bewegten, war es Teil des Tanzes. Unsere Lippen, unsere Zungen machten dort weiter, wo unsere Körper aufgehört hatten. Ich drückte mich an ihn und führte die Verführung des Tanzes fort.

Plötzlich beneidete ich diese gelenkige Frau auf der Bühne im Club, die ihr Bein gehoben und um den Oberschenkel ihres Partners geschlungen hatte. Ich hätte den Schmerz in meiner Mitte lindern können. Aber die Wahrscheinlichkeit, dass ich umkippen und ihn mit auf den Boden reißen würde, lag bei über fünfzig Prozent, also legte ich mein ganzes Verlangen in unseren Kuss.

Er löste sich zu früh von mir.

»Noch mehr Tanzstunden?« Ich schob meine geschwollene Unterlippe vor.

»Nein.« Er machte eine Kopfbewegung in Richtung Küche. »Das Essen ist fertig.«

Obwohl der Kochtopf piepte, hörte ich es kaum über die Musik und das Rauschen meines Pulses in den Ohren.

»Treibstoff?«

»Treibstoff.« Er zwinkerte.

Ich wusch mir im Gästebad die Hände, während er das Essen fertig machte.

Als er die beiden duftenden Teller zum Essbereich tragen wollte, hielt ich ihn auf.

»Können wir hier an der Kücheninsel essen?«

»Wirklich?« Er runzelte die Stirn. »Aber ich habe nicht aufgeräumt—«

»Ich möchte deinen schicken Tisch lieber nicht schmutzig machen.« Ich warf einen Blick auf die makellose Glasplatte. »Und das hier ist gemütlicher.«

»Na gut, dann.« Er stellte die Teller ab und holte das Besteck vom Tisch. Er legte eine Gabel und ein Messer genau dorthin, wo sie hingehörten. Nachdem ich mich auf den hohen Hocker gesetzt hatte, breitete er eine Stoffserviette über meinem Schoß aus. »Hast du alles, was du brauchst?«

Ich lächelte meinen blonden, blauäugigen Koch und Tanzpartner an. »Alles.«

Er presste eine Faust auf sein Herz, verdrehte die Augen zur Decke und biss sich auf die Lippe.

»Siehst du?«, sagte ich und zeigte mit einem entrüsteten Finger auf ihn. »Du *kannst* also doch mit mir flirten.«

Er ließ sich mit einer Hüfte auf seinem Hocker nieder. »Flirten? Warte, bis ich dir meinen schmachtenden Blick zeige.« Er hob seine sandfarbenen Augenbrauen und senkte dann die Lider halb. Ein neckisches Lächeln hob einen seiner Mundwinkel.

»Oh mein Gott.« Ich legte eine Hand auf meine Brust, wo mein Herz wie Kolibriflügel flatterte. »Der schmachtende Blick.«

Er warf den Kopf zurück und lachte. »Siehst du? Du hast mich geknackt. Dieser schmachtende Blick hätte bei jeder anderen funktioniert. Nicht bei meiner Mimi.«

Er erstarrte, als wollte er die letzten beiden Worte sofort wieder löschen. Ohne unseren Blick zu unterbrechen, nahm ich mein Weinglas und leerte es. Dann leckte ich den Wein von meinem Mundwinkel. Er folgte der Bewegung meiner Zunge.

»Mateo.« Als ich seinen Namen sagte, schossen seine Augen zu meinen. »Ich glaube, du bist derjenige, der mir gehört.«

»Das werden wir ja sehen.« Seine Stimme sank in ein tieferes Register. »Nach dem Essen, wenn ich dir zeige, was ich zum Nachtisch geplant habe.«

Mein Mund wurde trocken, als ich mir vorstellte, wie er auf dem Sofa lag, seine vollen Lippen und all diese Muskeln, die ich erkunden durfte. Ich öffnete meinen Mund, aber es kamen keine Worte heraus.

»Noch etwas Wein?«, fragte er und neigte die Flasche zu meinem Glas.

»Bitte.« Ich legte meine Finger um den Fuß des Glases, um mich zu erden. Erst das Essen, dann der Nachtisch.

Während wir aßen, erzählte er mir Geschichten aus dem

Tabakladen seines Vaters. Von den Stammkunden dort und den Sorten, die sie bevorzugten. Die süßen, sommerlichen Virginia-Mischungen. Die leichten, beerigen Düfte von Cavendish. Das würzige Latakia. Ich konnte es fast riechen, wie es auf einer warmen karibischen Brise herüberwehte.

Zum ersten Mal verstand ich, warum er rauchte. Es verband ihn mit seinem Vater und weckte Erinnerungen an die wenigen Jahre, die sie zusammen hatten.

Auch das Essen. Es schmeckte nach Gewürzen und heilsamer Liebe. Die Art von Liebe, die sich um Menschen kümmerte, sie nährte. Die zu einer Erinnerung an vergangene gute Zeiten wurde.

Ich würde diese einfache Mahlzeit, die Mateo für mich zubereitet hatte, niemals vergessen. Nichts Ausgefallenes, keine Erwartungen oder Forderungen, nur Nahrung, als ich hungrig war. Wenn ich nicht aufpasste, würde ich mich in die Kochkünste dieses Mannes verlieben und nie wieder etwas anderes essen wollen.

Nachdem ich den letzten saftigen Bissen Hühnchen gegessen hatte, legte ich meine Gabel auf meinen Teller und streckte meine Hand nach seinem leeren Teller aus. »Du hast gekocht. Ich spüle.«

»Nein, nein, nein.« Er stand auf und schnappte sich seinen Teller. »Du bist mein Gast.«

»Dann machen wir es zusammen. Ich habe vielleicht nicht viel Kochtalent, aber ich schwinge eine gemeine Spülbürste.«

»Ah.« Er nahm meinen Teller. »Die Magie des Schnellkochtopfs. Alles ist spülmaschinenfest.«

Trotzdem spülte ich das Geschirr ab, und er räumte es in die Spülmaschine. Die Bachata-Musik spielte immer noch, jetzt leiser, beschwingt und sinnlich. Ich wünschte, ich hätte in der High School Spanisch genommen wie Ben, statt Latein. Ich wünschte, ich würde die Worte verstehen, die zu dem Rhythmus passten, der durch meine Adern strömte.

Während ich die Spüle ausspülte, landeten Mateos Hände auf meinen Hüften. »Du bist ein Naturtalent«, flüsterte er mir ins Ohr.

»Ein Naturtalent? Im Abwaschen?«

»Nein. Im Tanzen.«

Erst da bemerkte ich, dass ich beim Arbeiten mit den Hüften geschwungen hatte. Seine Hände bestärkten die Bewegung, dann presste er sein Becken gegen meinen Po, bis wir uns gemeinsam wiegten. Während er mich weiterhin mit seinem Körper führte, nahm er seine Hände von meinen Hüften, griff nach dem Handtuch und tupfte damit meine Hände trocken. Dann griff er zum Regal über der Spüle, pumpte aus einer Flasche Lotion und cremte sie auf meiner Haut ein, massierte sie in meine Handgelenke und Finger.

»Fühlt sich gut an«, murmelte ich.

»Wir fangen gerade erst an«, schnurrte er mir ins Ohr, seine Bartstoppeln kitzelten mein Ohrläppchen.

Er küsste meinen Hals an der Seite. Ich neigte meinen Kopf zur anderen Schulter, um ihm mehr Haut zu bieten, die er mit seinen Lippen streicheln konnte. Seine Hände glitten von meinen Hüften über meine Rippen nach oben und umschlossen die Unterseiten meiner Brüste.

»Okay?«, fragte er, seine Stimme ein tiefes Grollen an meinem Pulspunkt.

»Mehr«, stöhnte ich.

Er fuhr mit seinen Händen über mich. Obwohl seine Hände groß waren, quollen meine Brüste darüber hinaus. Seine Daumen rieben über meine Brustwarzen und reizten sie zu bedürftigen Spitzen.

»Ich wollte dich schon so lange berühren«, murmelte er in meinen Nacken.

»Berühre mich.«

Seine Hände verließen für eine enttäuschende Sekunde meine Brüste, bis er den Saum meiner Bluse aus meinem Rock zog und sie meinen Oberkörper hochrollte, über meinen Kopf und auszog. Er legte sie vorsichtig auf die Arbeitsplatte, bevor er über meine Schulter nach unten blickte. Sein Atem stockte. »Wunderschön.«

Ich sah nach, was er sah. Ich wünschte, ich könnte spitzenbesetzte, sexy BHs tragen. Ich war sicher, Larissas und Natalies Schubladen quollen damit über. Meiner war aus robustem, weißem Polyester-Baumwoll-Gemisch mit dicken, stützenden Trägern. Daran war nichts schön.

Aber Mateo behandelte das Ding mit Ehrfurcht, fuhr mit seinen Fingern über den Stoff, sogar über die Träger, umschloss, drückte, erkundete, bis ich mich bedürftig an ihn lehnte, unsicher, wie ich überhaupt noch stehen konnte.

Er folgte dem Band zu meinem Rücken. »Darf ich?«

»Bitte.« Es kam als heiseres Flüstern heraus.

Er löste die Spannung und schälte den BH von meiner Brust. Meine Brüste hingen schwer herab, und nicht zum ersten Mal verfluchte ich ihr Gewicht und die Schwerkraft.

Aber Mateo rieb mit seinen Händen über meine Haut, wo sich das Band eingegraben hatte, und hob meine Brüste an, fuhr mit den Fingerspitzen zu meinen Brustwarzen und zwickte sie. »Ich will sie anbeten. Für immer.«

Ich streckte meine Arme hoch, bis meine Hände sich in seinem Nacken verschränkten. »Bete sie an.«

Ohne Vorwarnung wirbelte er mich in seinen Armen herum, bis mein Po am Rand der Spüle ruhte. Ich fing seinen hungrigen Ausdruck auf, kurz bevor sein Mund auf meiner rechten Brustwarze landete, leckte, saugte, knabberte. Die Spannung zog sich von meinen Brüsten bis zu dem kribbelnden Punkt zwischen meinen Beinen, bis ich vergaß, wo wir waren, bis ich meinen eigenen Namen vergaß.

Er hob den Kopf und sah mir ins Gesicht, während er immer noch gedankenverloren an meiner anderen Brustwarze zupfte. »Kannst du davon kommen?«

»Ich—ich weiß nicht. Das habe ich noch nie, aber …«

Er wartete nicht, bis ich fertig war, sondern widmete sich meiner anderen Brust und trieb mich immer höher. Ich rieb meine Oberschenkel aneinander, um den Druck abzubauen, der sich tief in meinem Bauch aufbaute. So kurz davor. Als er schließlich seine Zähne festbiss und lang und hart sog, fand ich endlich meine

Erlösung. Ich hielt den Atem an, als ich, zwischen ihm und der Arbeitsplatte eingeklemmt, erzitterte. Er löste sanft meine Brustwarze von seinen Lippen und leckte sie, bis die Nachbeben nachließen.

»Noch nie?«, murmelte er schließlich.

Kühle Luft streichelte meine erhitzte Brust. »Nicht so – nicht so. Es muss am Tanzen gelegen haben.«

Er summte und ein selbstzufriedenes Lächeln umspielte seine feuchten Lippen. Er strich mit den Händen meine Seiten hinunter. »Ich mag diesen Rock. Ich glaube, den lassen wir an.«

Dann waren seine Hände unter meinem Rock und liebkosten mein Höschen. Er stöhnte auf, als er mit einem Finger die hohen Beinausschnitte und die spitzenbesetzte Vertiefung an der Taille nachzeichnete. »Ich bin froh, dass ich vorher nichts davon wusste. Ich wäre in die Hose gekommen. Aber jetzt kommen sie runter.«

Kaum hatten die Worte seine Lippen verlassen, als er in die Hocke ging und mir das Höschen die Beine hinunterzog. Eine Hand hinter meiner Wade ermutigte mich, aus einem Bein zu steigen, dann aus dem anderen, bis ich nackt war, bis auf meinen ausgestellten Rock.

Er sah von den Knien zu mir auf. »Immer noch okay? Glaubst du, du kannst noch mal kommen?«

»Vielleicht?«

Dieses selbstzufriedene Lächeln tauchte wieder auf, kurz bevor er mit seinen großen Händen die Innenseiten meiner Oberschenkel hinaufwanderte, bis sie sich in meiner Mitte trafen. Alles, was ich tun konnte, war mich an der Arbeitsplatte hinter mir festzuhalten, während er einen Finger durch meine Feuchtigkeit zog und ihn dann in seinen Mund steckte. Er verdrehte die Augen und schüttelte den Kopf. »Du bringst mich noch um, Mimi.«

Er steckte den Kopf unter meinen Rock. Seine Schultern drückten meine Beine weiter auseinander, als er mit seinen gewaltigen Händen meine Pobacken umfasste. Dann berührte er mich. Ich konnte nichts sehen außer der Form seines Kopfes, der sich unter meinem Rock bewegte, und irgendwie machte das es noch erotischer, nicht zu wissen, womit er mich berührte – seinen Fingern, seiner Zunge, seiner Nase. Oder wie. Ein Kuss, eine Liebkosung, ein langsames Hineingleiten.

Mein Körper, warm vor Lust, machte es ihm so leicht. Mein zweiter Orgasmus überrollte mich, sobald seine Finger in mich drangen, während er meinen Kitzler sog. Eine starke Hand hielt mich aufrecht, als ich nur noch wie eine Marionette mit durchgeschnittenen Fäden zusammenbrechen wollte.

Es war zu viel, und ich drückte auf seine Schulter. Er tauchte unter meinem Rock hervor, die untere Hälfte seines Gesichts glänzte. Er leckte sich über die Lippen. »Mimi, wenn ich dich in mein Bett bekomme—« Er schüttelte den Kopf.

Ich konnte dem halb ausgesprochenen Versprechen oder der Beule an seinem Bein nicht widerstehen. »Lass uns jetzt gehen.«

Er legte sein Kinn auf meinen Bauch. »Ich habe versprochen, dich um zehn nach Hause zu bringen. Du musst morgen arbeiten.«

»Nein.« Das Wort kam als peinliches Wimmern heraus. Alles, was ich wollte, war mehr Zeit, mehr Nähe zu diesem Sexgott. Und ihn genauso fertigzumachen, wie er mich fertiggemacht hatte. »Ich stelle mir den Wecker. Du kannst mich frühmorgens zurück zu mir fahren.«

»Nein, Mimi, ich sollte nicht.«

»Bitte?« Ich legte meine Hände auf seine Wangen.

Er drehte sein Gesicht, um die Innenseite meines Handgelenks zu küssen. »Alles für dich.«

Er führte mich den Flur entlang zu seinem Schlafzimmer.

20

MATEO

ICH STARRTE AUF MEIN BETT, wo ich so oft von Mimi fantasiert hatte. Davon, sie zu berühren, mit ihr zu kuscheln, sie zu ficken. War es wahr oder träumte ich wieder? Hatte ich Mimi Levy-Walters gerade zweimal in der Küche zum Kommen gebracht und war sie jetzt tatsächlich in meinem Schlafzimmer? Langsam drehte ich mich um.

Sie stand im hohen Türrahmen, der sie winzig erscheinen ließ, und trug nichts als ihren Rock. Ich wusste das, weil ihr Höschen gerade in meiner Hosentasche steckte und später praktischerweise verloren gehen könnte.

Sie verschränkte die Arme vor der Brust, aber sie verbargen nicht die Pracht, mit der ich mich vorhin vertraut gemacht hatte. »Mateo?«

»Ja?« Ich blinzelte von der runden Wölbung ihrer Brust auf und blickte in ihre besorgten braunen Augen.

»Du hast nicht ... irgendwelche Bedenken?«

Ich war ein Narr, hier zu stehen und über meinen Glücksfall zu frohlocken, anstatt ihr zu zeigen, wie dankbar ich war, dass sie in meinem Haus war, in meinem Schlafzimmer. Ich trat an ihre

Seite und löste sanft ihre Arme. »Nein, nein, mi tesoro. Ich habe nur ... mein Mahl ausgekostet.« Ich beugte mich vor und küsste ihre weichen Lippen.

Als ich den Kopf hob, hatten sich diese Lippen zu einem sanften Lächeln gekräuselt. »Darf ich dein Bad benutzen?«

»Gleich hier durch.« Ich winkte in Richtung des angrenzenden Badezimmers und fand eine neue Zahnbürste und Zahnpasta im Schrank. Dann schloss ich die Tür und kehrte ins Schlafzimmer zurück.

Ich zupfte am Saum meines T-Shirts. Sollte ich nackt sein, wenn sie herauskam? Oder angezogen? Ich warf einen Blick auf die Uhr. Halb zehn. Ich sollte sie wirklich schlafen lassen. Obwohl sie nicht so ausgesehen hatte, als wollte sie schlafen. Nicht sofort. Mein Schwanz pochte gegen meinen Reißverschluss.

Sie war so perfekt. So empfänglich. Trotz all des demütigenden Herumgestolpers in ihrer Nähe hatte ich endlich etwas richtig gemacht. Etwas, das ihr gefiel.

Etwas, das uns beiden gefiel. Ich konnte sie immer noch schmecken. Ich leckte mir über die Lippen. Vielleicht würde ich mich noch einmal an ihr gütlich tun, bevor sie ging. Nicht vielleicht; ich würde es tun. Heute Abend geschah etwas Magisches. Wie lange würde die Magie anhalten? Noch ein paar Minuten? Stunden? Es war zu viel, darauf zu hoffen, dass es weitergehen würde, nachdem ich sie nach Hause gebracht hatte.

Ich wollte nie, dass es endet.

Der warme Dunst des Sexes verzog sich aus meinem Kopf wie die Morgensonne, die den Nebel auflöst.

Ich wollte nie, dass diese neue Nähe zu Mimi endet.

Sie war in meinem Leben. In meinem Zuhause. Und ich wollte, dass sie dort war. Immer.

Keiner meiner Freunde von der Insel würde es glauben. Ich hatte mich durch unsere Stadt gefickt, durch die Nachbarstädte, durch die große Stadt. Einheimische und Touristinnen. Als Abschiedsgeschenk hatten mir meine Freunde eine riesige Schachtel Kondome für meine Schlafzimmer-Tour durch San

Francisco geschenkt. Ich hatte geglaubt, die Schachtel würde einen Monat halten.

Ich hatte sie nicht geöffnet.

Und jetzt wollte der Grund für mein selbst auferlegtes Zölibat mich auch. Sie hatte *bitte* gesagt.

Mein Hemd klebte am kalten Schweiß auf meiner Brust. Ich zog es mir über den Kopf, faltete es und legte es auf die Kommode.

Von meinem ersten Mal mit Anna Perez in ihrem Schlafzimmer unter einem Poster von One Direction – und meinem zweiten mit Yefris Schwanz in meinem Mund in der Umkleidekabine der Highschool eine Woche später – hatte ich immer gedacht, mehr sei besser. Mehr Sex, mehr Partner, mehr Vergnügen.

Kein Schmachten nach einer einzigen Person wie mein Vater.

Ich blickte zum Himmel auf. Gott, das Schicksal, welche höhere Macht auch immer das Bedürfnis verspürte, mein Leben auf den Kopf zu stellen, hatte es mir gezeigt.

Ich hatte meine eine Person gefunden. Genau wie Papá.

Würde sie bleiben?

Beim Geräusch der sich öffnenden Badezimmertür wirbelte ich zu ihr herum.

Meine Kinnlade fiel herunter. Mimis nackte Haut schimmerte im Lampenlicht, ihre Kurven waren an manchen Stellen erhellt und an anderen beschattet. Ihre Locken fielen locker über ihre Schultern. Sie hatte blaue Schatten unter den Augen, die sie mit ihrem Make-up verborgen haben musste, das sie abgeschrubbt hatte. Ihre Wimpern waren immer noch dunkel und ihre Lippen hatten die Farbe einer dunklen Rose.

Sie war wunderschön und nackt und mein. Wenigstens für diese Nacht.

Ihre Arme zuckten, als wollte sie einen Teil von sich bedecken, aber ich schritt auf sie zu und umfasste ihre Hände. Ich hob sie an meine Lippen und murmelte: »Mi tesoro.« Sie war mein Schatz, mein Leben, mein Himmel.

Ihre Haut rötete sich von den Wangen bis zur Brust. »Hast du

Kondome?«, fragte sie. »Wenn nicht, ich habe eins in meiner Handtasche.« Sie neigte den Kopf zur Schlafzimmertür.

»Habe ich.« Wo hatte ich die Schachtel versteckt, die meine Freunde mir geschickt hatten? Ich hatte mit ihnen gescherzt, dass ich mich nicht nur durch San Francisco, sondern durch den gesamten Staat Kalifornien ficken würde. Und dann hatte ich Mimi getroffen und niemanden außer ihr berühren wollen.

»Einen Moment«, sagte ich.

Ich versuchte es zuerst im Badezimmer, wobei ich mein Spiegelbild und den deutlichen Beweis meiner Erregung in meiner Hose vermied. Ich öffnete und schloss jeden Schrank, aber die Schachtel war nicht da. Verdammt! Ich fuhr mir mit den Händen durch die Haare.

Zurück im Schlafzimmer küsste ich Mimi und ließ meine Hände über ihren Hintern wandern, während ich sie zu mir zog. Ihre Hand landete auf meiner Hüfte und wanderte dann tiefer, zu nah an meine angespannte Erektion.

»Einen Augenblick.« Ich wich zurück und fiel neben dem Bett auf die Knie. Ich zog meinen Koffer hervor und öffnete ihn mit dem Reißverschluss.

Gracias a Dios.

Ich hob die Schachtel hoch, als wäre es der WM-Pokal, und legte sie dann, während meine Wangen heiß wurden, auf das Bett. Ich schob den Koffer wieder darunter.

Ich kniete vor dem Bett und mir fiel eine gute Verwendung für diese Position ein. Ich winkte Mimi zu mir. »Komm, setz dich.«

Sie folgte meiner Anweisung, obwohl sie Hilfe brauchte, um auf das hohe Bett zu klettern. Ich legte meine Hände auf ihre Knie. »Darf ich?«

Sie stützte sich mit den Händen hinter sich ab und spreizte dann nickend die Beine. Das Lampenlicht enthüllte, was ich zuvor unter der Dunkelheit ihres Rocks ertastet hatte.

»Ah, Mimi«, sagte ich und unbändiger Stolz ließ mich lächeln, »du bist schon wieder feucht für mich.«

Ich strich mit den Daumen von ihren inneren Oberschenkeln

zu ihren Lippen und ihrem Kitzler. Dann leckte ich ihre Essenz wie Honig von ihrer Haut. Mimi stöhnte und senkte sich auf die Ellenbogen, um mir bei der Arbeit zuzusehen.

Ich spreizte sie und drang mit meiner Zunge in sie ein, ahmte den pochenden Puls in meinem Schwanz nach, als ich ihr zeigte, was ich später tun würde. Und, Gott, was wäre, wenn ich ihr meine Sammlung an Spielzeugen zeigte? Welches würde sie mich an ihr benutzen lassen? Würde ich jemals kühn genug sein, sie zu bitten, eines an mir zu benutzen?

Konzentrier dich, Mateo. Ich hatte sie jetzt vor mir ausgebreitet und ich hatte alle Werkzeuge, die ich brauchte, um ihr Lust zu bereiten.

»Mateo, ich …«

Ich hob mich von ihrer Mitte und ersetzte meine Zunge durch einen lässig stoßenden Finger. »Was ist los, cariño?«

»Ich brauche dich. In mir. Ich glaube nicht, dass ich …«

Ich leckte ihren Kitzler, während ich meinen Finger weiter in ihr bewegte. »Du glaubst nicht, dass du was kannst, Süße?«

Sie verdrehte die Augen nach oben und stieß ein Wimmern aus. »Ich weiß nicht, wie oft ich noch kommen kann, und ich will mit dir in mir kommen.«

»Ah.« Ich küsste ihre geschwollene Perle. »Ich glaube, du kannst so oft kommen, wie wir beide wollen.« Das hier – Sex – war mein sicherer Hafen. Ich wusste genau, wie man einer Partnerin gefällt, besonders einer so empfänglichen wie Mimi. »Noch einmal mit meinen Fingern und meinem Mund, und dann kannst du meinen Schwanz haben.«

»Aber ich will nicht …«

Sie musste ihren Satz nicht beenden, denn ich hatte die Stelle gefunden, die sie sprachlos machte. Sie stieß etwas aus, das fast wie mein Name klang, kombiniert mit dem Schrei eines weiblichen Ozelots.

Sie schob mein Gesicht, meine Hand weg. »Genug«, schluchzte sie. »Zu viel.«

»Ah, cariño.« Ich schwang mich auf das Bett und schloss sie in meine Arme. »Du bist so wunderschön, wenn du kommst. Ich hab dich. Alles ist gut.«

Sie war schlaff in meinen Armen. Ich küsste ihre Stirn und fand sie feucht von Schweiß. Ich lockerte meinen Griff um sie. »Ist dir zu warm? Brauchst du etwas Abstand?«

»Nein.« Sie schmiegte sich enger an. »Ich bin genau da, wo ich sein will.«

Diesmal war es nicht mein Schwanz, sondern mein Herz, das einen gewaltigen Schlag tat und gegen meine Rippen hämmerte. »Ich auch.«

Ich hob sie in meine Arme und scharrte mit den Fingerspitzen, um die Decke zurückzuschlagen. Ich legte sie zurück auf das Bett, zog meine Hose aus und rutschte hinter sie, während ich meiner Erektion befahl, nachzulassen, damit ich schlafen konnte. Mimi musste früh zur Arbeit und ich hatte am nächsten Tag eine Nachtschicht bei meiner Tante. Wir brauchten beide Ruhe.

Aber Mimi hatte andere Pläne. Sie verschränkte ihre Finger mit meinen und führte sie dann nach oben, um ihre Brüste zu umschließen. Dann drückte sie ihren Hintern gegen meinen Schwanz. »Mir wurde ein weiterer Orgasmus versprochen, mit dir in mir«, murmelte sie. »Aber ich bin zu glückselig, um mich zu bewegen.«

»Schon gut. Wir müssen nicht.« Obwohl mein Schwanz anderer Meinung war. Er war steinhart in meinen Shorts.

»Nein, Mateo.« Sie rieb sich an mir und Punkte tanzten vor meinen Augen. »Ich will es.«

Ich küsste ihren Hals von der Schulter bis zum Ohrläppchen hinauf und beendete es mit einem Zwicken an ihrer Brustwarze. »Dann sollst du es haben.«

Ich schob meine Shorts herunter und strampelte sie ab. Ich griff nach der Schachtel Kondome am Fußende des Bettes, riss sie auf und zog eines heraus. Ich rollte es sanft über und befahl mir, nicht zu früh zu kommen.

Ich streichelte die köstliche Rundung ihres Hinterns und schob dann eine Hand unter sie, um ihren Rumpf an mich zu drücken.

Mit der anderen Hand hob ich ihr Bein an und hakte es um meins. Ich ließ meine Finger durch ihre Feuchtigkeit gleiten – Gott, ihre Erregung war erstaunlich endlos – und führte mich dann vorsichtig nach Hause.

Wir keuchten beide, als ich den Stoß beendete. In dieser Position konnte ich nicht ganz in sie eindringen, aber es reichte, um die Stelle zu treffen, die ich zuvor mit meinen Fingern gefunden hatte. Eine Hand ruhte auf ihrem Kitzler, während ich meine Hüften bewegte. Sie summte vor Vergnügen.

Jedes Gleiten in ihr löste ein Kribbeln entlang meiner Wirbelsäule aus. Mimis Atem wurde schneller, als ich ihre Brustwarze drückte und ihren Kitzler streichelte. Aber ich brauchte mehr. Ich brauchte den berauschenden Rausch von Haut, die auf Haut klatschte. Ich musste bis zu den Eiern in ihr stecken.

Langsam zog ich mich aus ihr heraus.

Ich schob sie nach vorne, bis sie mit dem Gesicht nach unten auf dem Bett lag. Ich zog ihre Hüften hoch und kniete hinter ihr. Sie schob ihre Arme unter das Kissen, ein halbes Lächeln der Erwartung auf ihrem Gesicht. Einen Moment lang bewunderte ich, wie das Lampenlicht die Kurve ihres Hinterns und die prallen Lippen vergoldete, die mich lockten. Und dann, ihre Hüften packend, glitt ich hinein.

Hüfte an Hintern, ich fand den Himmel. Ich rieb mich an ihr, wollte den Komfort, den ich gefunden hatte, nicht verlassen. Langsam glitt ich heraus und stieß dann wieder hinein. Mimi stieß ein langes Stöhnen aus.

»Ist das in Ordnung, mi tesoro?«

»Verdammt. Ja.« Sie legte eine Hand zwischen uns, wo wir verbunden waren, und ein Funke raste direkt zu meinen Eiern. Ihre Hand verließ meinen Körper, um sich selbst zu berühren. Sie stöhnte. »Mehr, Mateo.«

Ich packte ihre Hüften und tat, worum sie bat. Ich stieß einmal, zweimal, dreimal. Gott, ich war kurz davor. Aber ich würde nicht kommen, bevor sie es tat. Ich konzentrierte mich auf die lange Linie ihrer Wirbelsäule und die Art, wie das Lampenlicht ihren Rücken in eine helle und eine dunkle Hälfte teilte. Ich hob eine Hand und zeichnete die Schattenlinie nach.

»Härter«, grunzte sie und drückte sich gegen mich.

Es war um mich geschehen. Ich würde genau hier in diesem Bett sterben, über dieser Frau, die mein Innerstes nach außen gekehrt hatte. Ich kam ihrer Bitte nach, packte ihre Hüften und hob sie an, um meinen Stößen zu begegnen. Unsere Haut klatschte, ein Kontrapunkt zu ihrem Stöhnen. Meine Eier zogen sich zusammen.

»Mimi, ich …«

Sie versteifte sich und unterbrach mich mit einem klagenden Stöhnen. Ich hielt inne und ließ ihren Höhepunkt aus ihr herausfließen, genoss das Zusammenziehen, das meine Sicht verschwimmen ließ. Dann stieß ich erneut zu, und noch einmal, und eine gesegnete, glückselige Befreiung entleerte mich. Ich stieß einen langen, anerkennenden Fluch aus.

Mimis Beine zitterten, und ich half ihr, sich aufs Bett zu legen, als ich mich zurückzog. Ich streichelte ihren Hintern einmal, bevor ich sie zudeckte und ins Bad ging, um das Kondom zu entsorgen.

Sie schlief schon, als ich sie in meine Arme nahm und mich hinter sie schmiegte.

Im Laufe eines Abends war sie zu meiner ganzen Welt geworden.

Ich wollte sie nie wieder loslassen.

21

MIMI

ICH WACHTE in einem fremden Bett auf, aber es war warm, weich und sicher. Mateos großer Körper schmiegte sich an mich, und sein muskulöser Arm lag um meine Taille. Ich fuhr eine Ader auf seinem Unterarm nach und ließ meine Fingerspitze durch die dichten, vom Sonnenlicht vergoldeten Haare gleiten.

Sonnenlicht?

Oh, Scheiße.

Ich schlug seinen Arm und die Decke weg und sprang aus dem Bett. Warum gab es in seinem Schlafzimmer keinen Wecker, und warum war mein Wecker nicht angegangen?

Ich schnappte mir meinen Rock vom Boden, ignorierte sein schläfriges »Mimi?« und rannte splitternackt ins Wohnzimmer. Mein BH und meine Bluse lagen auf dem Küchenboden, und ich griff nach ihnen auf dem Weg zur Haustür, wo ich meine Schuhe und meine Handtasche mit meinem Handy darin fand, dessen Wecker immer noch leise klingelte.

Roger sprang lautlos auf die Küchentheke und beobachtete mich mit seinen gelben Augen.

Halb acht. Scheiße. Ich hätte mich vor einer halben Stunde mit Larissa und Natalie im Synergy treffen sollen. Wenn ich mich beeilte, könnte ich dort sein, bevor sie gingen. Mit einer Hand rief ich eine Mitfahr-App auf, mit der anderen zerrte ich an meinem Rock.

»Soll ich dich nach Hause fahren?«, schreckte mich Mateos Stimme auf, und ich ließ mein Handy fallen. Er hatte sich eine Jeans und ein Thermo-Henley angezogen. Er sah absolut zum Anbeißen aus, aber ich hatte schon zu lange getrödelt.

»Keine Zeit. Ich bin zu spät.« Ich zwängte mich in meinen BH und schloss ihn am Rücken. Wo war meine Unterwäsche?

Er rieb sich die Augen. »Jesus, tut mir leid. Ich wusste nicht, dass du einen frühen Termin hast. Ich fahre dich zur Arbeit.«

»Es geht um die Stiftung. Mit Larissa.« Ich schlüpfte in meine Bluse und rannte ins Badezimmer. Auch hier drin keine Unterwäsche. Wenigstens hatte ich mir vor dem Schlafengehen das Gesicht gewaschen. Während ich pinkelte, rieb ich mit den Fingerspitzen unter meinen Augen, um die letzten Reste der Wimperntusche zu entfernen. Ich wusch mir die Hände und fuhr mir mit der Zahnbürste durch den Mund.

Mateo hatte seine Schuhe schon an und seine Schlüssel in der Hand, als ich zurück ins Wohnzimmer sprintete. Während ich in meine Schuhe schlüpfte, beugte er sich vor. »Du siehst wun—«

»Keine Zeit!« Ich hob eine Hand. Erst meine Präsentation, jetzt das. Warum vermasselte ich immer alles, wenn Mateo involviert war?

Er riss die Tür auf, und wir rannten zu seinem Jeep. Er versuchte, mir die Tür zu öffnen, aber ich sagte: »Schon gut. Fahr los!«

Gehorsam glitt er auf den Fahrersitz. Erst als ich meinen Rock unter meinen nackten Hintern geklemmt und mich angeschnallt hatte, lenkte er den Jeep die schmale Einfahrt an Coopers Haus vorbei auf die Straße. »Ins Büro?«

»Ja, wir treffen uns im Konferenzraum im Erdgeschoss.« Ich

sah auf mein Handy und zuckte zusammen, als ich auf den Knopf drückte, um Larissas Voicemail abzuhören.

Hallo Miriam, wir sollten uns um sieben treffen. Kommen Sie noch? Wir müssen das Budget heute genehmigen.

»Das Budget! Scheiße!«

»Was ist los?«, sah Mateo mich von der Seite an.

»Ich habe meinen Laptop nicht dabei. Ich kann während des Meetings keine Änderungen am Budget vornehmen. Hast du Papier? Einen Stift?«

»Schau mal ins Handschuhfach. Kannst du das nicht auf deinem Handy machen?«

»Oh. Vielleicht? Meine Tabelle wäre furchtbar klein. Ich schätze, ich könnte es versuchen.« Ich fischte im Fach und fand einen Bleistiftstummel und einen Spiralblock.

»Begnüge dich mit der Tabelle auf deinem Handy. In der Zwischenzeit fahre ich zu deiner Wohnung und hole deinen Laptop.«

»Wirklich? Das würdest du für mich tun?«

»Natürlich, cariño.«

»Danke.« Ich wollte seine stoppelige Wange küssen, dort an seiner Halsbeuge verweilen, wo er göttlich roch, aber er fuhr. Ich lehnte mich auf meinem Sitz zurück und kramte meine Schlüssel aus der Handtasche. Ich legte sie in den Getränkehalter. »Du bist mein Retter in der Not.«

Mateo kannte die Schleichwege und Abkürzungen, um den Berufsverkehr in San Francisco zu umgehen, und schneller, als ich gehofft hatte, waren wir im Büro. Ich schnappte mir mein Handy und meine Handtasche, gab ihm einen Kuss auf die Wange und stieg aus dem Jeep.

Ich hörte ein ersticktes Keuchen und drehte mich über die Schulter. Mateo starrte auf meinen Hintern.

»Dein Rock.« Er fuhr sich mit der Hand über den Mund. »Zupf ihn ein bisschen runter?«

Scheiße, ich musste ihm beim Aussteigen freie Sicht gewährt haben. Ich glättete ihn, vorne und hinten. »Besser?«

Er schüttelte den Kopf, sagte aber: »Ja. Bis gleich.«

Vorsichtig hielt ich meinen Rock fest und betete, dass der Wind mich nicht dazu bringen würde, meinen früh eingetroffenen Kollegen unfreiwillig Einblicke zu gewähren, und eilte zum Konferenzraum.

Larissa und Natalie blickten auf den Bildschirm an der Rückseite des Raumes, auf den Natalie einen Grundriss von ihrem Laptop projizierte. Als ich zur Tür klapperte, wirbelten sie zu mir herum.

Natalie unterdrückte ein Grinsen, aber Larissa hob eine unbeeindruckte Augenbraue. »Wie schön, dass Sie sich uns noch anschließen. Natalie hat mich gerade durch die Vorkehrungen für den Veranstaltungsort geführt, aber als Nächstes nehmen wir uns das Budget vor. Sie haben die Zahlen doch?« Sie starrte spitz auf meine Clutch, die offensichtlich zu klein war, um etwas Nützliches zu enthalten.

»Ja. Ich bin bereit.« Es war eine Lüge, aber ich rief die Tabelle auf dem winzigen Bildschirm meines Handys auf, während Natalie ihren Vortrag über die Garderobe und den Green Room für die Redner beendete.

Mateo war noch nicht zurück, als Larissa nach der Budgetpräsentation fragte, und sie runzelte die Stirn, als ich anfing, ihnen die Zahlen zu erläutern.

»Warten Sie«, unterbrach sie mich. »Haben Sie keine Ausdrucke oder irgendetwas, das Sie uns auf dem Bildschirm zeigen können?«

»Nicht – nicht im Moment.« Meine Stimme zitterte. Warum hatte ich zugelassen, dass Mateo mich mit Sex dazu gebracht hatte, meine Pflichten, meine Ziele zu vergessen? Letzte Nacht hatte ich mich nicht einmal an meinen eigenen Namen erinnert, geschweige denn daran, dass ich am nächsten Morgen um sieben Uhr eine Präsentation halten musste.

Larissa schlug mit den Händen auf den Konferenztisch. »Warum sind Sie dann überhaupt hier? Wenn ich mich nicht auf Sie verlassen kann, wird das nichts, Miriam.«

»Sie hat die Zahlen.« Natalie nickte zu dem Handy in meiner Hand. »Mimi, warum schreibst du sie nicht ans Whiteboard?«

»Großartige Idee.« Aber wie sich herausstellte, war es eine schreckliche Idee. Meine nackten Oberschenkel machten ein schmatzendes Geräusch auf dem Konferenzstuhl, als ich aufstand.

»Ups.« Meine Wangen glühten. Schnell glättete ich meinen Rock und drehte mich zum Whiteboard.

»Ich erwarte von den Mitgliedern der Stiftung ein professionelles Erscheinungsbild, Miriam. Dieser Rock ist viel zu kurz.«

Der Stift quietschte auf der Tafel. »Ja, natürlich, Larissa«, murmelte ich.

»Ah, guten Morgen, mein liebstes Power-Trio.« Mateos Ton war jovial, aber ich hörte die Anspannung darin.

»Mateo!« Larissas Stimme nahm einen koketten Unterton an. »Was machen Sie hier? Sie sagten, Sie müssten arbeiten.«

Langsam drehte ich mich zur Tür. Mateo hatte eine Stofftasche über die eine Schulter gehängt und meine Laptoptasche über die andere. In der einen Hand hielt er einen Pappträger mit vier Bechern und in der anderen eine Tüte von der Bäckerei die Straße runter.

»Ich dachte, ihr würdet euch über ein Frühstück bei eurem Frühstücksmeeting freuen.« Er stellte die Kaffees und die Tüte ab und gab Larissa dann Luftküsse auf beide Wangen. Natalie war aufgestanden, um die Gaben zu inspizieren, aber sie streckte ihm die Hand zum Schütteln hin.

Er kam zu mir ans Whiteboard und murmelte: »Ich habe dir Wechselsachen mitgebracht. Und ein Höschen.« Dann drückte er mir einen schmatzenden Kuss auf die Wange.

Lauter sagte er: »Ich entschuldige mich. Durch mich ist Mimi heute Morgen zu spät gekommen. Ich konnte meinen Engel einfach nicht gehen lassen. Würden Sie das können, wenn Sie dieses Gesicht auf dem Kissen neben sich hätten?«

Die Hitze schoss mir in die Wangen. »Mateo«, knurrte ich.

Er fing die Hand auf, die im Begriff gewesen war, seinen Bizeps zu schlagen, und führte sie an seine Lippen. »Mi tesoro.«

»Ohnmacht«, sagte Natalie.

Larissa sagte: »Das können Sie wiedergutmachen, indem Sie uns Gesellschaft leisten.«

»Euch Gesellschaft leisten?« Ein Stirnrunzeln huschte so schnell über sein Gesicht, dass sie es vielleicht übersehen hatte. Aber nach letzter Nacht hatte ich einen neuen Sensor für Mateos Gesichtsausdrücke, und er sah nicht erfreut aus.

»Wir brauchen eine Beratung bezüglich des Menüs. Ich konnte mich noch nicht entscheiden, welches Dessert wir servieren sollen.«

Das war eine Lüge. Wir hatten uns letzte Woche für den Flan entschieden, aber wenn es sie ablenkte, ließ ich es nur zu gerne durchgehen. Mateo reichte mir meine Laptoptasche, und ich fuhr meinen Computer hoch und verband ihn mit dem Projektor, während die beiden die Vorzüge von Flan gegenüber Tres Leches diskutierten.

Als sie sich – erneut – für den Flan entschieden hatten, räusperte ich mich. »Ich bin jetzt bereit, Sie durch die Budgetzahlen zu führen.«

»Oh, gut.« Larissa lachte, hoch und falsch. »Wenn Mateo nur ein Händchen für Zahlen hätte, bräuchten wir Sie gar nicht.«

Ich erstarrte, meine Stimme war weg. Wenn sie mich nicht brauchte, musste das bedeuten, dass ich auch für die Stelle der stellvertretenden Direktorin aus dem Rennen war. Warum zum Teufel war ich überhaupt hier und gab mir so viel Mühe?

Für die Kinder, erinnerte ich mich grimmig. Für Mädchen wie Bree. Für sie würde ich es weiter versuchen, weiter scheitern und alles umsonst tun.

»Larissa.« Natalies Stimme war leise, aber bestimmt.

»Sie war zu spät und unvorbereitet, bis Mateo hier ankam.« Larissa warf mir einen stählernen Blick zu. »Ich könnte jeden Buchhalter einstellen, um das zu tun, was sie tut.«

»Ah«, sagte Mateo mit einer Stimme wie Schotter. »Aber Sie haben keinen Buchhalter eingestellt. Mimi macht diese Arbeit pro bono, aus der Güte ihres Herzens. Sie tut es für die Kinder. In ihrer Freizeit. Ich denke, es würde Ihnen schwerfallen, jemanden zu finden, der so talentiert ist wie Mimi und bereit ist, das zu tun.«

Ich war froh, dass ich meine Wimperntusche abgewaschen hatte, denn sie wäre mir sonst das Gesicht heruntergelaufen. Ich wischte mir unter den Augen und schenkte Mateo ein wässriges Lächeln, um meine Dankbarkeit auszudrücken. Er verstand. Er sah mich.

Larissa blickte mit versteinertem Kiefer auf den Bildschirm. »Schön. Sie bekommen noch eine Chance. Nennen Sie uns die Zahlen.«

Mein Körper wurde kalt. Wie eine Pfütze, die langsam von oben nach unten zufriert, spannte sich meine Haut, und die dankbaren Tränen, die sich in meinen Augen gesammelt hatten, trockneten. Ich wurde zu einer Säule aus kaltem, hartem Eis. Trotz Natalies und Mateos Verteidigung stand ich auf wackeligem Boden. Alles, weil ich mich von meinem Ziel hatte ablenken lassen. Nicht nur meine Chance auf die Stelle der stellvertretenden Direktorin entglitt mir, sondern ich ließ auch die Kinder im Stich.

Meine One-Night-Stands blieben nicht so lange, dass ich wichtige Meetings beinahe verpasst hätte und unvorbereitet aufgetaucht wäre. Keiner von ihnen hatte mich vor der Person, die mich einstellen sollte, als überflüssig dastehen lassen. Sie blieben sicher auf der nicht-beruflichen Seite meines Lebens.

Die Überschreitung der beruflichen Grenze war etwas, das Mateo mit Byron gemeinsam hatte. Er war überall in meinem Leben – in meine Arbeit verwickelt, Teil meiner Familie und setzte nun mein Liebesleben in Brand.

Er hatte mir verdammt noch mal ein Höschen mitgebracht. Ins Büro. Das war eine Grenze, die ich nie überschritten hatte. Nicht einmal mit Byron.

Die Stimme meiner Mutter flüsterte mir ins Ohr. Ich konnte eine solche Schwäche nicht noch einmal zeigen. Nicht, wenn ich den Job bei der Stiftung wollte. Nicht, wenn ich weiterhin Kindern wie Tara in der Bibliothek helfen wollte.

Und das alles wollte ich. Das würde ich Larissa beweisen.

Obwohl – ich blickte zu Mateo, der an seinem Kaffee nippte und erwartungsvoll auf den Bildschirm schaute, als ob ihn das Gala-Budget tatsächlich interessierte – jetzt wollte ich ihn auch.

22

MATEO

OBWOHL ICH NICHTS SEHNLICHER WOLLTE, als Mimi wieder in meinem Bett, auf meiner Küchentheke, ach, zum Teufel, wo auch immer ich sie haben konnte, arbeitete ich diese Woche in der Nachtschicht. Ich musste Larissa nicht einmal anlügen, um die Stiftungstreffen zu verpassen, bei denen ich Mimi zu sehr die Show stahl.

Ich versuchte, Mimi zu schreiben, aber sie war schroff und unkommunikativ und antwortete nur einsilbig. Da die Gala in drei Wochen stattfand, war sie beschäftigt, und das verstand ich. Ich hatte geglaubt, sie hätte eine gute Zeit gehabt, aber ich machte mir Sorgen. Vielleicht hatte sie unsere gemeinsame Nacht nicht so sehr genossen wie ich?

Oder vielleicht war sie wieder sauer auf mich. Es war das zweite Mal, dass ich schuld daran war, dass sie bei einem ihrer Ausschusstreffen nicht optimal vorbereitet war. Larissa hatte sie angepflaumt und den kleinsten Fehler kritisiert, als ob sie einen Vorwand suchte, sie nicht einzustellen. Warum? Mimi verdiente den Job eindeutig. Warum ließ sie sich ihren Mist gefallen?

Als ich am Freitagmorgen in Miguelitos Einfahrt einbog,

erhellten meine Scheinwerfer Ben, der gerade mit seinem Hund Coco über den Vorplatz ging. Ihr Bruder konnte mir vielleicht einen Hinweis darauf geben, was in ihrem Kopf vorging.

»Ben!«, rief ich und lehnte meinen Kopf aus dem Fenster meines Jeeps. »Kann ich mit euch gehen?«

»Klar. Jetzt?«

»Ist mein Cousin im Fitnessstudio?« Das Letzte, was ich wollte, war, dass Miguelito mich allein mit Ben erwischte und eifersüchtig wurde. Ich würde niemals etwas mit seinem Verlobten anfangen, aber er hatte mir mein schlechtes Benehmen aus meiner Jugend noch nicht verziehen. Außerdem würde mein Cousin meinen Liebeskummer nicht verstehen. Er würde sich nie nach jemandem so verzehren wie ich nach Mimi.

»Ja.« Ben gähnte. »Er ist einer von diesen nervigen Frühaufstehern.«

Ich parkte das Auto und nachdem ich Coco begrüßt hatte, schloss ich mich Ben an. Wir verließen die Einfahrt und gingen den Hügel hinunter in Richtung Bucht. Die Sonne hatte begonnen, ihre Strahlen in unserem Rücken auszubreiten, aber ich zog den Reißverschluss meiner Jacke bis zum Kinn hoch. San Francisco im Januar war kalt für jemanden, der in den Tropen aufgewachsen war.

Ich warf einen Blick auf Ben. Er war größer und dünner als seine Schwester, aber sie hatten das gleiche dunkle, lockige Haar. Die gleichen kräftigen Nasen und entschlossenen Kinne. Obwohl sein Lächeln ihm leicht über die Lippen kam und Mimis so selten waren wie ein Vierzig-Grad-Tag in San Francisco. Außer nach einem Orgasmus, wie ich herausgefunden hatte.

Ich blinzelte. Besser nicht an Mimis Muschi denken, während ich bei ihrem Bruder war.

Ich räusperte mich. »Geht es dir gut? Wie läuft die Arbeit?«

»So weit, so gut. Es ist schön, wieder bezahlt zu werden. Ich meine, es war großartig von Cooper, dass er mein letztes Semester finanziert hat, aber wir Levy-Walters-Kinder sind unabhängig, weißt du.«

»Ich weiß.« Das war genau die Überleitung, die ich brauchte. »Woran liegt das deiner Meinung nach?«

Er schob seine Unterlippe vor. »Ich schätze, wegen meiner Mum. Sie hat hart für das gearbeitet, was wir hatten. Sie hat viel überwunden, um dorthin zu gelangen, wo sie jetzt ist. Ich meine, Anwältinnen geben den Beruf reihenweise auf, wenn sie älter werden. Sie hat sich durch eine Menge Patriarchat und Sexismus gekämpft, um dabeizubleiben. Sie hat Mimi und mir immer gesagt, dass man beweisen muss, der Beste zu sein, wenn man es zu etwas bringen will.«

Er scharrte mit den Zehen auf dem Schotterweg. »Für mich war das eine Menge Druck, und ich bin irgendwie daran zerbrochen. Nicht Mimi. Sie hat es sich zu Herzen genommen. Sie tritt sozusagen in Mamas Fußstapfen. Nicht in der Juristerei, aber in ihrem eigenen Bereich.«

Ich stieß ihn mit meiner Schulter an. »Aus dir ist doch was geworden. Du hast genau das bekommen, was du wolltest.«

Er blickte zurück zur Villa. »Sogar mehr. Ich hätte nie gedacht, dass sich jemand so Tolles wie Cooper in mich verlieben würde.«

»Du bist selbst ziemlich toll.« Hätte mein Cousin Ben nicht schon für sich beansprucht, als ich ihn kennenlernte, hätte ich vielleicht versucht, ihn mir zu schnappen. Aber so schön und freundlich Ben auch war, Mimi hatte ein besonderes Funkeln, ein scharfes Glänzen wie ein geschliffener Edelstein, dem ich nicht widerstehen konnte. Nicht einmal Familienbande oder mein mächtiger Cousin hätten mich von ihr ferngehalten.

»Danke.« Er hielt inne, während Coco an einem dürren Baum schnüffelte. »Wie läuft es mit Mimi?«

»Hat sie nichts gesagt?«

»Ooh!« Seine Augen weiteten sich. »Gerissen, eine Frage mit einer Gegenfrage zu beantworten. Nein, sie hat mir nicht einmal erzählt, dass ihr zusammen seid. Erst als Cooper es ausgeplaudert hat. Warum? Ist etwas passiert?«

Meine Wangen glühten. So hatte ich mir dieses Gespräch nicht vorgestellt. »Sie hat wirklich nichts gesagt?«

»Du kennst Mimi. Sie redet nicht gern über ihre Gefühle und so. Außerdem hat sie sich die letzte Woche jeden Abend in ihrer Wohnung verbarrikadiert und an Sachen für die Gala gearbeitet.«

Ich murmelte: »Nicht jeden Abend.«

Er brachte Coco auf dem Gehweg zum Stehen. »Raus mit der Sprache.«

»Ich habe sie am Sonntagabend zu einem besonderen Date ausgeführt. Na ja, ich habe es versucht. Der Laden, den Miguelito empfohlen hat, war nicht wirklich … wir.«

»Dieser Mistkerl!« Seine Nasenflügel bebten. »Er hat mir nicht erzählt, dass ihr ein *besonderes Date* hattet.«

»Ich habe ihn gebeten, es für sich zu behalten. Ich wollte keine Erwartungen, weißt du?«

»Und? Wurden die Erwartungen erfüllt?«

Ich konnte mein Grinsen nicht verbergen. »Übertroffen, um genau zu sein.«

»Hör auf!« Er schlug mir spielerisch auf den Arm. »Wirklich?«

»Wirklich. Sie ist unglaublich. Ich glaube, ich …« Nein. Ben konnte nicht der Erste sein, der erfuhr, dass ich mich in seine Schwester verliebte. Ich würde es Mimi selbst sagen, wenn ich bereit war. Wenn sie bereit war. Wenn sie mir nicht nur Ein-Wort-Nachrichten schickte.

»Also, was ist das Problem? Warum bist du hier draußen in der eiskalten Morgendämmerung und redest mit mir, anstatt dich warm an meine Schwester gekuschelt im Bett zu lümmeln?«

»Ich komme gerade von der Arbeit. Außerdem, sie, ähm, sie antwortet nicht auf meine Nachrichten.« Jetzt klang ich wie ein Teenager.

»Hast du sie angerufen? Oder bist du bei ihr vorbeigegangen?«

»Nein, ich habe diese Woche nachts gearbeitet. Und sie ist kein großer Fan davon, wenn ich einfach so vorbeikomme. Sie möchte, dass man ihr vorher schreibt.«

Ben kaute auf seiner Lippe. »Manchmal kann Mimi – wir beide eigentlich – in ihrer Routine feststecken. In ihrer Arbeit. So war ich, bevor Cooper und ich zusammenkamen. Ich bin kaum mit Freunden ausgegangen. Ich hatte Angst, nachdem ich entlassen worden war, weißt du? Also habe ich mich nur auf die Uni und meinen Job konzentriert. Ich schätze, die Denkweise meiner Mutter setzt in Stresszeiten ein. Und Mimi ist im Moment *gestresst*. Sie will diesen Job bei der Stiftung so sehr. Und sie macht immer noch ihren anderen Job. Sie hat wahrscheinlich das Gefühl, dass sie den Ball nicht aus den Augen lassen darf. Sie gerät in Panik.«

»Sie hat Angst vor mir?« Nichts machte Mimi Angst. Selbst nachdem ich ihre Präsentation ruiniert hatte, war sie zu ihrem Treffen mit Jackson Jones erschienen. Und sie war ohne Unterwäsche zum Treffen am Montag gegangen. Sie war wild und unaufhaltsam wie ein Hurrikan.

»Angst davor, was es bedeuten könnte, wenn sie sich gehen ließe. Wenn sie sich erlauben würde, sich in dich zu verlieben.« Er beobachtete Coco für eine Sekunde. »Es gab da diesen Kerl.«

»Einen Kerl?«

»Byron. Sie war mit ihm zusammen, in der ersten Firma, für die sie gearbeitet hat. Vor Synergy. Ihr Manager ging, und der Controller musste die Stelle besetzen. Schnell. Mimi und Byron hatten beide Vorstellungsgespräche. Sie hatte es mehr verdient, weil sie länger da war und härter gearbeitet hatte als er. Trotzdem hat sie ihm bei der Vorbereitung geholfen. Er hatte zuerst das Gespräch, und sie haben ihm den Job auf der Stelle angeboten. Ohne überhaupt mit Mimi zu reden. Es stellte sich heraus, dass er ihnen gesagt hatte, sie sei noch nicht so weit.«

»Dieser cabrón!«

»Ja. Sie hat danach gekündigt. Ihm den Laufpass gegeben, ist zu Synergy gegangen. Hat seitdem niemanden mehr gedatet. Lässt niemanden an sich heran, besonders nicht bei der Arbeit. Und bei Kerlen, die sie kennenlernt, ist es nur für eine Nacht. Ich meine, außer bei dir.«

Obwohl wir nur eine Nacht gehabt hatten. Waren Mimis Ein-Wort-Nachrichten ihre Art, mir einen sanften Korb zu geben? Mir kroch eine Gänsehaut über die Arme. »Das würde ich ihr niemals antun«, sagte ich. »Ich bin nicht wie er.«

Ich blickte an mir herunter, auf die Jacke, die Cooper mir geschenkt hatte, als ich ohne eine in San Francisco aufgetaucht war. Auf die Jeans und die Turnschuhe, die ich bei der Arbeit trug.

Ich drehte den Ring an meinem Finger. Ich arbeitete nicht in einem Büro wie Mimi. Im Gegensatz zu Byron hatte ich keinen Uniabschluss. Keine nennenswerten Ersparnisse. Ich sackte in mich zusammen, die Erschöpfung meiner Nachtschicht überkam mich. »Ich bin nicht gut genug für sie.«

»Nein!« Er packte meinen Arm. »Nein, Mateo. Du bist toll. Sieh mich an.«

Widerstrebend hob ich meinen Blick zu ihm.

»Das sage ich nicht über jeden. Glaub mir, Mimi hat schon ein paar echte Arschlöcher gedatet. Wie Byron. So ehrgeizig wie sie ist, glaubt sie, sie fühlt sich zu Männern hingezogen, die wie sie sind. Aber das ist nicht das, was sie braucht. Sie braucht jemanden wie dich.« Er drückte meinen Arm. »Jemanden, der sich um sie kümmert. Der ihr hilft. Der – der sie liebt. Du bist ihrer absolut würdig und denk *niemals*, niemals etwas anderes. Hörst du mich?«

Sein grimmiger Ton erinnerte mich an Mimi. Ich dachte an all die Male zurück, an denen sie vergessen hatte zu essen. Am Montag, als ich ihr Kleidung und ihren Laptop zu ihrem Treffen brachte. Sie brauchte jemanden wie mich, der sie unterstützte, besonders, da sie praktisch zwei Jobs plus Freiwilligenarbeit an den Wochenenden hatte. Ich konnte sein, was sie brauchte.

»Ich höre dich.«

»Und jetzt?« Er kaute auf der Innenseite seiner Lippe. »Was wirst du tun?«

Erwachsen werden. »Ich werde ihr helfen. Ich weiß noch nicht genau was, aber ich werde es herausfinden.«

»Vielleicht«, er neigte den Kopf, »musst du gar nichts *tun*, um ihr zu helfen. Sei einfach für sie da. Und lass nicht zu, dass sie dich wegstößt.«

Ich grunzte, mein Verstand drehte sich bereits darum, was Mimi brauchte. Sie hatte erwähnt, dass sie sich Sorgen machte, was sie zur Gala anziehen sollte. Dabei würde ich ihr helfen. Nach einem Powernap. Denn genau in diesem Moment wäre ich mit dem Gesicht auf dem Lenkrad aufgeknallt, bevor ich es zum Kleidergeschäft geschafft hätte.

Ben rieb meinen Arm. »Du schaffst das. Denk nur daran, du bist genau das, was sie braucht. Okay?«

»Okay.« Aber war ich das?

»Und jetzt geh schlafen«, sagte er und schob mich in Richtung des Gästehauses. Ich hatte nicht bemerkt, dass er mich dorthin zurückgeführt hatte.

»Danke.« Ich zog ihn in eine Umarmung, und Coco tanzte wie üblich um unsere Füße.

»Jederzeit. Du bist ein guter Kerl, Mateo.«

In meinem Haus fütterte ich Roger und ließ mich dann für ein paar Stunden Schlaf auf mein Bett fallen. Als ich aufwachte, hatte ich immer noch dunkle Ringe unter den Augen, aber ich hatte genug Energie, um optimistisch eine Reisetasche zu packen, sicherzustellen, dass Roger genug Futter für die nächsten vierundzwanzig Stunden und keinen Zugang zu Toilettenpapier hatte, und wieder in mein Auto zu steigen. Ich fuhr in Richtung Excelsior.

———

KURZ NACH SECHS Uhr an diesem Abend drückte ich den Summer an Mimis Gebäude, eine Tüte mit Essen zum Mitnehmen in der einen Hand und einen Kleidersack in der anderen.

Eine Welle der Dankbarkeit durchströmte mich, als sie antwortete. Ich konnte durch den blechernen Lautsprecher nicht sagen, ob ihr monotoner Ton bedeutete, dass sie zögerte, mich hochzulassen, oder vielleicht nur müde war, aber sie summte mich herein, und das war es, was zählte.

Als ich in ihre Wohnung trat, lehnte sie in ihrer ordentlichen Küche an der Theke. Alles, was ich tun wollte, war, sie wie am Sonntagabend daraufzuheben und sie wieder zu schmecken, aber das musste warten. Sie brauchte zuerst andere Arten der Fürsorge.

»Hey«, sagte ich, küsste sie auf die Wange, bevor ich das Essen auf die Theke stellte. »Ich habe dir Abendessen mitgebracht.«

»Und Kleidung zum Wechseln?« Sie hob eine dunkle Augenbraue bei meinem Kleidersack. »Das ist gewagt.«

»Das hier?« Ich grinste. »Das ist für dich.«

»Für mich?«

»Hattest du heute Mittagessen?«

»Habe ich.« Ihr Magen knurrte. »Na ja, wenn man eine Mini-Packung M&Ms und eine Hundert-Kalorien-Tüte Mandeln aus dem Automaten als Mittagessen zählt.«

Ich schüttelte den Kopf. Wenn sie mich ließe, würde ich früh aufstehen und ihr jeden Tag ein nahrhaftes Mittagessen einpacken. »Wir schauen uns später an, was ich mitgebracht habe. Zuerst essen wir. Magst du thailändisches Essen?«

Ihr Magen knurrte erneut. »Ja, bitte.«

Ich legte den Kleidersack über ihr Sofa, dann wuschen wir unsere Hände und stellten das Essen auf ihren Küchentisch.

Sie war still, während wir aßen. Ich beobachtete sie und versuchte herauszufinden, ob sie sich auf das Essen konzentrierte, weil sie hungerte oder müde war oder weil sie plante, wie sie mich aus ihrem Leben streichen konnte wie eine unnötige Ausgabe.

Ein Dutzend Mal während des Abendessens öffnete ich den Mund, um sie zu fragen, was sie fühlte, was sie gedacht hatte, um zu versuchen, sie zu knacken und die Emotionen zu sehen, die sie so gut verborgen hielt. Aber jedes Mal kniff ich. Ich war nicht bereit, es zu hören, falls sie entschieden hatte, dass wir fertig miteinander waren. Noch nicht. Nicht, bis ich ihr gezeigt hatte, was ich ihr noch mitgebracht hatte.

Nachdem wir unsere Bäuche gefüllt hatten, stellte ich die Reste für ihr morgiges Mittagessen in ihren Kühlschrank.

»Bist du bereit zu sehen, was in dem Kleidersack ist?«, fragte ich und führte sie ins Wohnzimmer.

»Okay.« Ihre Wangen waren rosig, ihre Augen leuchteten von dem Essen, das wir gegessen hatten. Dennoch beäugte sie die Tasche mit Besorgnis.

Einen Sommer lang hatte ich im Schneiderladen meines Tío José María gearbeitet. Ich erinnerte mich, wie Kleidergrößen funktionierten, und ich hatte Mimis Maße aus den Erinnerungen rekonstruiert, wie meine Hände am Sonntagabend über ihren Körper gespreizt waren. Dennoch zitterten meine Finger, als ich den Reißverschluss der Tasche öffnete. Sie trug meist Schwarz und Grau, und ihre Kleidung neigte dazu, ihre kurvige Figur eher zu verbergen als zu betonen. Was ich mitgebracht hatte, lag weit außerhalb ihrer üblichen Garderobe. Wenn sie ihm eine Chance gab, wenn sie mir eine Chance gab, war ich sicher, dass sie umwerfend aussehen würde.

Ich zog das erste Kleid heraus, eine schillernde, blau-violette Tüllkreation.

»Was ist das?« Sie kräuselte die Lippe.

»Für die Gala. Du musst es anprobieren.«

»Muss ich?« Sie hob eine Augenbraue. »Das ist nicht mein Stil.«

»Probier es an.« Ich hielt es ihr hin. »Für mich.«

Sie zögerte ein paar Sekunden. Schließlich verdrehte sie die Augen. »Na schön.«

Sie schnappte sich den Bügel, stolzierte in ihr Schlafzimmer und schloss die Tür.

Ich wartete fünf Minuten, bevor ich zu ihrer Tür ging. »Brauchst du Hilfe mit dem Reißverschluss?«

»Nein. Mir geht es gut. Ich nur ...« Sie öffnete die Tür und kniff ein Auge zu. »Steht mir das?«

Der Tüll war an einer Schulter gerafft, floss im Toga-Stil über ihre Brüste, bevor er an ihrer Taille zusammenlief. Dann fiel er wieder über ihre Hüften und sammelte sich auf dem Boden.

»Den Saum müssen wir kürzen lassen.« Ich musterte den Rest mit kritischem Blick. »Du siehst darin umwerfend aus.«

»Stimmt, oder?«, murmelte sie und drehte sich vor dem billigen Spiegel an ihrer Wand, sodass der Rock wirbelte. »So etwas hätte ich nie anprobiert. Aber es ... es ist wunderschön.«

Ich beugte mich über ihre nackte Schulter und flüsterte ihr ins Ohr: »Du bist wunderschön. Das Kleid unterstreicht deine Schönheit nur.«

»Oh mein Gott, hör auf.« Ihre Wangen wurden rot.

»Wo ist dein Handy? Ich mache ein Foto.«

»In meiner Handtasche. Du kannst ein Foto mit deinem Handy machen und es mir schicken.«

»Wirklich?« Ich zog mein Handy aus der Gesäßtasche.

»Kein Problem.« Sie drehte sich zur Seite und schob ein Knie nach vorn.

Ich knipste das Foto und schickte es Mimi. Während ich mein Handy wieder in die Tasche gleiten ließ, sagte ich: »Dreh dich um. Ich mache den Reißverschluss auf und bringe dir das nächste.«

Als sie mir den Rücken zudrehte, zog ich den Reißverschluss bis zu ihrem schwarzen Slip hinunter. Ich wollte mit einem Finger über den Bund fahren, aber wenn ich damit anfing, würde sie die anderen Kleider nie zu sehen bekommen. Also wandte ich mich mit einem letzten, sehnsüchtigen Blick ab, um das zweite Kleid zu holen.

Ich reichte es ihr durch den Türspalt.

»Ooh, ein schwarzes«, sagte sie.

»Ich wusste, dass dir das gefallen würde.«

Zwei Minuten später öffnete sie die Tür und winkte mich herein. Dieses hier war aus schwerem, schwarzem Brokatstoff mit einem V-Ausschnitt-Oberteil und einem A-Linien-Rock, der über ihre Beine ausgestellt war.

»Es hat Taschen!«, quietschte sie und steckte ihre Hände hinein.

»Dachte mir, dass dir das gefallen würde.«

Sie wirbelte erneut vor dem Spiegel herum. »Dieses hier ist wirklich mehr mein Stil. Ich meine, in dem anderen sah ich aus wie eine … eine Märchenprinzessin, aber dieses Kleid ist eine Ansage.«

Ich hielt mein Handy hoch. »Schenk mir diesen ›Geh-mir-aus-dem-Weg,-du-stehst-in-meinem-Rampenlicht,-Jay-Z‹-Blick.«

Sie warf der Kamera einen wilden Blick zu, und ich knipste das Foto. »Dreh dich um.«

Nachdem sie sich umgedreht hatte, zog ich den Reißverschluss herunter. Diesmal ließ ich meine Finger über die seidige Haut ihres unteren Rückens gleiten und sie schauderte.

»Noch eins«, murmelte ich.

»Aber dieses hier ist perfekt.«

»Noch eins.«

»Na gut.«

Ich kam mit dem letzten Kleid zurück, das schwer von rosé-goldenen Pailletten war.

»Rosa?« Sie verzog die Lippen.

»Probier es an.«

Sie schüttelte den Kopf. »Auf keinen Fall. Hier ist nicht genug Stoff dran. Und dieser ganze glitzernde Scheiß? Damit sehe ich aus wie eine Discokugel.«

»Probier es an.« Ich hielt es ihr hin. »Tu mir den Gefallen.«

Sie antwortete nicht, sondern schlug mir nur die Tür vor der Nase zu.

Ich wischte die Arbeitsflächen in ihrer Küche ab und stellte die Spülmaschine an. Als sie nach zehn Minuten immer noch nicht herausgekommen war, klopfte ich an die Tür. »Alles in Ordnung?«

»Ich kriege den Reißverschluss nicht zu. Aber ich glaube, dieses hier gefällt mir nicht. Es ist zu …«

Als sie den Satz nicht beendete, fragte ich: »Kann ich reinkommen?«

»Ja. Da du mich ja schon nackt gesehen hast und …«

Das Kleid hatte ihr die Enden ihrer Sätze gestohlen, und als ich das Zimmer betrat, raubte sie mir den Atem.

Im Lampenlicht schimmerten die Pailletten wie ein Sonnenuntergang über dem Wasser. Das Oberteil klaffte über ihrer Brust. Ich richtete es an ihren Schultern aus und zog den Reißverschluss langsam von unterhalb der Rundung ihres Hinterns bis ganz nach oben zu ihrem Nacken. Währenddessen schmiegte sich das dehnbare Kleid an sie wie eine zweite Haut.

Ich bauschte ihre Locken um ihre Schultern auf und beäugte ihr Spiegelbild. Das Kleid war ein langärmeliges Modell in Wickeloptik mit einem leicht ausgestellten Rock, der zu ihren Füßen in Falten fiel.

»Ich – ich glaube nicht –« Sie drehte sich, und ihr oberer Oberschenkel lugte aus dem langen Schlitz hervor.

Als ich sprach, war meine Stimme heiser. »Was glaubst du nicht, Mimi?«

»Es ist nicht sehr … professionell, oder?«

Ich schluckte. »Du bist atemberaubend. Und das Kleid ist für eine Gala wie diese angemessen.«

»Ich weiß nicht.« Sie biss sich auf die Lippe.

Ich trat aus dem Bild und machte ein Foto von ihr. Mit den Zähnen, die ihre volle Unterlippe festhielten, war sie in diesem Kleid eine Männermörderin.

Ich trat näher, um sie im Spiegel zu bewundern, und fuhr mit der Hand über ihre Rippen, bis hinunter zu ihrer Hüfte. Die Pailletten waren uneben und rau auf meiner Handfläche, aber die Kurve ihres Körpers war unwiderstehlich. Ich strich über die lange Linie ihres Rückens, folgte dem Reißverschluss entlang ihrer Wirbelsäule und über die Wölbung ihres Hinterns.

Als sie genüsslich summte, schmiegte ich meinen Körper an ihren Rücken und zog ihre Locken auf eine Seite. Ich küsste ihren Hals, und sie lehnte sich an mich. Aus einer Laune heraus hob ich mein Handy und machte ein Spiegelselfie von uns, ohne auf den Bildschirm zu schauen, um zu sehen, ob ich uns beide erwischt hatte. Ich schlang meinen anderen Arm um ihre Taille und schob ihn nach oben, um ihre Brust zu umfassen und ihr Gewicht in meiner Handfläche zu spüren. Ich machte noch ein Foto.

»Ich schätze ... ich schätze, dieses Kleid ist für dich der Gewinner?«

Ich küsste mich bis zu ihrem Ohrläppchen hoch. »Du bist erlesen, egal, was du trägst.«

»Ich könnte mein College-Sweatshirt und Leggings tragen und wäre erlesen?«

»Prachtvoll.« Ich knabberte an ihrem Ohrläppchen und sie keuchte.

»Eins deiner Henley-Shirts und meine Fress-Jeans?«

»Deine Fress-Jeans?« Ich löste mich einen Moment abgelenkt von ihrem Ohrläppchen.

»Die weite Jeans, die ich trage, wenn ich meine Tage habe und aufgebläht bin.«

Ich streichelte die Wölbung ihres Bauches und spielte an der Öffnung des Schlitzes knapp unterhalb ihrer Hüfte. »Jetzt versuchst du nur, mich anzumachen.«

»Das kann nicht dein Ernst sein.«

Ich fing ihren Blick im Spiegel auf, während ich meine Finger langsam in den Schlitz gleiten ließ, um ihren Oberschenkel zu streicheln. »Für mich bist du immer schön, Mimi. Und weite Jeans geben meinen Händen mehr Platz.«

Ich streifte die Vorderseite ihres Slips mit meinem Daumen, und sie erschauderte.

»Mach den Reißverschluss auf. Ich will deine Hände auf mir spüren. Jetzt.«

»Sí, mi tesoro.«

Ich ließ mir Zeit, den Reißverschluss an ihrem Rücken herunterzuziehen und küsste jeden Zentimeter Haut, den ich enthüllte. Als der Reißverschluss am Ende seiner Bahn ankam und der Stoff auf den Boden raschelte, hielt ich Mimis Hand, als sie aus dem Kleid stieg.

Sie musste den trägerlosen BH angezogen haben, um das schulterfreie Kleid anzuprobieren. Er spannte sich um ihre Rippen, der Bügel schmiegte sich um die unteren Rundungen ihrer Brüste. Oben quollen die oberen Rundungen aus den Körbchen und zeigten das tiefe Tal dazwischen.

Ich konnte nicht widerstehen. Ich steckte meine Nase in dieses Tal und erkundete die seidigen Hügel mit meiner Zunge. Erst als ich sie kartografiert hatte, griff ich hinter sie, um die vier Haken zu lösen, die ihn befestigten. Ich ließ mir Zeit und löste die Haken einen nach dem anderen. Als ich das Kleidungsstück von ihrer Haut löste, waren dort rote Striemen, wo es sie gedrückt hatte. Ich küsste sie, leckte sie mit meiner Zunge ab, in der Hoffnung, den Schmerz zu lindern.

Sie stöhnte meinen Namen.

Ich arbeitete mich zu ihren Brustwarzen hoch, so wie ich sie Sonntagnacht verrückt gemacht hatte, indem ich eine anfeuchtete, um sie mit den Fingern zu streicheln und zu zwicken, während ich die andere leckte und an ihr knabberte. Stöhnend ließ sie den Kopf nach hinten fallen. Ihre Reaktion ließ meinen Schwanz an meinem Bein hart werden.

Ich stützte ihren Rücken und huldigte am Altar ihres Busens, zeichnete ihre Kurven nach, leckte ihre erregte Haut. Heute Nacht gehörte diese Traumfrau mir. Mir, um sie zu befriedigen, mir, um sie anzubeten.

Ihr Atem stockte. »Ich … ich …«

Ich sog ihre Brustwarze in meinen Mund und biss fest zu. Ihre Beine zitterten, was ihren Körper in meinen Armen beben ließ. Ich hielt sie dabei fest, ließ den Druck etwas nach, unterbrach aber nicht die Arbeit meines Mundes und meiner Finger.

»Wer bringt dich zum Kommen, Mimi?«, knurrte ich. Jesus, ich war ein gieriger Bastard. Aber ich musste meinen Namen auf ihren Lippen hören.

»Du. Du bist es, Mateo«, murmelte sie.

»Ich brauche dich, mi vida.«

»Ja.« Das Wort endete mit einem Seufzer und einem gierigen Wimmern.

Ich führte sie zum Bett, schob die Kleider auf den Boden und legte sie hin. Langsam zog ich ihr Höschen über ihre Beine und verweilte am Schritt, um den Duft ihrer Erregung in meine Lungen zu saugen.

Ich hielt ihren Blick fest, während ich mein langärmeliges T-Shirt auszog. Dann ließ ich den Knopf meiner Jeans aufspringen und ließ sie auf den Boden fallen.

Ihre Augen weiteten sich. »Du trägst keine Unterwäsche?«

»Bist du schockiert?«

»Ja.« Aber sie rieb ihre Beine aneinander.

»Ah-ah«, neckte ich sie, packte ihre Knie und zog sie auseinander, bis sie glänzend und geschwollen vor mir lag. »Ich kümmere mich heute Nacht um dich.«

»Dann kümmere dich um mich. Ich brauche –«

Ich unterbrach sie mit einem Zungenstreich über ihre Spalte. Ihre Knie bebten in meinem Griff.

»Kondom.« Sie neigte ihr Kinn zum Nachttisch, wo in einer flachen Glasschale eine Handvoll bunter Kondompackungen lag.

»Das gefällt mir.« Ich schnappte mir eins. »Kein Herumfummeln in Schubladen.«

Ein Mundwinkel zuckte nach oben. »In meinen Schubladen darfst du jederzeit herumfummeln.«

Ich keuchte gespielt. »Das ist mein Spruch, cariño.«

»Nein.« Sie grinste. »Dein Spruch lautet: ›Wie tief, Baby?‹«

Ich grunzte, als ich das Latex abrollte und mich dann am Ansatz packte. Wenn sie mit solchen Sprüchen weitermachte, würde ich kommen, bevor ich überhaupt in ihr war. Sex war meine Domäne, und ich musste die Kontrolle zurückerobern. Ich kniete mich mit beiden Knien zwischen ihre gespreizten Schenkel auf das Bett und schnurrte: »Ich frage nicht. Ich stoße tief rein, Baby.«

Ich hob ihre Hüften vom Bett, um sie dorthin zu positionieren, wo ich sie brauchte, und stieß in einem einzigen Stoß in sie. Ich hielt den Atem an, bis das Feuerwerk vor meinen Augen verschwand. Als ich in ihr Gesicht sah, stand ihr Mund vor Glückseligkeit offen.

»Beine um meinen Rücken.«

Sie grub ihre Fersen in meinen unteren Rücken, und ich verstärkte meinen Griff. Ich wiegte meine Hüften gegen sie. »Ist das okay?«

Sie öffnete ihren Mund, aber es kamen keine Worte heraus. Eine Premiere bei Mimi. Sie leckte sich über die Lippen und hauchte: »Uh-huh.«

Ich zog mich zurück und stieß wieder hinein, so tief ich konnte, und rieb meinen Bauch gegen ihre Klitoris. Ihre Augen flatterten zu, und sie drückte sich um mich. Meine Augen rollten vor Vergnügen zurück, die herrlich enge Umschlingung meines Schwanzes erzeugte ein Echo der Enge in meinen Hoden. Lust schoss meine Wirbelsäule hoch und staute sich in meiner Mitte. Verdammt! Eines Tages würde ich mir Zeit mit Mimi lassen.

Heute war nicht dieser Tag.

Ich stieß noch zweimal zu, bis ich am Rande stand. Ich legte meinen Daumen sanft auf ihre Klitoris und rieb sie schnell. »Komm mit mir, Mimi.«

Sie stieß einen Laut aus, irgendwo zwischen einem Schrei und einem Schluchzen, bevor ihre Muskeln mich zusammenpressten. Ich sah Sterne, als mein Erguss durch mich schoss. Mimis Beine zitterten. Oder vielleicht war ich es, der zitterte.

Immer noch in ihr, schob ich sie weiter aufs Bett, bis Platz für meine Knie war. Dann beugte ich mich über sie, vorsichtig, sie nicht zu erdrücken, und küsste ihre Lippen, ihre Wangen, ihre Stirn. »Mi vida«, murmelte ich.

»Ich hatte Latein in der Highschool, aber das Wort kenne ich aus dem Lied von Ricky Martin. *Vida* bedeutet Leben. Willst du damit sagen, dass ich dein Leben genommen habe? Dich getötet habe? La petite mort?«

Ein verlegenes Lachen entkam mir und blies die feuchten

Locken von ihrer Schläfe. »Es ist eine Kosebezeichnung. Es bedeutet –« Nein, ich war zu weit gegangen, um einen Rückzieher zu machen. »Es bedeutet, dass du mein Leben bist.«

Sie rappelte sich auf die Ellbogen hoch und stieß dabei fast gegen meine Nase. »Was, so wie ›bis dass der Tod uns scheidet‹?« Ihr entsetzter Gesichtsausdruck hätte mich zum Lachen gebracht, wenn er mir nicht in die Brust gefahren wäre und mir den Atem geraubt hätte.

Ich rang nach Luft, um zu sagen: »Das ist nur so eine Redensart, weißt du? So wie als ich dich *Baby* genannt habe, meinte ich ja nicht, dass du ein echter Säugling bist.« Nervös beobachtete ich sie. Würde sie es mir abkaufen? Oder würde sie meine fadenscheinige Ausrede durchschauen und mich verjagen, wie sie es seit diesem Arschloch Byron mit jedem anderen Kerl getan hatte?

Sie kniff die Augen zusammen. »Heben wir uns das für Larissa auf.«

»Warte mal.« Ich umklammerte den Ansatz des Kondoms um meinen plötzlich schrumpfenden Schwanz, zog mich aus ihr zurück und eilte ins Badezimmer, mein Herz hämmerte in meiner Brust. Nachdem ich das Kondom weggeworfen und meine zitternden Hände gewaschen hatte, zog ich meine Jeans und mein Shirt an. Mimi beobachtete mich, immer noch nackt und verschwitzt auf dem Bett.

Schließlich setzte ich mich auf die Kante und faltete meine Hände, damit sie nicht sehen würde, wie sie zitterten. Meine Lungen, mein Hals waren fast zu eng zum Sprechen. So gut ich konnte, beherrschte ich meine Stimme und sagte: »Das ist Teil der List für Larissa? Miteinander zu schlafen ist Teil unseres Dates für die Gala? *Das* ist es, was das hier ist?«

»Nein.« Sie setzte sich auf und legte eine Hand auf meinen Arm. »Ich meinte nur, dass – dass …« Sie lehnte ihren Kopf an meine Schulter, und es kostete mich all meine Kraft, sie nicht zu berühren. »Dass es mir ein wenig Angst gemacht hat. Ich habe mich lange Zeit auf meinen Job und meine Ziele konzentriert.

Jemandem nahezukommen« – sie schluckte – »dich zu wollen, Gefühle für dich zu haben, das macht mir Angst.«

Mein Herz schlug einmal, setzte aus und begann dann zu rasen. »Du hast Gefühle für mich?«

Sie hob den Kopf und sah mir in die Augen. »Ja. Du bist mir wichtig.«

Mein Herz platzte wie ein Luftballon und ließ Konfetti über mein Inneres regnen. Ich packte ihre Schultern und küsste jeden Teil ihres schönen Gesichts. »Mimi, ich – ich …«

Ich konnte es nicht sagen, nicht mit der Warnung in ihren kühler werdenden braunen Augen. Aber ich spürte es tief in mir.

Ich liebte sie.

23

MIMI

ICH WAR SCHON HALB WACH, als das Summen der Gegensprechanlage aus dem anderen Zimmer ertönte. Es war der erste Samstag seit Langem, an dem ich keine frühe Besprechung für das Galakomitee oder, Gott bewahre, eine Hochzeit hatte, und ich lag zu gemütlich in meinem Bett, um aufzustehen, die Decke bis unters Kinn gezogen.

Und ein warmer Männerkörper an meinem Rücken.

Das Bett bewegte sich und ich öffnete blinzelnd die Augen. Mateo setzte sich auf und steckte die Decke fester um mich herum.

»Was machst du?«, fragte ich.

»Ich mache die Tür auf.« Er stand auf, doch anstatt seine Jeans vom Boden aufzuheben, ging er nackt zur Schlafzimmertür, sein Haar kein plattes Gewirr wie meines, sondern sexy und zerzaust wie das eines GQ-Models. Seine Morgenlatte baumelte vor ihm.

»Warte, warum?«

»Ich habe Kaffee und Frühstück bestellt. Ich lasse sie nur kurz hoch.«

Ich setzte mich auf. »Lieferdienst ist teuer. Ich habe Kaffee –

glaube ich – und es gibt eine Bäckerei, keine sechs Blocks von hier entfernt. Warum …«

»Weil«, er kehrte zu meiner Seite des Bettes zurück und küsste mich, sanft und lang, »wir so im Bett frühstücken können. Nackt.«

Ich ergriff seine Hand. »Frühstücken … oder etwas anderes machen?« Ich rieb meine Schenkel aneinander, um die Feuchtigkeit, die sich dort sammelte, im Zaum zu halten.

»Aha. Jetzt siehst du die Weisheit meines Plans. Ein Bissen Gebäck, ein Bissen Mimi.« Er knabberte an meinem Ohrläppchen.

Die Gegensprechanlage summte erneut. »Weißt du«, flüsterte er, »wenn du in einem neueren Gebäude wohnen würdest, hättest du eine App, um die Tür zu öffnen, und ich könnte jetzt sofort an dir knabbern.«

»Neue Gebäude sind auch teuer. Komm schnell zurück.« Ich biss mir auf die Lippe. Daran könnte ich mich gewöhnen. Frühstück im Bett mit einem Mann, der es genauso liebte, Oralsex zu geben, wie ich ihn liebte, zu bekommen? Ich sagte alle meine Wochenendpläne ab.

»Zwei Sekunden.« Seine Stimme war ein tiefes Grollen.

Ich beobachtete, wie sich sein runder, nackter Arsch bewegte, als er durch die Schlafzimmertür verschwand.

Ich hob die Hand, um mein Haar zu glätten, und fand das seidene Haargummi, das ich nachts benutzte, um meine Locken zusammenzubinden, in meinen Haaren verheddert. Scheiße. Ich musste aussehen wie Medusa, während Mateo wie ein Typ aus einer Hochglanz-Parfümwerbung aussah.

Ich zog es heraus und fuhr mit den Fingern durch meine Locken, um etwas Ordnung in das Chaos zu bringen. Ich atmete in meine hohle Hand. Sollte ich meine Zähne putzen? Der Gedanke, das warme, bequeme Nest meines Bettes zu verlassen, ließ mich frösteln. Obwohl, wenn ich Mateo einen blies, wäre mein Morgenatem das Letzte, was ihn interessieren würde.

Plan gefasst, schüttelte ich gerade die Kissen auf, als Mateo in der Tür erschien, sein Gesicht blass. Er hielt sich eines meiner grauen Zierkissen vor den Schritt und ein anderes hinter seinen nackten Hintern.

»Äh, du hast Besuch.«

»Besuch?«

»Deine Mutter ist hier.«

»Was?« Meine Wangen begannen zu kribbeln, als mir das Blut aus dem Gesicht wich. »Jetzt?«

Er schloss die Tür hinter sich. »Ja. Tut mir leid, ich …« Er deutete auf seine kissenbedeckte Mitte, und ich zuckte zusammen, als ich mir die Szene vorstellte. Meine Mutter, die es aufgibt, zu warten, dass ich sie reinlasse, und dann mit dem Schlüssel, den ich ihr törichterweise gegeben hatte, durch die Tür schneit und einen nackten Fremden vorfindet.

»Hat sie etwas gesagt?«

»Sie hat gesagt, sie möchte mit dir sprechen.«

»Scheiße.« Ich hievte meinen Hintern aus dem Bett und brauchte eine halbe Minute, um Unterwäsche, Leggings und ein Sweatshirt zu finden.

Langsamer sammelte Mateo seine Kleider vom Boden auf. »Ich werde nur …«

»Bleib hier. Vorerst. Bitte.« Ich drückte ihm einen beruhigenden Kuss auf die Lippen.

Wer wusste schon, was meine Mutter sagen würde? Ich hatte nie das Pech gehabt, dass sie bei einem meiner One-Night-Stands hereingeplatzt war. Normalerweise schickte ich sie lange vor der Morgendämmerung nach Hause.

Ich ging zur Tür hinaus und schloss sie sanft hinter mir. Meine Mutter saß auf der Couch, die Beine übereinandergeschlagen, und trug eine winterweiße Hose und einen marineblau-weiß gestreiften Pullover. Sie hatte ihren Mantel über die Armlehne des Sofas gehängt, als ob sie eine Weile bleiben wollte.

»Guten Morgen, Mom. Was machst du hier?«

Sie stand auf und küsste meine Wange. »Was ist das für eine Begrüßung für deine Mutter, wenn du eine Woche lang weder auf meine SMS noch auf meine Anrufe geantwortet hast?«

»Entschuldige. Ich wollte es tun. Aber ich war so beschäftigt mit der Arbeit und der Stiftung ...«

»Und dem sexy, nackten Mann?«

»Ja. Ihm auch. Warum bist du so früh hier?«

»Ich hab es dir doch gesagt. Ich wollte sichergehen, dass du nicht tot auf dem Boden liegst und dein Körper von Ratten gefressen wird. Aber ich sehe, jemand viel Angenehmeres hat gefr ...«

»Mom!«

»Dein Glühen nach dem Sex ist absolut unanständig.« Ihr Lächeln wurde breiter. »Ich freue mich so für dich.«

»Mom!«

»Was denn? Ich hasse den Gedanken, dass du ganz allein in dieser Wohnung bist. Ich bin froh, dass du deine sexuelle Freiheit genießt.« Sie schnappte nach Luft. »Ist das dein *neuer, lockerer* Mann?«

Mein Magen drehte sich um, und nicht auf die freudige Weise wie bei Mateos Küssen. »Wenn es dir nichts ausmacht, würde ich lieber nicht mit dir über meine sexuelle Freiheit sprechen.«

Sie zuckte mit den Schultern. »Wie du meinst. Ich war ein wenig von seinem großen Schwanz abgelenkt, aber ich glaube, ich erinnere mich, dass du gesagt hast, er sei ein Verwandter von Cooper?«

Ich bedeckte meine heißen Wangen. »Warum stelle ich ihn dir nicht vor?«

»Das wäre reizend. Sag ihm, er muss sich meinetwegen keine Kleider anziehen.«

»Ekelhaft, Mom.«

Ich kehrte ins Schlafzimmer zurück, wo Mateo vollständig bekleidet auf der Bettdecke saß. Er hatte das Bett gemacht und die Kleider aufgehoben, die ich auf den Boden geworfen hatte. Er spielte nervös mit dem Ring an seinem Finger.

Er griff nach meiner Hand. »Tut mir leid, mi tesoro.«

Ich drückte seine Hand. »Schon gut. Komm, lerne meine Mutter kennen.«

Er nickte, als hätte ich ihn gebeten, sich vor ein Erschießungskommando zu stellen.

Er folgte mir aus dem Schlafzimmer zur Couch. Mom blieb sitzen und musterte ihn von Kopf bis Fuß.

»Mom, das ist Mateo Rivera. Du erinnerst dich, dass ich erwähnt habe, dass wir uns sehen? Er ist Coopers Cousin.«

Sie streckte ihre Hand aus, und für eine Sekunde dachte ich, er würde sich darüber beugen und sie küssen wie ein Prinz in einem Film, aber er schüttelte sie nur.

»Mateo, das ist meine Mutter, Jeannie Levy.«

»Entschuldigen Sie, was vorhin passiert ist«, sagte er und ließ ihre Hand los. »Normalerweise versuche ich, bei der Mutter meiner Freundin einen besseren ersten Eindruck zu hinterlassen.«

Beide starrten mich an, als ich nach Luft schnappte. *Freundin?* Nein. Wir waren *so* noch nicht so weit. Sicher, ich hatte meine Keine-Wiederholungen-Regel für ihn gebrochen, und ich hatte sogar zugegeben, dass ich Gefühle für ihn hatte, aber *Freundin?* Dafür war ich nicht bereit. Nicht mit ihm. Mit niemandem.

»Wir müssen uns vor meiner Mutter nicht verstellen.« Ich würde sie schwören lassen, die Wahrheit niemals vor Ben oder Cooper zu verraten. Und meine Mutter, die Anwältin, verstand vielleicht nichts von Grenzen, aber sie wusste etwas über Vertraulichkeit.

»Verstellen?« Seine Augenbrauen zogen sich zusammen.

Die Gegensprechanlage summte, und Mom stand auf. »Ich gehe nur mal nachsehen, wer unten ist. Ich lasse euch beiden Turteltauben eine Minute.«

Sie schloss die Wohnungstür hinter sich.

»Mimi, ich … was ist los?« Er ergriff sanft beide meine Hände, so wie er es tat, wenn wir tanzten. Er rieb mit den Daumen Kreise auf meine Handrücken.

»Nichts ist los. Ich … ich hatte nur nicht erwartet, dass du meine Eltern kennenlernst. Ich war nicht darauf vorbereitet, eine Geschichte zu erzählen.«

»Eine Geschichte?« Er grinste und zeigte ein Grübchen. »Das

klingt komplizierter, als es ist. Wir daten uns. Wir schlafen miteinander. Ich treffe niemanden sonst. Also bist du meine Freundin.«

»Das *klingt* einfach. Aber …«

»Kein Aber. Schalte für eine Minute dein kluges Köpfchen aus und lass es einfach geschehen. Das fühlt sich gut an, ja?« Er zog mich näher und legte unsere verbundenen Hände hinter seinen Rücken, sodass ich ihn umarmte. Nein, es war mehr, als würde ich mich an ihn schmiegen. Wie Butter auf heißem Mais.

»J-ja.«

»Wir sind einfach, du und ich. Ich mag dich. Sehr.« Er küsste meine Lippen, leicht und süß. »Und du magst mich.« Er hob die Augenbrauen.

Ich zögerte nur einen Moment. Ich hatte es bereits zugegeben. Ihm gegenüber und mir selbst gegenüber. Ich nickte.

Seine Schultern senkten sich. »Gut. Dann nichts mehr mit Verstellen. Du bist meine Freundin. Und ich bin dein Mann.«

Bevor ich antworten konnte, öffnete Mom die Tür und kam mit zwei Kaffees und einer Gebäcktüte herein. »Das Frühstück ist da.«

»Ah.« Er küsste meine Wange, bevor er meine Hände losließ. Er nahm das Essen und die Getränke von meiner Mutter entgegen. »Ich mache aus dem Frühstück für zwei ein Frühstück für drei, während ihr Damen euch entspannt.«

Mom zog die Augenbrauen hoch und ließ sich wieder auf meine Couch sinken. Sie beobachtete, wie Mateo in meine Küche ging, und klopfte dann auf das Polster neben sich.

Ich ließ mich darauf sinken.

»Also?«, fragte sie.

»Also?«

»Erzähl mir von deinem *Freund*.«

»Lass uns diesen Begriff nicht verwenden. Wie ich dir gesagt habe, es ist neu.« In Minuten gemessen neu.

»Und?«

»Es ist gut? Glaube ich? Wir gehen zusammen zur Gala. Er bringt mir Tanzen bei.«

»So nennt man das heutzutage?«

»Mom!« Ich warf einen Blick in die Küche. Meine Kaffeemaschine zischte. Hörte er dieses demütigende Gespräch?

»Ich mag ihn. Und nicht nur, weil er einen enormen, kinderzeugenden Schwanz hat. Ich nehme an, es ist zu viel verlangt zu hoffen, dass er Jude ist?«

»Mom! Nein! So ist das nicht. Wir werden keine Babys zusammen zeugen. Außerdem sagst du mir immer, ich solle mich auf meine Karriere konzentrieren. Nicht auf Männer.«

»Wo sollen meine Enkelkinder herkommen? Ben hat mir einen Enkelhund geschenkt. Ich kann keinen Enkelhund mit in den Zoo nehmen. Es wird keine Bris geben, keine Bar-Mizwa für Coco. Ich zähle auf dich, Mimi.«

»Aber was ist mit meiner Karriere? Was ist damit, mich zu beweisen? Was ist mit Klugheit, Tatendrang und Selbstvertrauen?« Wann hatte meine Mutter das Enkelkinderfieber gepackt?

»Mit dem richtigen Partner kannst du all das schaffen. Nimm deinen Vater und mich zum Beispiel. Ich habe meine Karriere, weil er mir geholfen hat. Er hat Zeit mit euch Kindern verbracht, während ich die Stunden im Büro ableistete. Vielleicht habe ich es nur langsam begriffen, aber als ich sah, wie Ben Cooper unterstützte, erinnerte mich das daran. Ich glaube, Mateo könnte das für dich sein.«

Als wollte er ihren Standpunkt beweisen, kam er mit einem Teller und einer Tasse Kaffee aus der Küche. Er stellte den Teller auf meinen Couchtisch.

Er reichte Mom die Tasse. »Nehmen Sie Milch? Süßstoff? Mimi hat keinen Zucker und keine Sahne mehr.«

Wenn er an der Milch gerochen hätte, hätte er wahrscheinlich auch berichtet, dass ich die nicht mehr hatte.

»Nein, schwarz ist in Ordnung. Danke.«

»Ich koche ihn stark, also lassen Sie es mich wissen, falls Sie es sich anders überlegen.« Er kehrte in die Küche zurück.

Wollte Mateo ein Nebendarsteller in meiner Hauptrolle sein? Nein, so funktionierten die Dinge nicht. Ben hatte sein eigenes

Leben, getrennt von dem von Cooper. Er hatte seine eigene Karriere mit seiner neuen Stiftung. Sogar mein Vater hatte sein Nachhilfegeschäft.

Mateo wollte etwas. Vielleicht bedeutete all die Hilfe, die er mir gegeben hatte, dass es etwas mit der Gala oder der Stiftung zu tun hatte. Vielleicht wollte er dort eine Position, und er zählte darauf, dass ich sie ihm geben würde, sobald ich die stellvertretende Direktorin wurde. Und das war für mich in Ordnung, solange es nicht meine Position war, die er wollte.

Das ergab Sinn. So funktionierte die Welt. Mateos Freundin zu sein, war nicht allzu anders als meine One-Night-Stands. Wir bereiteten uns gegenseitig Vergnügen und genossen die Gesellschaft des anderen. Es war einfach, transaktional, gegenseitig. Sicher, er war mir nicht egal, aber ich musste meine Gefühle nicht noch mehr involvieren, nicht in ihn – nicht *verliebt* sein, wie ich es bei Byron geglaubt hatte.

Liebe machte mich verletzlich, trübte meine Sicht. Liebe hatte mich bereits eine Beförderung gekostet. Das konnte ich nicht noch einmal zulassen. Nicht, wenn es noch eine Chance gab, dass meine Ziele in meiner Reichweite lagen.

Mein Wirtschaftsprofessor am College sagte, es gäbe keine Investition mit geringem Risiko und hoher Rendite. Hatte ich sie gerade in Mateo gefunden?

Er kam mit zwei weiteren Tassen und drei kleinen Tellern und Gabeln aus der Küche. Er stellte sie auf den Couchtisch und setzte sich auf den Stuhl, der mir am nächsten war. »Lasst uns schmausen.«

Er hatte jedes Gebäckstück in drei Teile geschnitten, und er hatte ein Omelett gemacht, das ebenfalls in drei Stücke geschnitten war.

»Danke, Mateo«, sagte Mom. »Das hätten Sie nicht tun müssen.«

»Gern geschehen.« Und er überzog uns beide mit der doppelläufigen Kombination aus Erröten und Grübchen.

Mom sagte kein weiteres Wort. Ich hoffte, sie war nicht auf die gleiche Weise hin und weg wie ich.

Während ich das Frühstück aß, das er in weniger als zehn Minuten in meiner kahlen Küche gezaubert hatte, war ich zu sechsundsechzig Prozent sicher, dass sie recht hatte. Dass Mateo genau der Mann war, den ich brauchte.

———

AM FRÜHEN MONTAGMORGEN lenkte Mateo mit einer Hand seinen Jeep ins Halteverbot vor dem Synergy-Gebäude. Seine andere Hand umklammerte meine.

Er hatte das ganze Wochenende seine Hände überall an mir gehabt, hatte kaum aufgehört, mich zu berühren. Nun ja, seit ich Mom am späten Samstagmorgen aus der Tür geschoben hatte. Wir waren zu ihm gegangen, und ich war Samstagnacht bei ihm geblieben. Obwohl sein Bett so viel geräumiger war als meins, das für seinen riesigen Körper nicht groß genug schien, schlief er eng an mich gekuschelt hinter mir, seine große Hand zwischen meinen Brüsten verkeilt, als ob sie ihm gehörten. Sonntagnacht zurück bei mir war ich mir nicht sicher, ob wir überhaupt viel geschlafen hatten. Ich konnte den Boden meiner Kondomschale sehen.

Wenn es bedeutete, fabelhaften Sex mehrmals am Tag zu haben, dass Mateo mich seine Freundin nannte, dann sah ich definitiv die Vorteile davon. Sein heiseres *»Du bist meine Freundin und ich bin dein Mann«* hätte sogar Gloria Steinem die Zehennägel aufrollen lassen. Ich war zu hundert Prozent mit an Bord des Sex-mit-Mateo-Zugs.

Sogar die nervige kleine Stimme – ein Echo meiner Mutter – war verstummt. Die Stimme, die mir sagte, dass ich mir Zuneigung und Respekt verdienen musste. Dass das, was Mateo mir anbot, nicht echt war, er sich nicht wirklich um mich scheren konnte und ich ein Idiot war, weil ich mich von ihm von meinen

Zielen ablenken ließ. Ich hatte diese nervige Stimme in eine Kiste tief in mir gepackt.

Der Sex war nicht der einzige fantastische Teil meines Wochenendes mit Mateo. Als ich ihm am Samstagnachmittag sagte, ich müsse in den Keller des Gebäudes, um Wäsche zu waschen, hatte er mich zu sich nach Hause gebracht, um es mit den Maschinen im Gästehaus zu erledigen. Er sagte, er wolle nach Roger sehen, aber das hätte Ben getan. Als die Allergiemedikamente, die ich vorsorglich genommen hatte, mich so schläfrig machten, dass ich auf seiner Couch eingeschlafen war, hatte Mateo meine Wäsche viel sorgfältiger gefaltet, als ich es getan hätte.

Seine Stimme riss mich aus meiner Schwärmerei über makellos gefaltete T-Shirts. »Warum triffst du dich immer so früh?«

»Das ist hauptsächlich meine Schuld. Ich arbeite tagsüber, also müssen wir uns außerhalb der Arbeitszeiten treffen. Natalie hat manchmal abends Verpflichtungen, also treffen wir uns vor der Arbeit.«

Er nickte. »Und warum trefft ihr euch bei Synergy?«

»Aus ein paar Gründen. Die Stiftung hat noch keinen physischen Standort …«

»Du meinst, Larissa hat ihren Arsch noch nicht hochbekommen, um einen auszuwählen.«

»Das ist nicht ganz fair. Sie spart der Stiftung Geld für die Miete.«

»Das ist meine Mimi. Immer so sparsam.«

»Sparsam ist eine nette Umschreibung. Ben nennt mich billiger als der Wein bei Aldi.«

»An dir ist nichts billig, mi tesoro.« Er beugte sich über die Konsole, um mir einen leichten Kuss auf die Lippen zu hauchen.

Ich fröstelte und küsste ihn zurück. An diese Freund-Sache könnte ich mich wirklich gewöhnen.

Als hätte er den Gedanken in meinem Gesicht gelesen, grinste er. Aber er sagte: »Und die andere Sache?«

»Welche andere Sache?«

»Der andere Grund, warum ihr euch hier bei Synergy trefft.«

»Oh. Die kostenlosen Bagels.«

»Jetzt hast du mich überzeugt. Ich bringe dich wie ein guter Freund rein und schnappe mir einen Bagel.«

»Eigentlich … würde es dir etwas ausmachen, nicht mit reinzukommen?« Ich zuckte zusammen, noch während ich es sagte, und erwartete den verletzten Ausdruck auf seinem Gesicht. Ich fuhr schnell fort. »Du hast viel bei der Gala geholfen, und ich weiß das wirklich zu schätzen. Wir alle wissen das zu schätzen. Und wenn du eine Position bei der Stiftung willst, helfe ich dir gerne, sobald ich diesen Job bekomme. Aber ich muss Larissa jetzt meine Arbeit zeigen. Und du bist irgendwie … ablenkend.«

»Ah.« Er lehnte sich zurück, und sein Gesichtsausdruck klärte sich. »Larissa ist wie eine Krähe, angezogen von neuen, glänzenden Dingen. Sie weiß den Schatz nicht zu schätzen, den sie bereits in ihrem Nest hat.«

Ich wollte ihm sagen, er solle aufhören, mich als Schatz zu bezeichnen. Erwachsene Frauen bekamen keine Gänsehaut, wenn Männer sie als etwas bezeichneten, das man horten sollte.

Aber ich liebte es.

»Danke fürs Verständnis.«

»Natürlich. Bleib da, cariño. Ich hole deine Tasche und mache die Tür auf.«

Er rutschte vom Fahrersitz, und ich tat es tatsächlich. Ich wartete darauf, dass er meine Tür öffnete. Wie eine Prinzessin oder eine Berühmtheit auf dem roten Teppich. Wer war ich, und wo war die unabhängige „Scheiß aufs Patriarchat“-Mimi geblieben?

Vielleicht war sie in der Kiste mit dieser nervigen Stimme.

Er schwang meine Tür auf, meine Laptoptasche über seiner Schulter. Er hielt meine Hand, während ich mit den Zehen das Trittbrett fand und auf den Bürgersteig sprang.

Mateo reichte mir nicht nur meine Tasche. Nein, er stützte mich, als ich auf den Gehweg trat. Er zog die Seiten meines

Mantels zusammen und beugte sich vor, um meine Wange zu küssen.

»Kann ich dich heute Abend sehen?«, flüsterte er mir ins Ohr.

»Ich … Okay. Arbeitest du nicht?«

»Ich habe diese Woche Tagschicht. Ich habe um sieben Feierabend. Ich kann dir Abendessen mitbringen?«

»Oder ich könnte dich bei dir treffen?« Mateos riesiges Bett war viel bequemer für uns beide.

Er zog sein Handy aus der Tasche und tippte auf den Bildschirm. Eine Sekunde später summte mein Handy in meiner Handtasche. »Warum gehst du nicht direkt nach der Arbeit dorthin?«

Ich schaute auf mein Handy. »Ist das dein Türcode?«

_ »Ich habe gesehen, wie du die Badewanne beäugt hast. Nimm ein Bad darin, während du auf mich wartest.«_

Ich hatte vielleicht von der riesigen Wanne fantasiert, besonders mit dem neuen Schmerz zwischen meinen Beinen. Ich würde auf dem Weg dorthin Badesalz besorgen. Ich reckte mich auf die Zehenspitzen und küsste ihn. »Das würde ich gerne.«

»Erst der Golfplatz und jetzt vor deinem Arbeitsplatz? Wirklich, Miriam.« Eine kühle Stimme ließ mir das Blut in den Adern gefrieren.

Ich setzte ein nichtssagendes Lächeln auf und drehte mich um. »Guten Morgen, Larissa.«

»Guten Morgen, Miriam. Mateo.«

Mir entging nicht, wie ihre Stimme seidenweich wurde, als sie seinen Namen sagte.

Mateo musste es auch bemerkt haben. Seine Arme schlangen sich um mich und zogen mich fest an seinen Körper. »Guten Morgen, Larissa. Wie war Ihr Wochenende?«

»Gut. Beschäftigt. Sie wissen schon, mit der ganzen Gala-Planung.«

Meine Kehle schnürte sich zu. »Warten Sie. Ich dachte, wir hätten alles arrangiert. Sie brauchten meine Hilfe nicht?«

»Nein, nein.« Sie winkte mich mit ihrer lederbehandschuhten

Hand ab. »Ich habe mich darum gekümmert. Ich brauche Sie nur, um die Rückerstattungen vorzunehmen.«

»Aber ich hätte gerne geholfen«, sagte ich.

»Ich habe versucht, Sie am Samstagnachmittag anzurufen, aber Sie sind nicht ans Telefon gegangen.«

Verdammtes Nickerchen. Ich hatte für eine Sekunde nicht aufgepasst, und plötzlich brauchte Larissa mich nicht. Mein Gesicht brannte, aber ich versuchte, meine Stimme leicht klingen zu lassen. »Okay, ich hole mir die Belege von Ihnen drinnen.«

»Mateo«, Larissas Stimme war zuckersüß. »Haben Sie Zeit, sich uns anzuschließen? Ich könnte Ihren Rat bei der Dekoration gebrauchen.«

Er drückte meine Schultern. »Tut mir leid, ich bin auf dem Weg zur Arbeit.«

»Schade. Wir könnten Ihre Perspektive wirklich gebrauchen.«

»Mimi hat eine gute Perspektive. Ich bin sicher, sie kann helfen.«

Larissas Lippe kräuselte sich. »Miriam ist gut mit Zahlen. Nicht mit Ästhetik. Wie wäre es, wenn ich ihr die Auswahlmöglichkeiten per E-Mail schicke und sie sie Ihnen später zeigen kann?«

»Ich schätze, wir können sie uns zusammen ansehen?« Er suchte in meinem Gesicht nach der Antwort.

Ich trat aus Mateos Griff. Es war eine Sache, dass er mir half. Es war etwas anderes, dass Larissa sich auf ihn verließ anstatt auf mich. Ein weiterer Hinweis darauf, dass ich nicht ihre Top-Kandidatin für die Stelle der stellvertretenden Direktorin war.

Larissa bestätigte es mit ihren nächsten Worten. »Wenn Sie nur Buchhaltungserfahrung hätten, wären Sie das Komplettpaket, Mateo. Wie wäre es, wenn ich Ihnen die Optionen per SMS schicke? Dann rufe ich Sie heute Abend an, und wir können es besprechen?«

Sie hatte seine Nummer? Ich sog kalte Luft durch meine Nasenlöcher ein. Was. Zur. Hölle. Sie brauchte seine Hilfe und nicht meine, *und* er hatte hinter meinem Rücken mit ihr geredet?

Das war Byron von vorne. Der stechende Schmerz in meiner Brust war ein Signal, dass ich den gleichen Fehler gemacht hatte wie bei ihm. Mateo war eine Ablenkung, und mein Traum von einer bezahlten Position bei der Stiftung implodierte genau hier auf dem Bürgersteig vor meinem Arbeitsplatz. Trotz allem, was ich mir versprochen hatte, hatte ich neben dem großartigen Sex auch Gefühle entwickelt.

Diese Stimme brach aus ihrer Kiste hervor. *Was haben Gefühle je für dich getan? Vertraue auf deine Klugheit, deinen Tatendrang und dein Selbstvertrauen.*

Ich rieb meine kalten Hände aneinander, als könnte ich die Gefühle von ihnen abstauben. Ich konzentrierte mich auf sie und nicht auf Mateos Gesicht. »Wissen Sie was? Ich glaube nicht, dass ich es heute Abend schaffe. Ich habe viel vom Wochenende nachzuholen.«

»Aber …«

»Ich treffe Sie drinnen, Larissa.« Ich hielt meine Hand für meine Tasche hin, und nach kurzem Zögern reichte er sie mir.

»Tschüss, Mateo.«

»Mimi, warte.«

Ich warf meine Hand in einer rückwärtsgewandten Geste in die Luft und marschierte zum Eingang des Gebäudes. Ich hatte Arbeit zu erledigen. Ziele zu erreichen. Und ich würde nicht zulassen, dass Mateo oder seine Zärtlichkeiten, seine Muskeln, seine überlegene Liebeskunst oder seine Fünf-Sterne-Kochkünste mir im Weg standen.

Byron hatte mich einmal zum Narren gehalten. Ich würde nicht zulassen, dass das noch einmal passierte.

24

MIMI

ICH WAR an diesem Abend allein in meiner Wohnung und arbeitete gerade am endgültigen Budget für die Gala, als der Bildschirm meines Laptops plötzlich schwarz wurde. Automatisch tastete meine Hand nach dem Kabel, um daran zu wackeln, aber es war nicht da. Und in einem plötzlichen Anflug von Frust wurde mir klar, wo ich es gelassen hatte.

Bei Mateo.

Ich hatte am späten Samstagnachmittag nach meinem Nickerchen auf seiner Couch an meinen Tabellen für die Stiftung gearbeitet, als er mich in den Nacken geküsst hatte. Zuerst war es ein unschuldiger Kuss gewesen, aber dann war er zu meiner Schulter hinabgewandert, und die Arbeit war für diesen Tag erledigt.

Er hatte nur überprüft, ob ich meine Arbeit gespeichert hatte, bevor er den Bildschirm zuklappte, das Kabel, das sich über die Couch spannte, herauszog, mich dann hinlegte und mir den besten Oralsex meines Lebens verschaffte.

Der zweitbeste Oralsex? Auch Mateo. Und der drittbeste. Er stand gleich dreifach auf dem olympischen Siegerpodest des Cunnilingus.

Ich musste ihm so ein Denkmal setzen. Wie Han Solo in Karbonit, schockgefroren mit seinem Kopf zwischen meinen Schenkeln.

Wir konnten so nicht weitermachen. Nicht, wenn Larissa dachte, wir wären ein Paar und sie Mateo als kostenlose Arbeitskraft einspannen konnte, wann immer sie wollte. Wenn sie eigentlich ihn wollte statt mich.

Ich war heute Morgen lächerlich gewesen, als ich gedacht hatte, Mateo würde hinter meinem Rücken versuchen, mir die Stelle der stellvertretenden Direktorin zu stehlen. Er war HE wie Byron. Er wollte die Stelle nicht, und egal, wie sehr Larissa ihn mochte, er war nicht qualifiziert. Jackson würde dem niemals zustimmen.

Aber wäre ich ohne Mateos Hilfe überhaupt noch für den Job im Rennen?

Wahrscheinlich nicht. Und das ließ meine Haut auf eine Art kribbeln, die ganz anders war als bei Mateos Oralsex.

Auf eine Art, die mich daran erinnerte, wie ich mich gefühlt hatte, als die großen Bosse mir sagten, dass sie Byron die Beförderung gegeben hatten.

Ich starrte auf mein Spiegelbild auf dem dunklen Bildschirm meines Laptops. Ich wollte den Job bei der Stiftung mehr als alles andere. Aber ich verhielt mich nicht so. Ich hatte in meiner Leistung nachgelassen. Jetzt war, zumindest in Larissas Augen, das Beste an mir, dass ich im Doppelpack mit Mateo kam. Irgendwie hatte meine Mutter also doch recht gehabt mit den Vorteilen, einen Helfer zu haben.

Aber das wollte ich nicht. Ich wollte aus eigener Kraft glänzen. Nicht in Mateos reflektiertem Licht.

Und es gab nur einen Weg, das zu tun, zu beweisen, dass ich den Job aus eigener Kraft verdiente.

Ich musste es beenden. Die echte Beziehung und die vorgetäuschte.

Eine Last senkte sich auf meine Brust. Er würde verletzt sein. Verdammt, ich auch. Meine aufkeimenden Gefühle schrien bereits bei dem Gedanken an das, was ich vorhatte.

Vielleicht könnten wir trotzdem Freunde bleiben. Aber wie sollte das funktionieren, nach allem, was wir zusammen getan hatten?

In meinem Spiegelbild auf dem dunklen Bildschirm verriet mir das störrische Zucken meiner Lippen, dass es nicht funktionieren würde. Jedes Mal, wenn ich ihn sähe, würde ich mich daran erinnern, wie freundlich, wie sanft er gewesen war. Wie wunderschön ich mich durch ihn gefühlt hatte.

Ich entsperrte mein Handy mit dem Daumen und rief das Foto auf. Das, welches er von mir in dem rosa Paillettenkleid gemacht hatte. Eine seiner riesigen Hände hielt mein Handy, um uns im Spiegel festzuhalten, und die andere lag ehrfürchtig auf meinen Rippen.

Ich hielt den Daumen über das Löschen-Symbol. Ich sollte es wirklich loswerden. Es wegwerfen, zusammen mit diesen irritierenden Gefühlen.

Stattdessen wischte ich die Foto-App weg. Eines Tages würde ich stark genug sein, es als Erinnerung daran zu nutzen, wie ich mich von meinen Gefühlen hatte in die Irre führen lassen.

Eines Tages in ferner Zukunft. Wenn ich alt und grau war und ein fliegendes Auto fuhr.

Vorerst würden Mateo und ich wieder zu Bekannten werden, gefangen in Ben und Coopers Freundeskreis, immer ein wenig zu vorsichtig im Umgang miteinander.

Ich klappte meinen Laptop zu, damit ich nicht sehen musste, wie sich meine Mundwinkel bei dieser Vorstellung nach unten zogen.

Ich griff nach meinem Handy. Ich könnte Ben anrufen und ihn bitten, mir mein Ladekabel zu bringen. Aber das war der feige Weg, und ich war kein Feigling. Ich würde die Zähne zusammenbeißen, mein Kabel holen und die Sache beenden.

Ich rappelte mich von der Couch auf, tauschte meine Jogginghose gegen eine Jeans und zwängte mich widerwillig wieder in meinen BH. Ich schlüpfte in einen schwarzen Rollkragenpullover. Keine ablenkenden Küsse im Nacken mehr.

Die rosa Pailletten funkelten mich aus meinem Schrank an. Ich musste Mateo auch das Kleid zurückzahlen. Er hatte sich am Wochenende geweigert, mein Geld anzunehmen, aber da wir nun nicht mehr zusammen sein würden, konnte ich das nicht so stehen lassen. Ich würde ihm das Geld per App überweisen. Dann konnte er sich nicht weigern.

Ich tippte mit meinen kalten Fingerspitzen unter meine Augen, um ihr Kribbeln zu stoppen. Es wäre nicht gut, mit roten Augen und einer laufenden Nase aufzutauchen. Er würde mich trösten, und dahin wäre meine Entschlossenheit. Schniefend konzentrierte ich mich auf das, was ich tun musste. Mein Ladekabel von Mateo holen. Ihm das Geld für das Kleid zurückzahlen. Mit ihm Schluss machen. Wenn ich es als drei Punkte auf einer Checkliste betrachtete, war es nicht so schlimm.

Ich zog eine Jacke an und schnappte mir meine Handtasche und meine Busfahrkarte. Ich überlegte, ein Taxi zu nehmen, aber ich brauchte den Prozess: zum Haltestelle gehen, meine Karte vorzeigen. Ich brauchte den harten Plastiksitz, die hellen Innenleuchten, die misstrauischen Blicke der anderen Fahrgäste, um mich davon abzuhalten, in einem Meer von Gefühlen zu zerfließen.

Ich ging zügig zu meiner Haltestelle, die Schultern gegen die Kälte eingezogen. Gefühle. Sie waren das Letzte, was ich brauchte. Fokus. Antrieb. Kaltherzige Entschlossenheit würde mir das bringen, was ich mehr als alles andere wollte.

Nämlich die Stelle der stellvertretenden Direktorin.

Und um die zu bekommen, brauchte ich mein Ladekabel und einen leeren Terminkalender.

Als ich den Hügel zu Coopers Villa hochstapfte, hatte ich es geschafft, meine lästigen Gefühle wegzusperren und sie in eine tiefe, dunkle Ecke meines Herzens zu verbannen. Die kühle Luft gefror die Tränen in ihren Tränenkanälen, wo sie hingehörten.

Ich marschierte die hell erleuchtete Auffahrt hinunter und

über die Pflastersteine zum Gästehaus. Ich klopfte an seine Tür. Es war weit nach sieben, also sollte er zu Hause sein. Ich verschwendete keinen Gedanken an seinen Vorschlag, dass ich in seiner schicken Whirlpool-Badewanne auf ihn warten sollte.

Okay, ich verschwendete einen sehnsüchtigen Gedanken daran, als die Kälte auf meinen Wangen prickelte.

Als Mateo die Tür öffnete, strömte ein köstlicher Duft von Fleisch, Kartoffeln und Gewürzen nach draußen. Er kroch in meine Nasenlöcher und lockte mich nach drinnen.

Ich atmete durch den Mund, um dem köstlichen Aroma zu widerstehen, und sagte zu seiner Brust: »Hi. Kann ich reinkommen? Ich habe mein Ladekabel hier gelassen am Wochenende.«

Erst dann ließ ich meinen Blick vom Zentrum seines T-Shirts zu seinem Gesicht wandern, das mich mit einem Grinsen begrüßte.

»Bitte«, sagte er. »Und bleib zum Abendessen. Ich habe genug für zwei gemacht.«

»Nein, danke.« Ich schluckte den Speichel herunter, der sich gesammelt hatte, als er »Abendessen« gesagt hatte. Ich war nach der Arbeit zu sehr in meine Tabellen vertieft gewesen, um daran zu denken, etwas zu essen. »Nur das Ladekabel.«

Als er zur Seite trat, schlüpfte ich an ihm vorbei und versuchte, seinen Duft nicht einzuatmen, seine warme, harte Brust nicht zu streifen.

Ich suchte nach meinem Ladekabel, sah es aber nicht in der Steckdose eingesteckt, wo ich es in Erinnerung hatte.

»Ich, äh, musste es aufheben. Roger hat es gefunden.« Er ging zu dem eingebauten Bücherregal und nahm das aufgerollte Kabel von einem hohen Regalbrett. Er hielt es mir hin, und tatsächlich waren winzige Katzenzahnabdrücke auf dem Plastikkabel.

Ich fuhr mit den Fingern über die Einkerbungen. »Sieht so aus, als hätte er es nicht geschafft, es durchzubeißen.«

»Nein.« Er kicherte, als er sich mit der Hand durch die Haare fuhr, und ich versuchte, nicht auf seinen Trizeps zu starren. »Ich war froh, nicht zu einem gegrillten Kätzchen nach Hause zu kommen. Er muss etwas anderes zum Spielen gefunden haben. Er hat herausgefunden, wie man Schubladen öffnet, weißt du.«

»Und was hat er angestellt?« Ich schob das Ladegerät in meine Tasche.

»Die Sockenschublade. Ich falte sie zu Bällen, und, naja, mein Schlafzimmer sah aus wie das Außenfeld nach einem Schlagtraining.«

Ich konnte nicht anders. Ich lachte. »Roger«, rief ich. »Komm her, du unartiges Kätzchen.«

Sein Glöckchen bimmelte, und er raste aus dem Flur mit den Schlafzimmern herbei. Er stellte sich auf die Hinterbeine und grub seine Vorderkrallen in meine Jeans. Ich klemmte meine Tasche unter den Arm, hob ihn hoch und wiegte ihn in meinen Armen. Ich rieb mit einem Finger seine Wange, und er schnurrte. Aber als ich mich daran erinnerte, dass ich ihm Lebewohl sagen musste, kühlte die Wärme in meiner Brust ab.

»Deine Allergie«, sagte Mateo. »Hast du deine Tablette genommen?«

»Nein.« Widerwillig setzte ich Roger auf den Boden. »Ich bleibe nicht lange.«

Seine vollen Lippen zogen sich nach unten. »Tust du nicht?«

»Nein. Das hier – das hier –« Ich presste meine Tasche an meine Seite. Ich hatte einen Punkt auf meiner Liste abgehakt; jetzt war es Zeit für den nächsten. »Das wird nicht funktionieren. Du und ich.«

Seine Brust hob sich und fiel dann in sich zusammen, was seine Schultern rund werden ließ. »Ich weiß.«

»Tust du?« Vielleicht würde das nicht so schwer werden, wie ich gedacht hatte. Vielleicht fand er auch, dass wir nicht zusammenpassten. Ich ignorierte den scharfen Stich hinter meinem Brustbein.

»Ich wusste es schon immer.« Aber er sah mich nicht an, als er sich bückte, um Roger aufzuheben und ihn an seine Brust zu kuscheln.

Mit dem Rücken zu mir gekehrt, krümmte er seine Schultern

um das Kätzchen und neigte seinen Kopf. Und plötzlich war er ein kleiner Junge, von seiner Mutter verlassen. Ein junger Mann, der allein am Krankenhausbett seines Vaters stand. Und jetzt war ich diejenige, die ihn verließ.

»Mateo, ich –« Ich berührte seinen Rücken, und als er zusammenzuckte, zog ich meine Hand zurück.

Kaltherzige Entschlossenheit. Damit war ich hierhergekommen. Aber die Krümmung seines Rückens ließ sie dahinschmelzen.

Etwas ragte unter seinem T-Shirt-Ärmel hervor. Ein Verband? Hatte er sich verletzt? Ohne ihn zu berühren, hob ich seinen Ärmel an. Ein quadratisches Pflaster klebte auf der Haut seines Innenarms, heller als seine Bräune.

»Ein Nikotinpflaster? Du hörst auf?«

Seine Schultern sanken ein Stück tiefer. »Ich versuche es. Diesmal wirklich.«

Ich schluckte. »Für mich?«

»Nein.« Er drehte sich zu mir um. »Für mich. Für meine Gesundheit. Aber auch ... auch für dich.« Eine Seite seines Mundes verzog sich zu einem traurigen halben Lächeln.

Er hörte mit dem Rauchen auf, etwas, das er seit Jahren tat, etwas, das ihn mit seinem Vater verband, nur weil ich es hasste. Niemand hatte jemals eine solche Lebensveränderung für mich vorgenommen. Die Worte versiegten in meiner Kehle. Ich strich seinen Ärmel glatt und ließ meine Fingerspitzen einen Moment lang auf dem glatten Pflaster verweilen.

Er hatte nichts anderes getan, als zu versuchen, mir zu helfen. Von der Nacht in der Bar, als er meinen betrunkenen Arsch vor potenziellen sexuellen Übergriffen gerettet hatte, bis zum Treffen der Stiftung, als er Larissa Honig um den Bart geschmiert hatte, bis hin zu den Mahlzeiten, die er immer versuchte, mir aufzudrängen, hatte er immer für mich gearbeitet. Nie gegen mich. Nicht wie Byron. Es war nicht seine Schuld, dass Larissa versuchte, die offensichtliche Art, wie er sich um mich sorgte, auszunutzen.

Ich ließ meine Hand über seine harte Brustmuskulatur gleiten und legte sie auf sein Brustbein, wo sein gutes Herz schlug. Roger schmiegte seinen winzigen Kopf an die Seite meiner Hand und kämpfte darum, diesem pochenden Symbol von Mateos sanfter Güte näher zu sein.

»Es tut mir leid«, sagte ich. »Verzeihst du mir?«

»Natürlich. Obwohl es nichts zu verzeihen gibt. Ich verste—«

»Nein.« Ich trat näher, bis wir Zehen an Zehen standen. »Für das, was ich gesagt habe. Ich habe es nicht so gemeint. Nicht wirklich.«

»Du« – seine Augenbrauen zogen sich zusammen – »du willst nicht Schluss machen?«

»Nein.« Verdammt, ich hatte sein zerbrechliches Herz zertrümmert. Ich verdiente seine Vergebung nicht. »Nicht, es sei denn, du willst es.«

Er brachte meine Worte mit einem Kuss zum Schweigen, hart und fordernd. Ich öffnete mich und ließ ihn herein. Ließ ihn tun, was er wollte. Das konnte ich ihm nach meinen grausamen Worten heute Morgen und gerade eben geben.

Roger bäumte sich auf und sprang mit einem genervten Miauen auf den Boden. Seine Hände waren frei, und Mateo schlang seine Arme um mich und presste mich an seine Brust. Sein Herz hämmerte wie wild, anders als der langsame, gleichmäßige Schlag, zu dem ich letzte Nacht eingeschlafen war.

»Ich dachte, ich hätte dich verloren.«

»Es tut mir leid«, murmelte ich in die weiche Baumwolle, die sich über seinem rasenden Herzen spannte. »Es tut mir leid.«

»Erst Essen, oder …?«

»Oder.« Ich fuhr mit meinen Fingernägeln über seinen Rücken, so wie er es mochte. »Definitiv oder.«

»Schlafzimmer.« Er ergriff meine Hand und führte mich dorthin. Auf dem Weg warf ich meine Handtasche auf die Couch.

Im Schlafzimmer surrte etwas, als hätte er den Badezimmerlüfter laufen lassen. Mateo würdigte diese Richtung keines Blickes, seine ganze Aufmerksamkeit galt mir. Er ging rückwärts, bis seine Kniekehlen auf das Bett trafen, dann zog er mich an sich. »Miriam«, hauchte er in mein Ohr, während er meinen Rollkragenpullover über meinen Kopf zog.

Nach einem kurzen, atemlosen Kampf war ich ihn los. Er warf ihn auf den Boden, wo er neben etwas leuchtend Blauem landete, das gegen den Boden klapperte.

Bevor er sich meinem Hals zuwandte, verengte ich die Augen. »Was ist das?«

Er legte seine Handflächen über meinen BH auf meine Brüste. »Was?«

»Das. Auf dem Boden.« Es war aus Plastik oder Silikon, weniger als dreißig Zentimeter lang und ein paar Zentimeter im Durchmesser. Ein Ende lief spitz zu und das andere war weit ausgestellt. Es sah fast aus wie ein—

Er schnappte nach Luft und hechtete danach. »Nichts.« Er stopfte es in die offene Schublade des Nachtschranks und schlug sie zu.

»Bist du sicher?« Lachen sprudelte in meiner Brust hoch. »Denn es sah verdammt nach einem—«

»Roger muss gedacht haben, es wäre ein Spielzeug. Ich meine, eines von seinen Spielzeugen. Und – und – hat es angemacht.« Er griff zurück in die Schublade, und das Surren verstummte.

Er berührte mich nicht. Er war kalt und steif geworden.

»Du weißt, dass mein Bruder schwul ist, oder? Nicht, dass deine Sexualität meinen Segen bräuchte. Aber warum hast du mir nichts von deinen Spielsachen erzählt? Ich hätte ...« Obwohl er sich nicht mehr bemerkbar machte, zog der Dildo in der Schublade meine Aufmerksamkeit auf sich.

»Nein, nein, das würde ich nicht.«

»Was würdest du nicht?« Ich stemmte die Hände in die Hüften. »Du würdest nicht darum bitten wollen, was du willst?«

»Nein, ich ...«

»Mateo.« Ich griff an ihm vorbei und zog den Dildo heraus. Er war schwer in meiner Hand, aber mir gefiel, wie sich die geschwungene Basis in meine Handfläche schmiegte. »Zieh deine Sachen aus.«

Seine Augen weiteten sich, und er leckte sich über die Lippen. Dann, langsam, griff er hinter seinen Nacken und zog sein Shirt aus. Er ließ es neben meins auf den Boden fallen. Dann hielt er inne.

Ich nahm mir einen Moment, um seine Brust zu bewundern, muskulös und schlank. Ich fuhr mit einem Finger durch das federnde Haar zwischen seinen Brustmuskeln. Gänsehaut überzog seine Haut. Seine Finger zuckten an seinen Seiten, aber er machte keine Anstalten, mich zu berühren.

»Braver Junge.« Ich beugte mich vor und leckte seine Brustwarze, dann saugte ich sie in meinen Mund und biss sanft zu. Ich ließ sie los und blickte aus halbgeschlossenen Augen unter meinen Wimpern zu ihm auf. »Ich werde dafür sorgen, dass du dich so gut fühlst. Und jetzt, zieh deine Hose aus.«

Während er sich aus seiner Jeans kämpfte, spähte ich in die Schublade und fand eine Flasche Gleitgel. Ich öffnete sie und goss etwas in meine Handfläche, um es zu erwärmen. Analsex war nicht wirklich mein Ding, oder zumindest hatte ich nie einen Partner gefunden, der es mir auf eine Weise gegeben hätte, die meine Welt erschüttert hätte, aber ich hatte viele Gespräche mit Ben geführt und kannte die Grundlagen.

Als Mateo nackt neben dem Bett stand, strich ich das Gleitgel auf seine Erektion, die noch härter wurde, als ich sie liebkoste. Während ich ihn langsam mit einer Hand von der Wurzel bis zur Spitze massierte, griff ich nach hinten und rieb auch seine Hoden ein.

Er stöhnte. »Fühlt sich gut an.« Seine Hände landeten auf meinen Brüsten und folgten dem Stoff meines BHs zu den Verschlüssen am Rücken.

»Ah-ah«, sagte ich und drückte die Basis seines Schwanzes. »Hände an die Seiten. Ich bringe dich zuerst zum Kommen.«

Seine Augen weiteten sich. »Aber ich—«

»Schhh.« Ich küsste ihn ruhig, während ich meine Hände

langsam über seine Länge gleiten ließ. Er war immer so selbstlos im Bett gewesen. Ich lag in der Orgasmus-Statistik so weit zurück, dass er meine Pussy hätte pfänden sollen. »Heute Nacht geht es um dich. Leg dich hin.«

Er zog die Decke zurück und legte sich dann auf das Laken, seine Erektion wölbte sich über seinen Bauch. Ich goss mehr Gleitgel in meine Hand. »Sag mir, wenn sich irgendetwas nicht gut anfühlt, okay?«

Er wusste es besser, als noch einmal zu protestieren, besonders während ich seine Hoden streichelte. »Okay.«

Ich kniete mich zwischen seine Beine, und er winkelte die Knie an. Ich fuhr mit meinem Finger über seinen Damm zu seinem Loch und drückte mit der flachen Seite meines Daumens darauf. Er stöhnte. Okay, das klang nach einem guten Zeichen.

Ermutigt schmierte ich meinen Daumen ein und schob ihn sanft in den engen Ring. Er schnappte nach Luft.

Ich hielt inne. »Habe ich dir wehgetan?«

»Nein, mi vida. Fühlt sich verdammt fantastisch an.«

Er entspannte sich um meinen Daumen, und ich zog ihn zurück, um zwei Finger hineingleiten zu lassen. Es fühlte sich anders an als meine Vagina, natürlich, aber ich versuchte eine ähnliche Technik wie die, die ich mochte, spreizte meine Finger und tastete nach der Beule seiner Prostata, wie Ben es beschrieben hatte.

Er versteifte sich, und ich blickte auf, um die Sehnen in seinem Hals gespannt zu sehen. »Mach – mach weiter«, keuchte er, bevor er eine Reihe von Flüchen ausstieß.

Ich tat, wie er bat, und fügte meinen Daumen zum langsamen Stoßen und Zurückziehen meiner Finger hinzu. Er wand sich und drückte gegen meine Hand, versuchte, mehr zu nehmen, aber ich hatte keine Länge mehr zu geben.

»Das – das Spielzeug. Bitte.«

Ich griff danach auf dem Nachttisch und schmierte es ein. Ich schaltete es an und hielt es gegen sein Loch.

Er stöhnte. »Jaaaaaa.«

Sanft schob ich es in ihn hinein, während er keuchte und zitterte. »Immer noch gut?«

»So gut.«

Meine Haut kribbelte in einer Hitzewallung. Ich war fast so erregt wie er. Mein Puls pochte zwischen meinen Beinen und sehnte sich nach dem harten Schwanz in meiner Hand. Später. Ich würde ihn später haben. Jetzt musste ich ihm zeigen, dass er meine Aufmerksamkeit, mein Verlangen verdiente. Wie sehr ich ihn mochte.

Ich stieß die Spitze des Dildos in Richtung der Stelle, an die ich mich von vorhin erinnerte. Als seine Brust aufhörte zu heben und zu senken und sich seine Hoden zusammenzogen, wusste ich, dass ich sie gefunden hatte. Ich ließ die Stelle ein paar Sekunden lang vibrieren und ließ dann nach. Ich kehrte immer wieder dorthin zurück, bis er keuchte: »Mimi, ich—«

Sein Schwanz wurde unter meiner anderen Hand hart. Zu wissen, dass ich ihn befriedigt, ihn erregt, ihm die Kontrolle geraubt hatte, ließ mich summen, und mein Herz schlug in einem schnelleren Rhythmus. Meine Haut summte vor der Macht, diesen Mann, den Mann, der mir wichtig war, glücklich zu machen.

Während ich die Vibration in ihm aufrechterhielt, wichste ich ihn langsam und spiegelte das Pochen in meiner Pussy wider. Ich presste meine Ferse gegen die Naht meiner Jeans und versuchte, mein eigenes aufbauendes Vergnügen zu lindern.

Schließlich schrie er auf, und seine Ejakulation spritzte über seine Brust. Ich hielt die Spitze des Spielzeugs dort, wo sie war, und sein Sperma – nun, es kam einfach weiter. Länger, als ich es für möglich gehalten hätte. Seine Knie zitterten neben mir.

Das hatte ich für ihn getan. Meine Wangen spannten sich von meinem Grinsen. Ich war eine Sexgöttin. Seinen vor Lust zuckenden Körper zu bewundern, war fast so gut, wie sich über eine meiner perfekten Tabellenformeln zu freuen.

Schließlich ging sein heiserer Schrei in ein langes Stöhnen über, und ich schaltete den Vibrator aus. Sein Schwanz zuckte ein letztes Mal, und seine Beine fielen schlaff zu beiden Seiten. Langsam zog ich den Dildo aus ihm heraus.

»Beweg dich nicht. Ich bin gleich wieder da.« Ich gab ihm einen sanften, langen Kuss und ging dann ins Badezimmer, wo ich meine Hände und das Spielzeug wusch. Ich kehrte mit dem feuchten Handtuch zurück und wischte seine Brust ab.

»Komm her«, murmelte er benebelt vom Sex.

Ich warf das Handtuch auf den Boden und kuschelte mich neben ihn, immer noch in meiner Jeans und meinem BH. Ich küsste seinen Hals, dann sein stoppeliges Kinn. »Gut?«

Seine Arme schlangen sich um mich und zogen mich direkt an seine warme Brust. »Perfekt. Lass mich nur eine Minute ausruhen und dann—«

»Dann essen wir. Und dann bin ich mit dem Spielzeug dran. Ruh du dich aus.«

Das war das Mindeste, was ich tun konnte. Um ihm ein wenig von der Fürsorge zurückzugeben, die er mir geschenkt hatte.

25

MATEO

ICH HATTE GEPLANT, sie zu wecken, bevor ich zu meiner Sieben-Uhr-Schicht bei tía aufbrach, aber als mein Wecker losging, erstarrte Mimi mitten auf Zehenspitzen auf dem Weg zu ihrer Jeans auf dem Boden, ganz im Scooby-Doo-Stil.

»Morgen«, murmelte ich und drehte mich um, um die Lampe anzuschalten. Wir blinzelten beide im plötzlichen Licht. »Hast du heute ein frühes Meeting?«

»Nein, wir treffen uns heute Abend.« Sie zog ihre Jeans an. »Jetzt, wo die Gala nur noch zwei Wochen entfernt ist, treffen wir uns jeden Tag. Ich muss die Grundsatzerklärungen fertigstellen, an denen ich gestern Abend gearbeitet habe, bevor ich zur Arbeit gehe.«

»Und das alles machst du umsonst.« Ich hatte gewollt, dass es leicht und scherzhaft klang, aber meine Worte waren ausdruckslos. Mimi verdiente so viel mehr, als von ihrem Vollzeitjob zu einem zweiten Teilzeitjob zu hetzen. Sie verdiente mehr als Larissas zuckersüße Fassade eines fiesen Mädchens, die die abscheuliche Verachtung darunter verbarg. Sie verdiente es, geliebt und geschätzt zu werden. Und für ihre Arbeit bezahlt zu werden.

»Ich tue es für die Kinder. Und für die Stelle als stellvertretende Direktorin.«

Ich konnte nicht anders. Die Worte platzten aus mir heraus. »Warum würdest du Larissas Assistentin sein wollen?«

Sie sagte eine Minute lang nichts, griff nach ihrem Rollkragenpullover und zog ihn über den Kopf. »Ich möchte für das bezahlt werden, was ich liebe.«

»Liebst du es, für Larissa zu arbeiten? Ehrlich?«

Ihre Unterlippe schob sich vor, sexy und stur. »Larissa ist ehrgeizig, genau wie ich. Ich wünschte, ich hätte eine Karriere wie ihre. Aber was noch wichtiger ist, ich liebe es, Kindern zu helfen, besonders denen mit Tourette und anderen neurologischen Besonderheiten. Ich unterstütze die Mission der Stiftung.«

»Es gibt tonnenweise Stiftungen, die Kindern helfen. Cooper spendet an mehrere. Er könnte dir bei jeder von ihnen einen Job besorgen, einen bezahlten.«

»Du meinst, *du* könntest das.« Sie stemmte die Hände in die Hüften.

Ich wünschte, ich wäre nicht nackt, dann könnte ich – Scheiß drauf. Ich sprang aus dem Bett und marschierte darum herum, bis ich ihr gegenüberstand. Ich baute mich nicht direkt vor ihr auf – ich wollte sie nicht einschüchtern –, aber ich stemmte meine Hände in die Hüften, um ihr zu zeigen, dass es mir ernst war. »Das könnte ich.«

Ihr Blick wanderte von meinem Gesicht zu meinem Schritt. Schnell riss sie die Augen los und stürmte aus dem Schlafzimmer, eine nicht minder furchterregende Walküre trotz ihrer geringen Größe.

Ich folgte ihr. »Mimi, warte.«

Sie schnappte sich ihre Handtasche von der Couch. »Mateo, ich will das alleine schaffen. Ich habe diese Freiwilligenstelle bekommen und ich will mir die Rolle der stellvertretenden Direktorin verdienen. Ich will nichts geschenkt bekommen.«

»Ah.« Stolz erwärmte meine Brust. Meine Mimi konnte alles schaffen, was sie sich in den Kopf setzte, und sie wollte das der Welt beweisen. Wer würde diese erstaunliche Frau nicht bewundern?

Larissa. Das war die Antwort.

»Mimi, du bist ein Schatz. Jeder sieht das. Aber Larissa will deinen goldenen Glanz nehmen und ihn trüben. Sie wird dir diesen Job niemals geben. Siehst du das nicht?«

Sie hielt inne, die Handtasche über die Schulter gehängt. »Larissa hat erreicht, was ich mir nur wünschen könnte. Sie mag kalt sein, aber sie ist fair. Es ist schwer, es ihr recht zu machen, aber sie wird mich zusammen mit den anderen Kandidaten in Betracht ziehen, und wenn ich die Stärkste bin, wird sie mich einstellen.«

»Selbst wenn sie es tut, wird sie dich kleinhalten. Die Lorbeeren für deine Arbeit einheimsen. Das kannst du doch nicht wollen, oder?«

»Oh, das ist ja witzig.« Ihr heiseres Lachen hatte nichts Humorvolles an sich. »Ausgerechnet von dir, der immer im Schatten seines Cousins steht. In seinem Gästehaus lebt. Als Sicherheitsmann arbeitet.« Ihre Lippen verzogen sich, als wollte sie es zurücknehmen.

Es war zu spät. Sie hatte ihre Wahrheit ausgesprochen. Mich damit durchbohrt, wie mit dem rasiermesserscharfen Zigarrenabschneider meines Vaters.

Sie respektierte mich nicht. Sie war nicht anders als die Leute daheim auf der Insel, die mich für mein hübsches Gesicht und meine Künste mit dem Mund mochten. Und ich war nicht anders als die x-beliebigen Typen, für die sie diese Schale voller Kondome bereithielt.

Meine Worte kamen leise durch die nadelstichgroße Öffnung in meiner Kehle. »Das ist es also, was du von mir hältst.«

Sie zuckte zusammen. »Nicht – Mateo, ich ...«

»Also war das mit der Gala, all das« – ich deutete auf meinen nackten Körper – »alles nur Show. Um dir die Stelle der stellvertretenden Direktorin zu verschaffen. Was wäre nach der Gala passiert?«

Ihre Lippen pressten sich zusammen, und ich wusste es.

»Du wolltest mich abservieren. Nachdem du mich für Larissa wie ein Pony im Smoking vorgeführt hättest, wolltest du mich ghosten.«

Sie sagte nichts.

Ich stapfte um sie herum zur Haustür und riss sie auf, wobei es mir egal war, dass der goldene Ring meines Vaters das Einzige war, was ich trug. Sie hatte mir das Herz aus der Brust gerissen, es zerfetzt und dann auf den Stücken herumgetrampelt. Wenn ich so schlau wäre wie Cooper, hätte ich es kommen sehen. Mimi war glänzend, kostbar, lebenslustig. Zu gut für jemanden wie mich, um sie zu behalten.

Ich hielt die Tür offen, meine Wut brannte so heiß, dass ich die winterliche Kälte nicht spürte. »Ich betrachte mich als bereits abserviert. Sag Larissa, was auch immer du willst, aber ich kann« – meine Stimme brach, und ich musste mich räuspern – »ich kann das nicht mehr. Du willst das alleine machen. Du brauchst mich nicht. Du willst mich nicht.«

Sie spähte unter ihren Wimpern zu mir auf und stand so nah, dass ich eine ihrer widerspenstigen Locken um meinen Finger hätte wickeln können, dass ich mich hätte herunterbeugen und diese sturen, schmollenden Lippen hätte küssen können.

»Es tut mir leid«, flüsterte sie.

Ich hätte es damals zurücknehmen können, sagen können, dass ich mit ihr zur Gala gehen würde. Aber ich liebte diese Frau, und jetzt musste ich damit aufhören. Sie in diesem roségoldenen Kleid umwerfend aussehen zu sehen, obwohl ich wusste, dass sie niemals mein sein würde, hätte den ruinierten Matsch, den sie von meinem Herzen übrig gelassen hatte, zu Asche verbrannt.

Ich hätte es schon vor Wochen lernen sollen, als der Alkohol und ihr Kater ihre Erinnerung an mich und unsere Verbindung in der Bar in jener Nacht ausgelöscht hatten. Ich war vergessenswert, und ich würde niemals gut genug für sie sein.

»Geh«, sagte ich.

Sie ging.

Wie der Narr, der ich war, sah ich ihr nach, wie sie über den Vorplatz zur Straße ging.

Verdammt.

»Mimi!«, rief ich.

Sie drehte sich um.

»Du bist nicht mit dem Auto hergekommen, oder?«

»Nein, ich habe den Bus genommen. Ich nehme ihn auch wieder nach Hause.«

Den Bus? Diese stolze Frau würde mein Tod sein. War sie bereits. »Nein, wirst du nicht. Gib mir eine Minute, um mich anzuziehen, und ich fahre dich.«

»Nein, ich –«

»Dreißig Sekunden.« Wenn sie stur weiterging, würde ich sie einholen, bevor sie die Bushaltestelle erreichte. Wo zum Teufel gab es in Pacific Heights eine Bushaltestelle? Wie lange war sie letzte Nacht im Dunkeln gelaufen, um hierherzukommen?

Ich sprintete in mein Schlafzimmer und warf mir Jeans und ein Hemd über. Ohne mir die Zeit zum Zähneputzen zu nehmen, schnappte ich mir meine Zahnbürste, damit ich das bei meiner Tía erledigen konnte, und joggte zu meinem Jeep. Mimi hatte die Vernunft besessen, daneben zu warten.

Schweigend schloss ich auf, und genauso schweigend stieg sie ein.

Ich mochte vor Wut erstarrt sein, aber ich war kein Unmensch. Selbst die Frau, die mich benutzt hatte, um bei der Arbeit voranzukommen, und mir dann das Herz gebrochen hatte, verdiente eine sichere, warme Heimfahrt.

Wem machte ich etwas vor? Sie verdiente so viel mehr als nur eine sichere Heimfahrt. Mehr als den verdammten Job als Assistentin unter Larissa.

Sie verdiente weitaus mehr als mich.

26

MIMI

Lust auf Drinks heute Abend?

ICH ZUCKTE ZUSAMMEN, als ich auf ›Senden‹ drückte, dann schob ich mein Handy mit dem Display nach unten auf meinen Schreibtisch, als könnte ich damit meinen jämmerlichen Hilferuf ungeschehen machen.

Bree war heute Abend wahrscheinlich damit beschäftigt, irgendwas Pärchenmäßiges mit Josh zu machen. Und ich sollte ihre Unterstützung nicht brauchen. Ich hatte eine Fake-Beziehung beendet. In einer Fake-Beziehung gab es keine echten Gefühle. Mir ging es gut.

Das war eine Lüge. Genau genommen zwei Lügen.

Schuldgefühle schnürten mir das Herz zu. Es war nie meine Absicht gewesen, dass Mateo echte Gefühle entwickelte. Aber der Schmerz in seinen Augen, die Art, wie seine Stimme gebrochen war, als er mir gesagt hatte, dass er nicht weiterspielen konnte, hatte mich wie ein Blitz durchzuckt und mein verschrumpeltes, schwarzes Herz gespalten.

Obwohl sich Schuld noch nie so angefühlt hatte, so erdrückend, wie Thanos' Faust.

Waren es nur Schuldgefühle? Ich meine, klar, Mateo war mir wichtig, aber ich hatte ihn nicht wirklich geliebt.

Oder doch?

Mein Monitor wurde schwarz, und ich bewegte hastig die Maus, um ihn wieder aufzuwecken. Ich sollte eigentlich arbeiten. Bei der Arbeit war kein Platz für Gefühle.

Das war ohne Frage das Beste an der Arbeit. Beschäftigt zu sein. Dinge von meiner Liste abzuhaken. Mich auf die schwarzen Ziffern in meiner weißen Tabelle zu konzentrieren.

Ich starrte mit glasigen Augen auf meinen Bildschirm. Was hatte ich noch mal gerade gemacht?

Erleichterung durchströmte mich, als mein Handy summte.

BREE

JA! Raisa's um 6?

Bis dann

»Mimi.« Moniques Stimme hinter mir ließ mich mein Handy fallen lassen.

Ich wirbelte auf meinem Stuhl herum, um meiner Chefin gegenüberzutreten. »Hey. Was gibt's?«

»Haben Sie diese Journaleinträge fertig?«

Meine Wangen glühten. Ich hatte mindestens zehn Minuten ins Leere gestarrt, bevor ich Bree geschrieben hatte. Das konnte ich mir so kurz vor dem Monatsende nicht leisten.

»Entschuldigung. Nur noch etwa zwanzig Minuten. Ich schreibe Ihnen eine Nachricht, wenn sie fertig sind.«

Ihre Stirn legte sich in Falten. »Ist alles in Ordnung bei Ihnen, Mimi? Sie wirken … irgendwie anders.«

»Mir geht's gut.« Ich versuchte, ihr ein beruhigendes Lächeln zu schenken, aber mein Gesicht schien nicht zu funktionieren.

»Ich habe mit Jackson gesprochen. Er sagte, Sie haben sich völlig verausgabt, um ihm mit seiner Stiftung zu helfen.«

Sie hatte mit Jackson Jones über mich gesprochen? Scheiße,

hieß das, sie war mit meiner Leistung unzufrieden? War ich dabei, meinen langweiligen, aber sicheren Job zu verlieren?

»Das ist kein Problem. Ich habe alles im Griff.«

»Mimi.« Sie trat weiter in meinen Bürowürfel und senkte ihre Stimme. »Ich weiß, dass Sie alles im Griff haben. Sie sind ein Superstar in dieser Abteilung. Aber ich mache mir Sorgen, dass Sie versuchen, zwischen Synergy und der Stiftung zu viel zu leisten. Sie werden ausbrennen.«

Mein Herz stolperte in meiner Brust. »Nein. Mir geht's gut. Synergy hat für mich oberste Priorität, und der Monatsabschluss liegt im Zeitplan. Die Gala ist in zwei Wochen, und danach verspreche ich, dass ich mehr Zeit für die Arbeit haben werde.«

»Das ist es nicht, was ich sage, Mimi. Ich sage, Sie müssen auf sich aufpassen. Oder jemanden finden, der das für Sie tut. Wie dieser gut aussehende Sicherheitsmann, mit dem Sie sich neulich unterhalten haben.« Sie zwinkerte.

Ich wusste, dass sie freundlich sein wollte, aber ihre Worte stachen wie ein angespitzter Bleistift in den rohen, aufgeschnittenen Teil von mir, der sich geöffnet hatte, als Mateo zitternd und nackt in der Tür seines Gästehauses gestanden und mir gesagt hatte, ich solle gehen.

»Ich kann auf mich selbst aufpassen. Und ich werde diese Journaleinträge fertig machen und sie Ihnen in fünfzehn Minuten rüberschicken. Okay?«

Sie presste ihre Lippen aufeinander. Ihr Lippenstift war heute blau. Wie Mateos Augen.

Verdammt. Ich musste diese albernen Details über Mateo aus meinem Gehirn schrubben. Tequila würde helfen.

»Okay. Aber ich will Sie heute nach fünf Uhr nicht mehr hier sehen. Haben Sie verstanden?«

»Ich verstehe. Danke, Chefin.«

Sie nickte und verließ meinen Bürowürfel.

———

»NOCH EINEN?« Bree leerte die letzten Reste ihres Margaritas und schaute über ihre Schulter nach unserer Kellnerin.

Und ob ich wollte. Nachdem ich meiner besten Freundin die ganze demütigende Geschichte meiner Fake-Beziehung und der sehr realen Trennung abgeladen hatte, wollte ich nur noch Tequila trinken, bis ich die Leere nicht mehr spürte.

Aber morgen war ein Arbeitstag, und ich hatte Mateo nicht auf der anderen Seite der Bar sitzen, bereit, einzuspringen und mich zu retten, wenn ich es brauchte.

»Nein. Danke.« Meine Augen stachen, und ich verdrehte sie zur Decke. Eine Girlande aus purpurroten Papierherzen spannte sich von der Hängelampe über uns zu der am nächsten Stand.

Bree drehte sich gerade rechtzeitig um, um zu sehen, wie ich mir unter dem Auge wischte.

»Oh nein, Süße. Lass ihn dich nicht zum Weinen bringen.«

»Ich weine nicht.« Scheiße, jetzt log ich auch noch Bree an. Und weinte. Ich weinte nicht. Nicht einmal, als Byron mir das Herz brach und meine Karriere mit einer einzigen Arschlochaktion zerstörte. Was zum Teufel war los mit mir?

Sie tätschelte meine Hand. »Es gibt da draußen jede Menge Kerle, und einer von ihnen wird genau der sein, den du brauchst.«

»Das ist es ja.« Ich zeigte auf sie. Scheiße, war ich schon betrunken? Ich zeigte nur auf Leute, wenn ich einen Schwips hatte. Ich schlug meine Hand auf den Tisch. »Ich brauche überhaupt keinen Kerl. Alles, was ich brauche, bin ich selbst und meine Arbeit.«

»Sicher, sicher.« Sie leckte ein paar Salzkörner vom Rand ihres Glases. »Du bist, so quasi, eine Superheldin. Eine Amazone. Wie Wonder Woman. Obwohl, warte. Wonder Woman hat Steve Trevor nachgeschmachtet. Tu das nicht. Sei wie … wie Walküre. Alles, was die brauchte, war etwas Bier. Habe ich recht?«

Die Kellnerin stellte einen weiteren Margarita für sie und ein Glas Wasser für mich auf den Tisch. Ich lächelte sie an und hob dann das Wasser in die Luft. »Auf die Unabhängigkeit.«

Bree stieß mit ihrem Margarita-Glas daran an. »Obwohl hatte Walküre nicht in einem dieser Filme eine Liebesgeschichte?«

»Ja. Irgendwie findet Hollywood Frauen, die nicht auf Liebe aus sind, nicht sexy.«

»Aber du« – sie wedelte mit ihrem Glas, und Margarita spritzte auf den Tisch – »du bist sexy. Und es ist okay, nicht auf Beziehungen zu stehen. One-Night-Stands sind sexy.«

»One-Night-Stands sind großartig. Das ganze Vergnügen, kein Ballast.« Obwohl mir keiner meiner One-Night-Stands so viel Vergnügen bereitet hatte wie Mateo. Ich müsste mich beim nächsten Mal einfach mehr anstrengen. Was für eine lange Zeit nicht passieren würde. Eine lange, lange, lange Zeit. Meine Augen stachen wieder.

»Hey, hey.« Bree ergriff meine Hand über den klebrigen Tisch. »Schon gut. Komm dieses Wochenende vorbei und häng mit Josh und mir ab. Wir machen einen Avengers-Filmmarathon und trinken jedes Mal einen, wenn etwas explodiert. Okay?«

»Wie wäre es mit Samstagabend? Ich muss das meiste Wochenende Gala-Sachen erledigen, aber da sollte ich eine Pause haben.«

»Yay! Das wird genau wie damals im College. Wir werden uns die Kante geben und auf der Couch einschlafen.«

Hm. Das klang nicht annähernd so spaßig wie früher. Ich schätze, viele Dinge waren anders, jetzt, wo wir dreißig waren. Eine verantwortungsbewusste Erwachsene zu sein, war beschissen.

»Komm schon. Rufen wir Josh an, damit er dich abholt.«

»Was ist mit dir?«

»Ich rufe mir einen Fahrdienst.« Zurück in meine einsame Wohnung.

Wenn ich nicht so allergisch wäre, würde ich mir eine Katze holen.

Vielleicht würde ich mir trotzdem eine Katze holen. Die Allergiemedikamente würden mich schläfrig machen, und wenn ich schlief, spürte ich den Schmerz in meiner Brust nicht.

———

DIE SMS KAM, als ich nach der Arbeit im Country Club auf Natalie wartete, wo wir eine Woche vor der Gala den Raum mit der Dekorateurin durchgehen sollten.

BEN

Wann kann ich dich sehen?

Ich rief den Kalender auf meinem Handy auf. Zwischen jetzt und der Gala gab es keine freien Plätze.

Nach der Gala?

Das ist erst in einer Woche. Ich muss dich vorher sehen.

Warum? Stimmt was nicht?

Während ich darauf wartete, dass er seine Antwort tippte, rasten meine Gedanken. War ihm oder Cooper etwas passiert? Oder Mom und Dad? Nach diesem elenden Abend in der Bar mit Bree hatte ich mich so beschäftigt gehalten – es war meine erste Mateo-freie Woche seit Dezember –, dass ich keinen von ihnen angerufen oder ihnen geschrieben hatte.

Ich weiß nicht. Sag du es mir.

Ich biss die Zähne zusammen. Das war mein kleiner Bruder, der immer seine Nase in meine Angelegenheiten steckte. Ich blickte auf und sah Natalie vom Parkplatz herankommen. Schnell beendete ich die SMS.

Mir geht's gut.

Und warum sollte es mir nicht gut gehen? Die Gala stand kurz bevor, und ich würde bald danach erfahren, ob ich den Job als stellvertretende Direktorin bekommen würde. Alles, was ich wollte, war in Reichweite. Ich musste mir nur den Arsch aufreißen, um sicherzustellen, dass die Gala reibungslos verlief.

Das Selbstmitleid letzter Woche im Raisa's mit Bree war eine einmalige Sache. PMS. Merkur war rückläufig.

»Hey, Freundin!« Natalie kam hereingeeilt und sah wie immer perfekt aus in einem makellosen, austernrosa Wollmantel, einem anthrazitgrauen Etuikleid und kniehohen Stiefeln, die sie überragen ließen, als sie sich zu mir herunterbeugte, um mich zu umarmen.

»Hey.« Ich umarmte sie. Vor der Gala-Planung hätte ich nie gedacht, dass jemand so Elegantes und Gutvernetztes wie Natalie mich eine Freundin nennen würde.

Ihr Bruder Andrew schlenderte hinter ihr her, eine Golftasche über der Schulter. »Hey, Mimi. Schön, dich wiederzusehen.«

»Hi, Andrew.« Ich schüttelte ihm die Hand. Natalie schien ihn überallhin mitzuschleppen. War das so ein Reichen-Ding? Ich meine, ja, Ben hatte eine Weile bei mir gewohnt, und wir haben Dinge zusammen gemacht, aber er wäre nie mit mir zu einer Planungsaktivität der Stiftung gekommen.

»Ist Mateo hier?«, fragte er.

Ein Schmerz durchfuhr meine Brust. »Nein, heute nicht.«

»Schade. Ich habe es genossen, mit ihm abzuhängen, in der Nacht, in der wir tanzen waren.«

Ich schenkte ihm ein schwaches Lächeln. Ich auch.

»Ich lasse euch Damen dann mal machen. Nat, komm und such mich auf der Range, wenn du fertig bist.« Andrew deutete mit dem Daumen hinter sich auf den Korridor, an den ich mich von der Nacht erinnerte, als ich mit Mateo hier gewesen war.

Er hatte diese lächerliche Geschichte erzählt, dass ich sein Kryptonit sei. Er hatte seine Hände auf mich gelegt, meinen Griff am Schläger korrigiert, und ich war praktisch in Ohnmacht gefallen.

»Geh spielen«, sagte Natalie. Als er weggegangen war, wandte sie sich an mich. »Gail ist direkt hinter mir. Sie musste nur ein paar Sachen aus ihrem Auto holen. Larissa kommt zu spät und sagt, wir sollen ohne sie anfangen. Wo ist Mateo?«

»Er kommt nicht. Aber ich bin bereit anzufangen.« Ich drehte mich zum Ballsaal.

Natalie hielt meinen Arm. »Oh, nein. Streitet ihr euch?«

»So was in der Art.« Im Laufe der Gala-Planung waren wir uns nähergekommen. Es hätte mir nichts ausgemacht, es ihr zu erzählen, aber mein Hals schnürte sich zu, und wenn sein Name über meine Lippen käme, würden Tränen fließen.

Es gab keine Tränen, wenn ein Job auf dem Spiel stand. Das hatte Mom mir beigebracht.

»Kommen wir zum Geschäftlichen.« Ich drehte mich zum Ballsaal und atmete tief durch.

»Mimi, warte.«

Ich hielt inne und drehte mich wieder um.

Natalies Augen furchten sich vor Sorge. »Geht es dir gut?«

»Natürlich. Mir geht's gut.« Meine Stimme brach nur ein wenig.

»Du weißt, dass du mit mir reden kannst, oder? Wir sind Freundinnen.«

Als ich meine Lippen zu einem Lächeln verzog, fühlte sich mein Gesicht rostig an wie das des Blechmanns im *Zauberer von Oz*. Wie lange war es her, dass ich gelächelt hatte?

Ich würde schätzen, etwa eine Woche.

Aber ich hatte Geschäfte zu erledigen. Die Arbeit für die Stiftung war, wie mein richtiger Job, sicher emotionslos. »Hey, eigentlich habe ich eine Frage an dich. Ich habe unserem ursprünglichen Veranstaltungsort eine E-Mail geschrieben, um zu sehen, ob wir die Anzahlung zurückbekommen können – ich dachte, fragen schadet ja nicht –, und sie sagten, sie hätten unsere Anzahlung nie erhalten. Ich habe das Quittungsbuch überprüft und eine Kopie der Barquittung gefunden, die ich Larissa dafür ausgestellt habe. Hat sie dir irgendwas davon erzählt?«

Natalies Augen verengten sich. »Nein. Das klingt verdächtig.«

»Warte, nein, ich wollte damit nicht sagen, dass ich Larissa eines Fehlverhaltens verdächtige. Sie ist berüchtigt dafür, Quittungen zu verlieren. Aber ich habe noch nie erlebt, dass sie Bargeld verlegt hat. Vielleicht hat sie es stattdessen dem Caterer gegeben? Oder dem Floristen?«

»Nicht, dass ich wüsste. Hast du denen nicht Schecks gegeben?«

»Doch. Aber ich hatte gehofft …« Ich hatte gehofft, ich müsste Larissa nicht danach fragen. Sie würde es sicher als Anschuldigung auffassen, und dann würde ich den Job nie bekommen. Ich biss mir auf die Lippe und blickte von Natalie weg. Eine vertraute, große, blonde Gestalt, die durch die Lobby schlenderte, fiel mir ins Auge.

»Flavio?«

Er drehte sich um und neigte den Kopf, als ob er in seinen mentalen Akten nach meinem Namen suchte.

»Miriam Levy-Walters«, sagte ich. »Ich arbeite mit Larissa bei der Stiftung. Wir haben uns vor ein paar Wochen auf der Driving Range getroffen.«

»Ah, schön, Sie wiederzusehen.« Sein träger Blick wanderte von mir weg und wurde schärfer, als er an Natalies Perlenkette und Ohrringen hängen blieb und bis zu ihren Designerschuhen hinabglitt. »Arbeiten Sie auch für die Stiftung?«

»Natalie Jones.« Sie streckte ihre Hand aus. »Und nein, ich helfe nur bei der Gala.«

»Natalie Jones aus der Jasper-Jones-Familie?«

Ich erinnerte mich, dass ihr Vater vor Jahren gestorben war. Sie musste jung gewesen sein, als sie ihn verlor.

Ihr Lächeln wurde gezwungen. »Genau die.«

Er ließ ihre Hand nicht los. »Ich würde mich liebend gerne später mit Ihnen unterhalten. Ich denke, unsere Familien können sich gegenseitig helfen. Kommen Sie ins Bistro, wenn Sie fertig sind? Geht auf mich.«

Natalie zog ihre Hand aus seinem Griff. »Tut mir leid, ich habe eine Verabredung. Ein andermal vielleicht.«

Er zog eine Karte aus seiner Tasche. Es sah aus wie eine

persönliche, nur sein Name und seine Telefonnummer. Er reichte sie ihr. »Rufen Sie mich an. Oder suchen Sie mich hier. Jederzeit.«

Sie nahm die Karte und schenkte ihm ein gezwungenes Lächeln. »Nett, Sie kennenzulernen, Flavio. Wir müssen an die Arbeit.«

»Sicher, sicher.« Er blickte zu Gail, der Dekorateurin, die mit ihren riesigen Einkaufstaschen auf uns zu eilte. »Wenn Sie irgendetwas brauchen, lassen Sie es mich wissen.« Er nickte auf die Karte.

Als er in Richtung der Halle, die zur Driving Range führte, davongestolziert war, sagte ich: »Das ist komisch, oder? Dass er will, dass wir ihn anrufen, wenn wir etwas brauchen?«

Natalie warf die Karte in den Schirmständer. Ihr Gesicht war steifer, als ich es je gesehen hatte. »Das ist der Name Jones. Das passiert ständig.«

Mir kam es immer noch seltsam vor. Was konnte ein Golfer wie Flavio denn tun, wenn wir auf Probleme stießen? Vielleicht war er reicher und mächtiger, als ich dachte, und das Personal würde springen, um seine Befehle auszuführen. Kam er aus einer Familie wie der von Natalie?

Ich hatte keine Zeit mehr, darüber nachzudenken, denn Gail trieb uns in den Ballsaal, um über Rosen und Topfpalmen und Lichterketten zu sprechen.

Während sie zeigte, wo sie die Dekorationen platzieren wollte – diejenigen, die Mateo passend zu unserem Thema vorgeschlagen hatte –, während Natalie und Gail mich ansahen, als könnte ich für Mateo sprechen und ihnen seine Meinung geben, weitete sich der Riss, den ich mir selbst ins Herz gerissen hatte, als ich ihn an jenem Morgen bei sich zu Hause weggestoßen hatte, zu einer Schlucht.

In der vergangenen Woche hatte ich mich mit Arbeit und der Gala beschäftigt, damit ich nicht über ihn nachdenken musste. Damit ich keine Zeit für Reue hatte.

Reue war eine Ablenkung, genau wie Mateo. Diesen Unsinn konnte ich mir nicht leisten. Ich hatte nicht nur Arbeit für Synergy zu erledigen, für Monique, die bemerkt hatte, dass ich nachließ, sondern ich musste auch eine Gala veranstalten. Und einen Vollzeitjob verdienen. Ich musste mich auf das konzentrieren, was zählte.

Neurodivergenten Kindern zu helfen, zählte. Meine Karriere zählte.

Meine Gefühle waren irrelevant.

Ich musste nur mein gebrochenes Herz davon überzeugen.

27

MATEO

»OH.« Ich blieb an der Tür zu Miguelitos normalerweise leerem Trainingsraum stehen. Heute war er nicht unbenutzt.

Mein Cousin grunzte mir von der Beinpresse entgegen. Schweiß färbte den Halsausschnitt und die Achseln seines grauen Tanktops dunkel und tropfte von seinem markanten Kiefer. Seine Arm- und Beinmuskeln waren nicht so groß oder definiert wie meine, aber ich verbrachte doppelt so viel Zeit im Fitnessstudio, da es mein Job war, einschüchternd auszusehen. Bei seinem Job schüchterte er seine Gegner durch seine überlegene Intelligenz ein.

Frühmorgens trainierte er immer im Fitnessstudio im Büro. Obwohl er zu Hause ein besseres hatte.

Ich wusste, warum er gern im Büro trainierte. Der Pfadfinder Cooper Fallon wollte seinen Mitarbeitern ein positives Beispiel für Fitness geben. Er würde sie nicht zum Training zwingen; nein, er ging einfach jeden Wochentag hin, absolvierte sein Training, machte ihnen Komplimente für ihre Haltung und verbrachte dann seinen Tag im sechsten Stock.

Diesen Vorbild-Scheiß brauchte ich nicht. Nicht von ihm. Nicht heute.

Heute war der zehnte Tag meines Lebens nach Mimi, und ich genoss es immer noch, stinksauer, mürrisch und allein zu sein.

Ich ließ meine Tasche auf den Boden fallen, zog dann meinen Hoodie aus und warf ihn darauf. Ich stapfte zur Matte und begann mit einer Serie Burpees.

Während ich mich aufwärmte, dachte ich nicht an die anerkennende Art, mit der Mimi früher die Umrisse meiner Muskeln nachfuhr. Ich dachte nicht daran, wie ich die Kraft meines Oberkörpers eingesetzt hatte, um mein Gewicht abzustützen, während ich mich über sie stemmte und so in sie stieß, wie es ihr gefiel. Und ich dachte definitiv nicht daran, wie sehr sie meinen Körper geschätzt hatte, bis zu dem Punkt, an dem sie beschloss, dass sie jemanden mit Grips wollte, jemanden, der ihre komplizierten Regeln verstehen konnte, ihre Ziele allein zu erreichen, während alles, was ich tun wollte, war, ihr zu helfen.

Dieser Jemand war definitiv nicht ich.

Als ich die Serie beendet hatte, ging ich im Kreis, um meinen Puls zu beruhigen. Ich wischte mir den Schweiß von der Stirn.

Das Training war einfacher, seit ich mit dem Rauchen aufgehört hatte. Mein Puls war niedriger. Ich atmete tiefer. All das irritierte mich. Nicht ganz genug, um wieder mit dem Rauchen anzufangen, aber ich wünschte, Mimi hätte mein Leben nicht verändert. Ich verbrachte bereits zu viel Zeit damit, über das Foto von uns auf meinem Handy zu grübeln, das, auf dem sie das Paillettenkleid trug und ich ihren Hals küsste, während auf ihrem Gesicht ein Ausdruck seliger Zufriedenheit lag. Ich brauchte keine weitere Erinnerung, die auf meiner Fitnessuhr blinkte.

»Gibt es etwas, worüber du reden willst?«

Ich hatte nicht bemerkt, dass Miguelitos Maschine zum Stillstand gekommen war, bis er sprach. Er beugte sich vor, die Ellbogen auf den Oberschenkeln.

»Nee, schon gut.« Meine Muskeln waren warm und bereit, und ich blickte zum Hantelgestell.

»Na los. Leg die Gewichte auf. Ich sichere dich.«

»Aber du … du musst zur Arbeit. Ich nehme einfach die Maschine.« Ich deutete auf seine schicke Brustpresse.

»Ich fahre heute etwas später rein. Das ist schon in Ordnung.« Er stand auf und ging zum Hantelgestell.

Ich hasste es, seine wertvolle Trainingszeit mit Streiten zu vergeuden, also tat ich, worum er mich gebeten hatte. Ich lud die Gewichte auf die Stange, trat dann davor, legte meine Hände um die Stange und hob sie aus dem Gestell, während mein Cousin mit verschränkten Armen neben mir stand.

Ich begann mit meinen Wiederholungen, beugte die Knie und drückte das Gewicht nach oben, bis meine Arme gestreckt waren. Ich senkte es ab, bis es über meinem schmerzenden Herzen schwebte.

»Primo« – ich hätte das Gewicht beinahe fallen gelassen; er hatte mich nicht mehr so genannt, seit wir Kinder waren – »bist du, äh, glücklich?«

»Was zur Hölle, Lito? Über so einen Scheiß reden wir nicht.« Ich drückte das Gewicht wieder nach oben.

»Früher schon. Wir haben über eine Menge Scheiß geredet, damals, als wir Teenager waren und Mamá und ich die Insel besucht haben. Jungs. Mädchen. Hoffnungen und Träume.«

Ich schnaubte. »Ja. Du hast deine Hoffnungen und Träume tatsächlich verwirklicht. Und hier bin ich und arbeite als …« Ich erstarrte mit ausgestreckten Armen, bis sie zitterten. Ich legte die Stange auf das Gestell und blinzelte in sein versteinertes Gesicht. »Ich meine, ich arbeite gern für dich. Das wollte ich nicht sagen …«

»Tust du das wirklich? Gern für mich arbeiten?«

»Ja.« Ich schüttelte meine zitternden Arme aus. »Ich liebe es, auf Tía aufzupassen. Sicherzustellen, dass sie in Sicherheit ist. Ich fühle mich … nützlich.«

»Willst du nicht mehr?« Er legte den Kopf schief. »Einen beeindruckenderen Titel? Oder mehr Ausbildung, damit du einen Bürojob bekommen kannst?«

»Einen Bürojob?« Ich schauderte. Die Schule war schon schwer genug gewesen. Ich konnte mir nicht vorstellen, jeden Tag an einem Schreibtisch über einer Computertastatur zu kauern. »Warum sollte ich das wollen?«

»Um« – sein Blick schnellte zur offenen Tür des Trainingsraums – »um Mimi zu beeindrucken?«

»Oh. Sagt Ben also, dass sie das will? Irgendeinen Kerl, der fette Kohle macht und im Anzug gut aussieht? Jemanden, der kein Idiot ist?« Ich wusste, dass es stimmte, aber es ging mir gegen den Strich, dass sie mit ihrem Bruder darüber gesprochen hatte. Und dass ihr Bruder es meinem Cousin erzählt hatte.

Miguelito verdrehte die Augen. »Ich bezahle dich ziemlich gut, und du weißt, dass du in einem Anzug umwerfend aussiehst. Außerdem bist du klug.«

»Fick dich und deine Almosen. Du weißt genau, dass du mich nur eingestellt hast, weil deine Mutter dich dazu gebracht hat.« Um ihm nicht in sein spöttisches Gesicht sehen zu müssen, ging ich zu meiner Tasche und holte meine Wasserflasche heraus. Ich nahm einen langen Schluck.

Er stieß mir gegen die Schulter, und mein Wasser spritzte überallhin. In meine Augen, auf mein Shirt, auf den makellosen Boden. Der verdammte Ninja hatte sich an mich herangeschlichen. Ich wischte mir das Wasser aus dem Gesicht. »Was zum Teufel, Lito?«

»Wovon zum Teufel redest du? Wenn du nicht klug wärst, glaubst du, ich hätte dich mit der Verantwortung für meine Sicherheit betraut? Für meine eigene Mutter?«

»Na ja, ich …«

»Nein, Mateo, das hätte ich nicht. Ich habe dich nicht eingestellt, weil Mamá es mir gesagt hat. Hat sie nicht. Ihr wäre es lieber, sie hätte überhaupt kein Sicherheitsteam. Ich habe dich nicht eingestellt, weil du mein Cousin bist. Ich habe dich eingestellt, weil du kompetent bist und weil ich … weil ich dir vertraue.«

Ich starrte meinen Cousin an. »Du vertraust mir? Aber du hast mich überprüfen lassen!«

»Du musst zugeben, dass du nicht gerade der Vertrauenswürdigste warst, als wir Kinder waren. Du hast mir früher meine Dates ausgespannt. Und am Anfang habe ich dir nicht getraut, dass du dich nicht an Ben ranmachst. Aber jetzt tue ich es. Du hast seither eine gewisse Integrität entwickelt.«

»Integrität entwickelt?«, quiekte ich. »Ich hatte schon immer verdammte Integrität. Es waren deine Dates, die keine hatten. Keine von ihnen war gut genug für dich. Wenn sie es gewesen wären, hätten sie mir einen Korb gegeben, als ich mit ihnen geflirtet habe. Keine von ihnen hat das getan. Bis Ben kam.«

Er stemmte die Hände in die Hüften. »Wie dem auch sei, du hast immer wieder bewiesen, dass du meinen Respekt verdienst. Und deshalb habe ich dich eingestellt. Aber wenn du lieber einen anderen Job hättest, können wir das regeln. Ich will, dass du glücklich bist, Primo.«

Und da waren wir wieder am Anfang. Wenigstens wusste ich jetzt, wovon er redete. »Ich bin glücklich damit, für dich zu arbeiten. Deine Mutter zu beschützen. Ich sage dir Bescheid, falls sich das ändert, okay?«

»Okay.«

Er stand einfach nur mit den Händen in den Hüften da, als hätten wir keinen großen Durchbruch gehabt. Mein Cousin hatte einen brillanten Verstand, aber sein Herz war manchmal etwas langsam von Begriff.

»Komm her, Primo.«

Er rümpfte die Nase. »Wir sind beide verschwitzt und du bist durchnässt.«

»Genau.« Also schlang ich meine Arme um ihn in einer Bärenumarmung, die genau das war, was wir beide nach einem solchen Moment brauchten.

»Genug!« Aber als er zurücktrat, umspielte ein Lächeln seine Mundwinkel. Sein Blick wanderte zur offenen Tür hinter mir, und er senkte die Stimme. »Also, was wirst du wegen Mimi unternehmen?«

Der Sonnenschein, den ich verschluckt hatte, als Lito mir sagte, er respektiere mich, verblasste zu dichtem Schwarz wie der Nebel, der nachts aufzog.

»Nichts. Ich werde gar nichts wegen Mimi unternehmen. Sie hat ihre Entscheidung klar gemacht. Sie will diesen Job bei der Stiftung, und mit mir auszugehen war nur eine Show. Sie will mich nicht als Teil ihres Lebens.«

»Aber …«

»Nein, Lito. Das ist nichts, was du mit einem freundlichen Wort oder gar einem Eimer voll Geld in Ordnung bringen kannst. Mimi und ich haben uns getrennt, und es ist das Beste für sie.«

»Was ist mit dem, was das Beste für dich ist?«

»Was das Beste für Mimi ist, ist auch das Beste für mich. Ich liebe sie, und zu wissen, dass sie ohne mich glücklicher ist …« Es würde mein dummes, gesundes Herz für den Rest meines Lebens am Schlagen halten müssen. »Es ist das Beste.«

»Okay.« Er runzelte die Stirn. »Aber du verdienst auch Liebe und Glück. Vielleicht ist Mimi nicht deine Person. Aber das bedeutet nicht, dass die richtige Person nicht da draußen für dich ist.«

Er räusperte sich. »Ich dachte, jemand, den ich geliebt habe, wäre der Richtige für mich. Und wenn ich ihn nicht haben könnte, wollte ich niemanden. Ich bin froh, dass Ben das alles durchbrechen konnte. Denn ich bin jetzt mit Ben glücklicher als je zuvor. Glücklicher, als ich es gewesen wäre, selbst wenn … selbst wenn dieser andere Mensch mich hätte zurücklieben können.«

Ich konnte mir nicht vorstellen, dass er jemand anderen als Ben liebte. Obwohl er, als er auf die Insel kam, bevor Ben ihm dorthin nachgejagt war, eine Katastrophe gewesen war. Hatte dieser andere Mensch ihm das Herz gebrochen? Der Mistkerl.

»Jemand wird dich eines Tages so lieben.« Er legte seine Hand auf meinen Arm. »Ich weiß, dass er das wird.«

Ich murmelte zu meinen Turnschuhen hinunter: »Vielleicht ist es das nicht wert.«

»Natürlich ist es das wert. Das ist es ja, was ich dir sage.«

»Ich verstehe« – ich schluckte, um meine trockene Kehle zu befeuchten – »ich verstehe, dass der Teil mit der Liebe großartig ist. Ich habe Mimi geliebt, und ich dachte, sie würde sich für mich interessieren. Und es war perfekt. Aber dann hat sie mich verlassen. Die Leute verlassen mich immer.« Ich hielt inne, als meine Stimme brach.

»Ah, verdammt, Mateo.« Und diesmal zog er mich für eine feste Umarmung an sich. »Nicht jeder ist wie deine Mutter. Und dein Papi wäre geblieben, wenn er gekonnt hätte. Ich sage nicht, dass du deine Person für immer haben kannst. Aber ist die Liebe – selbst für kurze Zeit – es nicht wert?«

Ich nickte. So kurz unsere gemeinsame Zeit auch gewesen war, Mimi war das Beste, was mir je passiert war. Die Erinnerungen an unsere gemeinsamen Wochen würden mein Gedächtnis für immer in Roségold erstrahlen lassen, wie der Sonnenuntergang über dem Strand.

Sanft löste ich mich aus seiner Umarmung. »Danke, Mann.«

»Jederzeit. Obwohl, äh, wenn du wirklich gute Ratschläge in Sachen Liebe willst, ist Ben wahrscheinlich der bessere Mann dafür.«

Ich lächelte, um den Schmerz zu verbergen, der aus meinem zerschundenen Herzen stach. Ich konnte nicht mit Ben reden. Nicht über seine Schwester. Wahrscheinlich über gar nichts, da er mich zu sehr an sie erinnerte.

»Ich glaube, ich brauche etwas Zeit, bevor ich daran denke, mich in jemand anderen zu verlieben.«

»Verstanden. Aber du kommst klar, oder?«

Diesmal war mein Lächeln stabiler. »Ja. Ich glaube schon.«

»Gut. Ich muss duschen gehen. Ich bin spät dran.« Im Nu war er aus der Tür.

Spät dran? Er hatte gesagt, er hätte es nicht eilig, ins Büro zu kommen.

Verdammt noch mal. Ich wischte die Nässe, die kein Schweiß war, von meinen Wangen. Mein verdammter Primo hatte mich mit seiner Ermutigung überfallen und sich seinetwegen verspätet.

Ich blickte auf meine Uhr. Wenn ich mich nicht beeilte, würde ich zu spät zu meiner Schicht kommen. Und er hatte kein Wort gesagt.

Ich liebte dieses verdammte Arschloch.

28

MIMI

LETZTE WOCHE ohne Mateo im Country Club zu sein war nichts im Vergleich dazu, am Valentinstag allein auf die Gala zu gehen.

Ich hatte keinen sanften Riesen, hinter dem ich mich verstecken konnte, als ich den Ballsaal des Country Clubs betrat, auf den viel zu hohen Absätzen, die Ben mir ausgesucht hatte, in dem viel zu funkelnden Kleid aus roségoldenen Pailletten und mit meinem allzu großzügigen Busen, der kurz davor war, aus dem Wickelkleid zu quellen.

Und ich hätte seine feste Stütze heute Abend gut gebrauchen können, besonders mit den Ausdrucken in meiner Clutch. Ich umklammerte die Papiere und wünschte, ich müsste Larissa nicht auf das Notgroschen-Konto der Stiftung ansprechen, das gestern Abend geleert worden war.

Die meisten Leute hätten von dem Notgroschen-Konto nicht einmal etwas gewusst. Ich überprüfte den Kontostand einmal im Monat, wenn ich die Bilanz aktualisierte. Aber nach ein paar seltsamen Transaktionen, um deren Erklärung ich Larissa hatte bitten müssen, hatte ich eine Benachrichtigung dafür eingerichtet.

Das Seltsamste daran war die Einzahlung auf mein PayMo-

Konto, die mit dem Betrag übereinstimmte. Ich hatte die Einzahlung rückgängig gemacht, aber da war etwas faul. Ich musste heute Abend den Mut aufbringen, Larissa darauf anzusprechen. Und Taktgefühl, damit es nicht wie eine Anschuldigung klang. Das machte sich nicht gut bei jemandem, der von ihr eingestellt werden wollte.

Aber wenn ich das nicht klären würde, würde es aussehen, als hätte ich Geld der Stiftung veruntreut. Das wäre der staatlichen Kammer bei der Erneuerung meiner Zulassung als Wirtschaftsprüferin nur schwer zu erklären.

Mit all dem, was über mir schwebte, hatte ich erwogen, mich in einen Hosenanzug zu panzern oder sogar Ben zu bitten, mir bei der Suche nach einem anderen Kleid zu helfen, definitiv in unauffälligem Schwarz, das mit dem Hintergrund verschmilzt. Aber die leuchtenden Pailletten gaben mir Auftrieb, als hätte ich immer noch Mateos Stärke an meiner Seite. Und obwohl ich ihm das Gegenteil gesagt hatte, brauchte ich das.

Natalie liebte das Kleid. Ich hatte ihr ein Foto davon geschickt – die jugendfreie Version, nicht die, die Mateo gemacht hatte, mit seinen Händen auf meiner Brust und meinen Hüften und seinen Lippen an meinem Hals. Sie hatte mir täglich mit Fragen zur Gala geschrieben, obwohl sie die Veranstaltung im Schlaf hätte planen können. Ich durchschaute ihr Manöver und liebte sie dafür. Sie machte sich Sorgen um mich und dachte, Mateo und ich hätten uns gestritten. Sie ahnte ja nicht, wie es wirklich war.

Alle meine Versuche, ihn aus meinem Leben zu verbannen, waren gescheitert. Obwohl ich sie viermal gewaschen hatte, trug meine Bettwäsche immer noch seinen Duft. Jedes Mal, wenn ich einen Hauch von Zigarettenrauch in die Nase bekam, dachte ich an ihn und fragte mich, ob er es geschafft hatte, endgültig aufzuhören.

Und hier stand ich nun in dem Kleid, das er für mich ausgesucht hatte. Als ich es anprobiert hatte, konnte er seine Hände nicht von meiner Haut, meinen Hüften, ja sogar von der Rundung meines Bauches lassen.

Trotz der langen Ärmel des Kleides fröstelte ich.

Vielleicht brütete ich etwas aus.

»Mimi!« Natalie schritt auf mich zu, so elegant mit ihren langen Beinen und dem anmutig fließenden, weinroten Kleid. Obwohl der Wasserfallausschnitt praktisch bis zu ihrem Nabel reichte, blieb ihr Busen, der sich besser zu benehmen wusste, unter der Seide verborgen. »Du siehst fabelhaft aus!« Sie fasste mich an den Schultern zu einer halben Umarmung, vorsichtig, um den sorgfältig arrangierten Faltenwurf nicht zu zerknittern, und deutete einen Luftkuss an, damit wir unseren Lippenstift nicht verwischten.

»Danke. Du bist wie immer umwerfend.«

»Danke dir.« Sie warf ihr blondes Haar zur Seite und schaute über meine Schulter. »Wo ist Mateo?«

Ich wollte Larissa keinen weiteren Grund zur Kritik geben, also hatte ich während unserer Gala-Besprechungen darauf geachtet, unsere Trennung nicht zu erwähnen. Ich wollte ihr beweisen, dass ich auf eigenen Füßen stehen konnte, selbst in einem Busen-betonten Kleid auf einer Gala, bei der ich mich fühlte, als hätte ich mir die Haut abgezogen, damit jeder die Muskeln und Sehnen darunter angaffen konnte.

»Er konnte nicht kommen.« Ich schenkte Natalie ein gezwungenes Lächeln.

Ihr Lächeln fiel in sich zusammen. »Oh nein. Ich hatte gehofft, ihr würdet das wieder hinbekommen.«

Es hatte keinen Sinn mehr, sie anzulügen. »Ehrlich gesagt? Wir waren nie zusammen. Es war alles nur gespielt. Obwohl es mir lieber wäre, du würdest es Larissa nicht erzählen. Sie braucht nicht noch etwas, wofür sie mich kritisieren kann.«

»Warte, was?« Sie rümpfte die Nase. »Gespielt?«

Die Lüge zu enthüllen fühlte sich an, als hätte ich einen zwanzig Kilo schweren Rucksack abgenommen. Ich atmete so tief ein, wie es meine Shapewear erlaubte.

»Wir waren nur Freunde. Na ja, nicht einmal das.« Freunde hätten sich in den zwei Wochen seit unserem Streit bei ihm zu

Hause angerufen. »Er hat mir nur geholfen, weil Larissa meinte, ich müsse ein Date zur Gala mitbringen. Und dann gerieten die Dinge außer Kontrolle, als er Teil des Komitees wurde.«

Sie zuckte zusammen. »Tut mir leid, das ging vielleicht auf meine Kappe. Obwohl es nicht gespielt aussah. Besonders an dem Abend, als wir tanzen waren.« Sie warf mir einen durchdringenden Blick zu, der seltsamerweise an den erinnerte, den ihr Bruder Jackson meinem kaputten Laptop gewidmet hatte. Als könnte sie auch mich reparieren.

»Nun, das war es. Gespielt. Am Anfang. Dann war es weniger gespielt und ...« Und die zehn Tage, an denen es echt gewesen war, waren die besten meines Lebens gewesen. Ich hasste es, es zuzugeben, aber ich vermisste, was wir hatten. Obwohl ich das nicht sagen konnte. Heute Abend musste ich Wonder Woman sein, eine Powerfrau, die in ihrem Ehrenamt voll durchstartete. Kein trauriges, liebeskrankes Häufchen Elend wie Barbara Minerva, bevor sie sich in Cheetah verwandelte.

Liebeskrank? Nein, ich war nicht liebeskrank.

Oder doch?

Ich straffte meine Schultern. Nach einem kurzen Blick, um sicherzugehen, dass sich die Mädels benahmen, sagte ich: »Wir sind nicht mehr zusammen, und ich habe nicht vor, ihn wiederzusehen, außer wenn es bei Familienangelegenheiten sein muss.«

Ihre gütigen braunen Augen wurden so weich, dass es in meinen eigenen Augen zu kribbeln begann. »Das tut mir so leid. Bist du okay?«

»Mir geht es gut.« Diese Lüge kam mir leicht über die Lippen. Ich hatte sie mir seit zwei Wochen selbst vorgelogen.

Sie drückte meinen Arm. »Lass uns was zu trinken suchen und uns entspannen. Du kannst mir alles darüber erzählen. Oder auch nicht, ganz wie es sich für dich besser anfühlt.«

»Ich würde lieber ... nicht, glaube ich.«

»Das ist in Ordnung. Unabhängig davon haben wir uns den Arsch aufgerissen. Wir haben einen Drink verdient.«

Wir drehten uns zu der Menge der ersten Gäste um, die sich

um die Stehtische vor der Bachata-Band versammelten, die sich auf der Bühne einrichtete. Welcher der Männer war Mateos Kollege? Wäre Mateo hier, hätte er ihn mir zeigen können. Uns in einer Musikpause vorstellen können.

Aber er war nicht hier. Weder um mich abzuschirmen noch um das Gespräch zu erleichtern.

Er fehlte mir. Nicht wegen der hundert kleinen Dinge, die er für mich getan hatte. Für sich selbst. Ich vermisste es, mich zu ihm umzudrehen, wenn ich etwas lustig fand, um zu sehen, ob er auch lachte. Ihn zu berühren und zu spüren, wie er vor Vergnügen erzitterte. Zusammen zur Musik zu wiegen, im Vertrauen darauf, dass er uns nicht ins Wanken geraten lassen würde, solange ich meine Füße in Bewegung hielt.

Scheiße. Hatte ich mich in den großen Kerl verliebt?

Natalie umklammerte meine Hand. »Was ist los? Du bist plötzlich ganz blass geworden.«

»Nichts, ich …« Aber ich hatte eine Ausrede, um den Satz nicht zu beenden. Ich nickte in Richtung der älteren Version von Natalie, die auf uns zusegelte. Sie trug ein perlenbesetztes Kleid in Cranberry-Rot und zog einen schwarzen Mann im Smoking mit kurzgeschorenem, an den Schläfen ergrautem Haar hinter sich her.

»Natalie.«

»Mutter.« Natalie richtete sich auf. Ihr fürsorglicher, besorgter Gesichtsausdruck wurde leer, und ein sardonisches Lächeln hob einen Mundwinkel. Sie drehte sich um und warf ihrer Mutter einen Luftkuss zu.

»Stellen Sie uns Ihre Freundin vor«, befahl die Frau.

»Mutter, Charles, das ist Miriam Levy-Walters, die ehrenamtliche Schatzmeisterin der Stiftung. Ihr Bruder ist Ben Levy-Walters, den Ihr auf der Verlobungsfeier von Ben und Cooper im Dezember kennengelernt hättet. Mimi, das ist meine Mutter, Audrey Jones Hayes, und mein Stiefvater, Charles Hayes.«

»Freut mich, Sie kennenzulernen«, sagte ich. Alles an Mrs. Hayes schrie *teuer*. Ihre königliche Selbstsicherheit brachte mich dazu, mich zu fragen, ob ich einen Knicks machen sollte. Oder mich verbeugen? Ich streckte meine Hand aus.

Mrs. Hayes ergriff sie, ihre Haut war unglaublich weich. Als Nächstes schüttelte Mr. Hayes meine Hand. »Natalie hat uns so viel von Ihnen erzählt.«

»Hat sie?« Ich warf einen Blick auf Natalie, deren Wangen ganz oben leicht erröteten.

»Ich habe sie noch nie so glücklich gesehen, wie sie es bei der Arbeit an dieser Gala gewesen ist«, sagte er. Seine braunen Augen funkelten, und ich konnte nicht anders, als zu lächeln.

»Was wirklich lächerlich ist«, sagte ihre Mutter. »Sie hat Dutzende davon mit mir geleitet. Wo ist Ihr Date, Natalie? Ich habe Daniel seit Ewigkeiten nicht gesehen.«

Sie machte eine nachlässige Handbewegung. »Er ist irgendwo hier. Wahrscheinlich schließt er gerade einen Deal ab, während er für Getränke ansteht.«

»Er hört nie auf zu arbeiten.« Mrs. Hayes nickte zustimmend und erinnerte mich an meine eigene Mutter. Plötzlich klang endlose Arbeit anstrengend. Ich brauchte einen Drink. Und einen Stuhl.

»Niemals aufhören zu arbeiten? Das klingt nach keinem Spaß.« Jackson Jones schlenderte auf uns zu, zwei Gläser Champagner in der Hand. Er reichte mir eines. »Mimi, du hast dir für diese Gala den Arsch aufgerissen, und es ist Zeit, sich zurückzulehnen und es zu genießen.«

»Danke.« Mein Gesicht und mein Hals wurden heiß, bis ganz hinunter zu der Stelle, wo mein Busen im tiefen Ausschnitt verschwand.

»Ich habe gehört, du hast auch hart gearbeitet, Nat.« Eine Frau wie eine Amazone, dunkelhäutig, schlank und atemberaubend schön, trat neben Jackson und reichte ihr zweites Glas an Natalie.

»Jamila!«, sagte Mrs. Hayes. »Es ist mir eine große Freude, Sie zu sehen. Natalie, sag Danke.«

»Danke«, krächzte Natalie. Sie schluckte. Ihre Augen waren

riesig und rund geworden. Ich hatte sie noch nie so erschüttert gesehen. Was war hier los?

»Schickes Kleid«, sagte Jamila, ihr Blick wanderte den tiefen Ausschnitt hinunter. »Ich kann nicht glauben, dass du vor unseren Augen erwachsen geworden bist. Ich erinnere mich, wie du früher Jackson am College besucht hast. Du hattest immer die süßesten Rüschenkleider an, und deine Haare waren zu Zöpfen geflochten.«

Natalie wickelte eine lange Locke um ihren Finger. »Das ist lange her.«

Jamila lachte lauthals auf. »Wem sagst du das. Erinnerst du dich an das eine Mal, als …«

Ich bemerkte nicht, dass ich aufgehört hatte, zuzuhören, um über die sich versammelnde Menge zu blicken und nach ein Paar starken Schultern und sorglosen blonden Wellen Ausschau zu halten, bis Mr. Hayes' Stimme leise in meinem Ohr landete.

»Miriam, wenn ich darf, ich glaube, diese Gala ist genauso wenig Ihre Welt wie meine. Das Geheimnis des Erfolgs bei diesen Veranstaltungen ist, sich einen Partner zu suchen, der einem den Weg ebnet, so wie Audrey es für mich tut.« Er streckte eine Hand aus, und Mrs. Hayes ergriff sie.

»Charles.« Mrs. Hayes trat näher und lehnte sich an seine Schulter. »Wenn du dich nur bemühen würdest–«

»Warum sollte ich mich bemühen?« Er grinste. »Du nimmst mir die ganze Arbeit ab. Tatsächlich bin ich sicher, dass es jemanden gibt, mit dem ich jetzt sprechen sollte.«

»Sie müssen Mr. van der Poel finden, um herauszufinden, was er über die neue Datenschutzgesetzgebung weiß.«

»Sehen Sie, was ich meine?« Seine tiefbraunen Augen funkelten. »Jackson, Jamila, kommt. Wir haben einiges an Networking zu erledigen. Und diese beiden verdienen es, in Ruhe Champagner zu trinken. Wenn Sie uns entschuldigen, meine Damen. Genießen Sie die Party.« Er zwinkerte seiner Stieftochter zu, nickte mir zu und bot seiner Frau den Ellbogen an. Sie nahm ihn, und sie verschwanden in der Menge, zusammen mit Jackson und Jamila.

»Ja.« Natalies Lächeln war zerbrechlich wie Glas. »So wärt ihr auch gewesen, du und Mateo.«

Ich kippte die letzten Tropfen Champagner in meinen Mund. Ich brauchte noch einen, wenn sie ihn mir weiterhin dauernd unter die Nase reiben würde. »Komm schon. Wir müssen auch netzwerken. Larissas Anweisung.« Außerdem musste ich die Direktorin finden und sie nach der Abhebung und der seltsamen Einzahlung fragen.

»Scheiß auf Larissa. Mit dir abzuhängen macht viel mehr Spaß als zu netzwerken. Aber wenn du dich unter die Leute mischen willst, kann ich die Audrey für deinen Charles sein.« Sie warf ihr langes Haar über die Schulter. Sie wusste genau, wie man sich auf solchen Partys bewegt, auf eine Art, wie ich es nie könnte.

»Ich werde nie wie deine Mutter oder Charles sein. Ich gehöre hier überhaupt nicht hin.« Ich blickte auf mein funkelndes Kleid hinab, als hätte ich es mit Lokis Magie projiziert und die Illusion würde jeden Moment zerfallen und mich in meiner üblichen, schlabbrigen, schwarzen Kleidung zurücklassen.

»Natürlich tust du das. Du brauchst nur den richtigen Partner.« Sie beugte ihren Ellbogen wie ein Herzog in einem Historienfilm.

»Danke, Natalie. Du bist eine gute Freundin.« Ich hakte mich bei ihr unter. »Also, wohin sollen wir zuerst–«

Larissa schwebte zu uns herüber und brachte die zarte Blase der Normalität zum Platzen, die Natalie um mich geblasen hatte. Sie trug ein trägerloses schwarzes Meerjungfrauen-Kleid, das mit aufwendigen Perlenstickereien bedeckt war, die sich bis zum bauschigen Tüll am Saum erstreckten. Um ihren Hals trug sie eine auffällige Statement-Kette aus glitzernden roten Kristallen mit einem riesigen unechten Rubin, der knapp über dem Mieder des Kleides schwebte.

»Larissa, das Kleid ist wunderschön«, sagte Natalie. Sie beugte sich näher. »Handbestickt?«

»Nicht wahr?« Larissa strich sich mit einer Hand über die Seite.

»Und diese Kette.« Natalie nannte einen teuren Juwelier, von dem ich Prominente vor Preisverleihungen auf dem roten Teppich hatte sprechen hören.

Larissa nickte. »Es ist das erstaunlichste Schmuckstück, das ich je getragen habe.«

Er war echt? Ich schluckte, und dieses Ziehen in meinem Hinterkopf, wie die Antwort auf eine fast gelöste Matheaufgabe, war wieder da. Ich kannte Larissas Nettoeinkommen nicht, da Jackson sie, entgegen meinem Rat, direkt aus seinen persönlichen Mitteln bezahlte. Laut den Gehaltsvergleichs-Websites, die ich überprüft hatte, reichte es nicht aus, um sich riesige, echte Rubine leisten zu können. War es möglich, solchen Schmuck zu mieten? Meine Gedanken drehten sich im Kreis, während ich versuchte, das Geschäftsmodell des Juweliers und die Versicherung der Stücke zu verstehen.

Larissa holte mich aus meinen Berechnungen, indem sie sagte: »Lassen Sie mich Ihnen Flavio, mein Date, vorstellen.«

Er hatte hinter ihr gestanden und mit einem der schwarz uniformierten Mitarbeiter des Clubs gesprochen, trat aber vor, als sie an seinem Ärmel zupfte. Er hatte bei beiden Malen, die ich ihn hier zuvor getroffen hatte, Golfkleidung getragen, aber heute Abend schmiegte sich sein Smoking an seine Statur, von breiten Schultern bis zu schmalen Hüften. Er stand nicht so aufrecht wie Mateo, sondern lümmelte sich, die Hände in den Taschen, bequem in seinem Smoking und in seiner eigenen Haut, als ob ihm der Laden gehörte.

»Oh, wir haben uns bereits getroffen«, sagte Natalie. »Als wir letzte Woche mit der Dekorateurin hier waren.«

»Ja.« Er wackelte mit einem Finger. »Ich habe Ihnen meine Karte gegeben, Miss Jones, aber Sie haben mich noch nicht angerufen.«

»Sprechen Sie mit Larissa. Sie ist diejenige, die uns mit der Partyplanung auf Trab gehalten hat.«

»Ah. Aber jetzt ist die Partyplanung abgeschlossen, und ich habe einen Geschäftsvorschlag–«

»Nicht jetzt, Flavio.« Larissas Lächeln verzog sich zu einer Grimasse. »Wo ist Mateo? Ich wollte ihn fragen, warum die Band keine Sombreros und diese engen Mariachi-Hosen trägt.«

Natalie verdrehte die Augen so heftig, dass ich dachte, ihre falschen Wimpern könnten abfliegen.

»Er ist heute Abend nicht hier«, sagte ich.

»Ärger im Paradies?« Larissas aschblonde Augenbrauen schossen in die Höhe.

Ich wollte ihr nein sagen, aber die Lüge blieb mir im trockenen Hals stecken.

»Oh, nein.« Ihre Stimme sank eine Oktave tiefer. »Ihr habt euch getrennt?«

Natalie trat näher und umklammerte meine plötzlich kalte Hand. »Lass uns heute Abend nicht darüber reden. Heute Abend wollen wir unsere harte Arbeit feiern.« Aber sie warf mir einen Blick voller Mitgefühl zu, dass es in meinen Nebenhöhlen kribbelte.

Ich schniefte. Ich war mir nicht sicher, ob meine eigenen falschen Wimpern Tränen standhalten würden. Außerdem hatte ich genug davon in mein nach Mateo duftendes Kissen geweint. Ich presste meinen Mund zusammen, um das Schluchzen im Inneren zu halten.

Natalie muss das Zittern meines Kiefers bemerkt haben. »Entschuldige uns. Wir waren auf dem Weg zu einer zweiten Runde.«

»Denken Sie daran, Sie repräsentieren heute Abend die Stiftung«, zischte Larissa. »Nur zwei Drinks, Miriam. Keine Fehler.«

Ich richtete mich auf. Ich musste sie nach dem Notgroschen-Konto fragen. Aber nicht vor Flavio und Natalie. »Larissa, könnte ich–«

»Keine Zeit.« Natalie packte meinen Arm und zog mich durch die Menge zur nächsten Bar.

»Aber ich musste sie etwas über die Stiftung fragen–«

»Scheiß auf die Stiftung«, schnappte Natalie. »Wir sind auf einer Mission. Trennungen erfordern Champagner und Schokolade.«

Bei Ben waren es Rotwein und fettige Pizza. Aber das hatte die Schwere in meinem Bauch nicht gelindert. Vielleicht würde Natalies Heilmittel helfen. Ich würde Larissa finden, wenn meine Augen nicht so undicht wären.

Ich setzte ein entschuldigendes Lächeln auf. »Ich bin allergisch.«

»Gegen Champagner?«

»Nein. Schokolade.«

Ihre Augen wurden weich vor Mitgefühl. »Du Ärmste. Schokolade ist das beste Heilmittel gegen Liebeskummer, das ich kenne. Wir müssen deinen Kummer mit … Kohlenhydraten ertränken. Dagegen bist du doch nicht allergisch, oder?«

»Nur gegen die mit Schokoladengeschmack.«

Zwei Gläser Champagner später in einer Ecke des Ballsaals hatte der Raum eine verschwommene Qualität angenommen, als wäre er mit Schmalz beschmiert.

»Ich glaube, ich muss etwas mehr als Lachs auf Toast-Points essen«, sagte ich. Ich brauchte *keine* Wiederholung von Brees Junggesellinnenabschied – oder seinen Folgen.

»Gute Idee.« Natalie hielt einen Kellner mit einer mühelosen Handbewegung an. »Entschuldigen Sie, können Sie den Küchenchef fragen, ob er mit dem Dinner-Service beginnen kann?«

»Ich – ich schätze schon? Wir müssen Mr. Flavio fragen.«

Ich rümpfte die Nase. Der Alkohol hatte die Enge in meiner Brust nicht gemindert, aber meine Zunge gelockert. »Warum ihn?«

Sie neigte den Kopf zur Seite. »Heute Abend geht alles über ihn.«

Alles hätte über Larissa laufen sollen. Oder eine von uns. »Warum?«

Die Kellnerin zuckte mit den Schultern. »Er sagt, er ist heute Abend der Verantwortliche. Er *ist* der Besitzer.«

»Flavio *besitzt* den Country Club?« Diese Tatsache durchdrang mein nebliges Gehirn.

»Ja?«

»Dieser Flavio« – Gott, ich wünschte, ich wüsste seinen Nachnamen – »da drüben?« Ich zeigte auf die Mitte der Tanzfläche, wo Larissa neben ihm stand.

»Ja. Ich werde den Manager bitten, ihn zu fragen.« Sie drehte sich auf ihrem schwarzen Schuh um und ließ mich glotzend zurück.

»Flavio besitzt den Country Club«, sagte ich.

»Das wusstest du nicht?«, fragte Natalie.

»Nein, du etwa?«

»Nein, aber warum schaust du so?«

»Er ist Larissas Verlobter. Die Stiftung zahlt dem Country Club einen fünfstelligen Betrag. Pro Stunde. Das ist eine Menge Geld, und es ist ein Interessenkonflikt.« Ich hatte die Schecks ausgestellt, und Larissa hatte sie unterschrieben. Ich hatte nicht daran gedacht, die Besitzverhältnisse des Veranstaltungsortes zu überprüfen, aber jetzt, wo ich es wusste, müsste ich es melden. Zusammen mit den seltsamen Vorkommnissen mit den Konten war das zu viel, um es zu ignorieren. Ich rieb mir die Hände. Sie fühlten sich schmutzig an.

Ich hatte seit meinem Eintritt in die Firma einmal im Jahr an Synergys obligatorischer Compliance-Schulung teilgenommen, also konnte ich die Richtlinie zu Interessenkonflikten auswendig, aber die Stiftung war zu klein für ein solches Schulungsprogramm. Könnte es ein ehrlicher Fehler gewesen sein?

»Ich wusste, dass da etwas nicht stimmte«, sagte Natalie. »Die Stiftung schien nie so viel Geld zu haben, wie sie sollte. Deshalb habe ich zugestimmt, bei der Gala zu helfen. Ich, äh« – sie umklammerte ihr Champagnerglas – »ich dachte zuerst, es könnte sein, dass du Geld von der Stiftung abzweigst, aber nachdem ich dich kennengelernt hatte, konnte ich das nicht mit dir in Einklang bringen. Ich habe Jackson gefragt, ob er Larissa für zwielichtig hält, aber sie wurde so hochgelobt, dass ich glaube, er hat ein bisschen Angst vor ihr.«

Ein Ziegelstein lastete in meinem Magen. Ich hatte bis zu der seltsamen Abhebung gestern Abend nichts Falsches bei den

Konten bemerkt. War ich so auf meine Karriereziele fixiert gewesen, dass ich etwas so Großes wie Veruntreuung übersehen hatte?

»Ich – ich habe etwas gefunden. Gestern Abend. Eines der Stiftungskonten wurde geleert. Von Larissa.« Ich öffnete meine Clutch und reichte ihr den Ausdruck. »Heute gab es eine seltsame Einzahlung auf mein PayMo. Ich habe sie rückgängig gemacht, aber die Zahl stimmte mit dem Guthaben des Notgroschen-Fonds überein.«

»Letzte Woche, als wir hier mit der Dekorateurin waren, hast du gesagt, dass eine Einzahlung fehlt. Was hat Larissa dazu gesagt?«

»Sie sagte, sie hätte das Bargeld der Dekorateurin gegeben.«

Natalie schüttelte den Kopf. »Gail ist eine Freundin. Sie hat zugestimmt, ihre Bezahlung nach der Veranstaltung anzunehmen. Sie hat auf ihre übliche Anzahlung verzichtet.«

Mir wurde schwindelig. Das war zu unregelmäßig. Wir würden niemals eine Prüfung bestehen. Etwas war definitiv falsch. Aber Larissa hatte letztes Jahr diesen Preis gewonnen. Ich konnte nicht glauben, dass sie die Stiftung absichtlich betrogen hatte. Wer konnte das den Kindern antun?

»Wir sollten es Jackson sagen«, sagte Natalie. »Ich weiß, er verfolgt einen distanzierten Ansatz bei der Führung der Stiftung, aber er wird nicht erfreut sein, das zu hören.«

»Ich würde lieber zuerst mit Larissa sprechen. Sehen, was sie zu ihrer Verteidigung zu sagen hat.«

»Okay, aber ...« Sie biss sich auf die Lippe. »Da ist noch mehr. Ich wollte nichts sagen, bis ich sicher war, aber ich glaube, sie hat das Geld für die Miete eingesteckt. Jackson hat erwähnt, dass er für Büroräume bezahlt, aber sie und ich treffen uns immer bei Starbucks.«

Meine Augen weiteten sich. »Jackson hat ihr Geld für Büroräume gegeben? Das sollte über die Stiftungskonten laufen. Außerdem hat sie von ihrer Wohnung aus gearbeitet.«

Natalie schüttelte den Kopf. »Wir müssen es Jackson sagen.

Das hier« – sie schüttelte die Papiere in ihrer Hand – »das ist ein Beweis.«

Sie stieg von ihrem Stuhl ab und wartete mit hochgezogenen Augenbrauen.

Sie hatte recht. Es war zu viel, um ein Versehen zu sein. Aber damit war der Job der stellvertretenden Direktorin dahin. Jackson Jones würde mir niemals verzeihen, dass ich das unter meiner Aufsicht hatte geschehen lassen.

Ich rutschte vom hohen Hocker. »Okay. Lass uns mit ihm reden.«

Sie suchte auf der Tanzfläche nach ihrem Bruder, und ich schaute in die andere Richtung, zum Eingang.

Mein Blick blieb an einem Paar starker Schultern und einem blonden Kopf hängen, der die Menge überragte. Mein Atem stockte in meiner Brust.

Mateo?

Jeder Gedanke verdampfte aus meinem Gehirn. Die Stiftung, Larissas Betrug, sogar meine Freundin, die neben mir stand. Eine Welle der Hoffnung durchströmte mich. Die Hoffnung, dass er mir vergeben hatte. Dass er hierhergekommen war, um mich zu sehen. Dass – ich schluckte – er wieder ein Teil meines Lebens sein wollte.

Denn das wollte ich.

Aber als er den Kopf drehte, erkannte ich, dass es nur Cooper Fallon war, der neben meinem Bruder am Eingang des Ballsaals stand.

Als mir das Herz in die Hose rutschte, hörte ich auf, es zu leugnen.

Ich war die ganze Zeit in Mateo verliebt gewesen.

29

MATEO
EINE STUNDE ZUVOR

ICH HATTE ALLES, was ein Single am Valentinstag brauchte: ein Bier in der Hand, ein Sixpack im Kühlschrank und ein zweites Sixpack dahinter. Dazu Fußball auf einem riesigen Fernseher. Nein, es war keine Fußballsaison, nicht einmal die amerikanische, aber obwohl Miguelito nie etwas anderes als die Finanznachrichten schaute, hatte er ein fantastisches Kabelfernsehpaket. Der MLS-Sender wiederholte einen Marathon der letztjährigen Weltmeisterschaftsspiele.

Und ich hatte den besten Kumpel aller Zeiten, auch wenn er sich unter einer Decke verstecken musste. Ich riss ein winziges Dreieck von einem Streifen Beef Jerky ab und fütterte es Roger, der zufrieden unter der Kaschmirdecke auf der Wohnlandschaft in Miguelitos Fernsehzimmer schnurrte. Dann warf ich ein größeres Stück zu Coco, die zu meinen Füßen auf dem Boden lag.

Das Klacken von eleganten Schuhen auf den Fliesen gab mir genug Zeit, Roger mit der Decke zu bedecken, bevor Ben hereinkam.

»Hey, Mateo, kannst du mir bei meiner Fliege helfen? Ich hab den Bogen immer noch nicht raus.«

Ich stellte mein Bier ab und ging um das Sofa herum, um mich vor ihn zu stellen. Er hatte einen frischen Glanz an sich, der noch umwerfender war als der maßgeschneiderte Smoking mit Satinbesatz. Ich wischte meine Beef-Jerky-Finger an meiner Jogginghose ab, um die glänzende Fliege nicht zu beschmutzen.

»Boss?«

»Nein.« Er seufzte verzückt und verdrehte die Augen zur Decke. »Wahnsinn, Tom Ford. Schau dir die Manschetten an.« Er hielt einen Unterarm hoch, um die Satinmanschette und die bezogenen Knöpfe zu zeigen.

Ich pfiff. »Er muss dich wirklich lieben.«

»Ich weiß, oder?«

Ein Lächeln huschte über mein Gesicht. War ich eifersüchtig, dass mein Cousin die Liebe seines Lebens an Land gezogen hatte, während mein Herz in Stücke gerissen war? Absolut. Trotzdem konnte ich angesichts von Bens strahlendem Glück nicht wütend sein.

»Konnte Lito das nicht binden?« Ich richtete die Enden aus und ließ mein Muskelgedächtnis die Kontrolle übernehmen. Mein Vater hatte sonntags gerne Fliegen zur Messe getragen.

»Er hat es versucht« – Bens Hals rötete sich unter seinem Kragen in einem Farbton, der mich zu sehr an die Haut seiner Schwester erinnerte – »aber er war, ähm, ständig abgelenkt. Deshalb sind wir zu spät dran. Er duscht gerade.«

Ich zwang mich zu einem Glucksen.

Immer zu scharfsinnig, fragte Ben: »Wird's bei dir gehen?«

»Was?« Ich zog die Fliege fest. »Natürlich. Ich habe Bier und Fußball. Später bestelle ich mir eine Pizza. Das Leben ist schön.«

»Mateo.« Ben legte eine Hand auf mein T-Shirt, genau über das klaffende Loch in meiner Brust. »Es tut mir leid, dass es mit dir und Mimi nicht geklappt hat. Ich hab euch die Daumen gedrückt.«

»Da könnte man genauso gut San Marino die Daumen drücken«, murmelte ich und richtete seine Fliege.

»Ich hab's nicht so mit Sport. Was ist San Marino?«

»San Marino?« Miguelito kam herein, seine eigene Fliege hing lose um seinen Hals. »Nur der schlechteste europäische Fußballverein aller Zeiten. Du willst doch dort kein Spiel sehen, oder?«

»Wo ist das überhaupt – egal. Mateo hat sich mit denen verglichen, und ich wusste, dass mir das nicht gefällt.« Er tauschte einen Blick mit seinem Verlobten aus.

»Ich meinte, was ich neulich gesagt habe«, sagte Miguelito schroff. »Du bist mein Primo und ich liebe dich. Ich schätze dich. Du bist gut genug.«

Ich brauchte diese Worte. Ich sog sie durch meine Haut auf wie Vitamin D im Sonnenlicht. Sie sammelten sich in meinem Bauch und wärmten mich von innen.

»Oh, Mateo«, sagte Ben. »Natürlich bist du gut genug. Mimi mag meine Schwester sein, aber sie ist eine Närrin, wenn sie das nicht sieht.«

Meine Nebenhöhlen kribbelten. Ich hakte Ben mit meinem rechten Arm und Lito mit meinem linken unter und zog sie zu einer erdrückenden Umarmung an mich. Ich unterdrückte meine Tränen, denn ich wollte nicht, dass sie auf ihre Smokingjacken tropften. »Danke«, flüsterte ich mit zugeschnürter Kehle.

Ben umarmte mich fest, während Lito mir ein paar linkische Klopfer auf den Rücken gab.

»Wir lieben dich beide, Mateo«, murmelte Ben gegen meine Schulter.

»Aber.« Miguelito löste sich sanft aus meiner Umarmung und zog Ben an seine Seite. »Ich kann dieses Selbstmitleid, in dem du dich suhlst, nicht gutheißen.« Er deutete auf mein verblichenes, ausgefranstes T-Shirt und meine schlabberige Jogginghose. »Warum bist du nicht angezogen?«

Ich zog mein eingelaufenes T-Shirt nach unten, um meinen Bauch zu bedecken. »Ich bin doch angezogen. Ich bin bereit für einen Abend mit meinen Lieblingsvereinen.«

Miguelito warf einen Blick auf den Fernseher. »Leipzig gegen Chelsea? Du hasst sie beide.«

Verdammt, ich war zu sehr damit beschäftigt gewesen, mich im Selbstmitleid zu suhlen, um darauf zu achten, wer spielte. »Vielleicht können ja beide verlieren?«

»Vergiss den Scheiß.« Mein Cousin schnitt mit der Hand durch die Luft. »Du kommst mit uns zur Gala. Du wirst deine Chance bei Mimi nutzen.«

»Was?« Ein Schauer lief mir über den Rücken. »Nein, das werde ich nicht. Sie will mich nicht.«

»Natürlich will sie dich.« Ben strich besänftigend über meinen Bizeps. »Sie hat es nur vergessen.«

Ich fletschte die Zähne und wich seiner Berührung aus. »Weil ich vergessenswert bin.«

Bens Mund formte sich zu einem entsetzten O. Diesmal packte Miguelito meine Schulter und presste die Worte zwischen den Zähnen hervor. »Du. Bist nicht. Vergessenswert. Jeder, der dich kennenlernt, liebt dich. Deine Mutter? Sie hatte ihre Probleme, die nichts mit dir zu tun hatten. Und Mimi war eine Närrin, dich gehen zu lassen. Wahrscheinlich bereut sie diese Entscheidung gerade jetzt.«

Ich schnaubte. »Natürlich tut sie das. Sie ist allein zu dieser Gala erschienen, und Larissa – verdammt, Larissa macht sie doch gerade zur Schnecke, oder?«

»Es gibt nur einen Weg, das herauszufinden. Komm mit uns. Erobere sie zurück.«

Ich wandte mich an Ben. Ich meine, ich liebte meinen Cousin, aber seine Dating-Bilanz war beschissen.

»Gib ihr noch eine Chance«, sagte Ben. »Wenn sie es wieder vermasselt, ist es mir egal, ob sie meine Schwester ist. Dann ist bei mir der Ofen aus.«

»Ich könnte niemals zwischen dich und Mimi kommen. Du musst auf ihrer Seite stehen. Aber Lito behalte ich.« Ich legte einen Arm um die Schultern meines Cousins.

Er zog sich zurück und strich unsichtbare Falten aus seinem

Smoking. »Komm schon. Ich helfe dir oben, einen Smoking auszusuchen.«

»Den Versace-Brokat-Smoking, Babe«, sagte Ben. »Du kannst ihn nie ganz tragen, aber an ihm wird er umwerfend aussehen.«

Miguelitos Lippen verzogen sich, aber dann zuckte er mit den Schultern. »Er ist ein bisschen zu auffällig für mich. Aber perfekt für meinen Primo.«

Als ich mich umdrehte, um meinem Cousin nach oben zu folgen, ergriff Ben mein Handgelenk. Mit hochgezogenen Augenbrauen sagte er mit einer Stimme, die zu leise war, als dass sein Verlobter sie hören konnte: »Ich bringe deinen Gast nach Hause. Ich würde nicht empfehlen, ihn wieder hierherzubringen. Cooper wird nicht so freundlich darauf reagieren wie Coco, und er könnte die netten Dinge, die er über dich gesagt hat, zurücknehmen.«

Ich griff über die Rückenlehne des Sofas, deckte Roger auf und reichte ihn Ben. »Danke, Mann. Das bin ich dir schuldig.«

»Quatsch. Bring meine Schwester wieder zum Lächeln, und alles ist vergeben.« Er klopfte mir auf die Schulter und klackerte davon, Roger war vor seiner schwarzen Smokingjacke fast unsichtbar.

»Kommst du?«, rief Miguelito vom Treppenabsatz.

Ich rannte die Treppe hinauf, um zu ihm zu gehen. Selbst wenn ich sie nicht zurückgewinnen würde, würde ich Mimi vor Larissas eiskalter Eifersucht bewahren und ihr helfen, im Rennen um den Job zu bleiben, den sie so dringend wollte.

Fünfzehn Minuten später folgte ich meinem Cousin nach unten. Ich war angezogen und gestylt, und er hatte mich mit einem unglaublich gut riechenden Eau de Cologne eingesprüht, von dem er sagte, er hätte es nie gemocht. Es erinnerte mich an nachtblühende Blumen und die warme Meeresbrise von zu Hause.

Ben erhob sich von dem Küchenhocker, auf dem er gewartet hatte. Er tat so, als hielte er sich schützend die Augen zu. »O-M-G, bei diesem heißen Anblick kann ich einfach nicht mehr. Mateo, wenn Mimi dich nicht zurücknimmt, wird es kein Problem sein, jemanden zu finden, der dir hilft, sie zu vergessen. Verdammt, ich würde helfen.«

Miguelito knurrte tief in seiner Kehle.

»War nur ein Scherz! Absolut ein Scherz. Aber wenn ich mit euch beiden hereinkomme, werde ich mich wie Scarlett O'Hara beim Picknick auf Twelve Oaks fühlen.« Ben ergriff die Hand seines Verlobten und führte ihn zur Tür zur Garage. »Lass uns gehen, mein Hübscher. Wir sind spät dran.«

Miguelito wischte etwas von Bens Schulter. »Sind das Katzenhaare?«

»Könnte nicht sein, Babe. Wo sollte ich in unserem makellosen Zuhause Katzenhaare finden?« Er zwinkerte mir über die Schulter zu. »Komm schon, Mateo. Wir haben den Zauber der guten Fee vollbracht. Jetzt musst du nur noch deine Prinzessin zurückerobern.«

Schweigend folgte ich ihnen hinaus in die Garage. Was, wenn Mimi gar nicht zurückerobert werden wollte?

Ich straffte die Schultern. Ich würde es nie erfahren, wenn ich es nicht versuchte.

30

MIMI

ICH WANDTE mich vom Eingang ab. Ich konnte nicht zusehen, wie Ben jemandem Schmachtblicke zuwarf, der dem Mann, den ich von mir gestoßen und verloren hatte, so sehr ähnelte.

»Entschuldigung, was hast du gerade gesagt?«, fragte ich Natalie.

Aber sie war ebenfalls abgelenkt. Ihr Bruder Jackson schlenderte auf uns zu. Seine braunen Augen leuchteten champagnerhell.

»Wo ist Andrew hin? Er hat mir seine Spende noch nicht gegeben. Aber das wird euch gefallen. Ich habe gerade einen Scheck über zehntausend Dollar von diesem Arschloch van der Poel angenommen. Er wollte ihn dir geben, Nat – ist er nicht deine Verabredung? –, aber ich habe ihm gesagt, dass es meine verdammte Stiftung ist und zehn Riesen ihn nicht in deine Hose bringen werden.«

»Wie auch immer, ich wollte euch beiden noch einmal dafür danken, dass ihr das auf die Beine gestellt habt. Was auch immer ich euch zahle, es ist nicht genug für das, was ihr heute Abend hier geleistet habt.« Er machte eine ausladende Geste zu den mit

Kristall und Silber funkelnden Tischen, zur Band und den tanzenden Paaren, zu den Leuten, die sich am Valentinstag in Schale geworfen hatten, um neurodivergente Kinder zu unterstützen.

Natalie schnaubte. »Du bezahlst uns gar nicht, Jackson. Ich habe geholfen, weil du mein Bruder bist und ich nicht wollte, dass du bei deiner ersten großen Veranstaltung auf die Nase fällst. Mimi hat aus reiner Herzensgüte geholfen. Weil sie es liebt, Kinder zu unterstützen.«

Allerdings wollte ich diese Stelle als stellvertretende Direktorin wirklich. »Na ja, das ist nicht ganz …«

»Moment.« Jackson runzelte die Stirn. »Ich bezahle euch nicht?«

»Nein.« Ich spiegelte sein Stirnrunzeln. »Also, ich meine, Sie bezahlen mich für meine Arbeit bei Synergy, aber meine Arbeit für die Stiftung ist pro bono.«

»Aber ich habe alle zwei Wochen Geld auf das Gehaltskonto überwiesen. Larissa meinte, sie würde es unter den Mitarbeitern aufteilen.«

Natalie schnappte nach Luft.

Mir wurde eiskalt. Die Stiftung hatte kein Gehaltskonto. Larissa sagte, Jackson bezahle sie direkt und ich müsse mir darüber keine Gedanken machen. Ich hatte vorgehabt, mit Jackson darüber zu sprechen, wie man die Finanzierung der Stiftung und deren Auswirkungen auf seine persönlichen Steuern besser verwalten könnte, aber ich hatte warten wollen, bis Larissa über die Position der stellvertretenden Direktorin entschieden hatte. Galle stieg in meinem Magen auf.

Ich schluckte. Das war eine schwere Anschuldigung. Aber es gab keine andere Erklärung für all das, was Natalie und ich gesehen hatten. »Ich glaube, Larissa hat sich an der Stiftung bereichert. Sie hat die gesamten Gehälter einbehalten. Und es gab noch andere fragwürdige Ausgaben. Interessenkonflikte. Ich habe Unterlagen, die beweisen, dass ich Larissa Bargeld für eine Anzahlung gegeben habe, aber sie hat es nicht an den Lieferanten weitergegeben. Es ist verschwunden. Und ich habe das hier« – ich zog die gefalteten Papiere aus meiner Clutch – »den Beweis, dass Larissa letzte Nacht den Notfallfonds der Stiftung leergeräumt hat. Es tut mir leid, dass ich das nicht früher erkannt habe.«

»Oh, verdammt.« Jackson überflog die Papiere. »Was für ein stümperhafter Schachzug, nicht einmal ihre IP-Adresse zu verschleiern. Ich brauche keine zwei Sekunden, um zu bestätigen, dass sie es war.«

Er fuhr sich mit einer Hand über das Gesicht. »Ich bin eine Niete, was den geschäftlichen Kram angeht. Ich hätte Cooper bitten sollen, mir dabei zu helfen. Aber sie wurde so gut empfohlen. Und, ehrlich gesagt, sie macht mir ein bisschen Angst.« Er richtete sich auf. »Ich werde Kopien der restlichen Unterlagen für meinen Anwalt brauchen.«

»Natürlich. Ich kann sie Ihnen morgen früh zukommen lassen.«

»Schicken Sie sie mir am Montag. Sie sollten am Wochenende nicht arbeiten. Hoffen wir, dass sie sich still und leise verzieht und Geld diesen Schlamassel bereinigen kann.« Er zog sein Handy heraus, wählte eine Nummer und murmelte hinein.

»Ich hätte nie gedacht …«, flüsterte ich.

»Ich schon«, sagte Natalie. »Dieser Typ, Flavio, ist ihr Komplize, nicht ihr Verlobter.«

»Er hatte tatsächlich eine gewisse Ausstrahlung.«

Jackson nahm das Handy vom Ohr. »Die Security wird sie ausfindig machen und versuchen, eine Szene zu vermeiden.« Er zupfte an seinen Haarwurzeln. »Wo zum Teufel soll ich jetzt einen neuen Stiftungsdirektor finden, der diesen Schlamassel in Ordnung bringt?« Er musterte die Menge, als wären sie eine Reihe von Kandidaten.

»Jackson, du Trottel«, sagte Natalie. »Deine neue Direktorin steht direkt vor dir.« Sie packte mich an den Schultern und zog mich vor sich.

»Mimi?« Sein Gesicht hellte sich auf. »Natürlich! Mimi,

würden Sie einspringen?« Er nannte ein Gehalt in der Höhe, die ich recherchiert hatte.

»Ich …« Oh, Mist. Ich hatte mich mit der Vorstellung der Stellvertreterrolle wohlgefühlt, der Führung eines anderen zu folgen. Aber selbst die Anführerin sein? »Bin ich dafür qualifiziert?«

Natalie, die ihre Hände immer noch auf meinen Schultern hatte, beugte sich vor und flüsterte mir ins Ohr. »Ich würde helfen, versprochen.«

»Helfen.« Ich klammerte mich an das Wort wie an einen Rettungsanker. »Ich würde eine Menge Hilfe brauchen.«

»Wen auch immer Sie wollen«, sagte er. »Sie können Mitarbeiter einstellen. Und einen Wirtschaftsprüfer.«

Meine Wangen brannten. Wie hatte ich Larissas Unterschlagung übersehen können? »Sind Sie sicher, dass Sie mich wollen?«

»Ich kann mir keine bessere Kandidatin vorstellen. Ich habe Ihre gute Arbeit gesehen. Außerdem bürgt Nat für Sie.«

»Kann ich darüber nachdenken und Ihnen am Montag Bescheid geben?«

»Natürlich.« Er blickte auf sein Handy. »Sieht aus, als hätten sie Larissa gefunden. Ich muss mich um sie kümmern.«

»Was wirst du tun?«, fragte Natalie und rieb sich die Hände. »Lässt du sie von der Polizei in Handschellen abführen?«

»Du hast zu viele Krimiserien gesehen, Nat. Vorerst werde ich mir ansehen, was sie zu ihrer Verteidigung zu sagen hat.«

»Mimi und ich kommen mit.«

»Wirklich?« Ich blinzelte. Wollte ich sehen, wie Larissa zur Rede gestellt wurde?

Sie hatte Geld von den Kindern gestohlen, denen wir eigentlich helfen sollten. Verdammt, ja, das wollte ich.

Jacksons Sicherheitsteam hatte Larissa in einem kleinen Konferenzraum neben der Lobby festgesetzt. Jackson sprach mit der Teamleiterin, einer großen, muskulösen Frau mit kurz geschorenem Haar. »Wo ist Flavio?«

»Nicht zu finden. Aber er hat seine Verabredung zurückgelassen.« Sie nickte in Richtung Larissa, die ihre Nase in die Luft reckte.

»Das ist lächerlich, Jackson. Ich weiß nicht, was Miriam denkt, was ich getan habe ...«

»Sie denkt nicht, dass Sie irgendetwas getan haben. Ich schon. Ich glaube, Sie haben Geld gestohlen, das eigentlich Kindern helfen sollte.«

Ich duckte mich hinter Natalie, aber Larissas eisblauer Blick fand mich. »Miriam hat keine Ahnung, wie gemeinnützige Organisationen geführt werden. Sie versteht das nicht. Ich werde Ihnen genau zeigen ...«

Ich trat aus Natalies Schatten. »Vielleicht weiß ich nicht, wie man eine gemeinnützige Organisation leitet, aber ich verstehe etwas von Buchhaltung. Und von Steuern. Ich glaube, Sie auch. Was Sie getan haben, ist nicht richtig. Ich habe die Belege – oder das Fehlen derselben –, um es zu beweisen.«

»Ach ja?« Sie zog die Augenbrauen hoch, und ein Lächeln umspielte ihre Lippen. »Jackson, ich glaube, wenn Sie sich Miriams Privatkonten ansehen, werden Sie feststellen, dass sie diejenige ist, die das Geld aus dem Notfallfonds genommen hat.«

Eiskalte Erkenntnis durchströmte meine Adern. »Sie haben versucht, mir das anzuhängen? Mich die Schuld für Ihren Diebstahl auf mich nehmen zu lassen? Ich wusste, dass dieses Geld nicht meins war. Ich habe die Überweisung bei PayMo rückgängig machen lassen.«

»Abgesehen davon«, sagte Jackson, »kann ich die IP zurückverfolgen. Ich bin mir ziemlich sicher, wohin sie führen wird.«

Zum ersten Mal huschte Angst über ihr glattes Gesicht. »Das können Sie mir nicht antun. Ich habe Beziehungen. Leute, die dafür sorgen werden, dass Sie nichts beweisen können.«

Jackson zuckte mit den Schultern. »Ich muss gar nichts beweisen. Ihr Arbeitsverhältnis ist jederzeit kündbar, und ich benötige Ihre Dienste nicht länger. Ich vertraue Mimi. Sie hat Beweise für das, was Sie getan haben. Wir können wahrscheinlich noch mehr bei den früheren gemeinnützigen Organisationen finden, mit denen Sie in Verbindung standen. Seien Sie also klug, Larissa. Verschwinden Sie aus der Stadt und suchen Sie sich ehrliche Arbeit in der Privatwirtschaft. Wenn ich höre, dass Sie versuchen, eine andere gemeinnützige Organisation zu bestehlen, mache ich Sie fertig.«

Larissas Brust hob und senkte sich, aber sie schwieg. Ihr Gesichtsausdruck verschloss sich. »Ich glaube nicht, dass ich ohnehin hierbleiben möchte. Ich gehe.«

Mit einem vorsichtigen Blick zur Sicherheitschefin schlich sie zur Tür, hielt aber neben mir an. »Pass auf, Miriam. Ich sehe, wie sehr du Teil dieser Welt sein willst.« Sie warf einen Blick auf die Joneses. »Du bist wie ich, ehrgeizig. Du spielst ihnen eine Show vor. Willst im Rampenlicht stehen. Nun, dieses Rampenlicht kann dich verbrennen.«

»Wir sind uns nicht ähnlich.« Sie hatte mehr recht, als ich zugeben wollte. Ich hatte so sein wollen wie sie, so hoch fliegen wie sie es getan hatte. Aber jetzt sah ich, dass sie überhaupt nicht geflogen war. Sie hatte unsichtbare Fäden benutzt, um die Illusion des Fliegens zu erzeugen. Und ich würde lieber für immer im Verborgenen schuften, als das zu tun, was sie getan hatte. »Ich würde niemals stehlen.«

Sie zog eine Augenbraue hoch. »Wirklich nicht? Frauen wie du und ich haben nicht das Sicherheitsnetz, das *sie* haben. Wir müssen uns mit Händen und Füßen an die Spitze kämpfen. Es kostet Geld, so auszusehen, als ob wir dazugehören. Und manchmal muss man so tun, als ob, bis man es wirklich geschafft hat.«

Oberflächlich betrachtet klang das, was sie gesagt hatte, sehr nach Mums Mantra von *Klugheit, Tatendrang und Selbstvertrauen.* Aber sie hatte es auf eine Weise verdreht, wie ich es niemals tun würde. »Ich wäre lieber arm und arbeitslos, als Geld zu nehmen, das gespendet wurde, um Kindern zu helfen.«

Sie zog eine Augenbraue hoch. »Viel Glück dabei. Nur reiche Leute können sich ein Gefühl moralischer Überlegenheit leisten.« Mit einem verächtlichen Schnauben schwebte sie durch die Tür.

Niemand hielt sie auf, und das Klackern ihrer Absätze entfernte sich schnell den Flur hinunter.

Jackson dankte dem Sicherheitsteam, und sie verließen den Raum und schlossen die Tür.

»Du lässt sie einfach davonkommen?« Natalie stemmte die Fäuste in die Hüften.

»Nat, ich gebe ihr eine zweite Chance. Ich habe auch Fehler gemacht.«

»Fehler?« Ihre Stimme stieg empört an. »Unterschlagung ist kaum ein Fehler!«

»Jackson, da muss ich zustimmen. Das ist ein Verbrechen«, sagte ich.

»Es war falsch, und ich werde ihr die Gelegenheit geben, es wiedergutzumachen. Andere Leute haben mir diese Chance gegeben – viele Chancen –, als ich Mist gebaut habe.« Er rieb sich eine Stelle zwischen den Augenbrauen. »Aber ich verspreche, wir werden sie im Auge behalten. Wenn sie es anderswo wieder versucht, werden wir sie drankriegen. Ich werde alles, was sie von der Stiftung genommen hat, aus meinen persönlichen Mitteln decken.«

Sie hatte von der Organisation gestohlen, für die ich so hart gearbeitet hatte. Von den Kindern. »Aber …«

»Sie werden Maßnahmen ergreifen, damit so etwas nie wieder passiert, oder?«, fragte er.

»Natürlich.« Das war ein Versprechen.

»So, da draußen findet immer noch eine Gala statt, und es gibt Spender auszuquetschen.« Er rieb sich die Hände. »Larissa sollte eine kurze Rede halten und mich dann ankündigen. Können Sie das übernehmen, Mimi?«

»Eine Rede?« Reden waren nicht mein Ding. Deshalb war ich Buchhalterin geworden.

»Heißen Sie einfach alle willkommen, danken Sie ihnen für ihre Beiträge und sagen Sie dann: ›Hier ist Jackson.‹ Nichts Kompliziertes.«

»Hast du eine Rede vorbereitet?«, fragte Natalie.

Er gluckste. »Du kennst mich doch. Ich werde improvisieren.« Er schritt aus der Tür.

Natalie umarmte mich. »Ich bin sauer wegen Larissas Diebstahl, aber ich freue mich so für dich. Du hättest von Anfang an die Leitung haben sollen.«

»Aber ich weiß gar nicht, wie man eine gemeinnützige Organisation leitet. Vielleicht solltest du …«

»Ich verspreche dir, ich helfe dir. Du hast die nötigen Fähigkeiten. Du bist organisiert, ehrgeizig und vor allem liegen dir die Kinder am Herzen, anders als Larissa es je tat.«

Natalies Zuversicht stützte meine eigene. »Okay, wenn du meinst, ich kann …«

»Ich weiß, dass du es kannst.« Sie umarmte mich noch einmal. »Bereit, auf die Bühne zu gehen?«

Mein Lächeln war unsicher. Klar, ich hatte mein Ziel erreicht – übertroffen. Aber jetzt musste ich in die Bresche springen und die Arbeit machen. Ohne das Sicherheitsnetz der Führung eines anderen. Aber Natalie glaubte an mich. Mit ihrer Hilfe könnte ich es vielleicht schaffen.

»Okay.« Wir gingen zusammen hinaus.

Doch sobald ich den Ballsaal betrat, fiel mein Blick auf die Person, nach der ich den ganzen Abend gesucht hatte. Jemand Großes und Blondes in einem Smoking. Und diesmal war es nicht Cooper Fallon.

31

MIMI

»LASS UNS GEHEN, MIMI«, sagte Natalie. »Oh.«

Eher *Ohhhh.*

Was machte Mateo auf der Gala? Er stand allein da und musterte die Menge. Verschwunden waren die Jeans und das enge T-Shirt, das er normalerweise trug. Heute Abend war er umwerfend und elegant in einem Brokat-Smoking, der seine Schultern und seinen muskulösen Oberkörper betonte und seine kräftigen Oberschenkel umspielte. Seine Fliege war tadellos und saß eng unter seinem Kinn.

Er sah aus, als gehörte er dorthin, in den glitzernden Ballsaal.

Verdammt, war er mit einer Verabredung gekommen? So grausam war er nicht. Obwohl ich es verdient hätte nach dem, was ich ihm angetan hatte. Eine Faust umklammerte mein Herz.

»Ich brauche eine Minute.«

»Eine Minute?«, summte Natalie anerkennend, während sie ihn von oben bis unten musterte. »Ich bräuchte mindestens zwanzig. Geh nur. Ich bereite die Tontechniker für dich vor.«

Natalie war im Klick-Klick-Klick ihrer Absätze verschwunden. Aber mein Blick blieb an Mateo haften.

Ich machte einen Schritt auf ihn zu, und in diesem Moment entdeckte er mich. Seine Miene erstarrte, seine Augen waren geweitet. Dann musterte er mich von meiner Hochsteckfrisur über mein überquellendes Dekolleté bis dorthin, wo das Kleid meine von Spandex geformten Hüften umschmeichelte, und folgte dem langen Schlitz in meinem Kleid bis hinunter zu meinen Zehen in den beigefarbenen Absätzen.

Sein Blick schoss zu meinem Gesicht zurück, und ich wünschte, ich könnte die Unsicherheit glätten, die sich in der Falte zwischen seinen Augenbrauen abzeichnete.

Ich stolperte auf ihn zu, so schnell ich in den zu hohen Schuhen konnte, bis ich vor ihm stand.

»Mateo, ich …«

»Mimi.« Mein Name war ein Seufzer, eine Hoffnung, ein Wiedersehen. Er streckte eine Hand aus, als wollte er mich berühren, zog sie aber wieder zurück.

Und ich? Ich bewarb mich wohl um den Preis für den peinlichsten Moment des Abends. Entsetzt und unfähig, es zu verhindern, sah ich, wie meine Hand sich ihm für einen Händedruck entgegenstreckte.

Er blickte nach unten, und seine Augen verengten sich schmerzerfüllt, als hätte ich ihn getreten. Dennoch, wie immer der bessere Mensch, schloss er seine Hand um meine und drückte sie.

»Mimi.« Als er es diesmal sagte, klang mein Name erstickt und steif.

Er ließ den Druck auf meiner Hand nach, aber ich hielt mich daran fest wie Roger am sisalumwickelten Kratzbaum.

»Mateo, es tut mir leid. Ich hätte diese Dinge niemals zu dir sagen dürfen. Ich hätte dir nicht das Gefühl geben dürfen, dass du ein Sprungbrett für meine Karriere warst. Du hast mir nur geholfen, und ich habe es dir ins Gesicht geschleudert. Ich wollte dich nie verletzen.«

Sein Mund wurde schmal, bis seine vollen Lippen blass wurden. »Schon in Ordnung.«

»Nein.« Er musste das verstehen, dass niemand ihn ausnutzen

durfte. Dass niemand ihn beleidigen und beiseiteschieben durfte, so wie ich es getan hatte. »Nein, ist es nicht. Ich habe alles genommen, was du mir gegeben hast. Und du hast mir so viel gegeben. Hilfe bei der Gala. Dieses Kleid. Und so viel mehr. Und doch war ich undankbar.«

Sein Mund war ein schmaler Strich. »Ist schon gut. Ich bin froh, dass für dich alles gut ausgegangen ist.«

Ich stellte das alles falsch an, aber ich wusste nicht, wie ich aufhören sollte. Also redete ich mich nur noch weiter rein. »Das ist es. Wirklich. Jackson hat mir gerade die Direktorenstelle angeboten. Nicht stellvertretende Direktorin. Direktorin. Und ich glaube, ich werde es tun.«

Seine steife Miene brach auf, seine Mundwinkel zuckten nach oben. »Das ist großartig, Mimi. Ich freue mich für dich.«

»Aber ich …« Warum war das so schwer für mich? Warum hing ich an allem fest, was irrelevant war? Warum konnte ich ihm nicht sagen, was ich für ihn empfand?

Ich blickte in seine Augen, gütig und sanft und warm wie ein Sommerhimmel. Und ich verstand, warum ich nicht sprechen konnte. Das war alles falsch. Es reichte nicht, es nur ihm zu sagen. Die Welt, oder zumindest jeder in diesem Ballsaal, musste wissen, wie wundervoll er war. Er verdiente nicht nur meine Anerkennung, sondern die eines ganzen Raumes voll davon.

Ich stellte mich auf die Zehenspitzen und gab ihm einen flüchtigen Kuss auf die Lippen. »Bleib hier, okay? Beweg dich nicht von der Stelle.«

Ich wandte mich zur Bühne und schlängelte mich durch die Leute, die darauf warteten, dass die Band weiterspielte, bis ich die Stufen erreichte und sie hinaufstieg.

»Bereit?«, fragte ich und nahm Natalie das Mikrofon ab.

»Ich sehe Jackson noch nicht.«

»Das macht nichts. Ich muss zuerst etwas sagen.«

»Ach ja?«

Ich schaltete das Mikrofon ein und drehte mich zum Ballsaal um. »Guten Abend, meine Damen und Herren. Guten Abend.«

Ich wartete, bis es im Raum still wurde und ich die Aufmerksamkeit der meisten Gäste hatte.

»Willkommen zur ersten jährlichen Valentinstag-Feier der Vielfalt des Gehirns. Ich bin Miriam Levy-Walters, die Finanzberaterin der Stiftung. Ich möchte Ihnen allen für Ihre Großzügigkeit heute Abend danken.«

Ich überflog die Menge. Die meisten sahen gelangweilt aus. Oder mürrisch, weil sie noch nichts gegessen hatten. Mir schlotterten die Knie, als ich daran dachte, was ich sagen wollte.

Und da tat ich etwas, wofür ich mich den Rest meines Lebens schämen würde.

»Wissen Sie, was das Problem mit Mathe-Witzen ist?«, fragte ich mit hochgezogenen Augenbrauen und einem Lächeln.

Ben kannte diesen. »Nein, was ist das Problem mit Mathe-Witzen?«, rief er.

Ich grinste. »Analysis-Witze sind alle abgeleitet, Trigonometrie-Witze sind zu grafisch, Algebra-Witze sind immer formelhaft und Arithmetik-Witze sind ziemlich grundlegend.« Ich hielt inne. »Aber ich schätze, der gelegentliche Statistik-Witz ist ein Ausreißer.«

Die Stille dehnte sich auf zwei Sekunden aus. Drei. Dann schmetterte Natalie von der Seite der Bühne ein »Ha!«

Meine Wangen glühten. Ich schätze, reiche Leute mochten keine Mathe-Witze. Ich holte tief Luft und sagte: »Bevor ich Jackson vorstelle, möchte ich einigen Leuten danken, die die heutige Veranstaltung möglich gemacht haben.

»Zuerst Natalie Jones. Natalie hat dieser Gala eine Vision verliehen und sie makellos umgesetzt. Danke, Natalie, für deinen Beitrag und für deine Freundschaft.«

Ich lächelte sie an, während die Gäste klatschten. Sie warf die Schultern zurück und strahlte zuerst mich und dann die Leute an, die sich unter uns auf der Tanzfläche versammelt hatten.

Als der Applaus abebbte, fuhr ich fort. »Ich möchte auch Mateo Rivera würdigen, der nicht nur geholfen hat, Ihnen heute

Abend das Essen und die Unterhaltung zu bieten, sondern mir auch auf so viele Weisen geholfen hat.«

Ich hielt inne, runzelte die Stirn. Das war es nicht. Jedenfalls nicht alles. Ein paar Leute klatschten, weil sie dachten, ich sei fertig, aber ich hob eine Hand und fand Mateo in der Menge. Als er mir ein zaghaftes Lächeln schenkte, fuhr ich fort.

»Mateo gab mir so viel mehr als nur Hilfe. Er gab mir Loyalität. Ermutigung. Unterstützung. Bedingungslos. Egal, was ich ihm zumutete, er war immer für mich da. Ohne ihn würde ich heute Abend nicht hier oben stehen.

»Ich hatte nicht die geringste Ahnung, wie man eine Gala wie diese auf die Beine stellt. Aber er gab mir das Selbstvertrauen, trotz aller Widrigkeiten weiterzumachen. Das zu verfolgen, was ich erreichen wollte. Und selbst wenn es schwierig war, machte Mateo es mir leichter. Er hat mich gestützt und mich durch jede Herausforderung getragen.«

Näher. Ich war fast bei dem, was ich sagen wollte, sagen musste.

»Er hat sich um mich gekümmert. Und ich habe entdeckt, dass ich mich auch um ihn kümmere. Mateo, ich liebe dich. Ich möchte deine Partnerin sein, in dieser Sache und in allem anderen.«

Natalie quietschte und klatschte, und ein paar der Leute auf der Tanzfläche stimmten mit ein. Sie hatten keine Ahnung, dass dies für mich monumental war.

Aber Mateo wusste es. Sein zaghaftes Lächeln hatte sich in ein breites Grinsen verwandelt, und er schoss wie ein Pfeil durch die Menge auf mich zu.

Ich hatte ihm gerade vor tausend Menschen meine Liebe gestanden, aber ich wollte nicht mit einem Mikrofon in der Hand auf der Bühne stehen, wenn er bei mir ankam. Ich wollte ihn an einen privaten Ort zerren, um meine Worte mit Küssen zu untermauern.

Ins Mikrofon sagte ich: »Und nun begrüßen Sie bitte die Person, die die Stiftung ins Leben gerufen hat, deren Ideen, Philanthropie und Engagement für neurodivergente Kinder der Grund sind, warum wir heute Abend hier sind. Jackson Jones.«

Ich drückte Natalie das Mikrofon in die Hand, egal, ob Jackson bereit war oder nicht.

Ich war bereit. Ich kletterte die Stufen zu Mateo hinunter und warf ihm die Arme um den Hals. Er hob mich von den Füßen und küsste mich einmal, fest, bevor er mir ins Ohr flüsterte: »Ich liebe dich, Miriam Levy-Walters. Wie lange dauert es noch, bis ich dich irgendwohin mitnehmen und es dir beweisen kann?«

Ich flüsterte zurück: »Ich muss bis zum Ende bleiben, aber …«

»Aber?«, spürte ich sein Lächeln an meiner Wange.

»Aber ich weiß, wo der Green Room ist. Ich könnte ihn dir, ähm, zeigen?«

»Zeig mir den Weg, mi amor.«

32

MATEO

ICH HÄTTE es besser wissen müssen, als zu hoffen, Mimi in der Künstlergarderobe in die Finger zu bekommen. Wir wurden aufgehalten, sobald wir die Tanzfläche verließen.

»Mimi! Mateo!«, rief Marlee, Jacksons Assistentin, flüsternd, um Jacksons Rede nicht zu stören. »Das war unglaublich romantisch. Seid ihr zwei jetzt zusammen?« Sie faltete die Hände unter dem Kinn und grinste breit.

Ich zog an Mimis Hand und zog sie an meine Seite. »Ja, sind wir.«

Mimi blickte zu mir auf, ihre wunderschönen braunen Augen knisterten vor Ungeduld, mich allein zu haben. Aber ich konnte kaum glauben, dass die zurückhaltende Einzelkämpferin Mimi ihre Liebe zu mir oben auf der Bühne verkündet hatte. Ich musste es noch ein Dutzend Mal hören, bevor ich es wirklich glaubte.

Marlee quietschte. »Ich freue mich so für euch!«

»Schätzchen.« Ein hochgewachsener, schlaksiger Kerl mit Brille legte einen Arm um ihre Taille. »Ich, äh, glaube, die beiden brauchen vielleicht etwas Zeit für sich.«

»Oh.« Sie blinzelte. »Natürlich hast du recht, Tyler. Ich suche dich später, Mimi. Ich will alles darüber hören!«

Als Mimi mich wegzog, murmelte sie: »Marlee liebt die Liebe. Das werde ich mir ewig anhören müssen.«

Wir hatten es fast aus dem Ballsaal geschafft, als Ben Mimi den Weg versperrte, Miguelito an seiner Seite. Ben breitete die Arme aus und wir hatten keine andere Wahl, als in seine Umarmung zu treten. Er drückte uns beide an sich.

Ich hörte ihn in Mimis Ohr flüstern: »Ich freue mich so für dich.«

Er ließ sie los, aber hielt mich fest. »Ich mag dich sehr, Mateo, aber wenn du sie jemals verletzt, werde ich Cooper bitten, dich verschwinden zu lassen.«

Ich riss mich aus seinem Griff. Seine Augen funkelten, aber war es Humor oder Bosheit?

»Ich liebe deine Schwester«, sagte ich.

»Ich weiß. Ich liebe sie auch.«

Mimi trat schützend vor mich, sichtlich gereizt. »Hör auf, Benny. Ich bin ein großes Mädchen und ich weiß, was ich will. Und das ist Mateo.«

Sie schlang ihren Arm um meine Taille, und es war nur natürlich für mich, meinen Arm um ihren zu legen. Als Stütze. Weil sie mir gerade die Knie weich gemacht hatte.

»Sag es noch einmal, Mimi«, murmelte ich.

»Ich liebe dich, Mateo. Ich will mit dir zusammen sein.« Sie drückte mich fester.

Ihre Worte gaben mir genug Halt, um Ben einen triumphierenden Blick zuzuwerfen. Er verschränkte die Arme und lehnte sich an Miguelito zurück.

Ich traute mich kaum, meinen Cousin anzusehen, aber ich konnte nicht anders. Ich brauchte seine Zustimmung. Und um sicherzugehen, dass er mich nicht »verschwinden« lassen würde, was auch immer Ben damit meinte.

Miguelito nickte uns beiden zu. »Ihr passt gut zusammen. Passt aufeinander auf.«

Es fühlte sich nicht so an, als gäbe er uns eine Anweisung, sondern eher, als stellte er eine Tatsache fest. Ich hauchte einen leichten Kuss auf Mimis nach oben gereckte Lippen. »Das tun wir. Das werden wir.«

Jacksons Rede musste zu Ende sein, denn die Band begann zu spielen. Und so sehr ich mir auch ein paar Minuten allein mit Mimi wünschte, war dies die beste Gelegenheit, den Gratulanten zu entkommen, während ich sie in die Finger bekam.

»Komm, Mimi. Zeigen wir ihnen unsere Tanzschritte.« Ich ergriff ihre Hand und zog sie zur Mitte der Tanzfläche, wo ich meine Hände leicht unter ihre legte.

»Erinnerst du dich?«, fragte ich.

Sie lächelte zu mir auf, und alles an ihr glitzerte, von diesem fantastischen Kleid bis zu ihren rauchquarzfarbenen Augen. »Ich erinnere mich an alles.«

»Gut.« Ich zählte uns ein, und wir begannen, uns zu bewegen.

Wir fingen mit den Füßen an, die einfachen Schritte riefen das Muskelgedächtnis wach, das wir im Club und dann noch einmal bei mir zu Hause gebildet hatten. Dann ließ ich meine Hüften kreisen. Als Mimi es mir gleichtat, stockte mir beinahe der Atem. Der Schlitz an ihrem Kleid rutschte hoch an ihrem Bein, und alles, was ich wollte, war, die glatte Haut ihres Oberschenkels zu berühren und sie erschaudern zu sehen.

Nein, Mateo. Bleib jugendfrei. Oder zumindest halbwegs anständig.

Ich wechselte meinen Griff an ihrer Hand, um eine Drehung anzudeuten, und sie bewegte sich mit mir, als hätten wir unser ganzes Leben lang zusammen getanzt.

»Wunderschön«, sagte ich.

Ihre Wangen färbten sich rosa. »Nur, weil du die ganze Arbeit machst.«

»Nein, mi amor. Du machst auch mit. Und das in Stöckelschuhen.«

»Was?« Unsicherheit legte ihre Stirn in Falten.

»Sieh nicht nach unten. Du machst das großartig. Und jetzt eine Pirouette.«

Ich verlagerte meinen Griff und führte sie in die Drehung, dann drehte ich mich. Ich ließ sie noch einmal wirbeln, zog sie wieder vor mich und stöhnte ihr ins Ohr. »Mimi, ich werde sterben. Genau hier auf der Tanzfläche.«

»Oh, nein! Bin ich dir auf den Fuß getreten?« Ihre Schritte gerieten ins Stocken.

»Nein.« Ich wirbelte sie wieder herum, sodass sie mir gegenüberstand. »Miguelitos Arsch ist kleiner als meiner. In dieser Hose ist kaum Platz für mich und erst recht kein zusätzlicher Platz für den Ständer, den du mir gerade verpasst.«

»Ich liebe deinen Arsch in dieser Hose.« Ihr Grinsen war sündhaft. »Noch mehr werde ich ihn ohne sie lieben.«

»Mimi«, stöhnte ich. »Du bringst mich um.«

»Wirklich?« Sie streifte mit ihrem nackten Oberschenkel an meiner Hose entlang. »Ich dachte, ich wäre deine Vida. Dein Leben.«

»Du bist alles. Mein Leben, mein Herz, meine Liebe.«

Sie rückte näher an mich heran. »Ich glaube nicht, dass ich mich jemals daran gewöhnen werde.«

»Das wirst du.« Ich legte unsere verbundenen Hände in ihren Nacken, und wir drückten uns aneinander. »Ich werde es dir jeden Tag sagen.«

»Ich scheine ja öfter daran erinnert werden zu müssen.«

Ich gluckste. »Das scheint so.«

»Mateo.« Sie stemmte die Füße auf den Boden und beendete unseren Tanz. »Ich werde dich nie wieder vergessen. Ich werde heute Nacht nie vergessen.«

Vom Tanzen war mir in meinem Smoking bereits warm, aber ihre Worte ließen das Glück heiß wie Tías Schokolade in meiner Brust aufwallen.

»Lass uns von hier verschwinden.« Ich ließ meine Hand auf ihre Hüfte gleiten und führte sie von der Tanzfläche zum Ausgang.

»Gehen wir jetzt endlich in die Künstlergarderobe?« Ihre Lippen verzogen sich zu einem sexy Grinsen.

Ich spiegelte ihren Gesichtsausdruck und plante bereits die Küsse, mit denen ich diese Lippen bedecken würde. Später.

»Wir gehen nach Hause, damit ich dir eine wirklich unvergessliche Nacht bescheren kann.«

»Nein.« Sie stemmte die Absätze in den Teppich. »Ich muss bis zum Ende bleiben.«

»Mimi, du hast dein ganzes Herzblut hier reingesteckt. Jeder wird verstehen, wenn du dir eine Nacht frei nimmst. Du hast sie verdient. Und ich würde sie gern mit dir verbringen.«

Ihr voller Mund wurde ernst. »Nicht nur eine Nacht, Mateo. Alle Nächte.«

»Absolut, mi sol. Und auch alle Tage.«

»Also verstehst du, warum ich bleiben muss, oder? Diese Gala ist eine Verpflichtung, genau wie die, die ich dir gegenüber eingehe.«

Ich stöhnte. »Warum musst du immer recht haben?«

»Habe ich nicht. Ich habe mich in dir so, so sehr getäuscht.« Sie legte eine beruhigende Hand auf mein Herz, das noch dabei war, wieder heil zu werden. »Du sagst es mir, wenn ich das nächste Mal zu stur bin, um zu sehen, was direkt vor mir liegt?«

Ich hob ihre Hand an meine Lippen. »Natürlich.«

»Und stellst meine Annahmen infrage?«

»Wenn du das möchtest.«

»Und trägst eines Nachts deine Brille im Bett?«

»Was?«

»Sie ist so sexy. Bitte?«

Ich lächelte meine unwiderstehliche Freundin an. »Alles für dich, mi vida.« Ich führte sie zurück auf die Tanzfläche, zählte uns ein und ließ sie wieder wirbeln.

Stunden später, nachdem Mimi die stille Auktion beaufsichtigt und das Aufräumteam dirigiert hatte, nachdem sie dem letzten fröhlich angetrunkenen Spender geholfen hatte, auf den Rücksitz seines Wagens zu gleiten und sich nach Hause fahren zu lassen, verließen wir gemeinsam den Country Club, Hand in Hand. Liebende. Gefährten. Partner. Und all das war echt.

EPILOG

MIMI
Sechs Monate später

ICH WAR ZU SPÄT.

Unmöglich, unverschämt, furchtbar spät. So spät, dass es erst weit nach Sonnenuntergang Essen geben würde. So spät, dass man besser Pizza bestellen sollte. So spät, dass man am besten gleich aufgab und sich unter der Decke verkroch.

Ich rannte die Treppe zu meiner Wohnung hoch, wobei die Tüte mit dem Challa gegen mein Bein stieß. Jemand auf dem Flur kochte etwas Köstliches. Ich sollte fragen, ob sie genug für sieben weitere Gäste übrig hatten.

Sieben! Warum zum Teufel hatte ich gedacht, es wäre eine gute Idee, das Abendessen am Freitagabend in meiner winzigen Wohnung zu veranstalten?

Weil ich an der Reihe war. Mom und Dad waren schon ewig die Gastgeber gewesen. Sogar Ben und Cooper waren schon einmal Gastgeber gewesen.

Ich? Ich hatte immer eine Ausrede.

Na gut, die Ausrede war immer die Arbeit.

Das Chaos zu entwirren, das Larissa bei der Stiftung hinterlassen hatte, erforderte mehr Mühe, als ich mir je erträumt hatte. Mindestens einmal pro Woche kam einer ihrer ehemaligen Geschäftspartner vorbei und wollte eine Schmiergeldzahlung oder eine Bezahlung für irgendetwas – wofür genau, sagten sie mir nie.

Ich sagte ihnen immer, dass wir die Stiftung heutzutage anders führten. Dann erzählte ich ihnen von unserer Mission, bis sie sich langweilten und gingen.

Manchmal ließen sie ein wenig Geld für die Kinder da. Das brachte mich zum Lächeln.

Allerdings nicht so sehr wie die große Spende von heute. Ich konnte es kaum erwarten, allen davon zu erzählen. Wenn sie hier wären, in – ich sah auf mein Handy – einer halben Stunde. Mist!

Ich schloss die Tür auf und stieß sie auf.

Da entdeckte ich, dass der köstliche Geruch aus meiner Wohnung kam.

Ich eilte in die Küche, wo ich Mateo und seine Tante Rosa über den Ofen gebeugt vorfand. Das würzige, köstliche Aroma entströmte meinem Ofen. Dem, in dem seit Wochen nichts als Kekse aus der Fertigteigrolle gebacken worden war.

»Ähm, hallo«, sagte ich laut genug, um über den Dunstabzug hinweg gehört zu werden.

Mateo wirbelte herum und sah mich an. Er und seine Tante trugen weiße Schürzen. Besaß ich weiße Schürzen? Zum Teufel, besaß ich überhaupt Schürzen? Ich glaubte nicht.

»Mi vida.« Er breitete seine Arme für mich aus und ich trat in seine Umarmung. Er roch nach Braten und Kartoffeln und Piment.

»Ich – was ist hier los?«

»Wir sind früher gekommen, um zu helfen, aber du warst nicht da, also haben wir ohne dich angefangen.«

»Du bist der Beste.« Ich legte den Kopf in den Nacken für einen Kuss. »Ich liebe dich.«

Sein Kuss war mit geschlossenen Lippen, jugendfrei für seine Tante, aber er verströmte Wärme, Fürsorge und ein Versprechen auf *später*. Seine massiven Hände ruhten auf meinem unteren Rücken und hielten mich fest. Er brauchte einen Moment der Wiederverbindung, und ich war glücklich, ihn mit ihm zu teilen.

Er schmiegte seine Wange an meine. »Ich liebe dich auch.«

Seine Stimme, die durch seine Brust vibrierte, verursachte mir ein Kribbeln an einer Stelle, die mich wünschen ließ, seine Tante stünde nicht neben uns.

Ich drehte mich in seinen Armen, noch nicht ganz bereit, unsere Verbindung zu lösen. »Danke, Rosa. Es riecht köstlich.«

»Gern geschehen, cariño.« Sie beugte sich vor und küsste meine rechte Wange. »Mateo sagte, du wolltest Rinderbrust und Kartoffeln machen. Ich hoffe, es macht dir nichts aus, dass ich dem Ganzen ein wenig Geschmack verliehen habe.«

Der Piment. Und … scharfe Paprika. Was würde Mom sagen?

Wen scherte das? »Es riecht fantastisch.«

»Danke. Du arbeitest so hart. Für los niños. Ich helfe dir gerne.«

Rosa wusste es. Sie arbeitete hart für ihre eigene Sache, die Opfer häuslicher Gewalt. »Danke.«

»Apropos Arbeit …« Ich sollte die Einkaufstüten abstellen, meine Hände waschen und ihnen helfen, aber ich konnte mich nicht dazu bringen, mich von Mateo zu lösen. »Ich habe gute Nachrichten.«

»Eine große Spende?« Mateo schlang seine Arme fester um mich.

»Raten gilt nicht. Aber ja. Ich warte, bis alle anderen hier sind, um euch zu sagen, von wem sie ist.«

»Was bekomme ich, wenn ich es als Erster errate?« Seine Hand strich unter meinem Regenmantel über meinen Hintern und drückte ihn auf eine Weise, die fast nicht mehr jugendfrei war.

Ich stieß mich weg, meine Wangen glühten. »Nichts. Also bemüh dich gar nicht erst. Ich werde es nicht verraten.«

Ich drehte mich zum Tisch, um die Einkaufstüten abzustellen, aber er war schon da, presste seinen harten Körper an meinen Rücken und schlang seine Arme um meine Taille.

»Hier ist, was ich dafür will, dass ich *nicht*rate.« Und er flüsterte mir etwas so Schmutziges ins Ohr, dass ich definitiv mein Höschen wechseln musste, bevor meine anderen Gäste kamen.

»Na gut. Man muss mich ja nicht lange bitten.« Wow, es war heiß geworden in der Küche.

Rosa räusperte sich. »Ich fange dann mal mit den Kartoffeln an. Mateo, geh Mimi helfen, sich für ihre Gäste fertig zu machen.«

Mein Gesicht brannte. »Gebt mir nur eine Minute zum Waschen, dann schäle ich die Kartoffeln.«

»Schon erledigt.« Mateo ergriff meine Hand, und drei Sekunden später drückte er mich gegen meine Schlafzimmertür und streifte mir meinen Regenmantel von den Schultern, während er mich heiß und gierig küsste.

»Aber«, japste ich nach Luft. »Meine Familie ist in« – ich sah auf mein Handy – »dreiundzwanzig Minuten hier.«

Er zupfte mir das Handy aus der Hand und legte es auf die Kommode. »Dann haben wir keine Zeit zum Reden.«

Er knöpfte meine Hose auf und schob seine Hand hinein. »Ah, Mimi, so feucht für mich.«

Ich tastete nach der Vorderseite seiner – Schürze? Eine schnippische Bemerkung lag mir auf der Zunge, aber als er anfing, an meinem Kitzler zu reiben, vergaß ich sie. Tatsächlich vergaß ich, wie man atmet. Ich wurde zu einer Säule reinen Vergnügens. In meinen Ohren summte es.

Summte?

»Mateo, hör auf. Ich glaube, da ist jemand an der Tür.«

»Die können warten«, knurrte er. »Ich kann dich in drei Minuten zum Kommen bringen. Zwei, wenn ich –« Er schob eine zweite Hand in meine Hose, diesmal von hinten.

»Nein, Mateo.« Ich packte seine Schultern. Alles, was ich tun wollte, war, mich festzuhalten und mich von ihm zu meinem Höhepunkt führen zu lassen, aber das konnte ich nicht. Nicht, während meine Gäste – meine verflixten *zu frühen* Gäste – draußen im Regen warteten. »Hör auf.«

Er hörte auf, aber als er seine Hand aus meinem Höschen zog, leckte er sich absolut unanständig die Finger ab.

»Du bringst mich um.« Ich rückte meine Unterwäsche zurecht und knöpfte meine Hose zu.

»Zwei Minuten?« Er zog die Augenbrauen hoch.

Ich stellte mich auf die Zehenspitzen und küsste ihn. »Nein. Egal wie gutaussehend du bist und wie gut du darin bist, wir haben Gäste.« Ein eisiger Sturm zischte bei diesen Worten durch mich. *Wir* hatten keine Gäste; *ich* hatte sie. Aber dieses kleine Wort, *wir*, schlich sich immer wieder in meine Sprache.

Ich hasste es nicht.

Mit flatternden Händen über meiner Bluse eilte ich zum Wohnbereich und drückte den Knopf der Gegensprechanlage. »Hallo.«

»Ich wollte gerade meinen Schlüssel holen und nachsehen, ob du den Flammen, die aus deinem Ofen schlagen, nicht zum Opfer gefallen bist.«

»Ha, ha, Benny. Ich sollte dich da draußen warten lassen.« Aber dann fiel mir ein, dass er Cooper mitbrachte. Obwohl er nicht mehr mein Chef war, plante ich, ihn vor Jahresende um eine weitere Spende für Jacksons Stiftung anzuhauen. Ich drückte den Summer, um sie hereinzulassen.

Ich öffnete die Tür einen Spalt und rannte zurück ins Schlafzimmer zu meinem Badezimmer, wo Mateo sich die Hände wusch.

Er fing meinen Blick im Spiegel auf. »Willst du unter die Dusche springen?«

»Keine Zeit.« Ich musterte meine von der Arbeit verknitterten Kleider. Die mussten wohl reichen.

Er hob mein Haar, wickelte es um seine Hand und küsste meinen Nacken. »Wir könnten schnell sein.«

Da war es wieder, dieses *wir*. Ich wirbelte in seinen Armen herum und küsste seine Wange. Ich wollte dort verweilen, sein Aftershave schnuppern und all meine Lieblingsstellen an seinem Körper erkunden. »Wir haben Gäste. Geh und sag Ben und deinem Cousin Hallo, während ich meine Hände wasche und Lippenstift auftrage, okay?«

»Okay.« Er schmiegte sich an meinen Hals und hauchte einen Kuss dorthin, aber eine Sekunde später war er weg.

Ich starrte in den Spiegel auf meine riesigen Pupillen, meine kussgeschwollenen Lippen. Scheiß drauf. Soll meine Familie doch sehen, wie glücklich Mateo mich machte.

Ich wusch meine Hände und trug etwas langanhaltenden Lippenstift auf, der ein paar weitere gestohlene Küsse aushalten sollte. Ich tauschte meine niedrigen Absätze gegen Pantoffeln und schloss die Schlafzimmertür hinter mir.

Alle drängten sich um Rosa in meiner winzigen Küche. Ben arrangierte einen Strauß Chrysanthemen in einer Vase, während Cooper leise mit seiner Mutter sprach. Mateo stand am Herd und sah nach den Kartoffeln.

»Hey, Leute«, sagte ich.

»Hey, Schwesterherz.« Ben zupfte ein letztes Mal an den Blumen und schlängelte sich durch die anderen hindurch, um mich zu umarmen.

»Mimi«, sagte Cooper. »Alles riecht köstlich.«

»Dank Ihrer Mutter und Mateo.«

»Harter Tag bei der Arbeit?«, fragte Ben.

»Ein großartiger Tag. Ihr werdet nie glauben, welche Spende ich angenommen habe.«

»Die Summe oder der Spender?«, fragte er.

»Beides. Plus die Person, die geehrt wird.«

»Oh. Erzähl schon.«

»Also, Jamila Jallow ist heute ins Büro spaziert –«

»Mila?« Coopers Kopf schnellte hoch. »Wie viel?«

»Sei nicht neidisch. Sie sagte mir, es sei genau das, was sie Ihrer Stiftung gegeben hat. Eine Million.«

Ben pfiff.

»Aber wartet. Hier kommt der seltsame Teil. Sie sagte, es sei zu Ehren von – haltet euch fest – Natalie Jones.« Natalie half mir bei der Planung der Gala im nächsten Jahr. Wir ließen es nicht wie

Larissa auf die letzte Minute ankommen. Sie hatte mir gerade ein paar Broschüren für Veranstaltungsorte gezeigt, als Jamila hereinschwebte. Und Natalie hatte nach Luft geschnappt, als ob Jamila eine blutige Axt trüge und nicht eine winzige Designer-Tasche mit einem aufregend großzügigen Scheck darin.

Rosa schnalzte mit der Zunge. »Diese Natalie Jones leuchtet wie eine Reklametafel, wann immer Jamila im Raum ist.«

»Wirklich?« Ich rümpfte die Nase. Natalie war von Natur aus so lebhaft, dass ich vor Jamila nichts Besonderes bemerkt hatte. »Du hast recht. Sie wurde rot wie Thors Umhang. Und als Jamila dann sagte, sie ehre *sie* mit dem Geschenk, ist sie einfach rausgerannt. Und Jamila ist ihr nachgerannt. Na ja, sie ist nicht gerannt. Es war mehr wie ein schnelles Gleiten. Sie bewegt sich, als wäre sie auf Schlittschuhen.«

»Interessant.« Ben warf Cooper einen Blick zu.

»Was? Ist da was im Gange?«

Cooper zuckte mit den Schultern. »Vielleicht hast du recht, Liebling.«

»Was?«, klagte ich. »Sie hat mir nie etwas gesagt, und wir sind doch *Freundinnen.*«

»Nimm es nicht persönlich«, sagte Ben. »Die verbirgt eine Menge unter all dieser Mode und Haltung. Mit ihrer Mutter, und was Jackson sagen würde –« Er schüttelte den Kopf.

»Du kannst sie am Montag danach fragen, mi amor.«

Mateos sanfte Worte erinnerten mich daran, dass wir über meine Freundin klatschten. »Das werde ich. Es war so seltsam. Und ich habe noch nie eine so große Spende angenommen. Jackson war überglücklich, als ich ihn anrief. Obwohl ich die Ehrung *nicht* erwähnt habe. Ich dachte, Natalie würde es ihm sagen.«

»Familie ist seltsam«, sagte Ben.

Wie aufs Stichwort klingelte die Gegensprechanlage.

»Warum sind alle so verdammt pünktlich?«, murmelte ich und drehte mich zur Gegensprechanlage.

In einem weiteren *Wir*-Moment trat Mateo neben mich, um

meine Eltern hereinzubitten. Für einen Moment stellte ich mir vor, ihn die ganze Zeit hier zu haben. Wir verbrachten bereits jede Nacht zusammen, wenn er nicht Nachtschicht hatte. In der letzten Nacht seiner jüngsten Nachtschichtreihe war ich zu ihm gegangen, obwohl er arbeitete, nur um in Bettwäsche zu schlafen, die nach ihm roch. Um ihn sich am frühen Morgen für eine Stunde von hinten an mich kuscheln zu lassen, bevor ich zur Arbeit aufstand.

Aber bevor ich etwas sagen oder auch nur seine Hand drücken konnte, erschienen meine Eltern in meiner Tür. Ich umarmte meinen Dad, während Mateo meiner Mutter einen Kuss auf die Wange gab. Dann trat er hinter mich, um Dad die Hand zu schütteln, während ich Mom umarmte.

»Ich rieche etwas Scharfes«, sagte sie.

»Die Rinderbrust hat heute Abend ein kleines karibisches Flair. Rosa und Mateo haben sie gemacht.«

Dad schnupperte in die Luft. »Wenn es so wundervoll schmeckt, wie es riecht, muss ich mir vielleicht das Rezept stibitzen.«

»Ich bin sicher, das wird es«, sagte ich. »Rosa und Mateo sind ein Dreamteam in der Küche.«

»Ich habe Zitronenkuchen mitgebracht.« Dad hob die Kuchenform an.

Ich summte. Dads Kuchen waren die besten.

»Lasst mich eure Mäntel nehmen«, sagte Mateo.

»Nein, das mache ich«, sagte ich. »Ich muss sowieso die Kerzen aus dem Schrank holen.«

»Das machen wir beide.« Er half Mom aus ihrem Regenmantel und nahm dann Dads. Er folgte mir zum Flurschrank, aber anstatt draußen zu warten und mir die Mäntel zu reichen, drängte er sich mit mir hinein und ließ sie auf den Boden fallen. Er zog an der Schnur, um die Glühbirne anzuschalten. Im gedämpften Licht waren seine Augen dunkel geworden, mit nur noch dem dünnsten Ring aus Blau.

»Was machst du da?«

»Einen Amuse-Bouche zu mir nehmen.« Meinen Lippenstift vermeidend, küsste er meinen Hals hinunter bis zu meinem Schlüsselbein. »Das Geräusch, das du gemacht hast, als dein Vater den Zitronenkuchen erwähnte …«

»Du und deine Amuse-Bouches.« Aber ich vergrub meine Hände in seinem Haar und hielt mich fest, während das Verlangen in meiner Mitte zu einer Flamme entfachte. Mateos Berührung war so viel besser als selbst die Backwaren meines Vaters.

Seine Hand strich über meine Brust und kreiste träge über meiner Brustwarze. Er konnte sie durch meinen stabilen Arbeits-BH nicht fühlen, aber meine Brustwarzen wurden hart vor Verlangen.

»Zwei Minuten?«, murmelte er in die Vertiefung zwischen meinen Brüsten.

»Mimi?« Die Stimme meiner Mutter drang durch die dünne Schranktür. »Brauchst du Hilfe?«

Ich krallte meine Finger in sein Haar und zog ihn widerwillig weg.

»Nein, Mom, Mateo hilft mir.« Ich warf ihm einen strengen Blick zu.

»Okay. Soll ich den Wein aufmachen, den wir mitgebracht haben?«

»Ja, bitte. Wir sind in einer Minute draußen.«

Ich gab ihr ein paar Sekunden, um wegzugehen und sagte dann: »Reich mir bitte mal die Schachtel mit den Kerzen vom Regal.«

»Ah, meine Mimi.« Mateo schnalzte mit der Zunge. »So ernst. So geschäftsmäßig.«

»Das liebst du an mir.«

Er lächelte. »Das tue ich. Aber was ich noch lieber mag, ist, dich von ernst zu sexberauscht zu verwandeln.«

»Ich werde nicht sexberauscht«, log ich.

»Ach, nein?« Er drehte sich um, und seine Muskeln spannten sich unter seinem schwarzen T-Shirt an, als er sich streckte, um die Schachtel vom Regal zu holen. Gott, sein Hintern war unglaublich. Und er gehörte ganz mir.

»Siehst du?« Er zwinkerte mir über die Schulter zu.

Mist. Ich hatte es laut gesagt. »Na und, wenn er fantastisch ist? Und meiner?« Ich drückte ihn zur Bekräftigung.

»Pass auf, sonst bringst du mich noch in eine unanständige Lage.« Er klemmte die Schachtel unter seinen Arm und richtete seine Jeans.

»Das wollen wir doch nicht, oder?« Ich verzog eine Seite meines Mundes. »Ich stelle die Kerzen auf, während du dir eine Minute nimmst.«

Bevor er mich wieder besinnungslos küssen konnte, schnappte ich mir die Schachtel und huschte aus dem Schrank.

Mom hatte meine Kerzenhalter gefunden und sie auf meinen Tisch gestellt. Ich steckte die Kerzen hinein und atmete tief durch, ließ die Gedanken an Mateo, die Arbeit und meine stressigen Dinnergäste los. Ich strich das Streichholz an der Seite der Schachtel entlang und sah zu, wie die Flamme zischend zum Leben erwachte. Ich hielt es an die Kerzen, bis die Flamme Feuer fing und hielt, dann legte ich das Streichholz auf das Tablett, wo es von selbst ausbrannte.

Den Traditionen folgend, die Mom mir beigebracht hatte, fächelte ich mit den Händen über die Kerzen, um den Schabbat willkommen zu heißen, und bedeckte dann meine Augen, um das Gebet zu sprechen. Die Kerzen brannten hell, als ich fertig war, und ihre Wärme schien sich in meiner Mitte niederzulassen.

Mom umarmte mich. »Danke, dass du uns heute Abend eingeladen hast. Denkst du, du wirst die Traditionen beibehalten, wenn du ...?« Sie nickte zu Mateo, als er aus dem Flur kam, ein Lächeln breitete sich auf seinem hübschen Gesicht aus, als sich unsere Blicke trafen.

»Wenn ich ...?«

»Es scheint, dass ihr beide« – sie blickte zu Mateo in der Küche und wählte ihre Worte sorgfältig – »ernst werdet. Und er scheint religiöser zu sein als Cooper.« Das goldene Kreuz leuchtete an seinem Hals.

»Oh, aber wir sind nicht –« Aber das schien eine Lüge zu sein. Wir *waren* ernst. Dieselbe friedliche Wärme, wie wenn ich die Schabbatkerzen anzündete, erfüllte mich, wenn ich ihn am Ende des Tages sah. Mein Gehirn hatte angefangen, ihn mit Glück zu assoziieren. Sicherheit. Zuhause.

Huh.

»Er liebt die Schabbat-Traditionen. Und ich könnte mit ihm zur Messe gehen.« Obwohl ich es hassen würde, einen Sonntagmorgen im Bett an ihn gekuschelt aufzugeben.

»Dein Dad und ich haben es geschafft. Das könnt ihr auch.«

»Mimi, wo ist eine Servierschüssel für diese Kartoffeln?«, rief Ben.

»Nur eine Sekunde«, rief ich. Dann legte ich meinen Arm um Mom. »Du hast recht. Mateo ist mein Mensch. Ich gebe nicht auf, wer ich bin. Ich füge ihn in mein Leben ein. Wir werden das schon regeln. Zusammen.«

Der Kerzenschein funkelte auf Moms glänzenden braunen Augen. »Ein Job, den du liebst, und ein guter Mann. Ich freue mich so für dich, Süße.«

Mateo kam mit dem Wein aus der Küche und traf meinen Blick. Die Wärme breitete sich in meiner Mitte aus wie Butter auf warmem Brot. »Ich freue mich auch für mich.«

BONUS-EPILOG
SPIELPLATZ-PORNO

MIMI
Sechs Jahre später

»DAS IST, als würde man dem Anfang eines Pornos zusehen.«
Bree hielt ihrem Sohn die Ohren zu.

Gott sei Dank sangen Mom und Lia nur wenige Meter entfernt auf dem Gartensofa das Alphabetlied. Meine Dreijährige war in der *Warum*-Phase, und »Porno« war nichts, was ich ihr schon erklären wollte.

Aber ich konnte es genießen.

Ich lehnte mich in meinem Stuhl zurück und bewunderte meinen Mann, wie er den Rahmen, den sie gebaut hatten, von dem Stapel Holz hob, den wir letzte Woche hatten liefern lassen. Tyler, Marlees Mann, war da, um ihn abzustützen, und Josh, Brees Mann, drehte die Schrauben fest. In der Nähe beugte sich Jackson über eine Tischsäge und schnitt Bretter auf die richtige Länge zu.

»Josh«, rief Bree.

Er hielt bei seiner Arbeit inne. »Ja?«

»Ich hätte da noch was anderes, das gebohrt werden muss.«

Ich schlug mir die Hand vor die Augen. »Asher ist noch nicht mal ein Jahr alt. Bist du nicht völlig erschöpft?«

»Ständig. Aber ich kann Josh dazu bringen, den Großteil der Arbeit zu machen, wenn du weißt, was ich meine.«

Ich nahm die Hand von den Augen und fand meinen Mann, wie er das Gerüst von dem stützte, was Lias Spielturm werden sollte. Er würde den größten Teil des winzigen Gartens des Bungalows einnehmen, den wir auf der anderen Seite der Bucht gegenüber meiner Arbeitsstelle in der Stadt gekauft hatten, aber Mateo hatte mich dazu überredet.

Hätte ich von dem Bonus-Bauarbeiter-Porno gewusst, hätte ich schon vor Wochen zugestimmt.

Mateo übernahm fast die gesamte Verantwortung für die Kinderbetreuung, und er wollte einen sicheren Ort für Lia zum Klettern und Spielen. Nach Lias Geburt hatte Mateo seine Aufgaben als Coopers Sicherheitschef zurückgeschraubt, während ich weiterhin als Direktorin von Jacksons Stiftung tätig war.

Jetzt erledigte Mateo die administrativen Aufgaben wie Terminplanung und Gehaltsabrechnung, während Lia ihren Mittagsschlaf hielt. Nur gelegentlich arbeitete er am Wochenende oder in der Nachtschicht bei Rosa's. Die meisten Wochenenden waren dafür da, dass wir drei uns wieder miteinander verbanden und spielten. Wir gingen in den Zoo, in den Park, an den Strand. Seine sanfte Geduld mit Lia ließ mich jedes Mal dahinschmelzen, wenn ich die beiden zusammen beobachtete.

Andere Dinge, die er tat, ließen mich ebenfalls dahinschmelzen. Ich wusste genau, wovon Bree sprach.

»Ich bin wieder da, ich bin wieder da.« Marlee reichte Bree einen Mimosa und mir ein Glas Sprudelwasser, dann ließ sie sich mit ihrem Mimosa auf dem Stuhl neben mir nieder. »Was habe ich verpasst?«

»Na ja«, sagte Bree, »Mateo hat sich mit seinem T-Shirt das Gesicht abgewischt, und du hast einen Blick auf ein paar erstklassige Bauchmuskeln verpasst.«

»Donnerwetter! Vielleicht macht er es ja noch mal.«

»Solltest du meinen Mann so anstarren?« Ich hob die Augenbrauen.

Sie ignorierten mich. »Es sollen heute bis zu 26 Grad werden«, sagte Bree. »Ich glaube, die T-Shirts werden bald ausgezogen.«

Wir lehnten uns alle in unseren Stühlen zurück, um uns die Show anzusehen. Mateos Muskeln spielten unter seinem T-Shirt, als er sich hoch über den Kopf streckte, um das Brett abzustützen, während Tyler ein weiteres Teil daran anpasste. Sein Shirt rutschte unten hoch und enthüllte das Muskeldreieck an seinem unteren Rücken. Ich stellte mir vor, wie ich sie später massieren und dann meine Hände zu seinem süßen, runden—

»Mimi, du bist ganz rot im Gesicht. Ist dir zu warm?«

Ich riss meinen Blick von meinem Mann los und sah zu Alicia, die gesprochen hatte. Sie hielt Brees Tochter Ayla an der Hand und trug Marlees Kleinkind Will auf der Hüfte. Unter der Woche war sie eine engagierte Unternehmerin, aber ihre Wochenenden widmete sie ihrer Familie, sowohl der biologischen als auch der Wahlfamilie. Da ihr Mann Jackson mein Chef war, gehörte ich nun zu ihrem Kreis, und ich bewunderte sie noch mehr als Jackson. Ich hatte versucht, meine Work-Life-Balance nach ihrem Vorbild zu gestalten. Sie war ein viel besseres Beispiel, als Larissa es gewesen war.

Ich fächerte mir mit der Hand Luft zu. »Nein, alles gut.«

»Vielleicht solltest du reingehen, in die Klimaanlage.« Sie warf einen Blick auf die Jungs. »Mateo würde uns umbringen, wenn du umkippst.«

»Was ist los?« Da war es wieder, das Enkelkind-Radar meiner Mutter. Sie stemmte Lia auf die Arme und stand über mir. »Mimi, ist alles in Ordnung?«

»Mir geht's gut. Schau, ich trinke mein Wasser.« Ich schluckte es hinunter, in der Hoffnung, es würde meine lüsterne Röte kühlen. »Lia, möchtest du, dass ich dir vorlese?«

»Nein. Bubbe.« Sie umklammerte den Hals ihrer Großmutter.

Nein war bei Lia in diesen Tagen eine große Sache. Ich versuchte, es nicht zu persönlich zu nehmen. Einem Buch und einer Kuschelrunde vor dem Schlafengehen, nur wir beide, sagte sie fast nie nein. Da Mateo ihre Bezugsperson war, war es keine Überraschung, dass sie zu einem Papakind geworden war.

Und anscheinend auch ein Bubbe-Mädchen.

»Das ist richtig«, säuselte meine Mutter mit einem nachsichtigen Lächeln auf den Lippen. »Wir gehen rein und sehen nach Zadie und Tante Rosa in der Küche, und dann lesen wir eine Geschichte.« Sie bückte sich, um Lia auf die Füße zu stellen, dann gingen sie gemeinsam ins Haus.

Coco rannte bellend nach draußen, gefolgt von Ben und Cooper. Ben strahlte, und ich setzte mich in meinem Stuhl aufrechter hin. Ich streckte ihm eine Hand entgegen, und er ergriff sie, aussehend, als würde er gleich platzen.

»Ist es gut gelaufen?«, fragte ich.

»Es war großartig. Sie ist großartig. Sie hat sogar diesen alten Griesgram umarmt.« Er zeigte mit dem Daumen auf Cooper.

Coopers Gesicht sah entspannter aus, als ich es seit einer Weile gesehen hatte. Der Adoptionsprozess war für ihn eine Belastung gewesen. Ich vermutete, dass er angesichts seines gewalttätigen Vaters zwiespältige Gefühle bezüglich des Vaterwerdens hatte. Aber heute lächelte er. »Sie ist bezaubernd. Obwohl ich glaube, dass Coco den Ausschlag gegeben hat.«

»Jeder liebt ihn. Sogar du, Schatz.« Ben legte einen Arm um seinen Mann.

»Wie bald glaubst du, könnt ihr sie nach Hause holen?«, fragte ich.

»Es gibt noch viel Papierkram zu erledigen, aber vielleicht nächsten Monat?« Bens Lächeln war strahlend.

»Und sie ist ungefähr in Aylas Alter, oder?«, fragte Bree. »Wir werden ein paar Spieltreffen organisieren.«

»Ich kann es kaum erwarten.« Er drückte meine Hand. »Wie fühlst du dich, Mimi?«

Oh, Gott. Da waren wir wieder bei dem Thema. »Gut.«

»Weil Mateo—«

»Ich weiß, ich weiß. Alles, was ich tue, ist hier sitzen und wie ein braves Mädchen Wasser trinken. Er macht die ganze Arbeit.«

»Ausgezeichnet. Kann ich dir ein Sandwich holen?«

»Oh, mein Gott, Benny. Es ist zehn Uhr morgens.«

»Ich will nicht, dass du hungrig und grantig wirst.« Er zwinkerte.

»Fang gar nicht erst damit an«, warnte ich ihn. »Du magst größer sein als ich, aber du bist immer noch mein kleiner Bruder, und ich werde—«

Alicia räusperte sich, und ich erinnerte mich an die kleinen Ohren, die zuhörten.

»dich für immer lieben«, sagte ich süßlich und funkelte ihn an.

»Ich gehe mal schauen, wie ich helfen kann«, sagte Cooper und ging auf seinen besten Freund zu, der an der Tischsäge arbeitete.

»Bist du dir da sicher?«, fragte Bree.

»Ich kann ihn nicht davon abhalten. Er ist fasziniert vom Bauen«, sagte Ben. »Außerdem muss er etwas nervöse Energie abbauen. Der Adoptionsprozess war eine Menge Stress. Wir werden so glücklich sein, wenn wir unsere Kleine nach Hause bringen können.« Er streckte die Arme nach dem kleinen Asher aus, der bereitwillig in Bens Arme ging.

Sie sahen gut zusammen aus, ihre dunklen, lockigen Köpfe berührten sich fast. Ben konnte es kaum erwarten, Vater zu sein, und Cooper fand sich auch damit ab. Lia würde sich über eine Cousine freuen, und ihr neuer kleiner Bruder oder ihre neue kleine Schwester … Ich strich über meinen Bauch, der nie flach gewesen war, besonders seit meiner ersten Schwangerschaft, und nun mit einem weiteren Leben gerundet war.

»Mi vida.«

Verdammt, er hatte mich erwischt. Ich blinzelte zu meinem Mann hinauf, dessen Gesicht sich als Silhouette gegen die Sommersonne abzeichnete. »Ja, mein Schatz?«

»Alles in Ordnung?«

»Mir geht es gut«, knurrte ich.

»Ist dir nicht zu heiß?«

»Du bist derjenige, der in der Sonne schuftet.« Ich winkte mit

einer Hand auf sein köstlich verschwitztes T-Shirt, seine säge-
mehlbedeckten Jeans und seine abgewetzten Stahlkappenstiefel.
»Ich sitze nur hier im Schatten. Brauchst du etwas Wasser?«

Er hob seine Handfläche. »Nein, du trink dein Wasser. Ich hole
mir mein eigenes. Bist du hungrig?«

Ich leckte mir über die Lippen und starrte auf den Streifen
gebräunter Haut, der zwischen seinem Hemd und seiner tief
sitzenden Jeans sichtbar war, die von seinem Werkzeuggürtel
nach unten gezogen wurde. »Ein bisschen.«

»Ich werde – oh.« Sein Lächeln verriet mir, dass er meine
Andeutung verstanden hatte. Als er sich hinunterbeugte und
mich küsste, schmeckte ich Salz und Sonnenschein. Gerade als ich
mich für ihn öffnete, ohne mich darum zu scheren, dass unsere
Freunde und ihre Kinder zusahen, zog er sich zurück, um mir ins
Ohr zu flüstern: »Das ist dein Amuse-Bouche, mi amor. Deine
Mahlzeit liefere ich später.«

Ich umfasste seinen Kiefer. »Versprochen?«

»Versprochen.« Er richtete sich auf. »Fürs Erste muss ich
wieder an die Arbeit, bevor mein Primo sich seine Goldhände
verletzt. Bist du sicher, dass es dir gut geht? Fühlst du dich nicht
schwach?«

»Das war *ein einziges Mal*«, murmelte ich. Ich hatte nicht
einmal gewusst, dass ich schwanger war, als ich vor ein paar
Monaten in meinem Büro bei der Arbeit ohnmächtig geworden
war. Aber niemand würde mich das jemals vergessen lassen. »Mir
geht es gut. Und ich habe jede Menge Leute, die auf mich
aufpassen.«

Er warf einen Blick auf Ben. »Sorg dafür, dass sie in der
nächsten Stunde oder so etwas zu essen bekommt. Etwas Protein.
Sie mag Erdnussbutter auf Crackern.«

»Verstanden.« Mein Bruder salutierte. »Und jetzt geh wieder
an die Arbeit. Sie kann dich von dort drüben besser anstarren.«

Mit einem frechen Zwinkern joggte mein Mann zurück zur
Baustelle, sein Hammer schwang an seinem Gürtel.

An diesem Abend, als die Sommersonne tief am Horizont

stand, begutachteten wir gemeinsam die fertige Konstruktion. Mateo und seine Crew hatten sich selbst übertroffen. Das Spielgerät hatte einen hohen Turm mit einem Dach, eine Kletterrampe mit bunten Griffen, eine spiralförmige Rutsche und ein paar Schaukeln.

Jetzt, da Coco nach Hause gegangen war, schlich Roger auf das Gerüst zu und schnüffelte am unteren Ende der Rutsche. Er machte sich sprungbereit und sprang leichtfüßig auf den Turm, sein schwarzes Fell verschwand in der Dämmerung.

Ich stieß mit meiner Flasche Sprudelwasser gegen Mateos Bierflasche an. »Gut gemacht, mein Schatz.«

»Danke. Ist gut geworden.«

Lia, Ayla, Will und sogar Jacksons siebenjährige Tochter Valentine waren davon begeistert gewesen, und nur das Versprechen, morgen wiederzukommen, hatte es ihren erschöpften Eltern erlaubt, sie nach Hause zu bringen. Zadie und Bubbe hatten Lia zu einer Übernachtung überredet, sodass Mateo und ich endlich allein waren.

»Du musst müde sein«, sagte ich und knetete seine Schulter.

»Es war definitiv ein Workout.«

»Soll ich dir den Rücken massieren?« Ich biss mir auf die Lippe und stellte mir vor, wie meine Hände über seine Haut strichen.

»Was ich wirklich will, ist eine Dusche. Wie stehen die Chancen, dass du mitkommst?«

»Hmm.« Ich verdrehte die Augen, als ob ich darüber nachdachte. »Achtundneunzig Prozent.«

Er schlang einen Arm um meine Taille und führte mich zurück ins Haus. »Nur achtundneunzig?«

»Es gibt eine zweiprozentige Chance, dass wir es nicht so weit schaffen.« Ich ließ meine Finger zu seinem Hintern wandern und drückte zu.

»Ich verspreche dir, ich sorge dafür, dass es sich für dich lohnt«, sagte er und führte mich durch das Haus ins Badezimmer.

»Du kannst dich auf die Bank setzen, während ich eine Show liefere.«

Die Idee mit der Bank war verlockend. Er hatte das ursprüngliche pink gefliese Badezimmer und einen Teil eines Schranks entkernt, um eine Wellness-Dusche mit einer Bank, einem halben Dutzend Duschköpfen und sogar einer kleinen Trittmulde zum Rasieren meiner Beine zu bauen.

»Ich brauche keine Show, um mich anzumachen. Du hast mich den ganzen Tag mit diesem Werkzeuggürtel gereizt. Als du dein T-Shirt ausgezogen hast, wollte ich dich ins Schlafzimmer zerren.« Bree hatte mit dem Striptease recht gehabt. Ich fuhr mit den Fingern über seine Hüfte zur Vorderseite seiner Jeans.

»Ah-ah. Erst duschen.« Er beugte sich vor und drehte das Wasser auf. Dann hob er den Saum meines Sommerkleides an. Ich hob die Arme, um ihm zu helfen, es mir über den Kopf zu ziehen. Er trat zurück, um meinen stabilen weißen BH und meine Spitzenhöschen zu bewundern, und fuhr mit einem von der Arbeit rauen Finger von meinem Körbchen hinunter, um meinen Bauchnabel zu umkreisen.

»Und wie geht es mi niñita heute?«

»Woher weißt du so sicher, dass es ein Mädchen ist?«

»Nur so ein Gefühl«, sagte er und zog sein T-Shirt aus.

»Und wenn es ein Junge ist?« Ich griff hinter meinen Rücken, um die Verschlüsse meines BHs zu lösen.

»Dann werde ich ihn genauso sehr lieben. Aber es ist ein Mädchen.«

»So sicher«, sagte ich.

»Eh.« Er zuckte mit den Schultern. Dann ließ er seine Hose fallen, und ich vergaß, worüber wir gesprochen hatten.

Er war noch nicht hart, aber er versteifte sich, sobald ich ihn berührte.

»Bereit, diese Mahlzeit zu liefern?« Ich streichelte ihn.

Sanft schälte er meine Hand von seiner Länge. »Lass mich erst das Sägemehl abspülen. Eine Minute.«

Während er in die Dusche stieg und sich einseifte, schlüpfte ich aus meinem Höschen und steckte mir die Locken mit einer Klammer auf dem Kopf fest. Dann gesellte ich mich zu ihm in die dampfende Dusche.

Er drehte uns, bis das Wasser meinen Rücken massierte. Er schäumte seine Hände mit meinem Duschgel auf und machte lange Streiche über meine Haut. Dann trat er näher und umkreiste mit seinen Fingerspitzen meine schweren Brüste.

»Okay?«, fragte er.

»Ja«, stöhnte ich. Meine Brüste waren in der Schwangerschaft immer empfindlich, aber er hatte gelernt, wie er sie berühren musste, damit ich genau auf dem richtigen Level der Lust schwebte.

Er ließ eine Hand zwischen meine Beine gleiten. »Ja?«

»Ja, ja.« Verzweifelt griff ich nach seinem Schwanz und strich mit meinen Daumen über die Eichel.

Er zischte zwischen den Zähnen. »Vorsicht, mi vida, sonst …«

»Sonst was?« Ich legte eine Hand auf seine Eier.

Seine Stimme klang erstickt. »Sonst drehe ich dich um und nehme dich genau hier.«

Trotz der warmen Dusche schauderte ich. »Oh, nein, Mr. Werkzeugmann. Tu das nicht.« Ich strich fester über ihn.

»Verführerin.« Er wirbelte mich herum und richtete den Wandstrahl auf meinen Schritt. »Ich wollte dich sanft und langsam im Bett nehmen, und jetzt …«

Ich stemmte die Hände auf die Fliesen und stellte mich breitbeinig hin, damit das Wasser mich massieren konnte. Über die Schulter blickend, fragte ich: »Jetzt?«

Eine riesige Hand umfasste meinen Hintern, und er knabberte an der Stelle, wo mein Hals auf die Schulter traf. »Jetzt gebe ich dir, was immer du willst.«

»Ja, bitte.« Ich wackelte mit dem Hintern.

Ich musste nicht noch einmal fragen. Er ging in die Knie und stieß in mich hinein. Wir stöhnten beide, als wir vereint waren. Er hielt einen Moment inne, küsste meinen Hals und strich mit den Händen über meine Brüste und meinen Bauch.

Ich genoss es, den warmen Wasserstrahl und seine heißen, ruhelosen Hände, die die Stellen suchten, die mir die größte Lust bereiteten. Als er mit dem Daumen über meine Kitzler fuhr, keuchte ich.

Er legte einen Arm um meine Rippen und zupfte mich wie eine Geigensaite, während er in mich stieß und Lustfunken auslöste, die mein Rückgrat hinaufzuckten und meine Beine zittern ließen.

»Ich hab dich. Entspann dich«, sagte er.

Das tat ich. Er hielt mich hoch, während ich meine Handflächen gegen die Wand presste und die Glückseligkeit sich aufbauen ließ. Ich umschloss ihn fest und übte meine Beckenbodenübungen.

Er stöhnte. »Genau so.«

Ich machte weiter, umschloss ihn, während er mich vibrieren ließ, bis mein Orgasmus explodierte und meine Muskeln die Kontrolle übernahmen und flatterten.

Sein Fluch hallte von den Fliesen wider, als sein Körper sich versteifte und er in mir zuckte. Seine Hand hielt inne und übte gleichmäßigen Druck auf mich aus, bis ich erneut kam und einen Schrei ausstieß, den ich normalerweise unterdrücken musste, wenn Lia im Nebenzimmer schlief.

Er lehnte seinen Kopf auf meine Schulter, während sich unser Atem wieder beruhigte. Schließlich, als das Gefühl in meine Beine zurückgekehrt war, küsste ich seine Wange.

Er stützte mich, zog sich zurück und wusch uns sanft erneut. Dann drehte er die Dusche ab und wickelte mich in ein flauschiges Handtuch. Ich benutzte ein anderes, um ihn trockenzutupfen, und endete damit, dass ich seine Haare zerzauste.

Er riss das Handtuch weg und fuhr sich mit der Hand durch seine feuchten Wellen. »Wenn ich nicht so müde wäre, würde ich …«

»Würdest du was?« Ich hängte mein Handtuch über die Duschwand und trat auf den beheizten Boden, eine weitere von Mateos Verbesserungen.

»Würde ich dich übers Knie legen und …« Seine blauen Augen blitzten auf.

»Klingt nach Spaß. Vielleicht morgen früh, bevor meine Eltern Lia zurückbringen?«

»Gott, ja.«

»Oder« – ich beäugte seinen sich versteifenden Schwanz – »vielleicht früher?«

»Ignorier ihn. Er hat nicht den ganzen Tag draußen gearbeitet.«

»Mein armer Ehemann. Aber ich glaube, ich weiß genau, wie ich dich in den Schlaf entspannen kann.«

»Ach ja?« Er zog eine Augenbraue hoch.

Wie sich herausstellte, tat ich das. In unserem Bett ritt ich ihn zu einem weiteren überwältigenden Höhepunkt. Er bog sich von der Matratze, umklammerte meine Hüften und rief meinen Namen.

Gesättigt und entspannt, sank ich auf ihn und küsste seine Lippen. »Danke, dass du heute das Spielgerüst gebaut hast.«

»Natürlich. Alles für meine Mädels. Alles für dich.«

»Ich liebe dich.«

»Ich dich auch.« Bevor ich überhaupt von ihm heruntergeklettert war, schloss er die Augen, und seine schweren Atemzüge verlangsamten sich zu tiefem Schlaf.

Nach einem Besuch im Badezimmer kuschelte ich mich neben meinen Mann und legte meinen Arm über seine breite Brust.

Roger sprang auf das Bett und rollte sich an seiner anderen Seite zusammen. Ich strich über sein glattes Fell und küsste dann die Wange meines Mannes.

Im Schlaf drehte sich Mateo zu mir und zog mich fest an sich. Als ich einschlief, dankte ich Gott und meinem Mann für das freudvolle Leben, das wir uns zusammen aufgebaut hatten.

———

Vielen Dank, dass du *Erinnerung gesucht* gelesen hast! Bitte ziehe in Betracht, eine Rezension bei deinem bevorzugten Händler, bei BookBub oder Goodreads zu hinterlassen. Rezensionen helfen anderen Lesern dabei, neue Autoren wie mich zu finden.

Neugierig, was bei Jamila und Natalie los ist? Ihr Buch ist *Versuchung gesucht*, eine sapphische Liebeskomödie über die beste Freundin des Bruders und Chefin/Angestellte, und es ist bei deinem bevorzugten Händler erhältlich. Lies weiter für eine kleine Vorschau.

VERSUCHUNG GESUCHT, SYNERGY
BUCH 6
KAPITEL 1

LARRYS KNOPFARTIGE AUGEN waren wie die schwarzen Perlenohrringe meiner Mutter: rund, glänzend und urteilend.

»Sieh mich nicht so an«, flüsterte ich und wandte meine Aufmerksamkeit wieder Chef Guillaume zu.

Mit einem in den besten Restaurants Frankreichs perfektionierten Talent für Multitasking warf der Dozent mir einen drohenden Blick zu, ohne den Fluss seiner Lektion über Schalentiere zu unterbrechen.

Larry blinzelte, was seltsam war, denn ich war mir ziemlich sicher, dass Hummer keine Augenlider hatten. Wenn sie welche hätten, hätte Chef Guillaume uns beigebracht, wie man sie filetiert.

Ich verlagerte mein Gewicht von einem Fuß auf den anderen, wund vom Stehen in den elenden Clogs, die mir gnadenlos auf den Rist drückten. Ich zog das Küchentuch aus dem Gürtel meiner Schürze und warf es über Larry, wo er auf dem Schneidebrett an meinem Arbeitsplatz ruhte. Jetzt konnte ich mich auf Chef Guillaume konzentrieren, der einen Exkurs über Schalentierallergien begonnen hatte.

Viel besser.

Das Handtuch zuckte und eine abgebundene Schere winkte

mir kraftlos zu. Meine Brust zog sich schmerzhaft zusammen. Der Chef erklärte, dass unsere heimischen kalifornischen Langusten zu horrenden Preisen nach China verschifft wurden.

Armer Larry.

Vor ein paar Tagen hatte er noch mit seinen Hummer-Kumpels im Nordatlantik abgehangen. Heute erstickte er langsam hier in meinem Kochkurs an einem Community College in San Francisco, erbleichte unter den unvorteilhaften Neonröhren und wartete darauf, in den Topf mit Wasser zu stürzen, das fast kochte.

Ich starrte auf seine bewegungsunfähige Schere. *Da sind wir schon zwei, Kumpel.*

Ich zog das Handtuch von seinem Kopf und steckte es unter seinen rötlich-braunen Körper, damit er nicht auf dem rutschigen Schneidebrett lag. Es musste nach den anderen armen Kreaturen riechen, die ich in meinem Metzgerkurs erledigt hatte.

Hatten Hummer Nasen?

Wahrscheinlich nicht, Gott sei Dank. Wenn er eine hätte, würde er meine Angst riechen.

Wir hatten das Semester mit Geflügel begonnen. Sie waren bereits tot und ohne Kopf zu uns gekommen, im Gegensatz zu Larry. Ich hätte bei dem Anblick der blassen, federlosen Körper fast gekotzt, aber stattdessen stellte ich mir vor, was meine Mutter sagen würde, wenn ich auch diese Schule schmeißen würde. Ich schluckte und machte weiter und zerteilte die Stücke gut genug, um von Chef Guillaume ein »Bestanden« zu bekommen.

Die nächste Einheit war Rindfleisch gewesen, aber auch das war gesichtslos zu uns gekommen. Ich hatte gelernt, die Rippen vom Lendenstück zu trennen, und ich hatte einen Hochrippen-braten zubereitet, bei dem der Chef nicht die Nase gerümpft hatte. Er hatte es »nicht schlecht« genannt, was in jedem anderen Kurs einer Eins gleichkam. Obwohl ich in der Schule, ob kulinarisch oder anderweitig, nicht viel Erfahrung mit Einsen hatte.

Wir waren zu Fisch übergegangen, und obwohl sie Gesichter hatten, waren sie bei ihrer Ankunft zumindest tot.

Bis Larry kam.

»Miss Natalie Jones, passen Sie auf?« Wie hatte Chef Guillaume sich so an mich heranschleichen können? Er funkelte mich von der anderen Seite meines Arbeitstisches mit in die Hüften gestemmten Händen an.

»Ja, Chef«, quiekte ich. Ich wagte es nicht, Larry anzusehen.

»Warum ist Ihr Hummer dann wie un bébé gewickelt und kocht nicht im Topf?«

Oje. Ich blickte nach rechts, wo mein Nachbar Gregory gerade seinen Arbeitsplatz abwischte. Dampf stieg vom Deckel seines Kochtopfs auf.

»Ich warte, bis es richtig kocht, Chef«, sagte ich und schaute auf meinen Topf, in dem Blasen an der Oberfläche zu platzen begannen.

»Zeigen Sie es mir.« Seine Lippe kräuselte sich, als er auf den Hummer hinabblickte. »Entfernen Sie das Handtuch.«

»Entschuldigung.« Sanft löste ich mein Handtuch von Larry. Der arme Kerl sah nicht gut aus.

Die Nüstern des Chefs blähten sich. »Demonstrieren Sie der Klasse, wie man den Hummer human tötet.«

»Ich … äh.« *Human töten* klang für mich wie ein Widerspruch in sich. »Könnten Sie mir die Technik noch einmal zeigen?«

Er griff nach Larry.

Ich schnellte vor, um das Krustentier mit meinem Körper zu bedecken. »Nicht ihn!« Ich erstarrte. »Ich meine, ich werde es tun.« Das war das Mindeste, was ich Larry schuldete.

Der Chef zog eine Augenbraue hoch. »Bon. Ich werde es demonstrieren, dann wiederholen Sie.«

Er wirbelte herum und schnappte sich den Hummer von Chantals Tisch. Er schlug ihn neben Larry auf das Schneidebrett. Mit einer einzigen geschmeidigen Bewegung ergriff er mein Messer und stieß die Spitze in das Gehirn des Hummers. Als er zuckte, krabbelte Larry schwach auf dem Schneidebrett.

»Sehen Sie? Schnell und human.« Er ließ den toten Hummer in Chantals Topf fallen. Sie murmelte ihren Dank und setzte den Deckel auf den Topf.

»Jetzt Sie.« Er hielt mir mein Messer hin, den Griff voran.

Ich warf einen Blick auf meinen Topf. Verdammt seien diese effizienten Gasbrenner. Er hatte den Siedepunkt erreicht. Ich nahm den Griff entgegen und wandte meine Aufmerksamkeit Larry zu. Seinem Schicksal ergeben, ließ er seine Fühler hängen.

Mir brach das Herz seinetwegen.

Er würde mit seinen Freunden in einer Hummersuppe enden, die in der Schulkantine serviert würde, oder in einem Hummerbrötchen zum Mitnehmen.

Warum sollte er für irgendein matschiges, versautes Sandwich sterben müssen?

Alles, was er wollte, war, sein bestes Hummerleben zu leben. Na und, wenn er noch nicht herausgefunden hatte, was das sein könnte? Er verdiente eine weitere Chance, sein Leben in den Griff zu bekommen.

Moment. Ging es hier um Larry oder um mich?

»Miss Jones. Darf ich Sie daran erinnern, dass wir nur noch dreißig Minuten Unterricht haben?«

Dreißig Minuten. Chef Guillaume akzeptierte keine verspäteten Abgaben. Ich müsste den armen Larry jetzt ermorden, wenn ich auch nur die geringste Hoffnung haben wollte, seinen Kadaver rechtzeitig zu zerlegen. Der silberne Hummerpicker blitzte im Neonlicht. Der, den der Chef von mir erwartete, um Larrys Fleisch aus seiner Schale zu ziehen.

Larry hob seine Schere zum Abschied und zeigte mir das blaue Band. Blau wie der Ozean. Blau wie die zarten Ränder der Schale, die seine schlanken Knie bedeckte, die ich mit der Gabel herausziehen sollte.

Ich schluckte. *Nicht heute, Larry.*

»Tut mir leid, Chef.«

Ich ließ mein Messer fallen, warf das Handtuch wieder über Larry und hob ihn hoch. Er war nicht schwer, nur ein paar Pfund, aber seine übergroßen Scheren baumelten.

»Was tun Sie da, Miss Jones?«

Ich hielt den Kopf gesenkt. »Ich gehe, Chef.«

Im Klassenzimmer war es totenstill geworden.

»Wenn Sie durch diese Tür gehen, fallen Sie in meinem Kurs durch. Es wird schwierig sein, ohne ihn den Abschluss zu machen.«

Es wäre schon schwierig gewesen, den Abschluss zu schaffen, selbst mit einer ausreichenden Note in seinem Kurs. Ich schob Larry unter meinen Arm, zog meine Louboutin-Tasche aus dem Fach unter meinem Arbeitsplatz und schwang sie mir über die Schulter. »Ich verstehe, Chef.«

»Verstehen Sie das, Miss Jones?« Seine graue Augenbraue hob sich. Er musste den Druck gespürt haben, der mich dazu brachte, Tag für Tag in einen Kurs zurückzukehren, in dem ich durchfiel.

Ich warf einen Blick auf meine Messertasche. Ich mochte das Gewicht des großen Kochmessers und die Art, wie der Griff in meiner Hand lag. Es war eine Schande, sie hier zu lassen. Aber ich hätte Larry absetzen müssen, und wenn ich das täte, könnte mein jähzorniger Dozent ihn in meinen Topf werfen und lebendig kochen.

Besser, ich ließ sie da. Ich nickte Gregory zu. Er hatte Talent. Er verdiente sie mehr als ich. Die Kochschule war an mir verschwendet, genau wie das College, die Modeschule, das Praktikum als Veranstaltungsplanerin und sogar der Blumenladen, den mein Stiefvater mir gekauft hatte.

»Tut mir leid, Chef«, wiederholte ich, und mit festem Griff um Larry drehte ich mich auf meinen Clogs um.

Ich wünschte, ich könnte behaupten, ich sei hinausgeschwebt, aber mein verdammter Clog blieb am Boden hängen und riss sich von meinem Fuß. Ich hatte sie sowieso schon immer gehasst. Ich stieg aus dem anderen und schlurfte in Socken aus dem Klassenzimmer.

———

DER UBER-FAHRER FUHR am Bordstein des Rincon Parks los. Ich hatte mich an den Fischgeruch in den zwei Stunden im Klassenzimmer gewöhnt, aber Larry im kleinen Mazda zu haben, war ziemlich heftig, besonders nachdem ihm ein bisschen schlecht geworden war.

Trotz der tief hängenden Wolken war die Luft im Park frischer, und ich marschierte geradewegs auf den Pier zu.

»Keine Sorge, Larry. Ich hab dich. Die Langusten sehen vielleicht anders aus, aber ich bin sicher, sie sind nett. Du wirst so viele neue Freunde finden.«

Er rollte seine Stielaugen zu mir zurück.

»Im Ernst, Kumpel. Ich glaube nicht, dass du es schaffen würdest, wenn ich dich zurück nach Maine oder wo auch immer hinschicke. Das hier ist viel besser, als in der Kantine serviert zu werden. Wenn dir die Bucht nicht gefällt, kannst du direkt um die Halbinsel herum zum Ozean schwimmen.«

Bei näherem Nachdenken hätte ich ihn wahrscheinlich auf die Ozeanseite der Stadt bringen sollen, aber dafür war es jetzt zu spät. Das Wasser war hier tief, und in der Bucht gab es keinen kommerziellen Fischfang.

Als ich das Geländer erreichte, stützte ich Larry darauf, immer noch in mein Küchentuch gewickelt. Seine Stielaugen schwenkten zwischen mir und dem Wasser unter uns hin und her.

»Hör zu, Larry. Ich weiß, das ist ein neuer Ort und du hast Angst. Ich habe schon viele neue Dinge angefangen, und hier ist, was für mich immer funktioniert hat: Finde einen Weg, anderen zu helfen. Auf diese Weise brauchen sie dich, egal ob sie dich mögen oder nicht.«

Larry kaufte es mir nicht ab. Er klopfte mit seiner Schere auf das Geländer.

»Du musst meinen Rat nicht annehmen. Was weiß ich schon? Keine meiner Schulen oder Jobs hat gehalten, und es wird verdammt schwer werden, meiner Mutter und Charles zu erklären, was heute passiert ist. Aber das Richtige für mich ist da draußen, und das Richtige für dich ist da unten.«

Wir spähten beide ins Wasser. Es war tief und blau.

»Such dir einen schönen Felsen und halt dich bedeckt, bis du wieder zu Kräften kommst. Schlag dir den Bauch voll mit … Was esst ihr eigentlich? Plankton? Seetang? Kleine Fische? Ich bin sicher, das gibt es da unten. Vielleicht triffst du eine nette Hummerdame – oder einen Kerl, was auch immer dich glücklich macht – und lässt dich in einem schönen, tiefen Teil des Ozeans nieder, ziehst ein paar Babys zusammen groß. Okay?« Ich wischte mir ein wenig Gischt von der Wange.

Er zuckte kraftlos mit den Scheren.

»Richtig. Die müssen ab.« Ich griff in meine Tasche und fand das rosa Schweizer Taschenmesser, das mein Bruder Jackson mir geschenkt hatte, als ich zwölf war. Ich klappte die lange Klinge auf und schnitt durch das Gummiband an seiner rechten Schere, dann an seiner linken. Zaghaft öffnete und schloss er seine Scheren.

»Besser? Okay, ich werde dich jetzt reinfallen lassen.«

Aber das tat ich nicht. Ich starrte in seine trüben Augen.

»Das ist deine zweite Chance, Kumpel. Verschwende sie nicht.« Wer war ich, ihm einen Rat zu geben? Wie viele zweite, dritte oder vierte Chancen hatte ich verschwendet? Wie oft hatte meine Mutter mir diesen Blick mit zusammengekniffenen Augen und zusammengepressten Lippen zugeworfen, der mir sagte, wie sehr ich sie enttäuscht hatte? Wie oft hatte sie die Worte tatsächlich gesagt: *Natalie, wann wirst du endlich sesshaft? Warum kannst du nicht mehr wie deine Brüder oder deine Schwester sein?*

Ich würde niemals so erfolgreich sein wie meine Geschwister. Ich sollte tun, was meine Mutter getan hatte, und einen Kerl mit Potenzial heiraten. Sie hatte mir genug Söhne ihrer reichen Freunde vorgestellt, dass ich mittlerweile einen hätte finden sollen, den ich mochte.

Larry tippte mir mit seiner Schere auf die Hand.

»Richtig, entschuldige. Hier geht es nicht um mich. Es geht um dich. Okay, eins … zwei … drei.« Ich drehte ihn um und ließ ihn kopfüber ins Wasser fallen, drei Meter tief. Er tauchte ein, ohne zu spritzen, wie ein olympischer Turmspringer. Er schwebte einen Moment unter Wasser und schaukelte mit den Wellen, die gegen den Pier schlugen. Es sah fast so aus, als würde er mir winken. Dann, mit einem Schlag seines Schwanzes, tauchte er unter, und seine braune Schale verschwand im dunklen Wasser. Ich wartete eine Minute und umklammerte das stinkende Küchentuch. Dann ließ ich eine weitere Minute verstreichen. Aber Larry tauchte nicht wieder auf.

Ich hoffte, er würde mit seiner zweiten Chance besser umgehen als ich mit meinen.

Ich drehte mich wieder der Stadt zu. Ich könnte mir ein anderes Uber nach Hause nehmen, mich frisch machen und überlegen, wie ich meinen Eltern erklären sollte, dass ich die Kochschule zwei Wochen vor Semesterende geschmissen hatte. Oder …

Ich erblickte das hohe Gebäude, das das niedrigere Gebäude meines Bruders überschattete.

Er hatte seinen Anteil an zweiten Chancen bekommen. Vielleicht konnte er mir einen Rat geben. Oder zumindest mehr Mitgefühl, als ich von unserer Mutter bekommen würde.

Versuchung gesucht ist als Taschenbuch bei deinem Lieblingshändler erhältlich.

ÜBER DEN AUTOR

Michelle McCraw liebt es, Liebesromane zu lesen und in der Tech-Branche zu arbeiten. Eines Tages beschloss sie, ihre beiden Interessen zu kombinieren, und jetzt schreibt sie heiße, nerdige Contemporary Romance, die dich vielleicht zum Lachen bringen wird. Ihre Bücher zeigen Charaktere, die ungeniert Wissenschaft, Ingenieurwesen und Technologie lieben.

Als gebürtige Texanerin hat Michelle während Schneestürmen in Neuengland Schnee geschaufelt und im Mittleren Westen auf eine Schneefräse aufgerüstet. Jetzt nennt sie Georgia ihr Zuhause, wo sie den Schnee ÜBERHAUPT NICHT vermisst. Sie liest gerne, reist, trinkt Bourbon und verwöhnt ihren außergewöhnlich schlecht erzogenen, aber bezaubernden Hund. Sie war Finalistin im RWA Vivian Contest, im Stiletto Contest der Contemporary Romance Writers und im Four Seasons Contest der Windy City Romance Writers.

facebook.com / MichelleMcCrawAuthor

instagram.com / MMOWriter

amazon.com / author / michellemccraw

goodreads.com / MichelleMcCraw

bookbub.com / authors / michelle-mccraw

BÜCHER VON MICHELLE MCCRAW

Synergy Series

Kollege gesucht

Scheinbeziehung gesucht

Umweg gesucht

Boss gesucht

Erinnerung gesucht

Versuchung gesucht

40 and Fabulous

Fashion and Passion

Frenemies and Lovers

Books and Hookups

Conspiracies and Chemistry

Advances and Retreats

Marriage and Trouble

Sugar and Spice

www.ingramcontent.com/pod-product-compliance
Lightning Source LLC
Chambersburg PA
CBHW030133310726
48970CB00005B/1420